3 FOIS PLUS LOIN

Jérôme Camut et Nathalie Hug, respectivement nés en 1968 et 1970, se rencontrent fin 2004 à travers « Malhorne » de J. Camut, la série culte qui a renouvelé le fantastique. La magie opère immédiatement. Depuis, ils se sont mariés et consacrent leur vie à l'écriture à quatre mains.

Paru dans Le Livre de Poche :

MALHORNE

1. Le Trait d'union des mondes
2. Les Eaux d'Aratta
3. Anasdahala
4. La Matière des songes

En collaboration avec Nathalie Hug :

LES ÉVEILLÉS

INSTINCT

PRÉDATION

STIGMATE

JÉRÔME CAMUT & NATHALIE HUG

3 fois plus loin

ROMAN

CALMANN-LÉVY

ISBN : 978-2-253-13371-1 – 1re publication LGF

Aux casseroles en général,
et à celles qu'on traîne en particulier.

À tous ceux qui ne s'en sortent pas
et reproduisent les erreurs de leurs aînés.

À l'idée de la famille
et à ce qu'on pourra bien en faire.

« Estamos en Venezuela, nunca se sabe... »
« On est au Venezuela, on ne sait jamais
(ce qui va se passer)… »

Prologue

Et si on s'arrêtait, l'espace de quelques instants, sur les tenants du destin des hommes, qu'y verrions-nous ? Cette question m'a hanté tant de fois, et pourtant, je me suis toujours heurté à la même réponse. En regard des autres êtres vivants, l'humanité possède une magnifique propension à créer et dans le même temps, son exact contraire. Car le plus grand de ses talents est celui de la destruction. Depuis que notre espèce s'est dressée au-dessus des herbes, elle rase plus vite qu'elle ne bâtit, coupe les têtes plus vite qu'elles ne poussent et rivalise dans l'horreur, sur tous les continents, à toutes les époques et depuis la nuit des temps.

Il me semble que ma vie pourrait s'observer sous cet angle. J'ai été pris dans la tourmente, j'ai été le pantin, parmi tant d'autres, de ces dirigeants ignorants de mon existence et je peux affirmer aujourd'hui qu'en plus de l'ignominie dont il a été capable, Adolf Hitler est responsable de ma tragédie personnelle, au même titre que Joseph Staline et tous les sanguinaires. Drame qui rejaillira certainement sur la communauté humaine entière et les générations futures. Sans ce besoin de puissance qui siège au cœur des hommes, cette envie d'hégémonie, que serions-nous devenus ? Pareille question est-elle nécessaire ? La moindre question est-elle nécessaire ? Si je l'avais *fait*, où serait allée l'humanité ?

Bientôt, je le saurai peut-être.

Dans l'enfer qui m'a mené où je suis aujourd'hui, cet enfer où je repris enfin conscience, une phrase dont le sens m'échappait alors m'obsédait. *Plus jamais ça !* D'épaisses volutes de fumée noire s'élevaient lentement vers la frondaison et l'air, saturé d'humidité, emprisonnait les vapeurs âcres sous la canopée, bien avant qu'elles n'atteignent l'éther où mille milliards d'étoiles ne brillaient que pour elles-mêmes. Dans cet épais brouillard toxique, où se mêlaient cendres et débris, mes yeux peinaient à rester ouverts. J'étais sur le point d'abandonner, tant la fatigue me tirait vers le renoncement. Comment espérer, dans ce déferlement d'horreurs où plus aucune plainte ne montait du tas humain ? Pourtant, il devait exister un sens à cette horreur. Un sens à ma présence dans ce lieu oublié de Dieu. Cette chaleur, ces odeurs immondes, cette quasi-impossibilité de respirer. *Plus jamais quoi ?*

Aujourd'hui encore, je ne saurais dire ce qui m'a aidé, la chaleur grandissante, la transpiration de mon propre corps, les fluides des autres ? Bien avant que mes yeux voient à travers les fumées épaisses, ma main a compris ce qui m'entourait. Mes doigts se sont accrochés à une matière molle, ils ont tiré dessus. La vie contre la vie. Oui, mes doigts se sont recroquevillés autour d'un membre, un bras sans doute, je ne le saurai jamais, et ont tiré. Fort ! Si fort ! J'entendrai éternellement le craquement qui s'en est suivi. Ma main s'est hissée au-dessus de la masse, mon bras ensuite, mon coude s'est posé sur d'autres chairs molles et peu à peu, lentement, mon corps a glissé, s'est frayé un chemin jusque vers la sortie. Le point culminant d'un monceau de cadavres. En prenant appui pour m'extraire totalement de cette ignominie, ma main gauche s'est refermée sur un visage, mes doigts ont fouillé l'intérieur d'une bouche, ont palpé une langue froide. De ce corps d'enfant, la vie s'en était allée. De celui-ci, et de tous ceux que j'ai pu toucher en m'agitant comme un diable.

L'instinct de survie transforme l'homme en bête furieuse. Et la bête joue des coudes, donne des coups de pied et de poing, se contorsionne tant que rien en cet instant ne pourrait la vaincre. L'envie de vivre est une véritable décharge de violence. L'air, empoisonné de fumées, a délicieusement coulé dans ma gorge qui a libéré un long hurlement. Dans les lueurs tremblantes d'un grand feu, d'innombrables corps brûlaient. Je les ai longuement considérés, stupéfait. Mais de cela je ne suis plus tout à fait certain. L'horreur de tant de corps en flammes a eu raison de mon voyeurisme. J'ai alors sauté là où je pouvais et me suis étalé de tout mon long sur un tapis de fougères sèches.

Partout s'élevaient de grands feux rouges et malodorants. Dans les braises incandescentes, des corps partiellement carbonisés se ratatinaient. Il fallait fuir sans délai, faute de quoi le rideau brûlant allait se refermer sur moi. Sans hésiter, je me suis élancé à travers le brasier. Des charbons ardents ont reçu mes pieds, puis mon dos et l'arrière de mon crâne. Le contact n'a duré qu'une fraction de seconde, mais la douleur, fulgurante, m'a laissé des cicatrices pour le reste de mon existence.

Il n'était alors question que de survivre, échapper à l'enfer, tromper celui qui m'avait conduit là, au bord de ma propre folie, au seuil de l'aliénation où je fus le seul à basculer. Les cadavres carbonisés me souriaient, les lèvres étirées par la chaleur sur des dents d'une incroyable blancheur. Ils semblaient m'inviter dans leur danse macabre. Leur cage thoracique éclatée par la chaleur laissait deviner des entrailles parcourues de flammèches. Le cœur. Leur cœur est en train de fondre, ai-je songé à cet instant. Et le mien ? Qu'allait-il devenir ?

C'est la peur qui m'a donné la force d'avancer. J'ai fait demi-tour et me suis retrouvé face à la béance obscure de la forêt, illuminée çà et là de reflets rouge et or. À moins de dix mètres, un mur de pierres entassées dessinait une ouverture où j'ai vu la silhouette tapie d'un enfant. Deux billes à l'éclat malheureux brillaient à un mètre du sol. Je ne me serais jamais cru capable de ça. Et pourtant… Un premier pas a annulé tout remords. Puis un autre, plus long, m'a permis de tourner le dos au désespoir et à l'abomination. Je me suis mis à courir à petites foulées, le corps fouetté par les fougères et les lianes. Les arbres gigantesques défilaient sur les côtés, encore faiblement éclairés par les brasiers, qui s'éloignaient. Ensuite, ce fut le noir total de la forêt continent. Partout, des cris d'animaux retentissaient. Il m'a alors semblé distinguer des centaines de paires d'yeux entre les feuilles. Fou de peur, je me suis élancé en hurlant vers un sentier dont la forte déclivité m'a emporté. Je me souviens avoir glissé longtemps sur cette terre grasse et détrempée. Jusqu'à ce qu'un grand vide me happe et que les eaux obscures de l'Orénoque s'entrouvrent pour m'engloutir.

I

Jusqu'à ce jour d'hiver 1949 où tout bascula

1

Venezuela, de nos jours.

« Aidan Lassiter à Nina Scott. Rallier camp de base d'urgence. Code rouge, code rouge ! » Le grésillement de la radio, couvert par le vacarme des cornures, des aras bleus et des *araguatos*[1], s'interrompt à nouveau entre deux bips aigus. Suspendue à trente mètres au-dessus du sol par un astucieux système de poulies, Nina glisse le sécateur dans son étui et achève de boucler les lanières de son sac de ramassage. Lorsqu'elle juge qu'il est correctement fixé à la branche de l'hévéa, la jeune femme agrippe la corde et remonte de quelques mètres en poussant sur ses jambes. Là, une discontinuité du bois forme une niche où, à plusieurs reprises déjà, elle a trouvé refuge. Elle partage cette cachette avec un *rabipelado*[2], dont seul le museau pointu dépasse d'un amas de feuilles en décomposition. Tout en veillant à ne pas déranger l'animal qui l'observe d'un œil oblique, elle s'installe confortablement, retire son casque, le mousqueton de son baudrier et, d'un

1. Singes hurleurs.
2. Rongeur de 45 centimètres, grisâtre et rebutant.

geste, repousse les mèches de cheveux collées à son front. Puis elle attrape son paquet de Stuyvesant, en retire une cigarette informe avant de s'emplir les poumons avec délice. Dès la première bouffée, le souvenir des menaces paternelles ressurgit, tu ne devrais pas fumer, chérie, ces saloperies vont te faire crever, et Nina grimace en secouant la tête. Non, cette cigarette ne va pas la tuer et puis elle est sûrement déjà morte à cause des havanes qu'il fumait à longueur de journée. En tout cas, ils ne sont pas étrangers à son addiction. Alors, Nina envoie son père au diable et pompe sur sa Stuyvesant qu'elle termine goulûment, accaparée par la beauté des alentours.

Les larges feuilles de l'arbre à caoutchouc laissent passer au-dessus d'elle une lumière chaude, crue, mélange du blanc du ciel et du vert jaillissant des limbes. Sur sa droite, une large trouée dans la frondaison lui permet d'admirer les taches colorées d'un *cuaïma pina* lové sur une branche et l'étendue incroyable de la forêt amazonienne au pied du plateau d'altitude où elle travaille depuis des mois. Quelque part dans cette direction se trouve la frontière colombienne et, au sud, derrière la ligne d'horizon, les millions d'hectares de l'Amazonie brésilienne. Plus bas, à travers l'entrelacs de feuilles et de ramures, la silhouette de Kwanita évolue avec l'agilité d'un singe et la grâce d'une ballerine, une main sur la corde et son panier dans l'autre. La cigarette coincée entre les dents et un pincement au cœur, Nina se dit qu'elle aurait aimé lui ressembler, mais qu'avec son buste plat et ses cheveux courts, elle a plutôt l'air d'un garçon. La jeune Indienne travaille dans son équipe depuis bientôt quatre ans. C'est elle qui a enseigné à Nina l'art de la traque et de la pêche, privilèges que lui refusait le vieux Yahto, bien trop attaché à ses coutumes. Travailleur indépendant, il était déjà lié à la Compagnie quand les scientifiques chargés de développer des médicaments restaient encore enfermés dans leur laboratoire. Depuis, les temps ont changé, le pouvoir de l'industrie pharmaceutique s'est étendu et l'Amazonie a vu débarquer, des siècles après les conquistadors, ceux qu'on nomme ici les chasseurs de plantes. L'histoire raconte que nombre d'entre eux ont fini mordus par des serpents, attaqués par des pumas ou affaiblis par des jours de marche dans une moiteur insupportable, dévorés par des nuées de moustiques affamés ou, pire encore, capturés par des rebelles. Très vite, l'utilité de préparer les cueilleurs, de les armer et de leur attribuer des guides autochtones est apparue comme une évidence. Les ronds-de-cuir de Caracas ont ainsi décidé que le docteur Nina Scott travaillerait sur la région des tepuis[1] avec Yahto Trevethan et Aidan Lassiter, un ancien GI chargé de leur sécurité, puis avec une équipe complète si les résultats s'avéraient satisfaisants. Quelques mois plus tard, ils étaient cinq. À ce jour, Nina Scott, Kwanita Arconada et Sahalé Bahamontes sont chargés de recueillir les bourgeons et les jeunes feuilles d'essences endémiques rares ou inconnues, de décrire, de photographier et d'étiqueter les échantillons des nouvelles espèces et de les relier, quand c'est possible, à l'utilisation qu'en ont les tribus indigènes. De leur côté, Aidan et Yahto récoltent des résines destinées à la fabrication de baumes et de produits cosmétiques divers en pratiquant de courtes inci-

1. Hauts plateaux d'Amérique du Sud. Les écosystèmes présents à leur sommet sont isolés depuis des millions d'années.

sions dans l'écorce. D'ailleurs, Nina peut voir œuvrer le vieux Yanomami, au pied d'un copaïba adulte. Son corps, sec et parcheminé, est recouvert de lignes et de points harmonieusement répartis sur son torse et ses membres, tout comme celui de Sahalé, qui doit se trouver pour l'heure au campement. Sahalé le silencieux, le transperçant, le sage.

En crachant sur sa cigarette pour la fourrer dans sa poche avec les autres mégots, Nina songe qu'elle ne changerait de vie pour rien au monde. Huit mois sur douze entre Caracas et la forêt, de rares relations avec les chefs et, surtout, des milliers de kilomètres entre son père et elle, c'est la situation idéale. Pourtant, les yeux fixés sur le tableau mouvant de la jungle, Nina sent l'angoisse étreindre sa poitrine – *salope de Chakrouny*. Un vent léger fait onduler les feuilles et se balancer l'hévéa. C'est la fin de la saison humide, bientôt, le ciel va laisser filer ses lourds nuages et le soleil jonchera de taches colorées la mousse humide et les fougères en pleine croissance. La jeune femme soupire, rattache le mousqueton à son baudrier et se dresse sur ses jambes, les bras autour du tronc. Ainsi bercée, hypnotisée par la ligne bosselée d'un horizon tout vert, elle prend de longues inspirations. Mais l'anxiété tarde à s'évanouir, comme toujours. Plutôt que de jouir du présent, Nina a choisi de craindre le futur et d'avaler ses pilules de diazépam quand elle va mal. Elles lui ont été prescrites quinze ans plus tôt, avec la promesse de lendemains radieux. Depuis, elles ne l'ont plus quittée.

Le talkie-walkie accroché à sa ceinture se remet à grésiller. Elle râle, mais répond quand même, les yeux accrochés à la silhouette grise du *rabipelado* qui remue entre les feuilles. Pour la troisième fois depuis le matin, Aidan Lassiter lui demande de rejoindre le camp d'urgence. Elle trouve ridicule le jargon militaire qu'il utilise, mais ne lui dit rien, il ne comprendrait pas, de toute façon. Et puis, entre ses angoisses et les frasques de son père, elle a déjà suffisamment à gérer. Finalement, le GI insiste tant qu'elle finit par accepter de le rejoindre au camp. Encore crispée, vaguement agacée aussi, elle se laisse glisser le long de la corde, attrapant au passage son panier de récolte. Au pied de l'arbre, son mètre soixante-quinze lui paraît ridicule. Cette partie du plateau d'altitude est le siège de végétaux gigantesques, reliés les uns aux autres par un réseau de lianes et de racines, dont le feuillage et les fleurs sont, pour la plupart, parfaitement méconnus des hommes. Avant de se détacher, Nina s'inspecte soigneusement. La sève de cet *euphorbia* est un poison mortel et dans ces contrées où le premier village se situe à plus d'une heure d'avion et où les seuls chemins existants se taillent à la force des bras, la plus grande prudence est indispensable. Rapidement convaincue que seul son pantalon de treillis a reçu quelques éclaboussures, la jeune femme se tranquillise. D'un geste de la main, elle salue Kwanita, toujours suspendue dans les branches, ramasse son matériel qu'elle range soigneusement dans un sac et quitte la zone de cueillette par l'unique sentier des environs.

En quelques minutes, elle rallie le camp de vie provisoire : trois tentes hermétiquement closes, un foyer et un velum destiné à recueillir les eaux de pluie. Elle y retrouve Sahalé assis près de la radio, occupé à tailler une flèche dans un morceau de bambou, concentré sur ses doigts qui virevoltent. Ses lèvres pleines sont pincées et ses joues coincées entre ses dents. Sahalé prend toujours cet air sérieux lorsqu'il travaille, et Nina aimerait poser ses lèvres sur la fossette de son menton et la petite artère qui bat sur sa tempe. Souvent vulnérable et bien trop impressionnée par la beauté, la jeune femme n'a connu que de courtes aventures, la plupart avec des hommes au physique ingrat. Le dernier en date était un type de Caracas qui travaillait dans le textile. Ou le convoyage de ferraille à recycler. Elle ne sait plus.

— Tu as déjà terminé ? s'enquiert Sahalé en la sortant de ses pensées. Je pensais ne pas te revoir de la journée !

Nina rougit et l'Indien se met à rire sans quitter ses mains du regard. C'est comme s'il avait des yeux sur le front. Quand il lui suggère d'emporter son matériel de prise de vues pour rejoindre Aidan, Nina sent Chakrouny étrangler son estomac avec un nœud coulant. De toute la journée, elle n'a pas songé un seul instant que l'appel du GI pouvait être important.

2

Plantée devant Sahalé, son sac capitonné contenant appareil photo et caméra numérique en bandoulière, Nina trépigne. Prête à partir, elle attend qu'il achève sa flèche depuis moins d'une minute, mais pour elle, c'est déjà une minute de trop.

— Ce qu'il y a là-bas ne risque pas de disparaître, glisse Sahalé. Mais si le puma que j'ai vu hier nous attaque en chemin, tu apprécieras ce temps que je suis en train de t'emprunter.

En dehors d'une communauté d'âge et d'une appartenance à la même espèce, tout les sépare. Fille unique d'un écrivain surdoué et contestataire, Nina a grandi en Pennsylvanie, sur les bords du lac Érié. Son métier de chercheuse de nouvelles plantes, elle l'a toujours désiré. C'est même pour décrocher cet emploi au Venezuela – malgré les réticences paternelles et les menaces de lui interdire définitivement l'accès à la demeure et à la fortune familiales – qu'elle a fréquenté le campus de la NYU pendant six longues années. Sahalé, lui, est né au cœur de la forêt, dans un village yanomami. Il aime raconter comment, adolescent, il a été repéré par des cadres en charge d'un programme d'État de préservation de la forêt et envoyé à Caracas pour rentrer chez lui à vingt ans, en qualité de garde des eaux et forêts. C'est d'ailleurs ainsi qu'il a rencontré Nina, au détour d'une expédition organisée par la Compagnie. Depuis, il joue le rôle de guide-cueilleur et assiste la jeune Américaine dans le prélèvement des échantillons les plus délicats.

Quand Sahalé se lève avec souplesse, range sa flèche dans son carquois et s'engage sur le sentier, sa machette à la main, Nina lui emboîte aussitôt le pas. Vaguement excitée et inquiète, elle tente d'imaginer la raison de l'appel d'Aidan. Jamais il ne se permettrait d'interrompre une cueillette sans un motif important. Aucun d'entre eux n'a osé le faire en cinq ans. Les objectifs de la Compagnie sont tels qu'ils n'ont pas le loisir de traîner en chemin. À la fin de chaque campagne, la récolte est pesée, vérifiée, et si le résultat ne donne pas satisfaction aux chefs de Caracas, l'équipe est dissoute et les cueilleurs renvoyés chez eux sans autre forme de procès.

— Que crois-tu qu'il y ait, là-haut ?

Depuis son arrivée sur place, Nina projette de réaliser un documentaire sur les dernières tribus sauvages, Sahalé le sait et c'est une de ses taquineries favorites. Invariablement, quand Nina lance le sujet, il lui répond qu'à force de patience, elle dénichera forcément des êtres libres et idéaux, des êtres qui ne connaissent ni la haine ni les conflits. Des ribambelles d'enfants nus et des hommes et des femmes qui punissent en chatouillant et règlent leurs problèmes avec des éclats de rire. Ce qu'il ne peut s'empêcher de faire cette fois encore et, comme à l'accoutumée, Nina se renfrogne aussitôt. *Ridicule peut-être... mais ça en boucherait un coin au vieux Scott et à cette salope de Chakrouny.* Cela doit faire vingt ans qu'aucune nouvelle ethnie n'a été recensée dans cette immensité mystérieuse, vaste comme l'Europe de l'Ouest. Aidan aurait-il repéré une de ces tribus dissimulées et protégées par la FUNAI ? Le cœur et l'esprit de Nina s'emballent et les fantasmes les plus délirants s'entrechoquent à la porte de sa conscience. Peut-être, oui. Mais si c'était autre chose ? Quelque chose qui se trouve en dehors de la zone délimitée pour la cueillette, dans un endroit dangereux ? Dans cette région reculée du Venezuela, la présence de certaines espèces endémiques, animales et végétales, attire les convoitises. Personne, à moins d'être totalement inconscient ou simple d'esprit, ne s'aventure dans la jungle sans une arme de poing ou un fusil, tant les agressions sont nombreuses. La jeune femme se concentre alors sur ses grosses chaussures couvertes de boue rouge et compte ses pas. C'est encore le meilleur moyen de ne pas se laisser envahir par la peur.

Aidan Lassiter les attend à l'abri n° 3. Il fume un cigarillo, le visage fendu d'un sourire satisfait et les yeux dissimulés derrière des verres réfléchissants. Malgré l'insistance de Nina, il se contente d'un vague « fais-moi confiance », lui tend une arme qu'elle vérifie avant de la glisser dans sa ceinture, puis élargit la route, sa longue lame en main. La pente est raide, glissante, et Nina doit s'appuyer sur deux branches qu'elle plante dans la boue au rythme de ses pas. Plusieurs fois, elle courbe le dos pour éviter le contact désagréable et collant des végétaux fraîchement coupés. Les lianes et les hautes fougères se referment sur eux avec d'inquiétants craquements, et les lupunas tendent leurs troncs hérissés de pointes agressives comme autant de sentinelles malveillantes. Rapidement mal à l'aise malgré son habitude de la forêt, Nina frissonne. Au fur et à mesure de leur progression, les bruits de la futaie s'amenuisent. Les *araguatos* et les singes capucins ne hurlent plus, et les oiseaux semblent avoir déserté la frondaison. Un vent de plus en plus fort fait tourbillonner quelques feuilles et gémir les milliers de branches qui les surplombent. Sans qu'elle s'en aperçoive, de lourds nuages s'accumulent au-dessus de la forêt, enfermant sous un couvercle épais la chaleur restituée au ciel par le sol. L'appréhension grandit dans le ventre de la jeune femme et s'y love avec l'habitude d'un vieux chat. Elle ne saurait dire ce qui la génère. Ce silence soudain, la moiteur croissante malgré le vent, le pas rapide et léger de Sahalé, sa propre imagination ? Les impressions sont trop diffuses, mais tout converge vers un endroit situé juste sous son estomac.

Après une longue et éprouvante marche, ils débouchent enfin sur le sommet du tepui, dans une zone couverte de végétaux géants foisonnant d'épiphytes en fleur. Le ciel est si obscur qu'ils ont allumé leurs lampes torches sur la fin du parcours. Les puissants faisceaux lumineux balayent les alentours, accrochent aux troncs des ombres qui s'allongent, et révèlent soudain au-dessus de leurs têtes un déluge de couleurs éclatantes. Des centaines d'orchidées et de broméliacées au parfum entêtant semblent s'ouvrir juste pour eux, leur dévoilant des pétales longs et délicats, découpés, bicolores, des pistils géants ou multiples dans un écrin bigarré de feuilles lanières dont certaines sont larges et d'autres, étroites et dentelées. Cette soudaine profusion de grappes d'inflorescences magnifiques et de fleurs solitaires se balance lentement, entourée d'une nuée de papillons.

La tension accrochée au cœur de Nina fait alors place à de l'émerveillement. Elle reste longtemps bouche bée, le visage levé vers ce spectacle inattendu. Jamais elle n'a vu une telle débauche de couleurs et d'odeurs, jamais elle n'a pu observer autant de papillons à la fois. Leur ballet silencieux n'est troublé que par quelques grincements de branches alourdies par les fleurs. Le calme qui règne sur l'endroit est stupéfiant. D'ailleurs, aucun des trois n'a encore osé le rompre. Peu à peu, les yeux de Nina se détachent des orchidées pour effleurer le visage de Sahalé, pâle, et celui d'Aidan, abasourdi, puis observer les environs. Au-dessous de ce qui ressemble à un jardin suspendu entre les troncs, de petits murs délimitent le pourtour de bâtisses ruinées par la pousse sauvage des arbres.

Une allée large de cinq à six mètres, pavée de blocs de pierres, trace un axe autour duquel s'organisent des constructions basses. Des rayons de soleil filtrés par les hautes branches éclairent la partie centrale de cet étrange village abandonné, laissant le reste dans l'obscurité. La plupart des bâtiments se sont écroulés, mais certains ont conservé une forme identifiable, malgré les troncs noueux qui en jaillissent et les lianes qui les recouvrent partiellement. Ici, le granit et le bois s'épousent avec harmonie pour ne former plus qu'un. Un peu plus loin, une énorme souche tend ses racines vers eux, surplombant une bâtisse aux murs sculptés de curieuses gargouilles émoussées par le temps et rehaussées de bégonias blancs.

— C'est magnifique ! s'écrie enfin Nina en avançant de quelques pas. C'est impossible !

Sa voix résonne étrangement.

— Je savais que ça te plairait, murmure l'ancien GI en éteignant sa lampe torche. Je suis tombé là-dessus par hasard. Jamais je n'aurais dû arriver jusqu'ici. Jamais… Mais qu'est-ce que tu veux ? Je ne sais pas résister à l'appel d'une belle pente boueuse. Ça doit être dans mes gènes.

Le visage fermé et la main posée sur son arme, Sahalé observe alternativement l'obscurité entre les troncs qui cernent les habitations et les nuages qui s'amoncellent subitement au-dessus de leurs têtes. De longues rafales font onduler la canopée et un gémissement parcourt les branches et les feuilles.

— Je n'aime pas ce silence, bougonne-t-il. Nous n'avons rien à faire ici. Il faut partir !

— Sahalé, les peuples de la forêt ne construisent pas de village en pierre, tu le sais, glisse Nina en sortant la caméra de sa sacoche. Nous sommes devant une première du genre. Alors, il n'est pas question que je quitte cet endroit sans fouiner un peu !

— Tu n'as pas bien compris, Nina, articule Sahalé en pointant le ciel du doigt. Il va y avoir de fortes pluies. On doit redescendre immédiatement.

— Sahalé a raison, renchérit tranquillement Aidan. Le ciel n'était pas aussi noir tout à l'heure.

La voix de la jeune femme tremblote mais elle reste intraitable. Non, elle ne quittera pas les lieux sans avoir pris quelques clichés. S'ils ne sont pas de son avis, qu'ils redescendent et remballent le campement. Elle les rejoindra dans deux heures. Le site, exceptionnel, dépasse tout ce qu'elle a pu imaginer jusque-là. Les constructions en granit, les sculptures, l'agencement des ruines de chaque côté de l'allée, tout ça sur un plateau gigantesque, couvert de fruits et de fleurs, perdu au milieu de l'immensité du Venezuela… Nina en est certaine, jamais elle n'a entendu parler d'une telle merveille. Jamais personne n'est arrivé ici avant. La peau de la jeune femme est parcourue de frissons et son cœur se gonfle d'orgueil. Elle est celle qui fera connaître ce lieu au monde. Partout, les journaux et les télévisions parleront d'elle, tous s'arracheront ce reportage inédit. Elle va enfin prouver qu'elle n'est pas que la fille de son père, elle va damer le pion à cet homme à qui tout réussit, cet homme bourré de talent, beaucoup trop égoïste, trop riche et trop envahissant. Mais Nina n'est pas dupe. Elle sent combien ses arguments sonnent faux. Toute sa vie, elle a espéré cet instant, pour ces mauvaises raisons, justement : gagner l'estime paternelle. Et ce n'est pas une telle occasion qui parviendra à déconstruire son échafaudage, aussi bancal soit-il. Elle le sait et se contente de secouer la tête comme pour chasser son dépit. D'abord, elle va s'organiser, observer avec méthode pour préserver le site et ne pas tout ficher en l'air. Croquer les lieux, prélever des échantillons. Oui, c'est ça, il faut rapporter des preuves.

Alors que Lassiter tourne les talons et que sa silhouette disparaît entre les feuilles et les branches, Nina s'apprête à fouler les dalles centrales quand un cri de Sahalé l'immobilise brusquement. « Ne bouge pas ! » Ses prunelles noires brillent d'une émotion et d'une colère contenue qui effrayent la jeune femme et ses doigts serrent si fort son poignet qu'elle en gémit de douleur. Il la tire encore un peu vers lui, l'obligeant à quitter l'allée de pierres blanches. Le corps de Nina se couvre subitement d'une sueur abondante. La température est inhabituellement élevée et le degré d'hygrométrie tel qu'elle peine à respirer.

— Les peuples de la forêt n'enterrent pas leurs morts, murmure-t-il. Recule ! Ton paradis, c'est un cimetière, Nina, et ce chemin, des sépultures.

3

Depuis près d'un quart d'heure maintenant, Sahalé arpente prudemment la bordure des allées du village en ruine. Il évite les pierres moussues, se déplace courbé, la machette brandie devant lui, ce qui provoque l'hilarité de Nina qui l'observe d'un œil amusé. Pourtant il insiste, enterrer les morts, c'est contre nature. Ils vont fâcher les esprits s'ils restent là. Mais elle éclate de rire encore une fois, incapable de le prendre au sérieux. Bien sûr, elle aime ces histoires qui racontent l'étroitesse des liens entre la nature et les hommes. Imaginer qu'elle fait partie d'un grand tout et que chacune de ses actions ici implique une cascade de réactions ailleurs, oui. Mais croire que des esprits hantent les lieux et qu'ils vont leur faire du mal, c'est impossible.

— Tu sais ce que je pense de vos croyances animistes !

— Tu attribues une âme aux hommes et tu refuses de croire que tous les êtres en possèdent une ! Pourquoi ?

— Ces pierres, là, et pourquoi pas ce vent ou ces gouttes de pluie ?

En quelques foulées, Nina contourne les tombes et filme la dalle qui semble tant effrayer l'Indien. Large de près d'un mètre sur deux de long, elle a été soulevée par une forte liane d'ayahuasca. Au fil du temps, celle-ci s'est immiscée entre la pierre et la terre rouge du tepui pour exposer à la lumière les restes d'un petit corps enroulé dans des résidus de toile.

— Aide-moi, au lieu de marmonner dans ton coin, s'agace soudain Nina, perturbée par la vue du cadavre. Ou va-t'en et reviens me chercher plus tard.

Avec réticence, Sahalé s'approche de la sépulture et découpe la plante pour exposer les restes et permettre à Nina de prendre quelques clichés. Il a bien compris que, malgré cette macabre découverte, rien ne pourra la dissuader d'explorer ce lieu étrange. Ici, les bâtisses s'articulent en cercle autour d'une vaste place envahie par la végétation et les murs les plus hauts n'excèdent pas la taille d'un homme. L'allée principale, ou plutôt le cimetière, est bordée de petits mausolées de forme pyramidale dont les ouvertures sont orientées vers ce que Sahalé appelle déjà le continent des corps. Les pierres, polies par des milliers de pas, indiquent que les villageois marchaient sur les sépultures de leurs ancêtres pour aller et venir.

— Ils ne vivaient pas comme les Yanomamis, murmure Sahalé. Ici, chaque famille avait sa propre case. Là, ajoute-t-il en désignant les vestiges d'une grande bâtisse, ce devait être leur stock. Ils avaient de bien curieuses coutumes…

— S'ils se sont sédentarisés, c'est qu'ils avaient leurs raisons ! claironne Nina. Ne vois là rien de mauvais et poursuivons.

De l'autre côté du village, d'autres bâtiments dévastés, plus grands, ont manifestement fait office de communs, ou de lieu de culte. Là, d'immenses lianes se jettent du haut des branches d'un cedrela dont la cime culmine à une trentaine de mètres. De nombreuses espèces recouvrent la plupart des branches de ce spécimen exceptionnel, dont une brassée d'orchidées mauves et des ananas sauvages.

— Ces arbres sont hauts, remarque Nina, trop hauts pour un plateau de cette altitude. Pourtant le soleil arrive jusqu'ici, sinon il n'y aurait pas tant de fleurs et de fruits. Je n'ai jamais vu ça.

D'autres géants se balancent aux alentours. À plusieurs mètres de hauteur, là où le soleil parvient à glisser ses rayons entre deux nuages noirs, leurs branches, surchargées d'épiphytes gorgés d'eau, ploient dangereusement. Malgré une inquiétude grandissante, Sahalé ne peut retenir un sourire devant l'enthousiasme de Nina qui lui tend une banane et une papaye qu'elle vient de cueillir, lui suggérant ainsi une courte pause. Assis sur les restes d'un muret, ils dégustent les fruits en silence, les yeux captivés par les gouttes qui s'écrasent sur la pierre en formant de petits ronds blancs auréolés de terre rouge.

— Il va falloir rentrer, Nina. La pluie va forcir. Tu n'as pas le droit de mettre l'équipe en danger.

Mais Nina n'écoute pas les recommandations de Sahalé. Elle tente de ramasser au fond de sa mémoire ses maigres connaissances de l'histoire de l'Amérique du Sud. La communauté qui vivait ici devait être constituée d'environ cinq cents individus. Or, les Indiens d'Amazonie n'établissent pas de colonie faite pour durer en raison du rapide appauvrissement des sols. Ils n'enterrent pas non plus leurs morts, mais les incinèrent et vivent dans des habitations communes et provisoires, des *shanobos* construits dans des clairières avec le bois de la forêt.

— Jamais au milieu des arbres et certainement pas à une telle altitude ! murmure-t-elle en mordant dans la papaye.

Serait-il possible qu'il s'agisse de l'extension d'une des trois grandes civilisations sud-américaines ? Nina abandonne aussitôt l'idée. D'après ses souvenirs, les Mayas et les Aztèques ont marqué leur empreinte très au sud du Venezuela et aucune trace des Incas n'a été relevée aussi loin. En fait, Nina doit bien admettre que ce village ne ressemble à rien de ce qu'elle a déjà vu et que ses connaissances en architecture des civilisations sont trop limitées pour lui permettre de tirer des conclusions satisfaisantes.

— Ces arbres sont âgés d'une quarantaine d'années, guère plus, dit-elle après une courte réflexion. Ici, on est à deux mille quatre cents mètres et il fait beaucoup moins chaud que…

Nina s'interrompt et s'éloigne de quelques pas. Ses yeux viennent d'accrocher une forme en partie cachée par un monceau de terre et de végétation accumulées le long d'un bâtiment éventré par d'énormes lianes. Elle s'agenouille et entreprend de gratter la terre humide. Sahalé la rejoint et leurs quatre mains s'unissent pour déloger une colonne de pierre brisée. Ils dégagent avec soin chacun des fragments et les disposent à même le sol, à un endroit de la place où quelques timides rayons de soleil percent encore les nuages et traversent la frondaison. Ainsi reconstitué, l'artefact figure à sa base un végétal symbolisé par trois larges feuilles. Au-dessus se dressent un singe et un insecte ailé. La représentation, bien que naïve, ne laisse aucun doute quant à la nature des sujets représentés.

— C'est un totem, commente Nina, de l'émotion plein la voix. Ça non plus, ton peuple n'a pas l'habitude d'en faire.

C'est à cet instant que Sahalé lui indique la présence de centaines de saïmiris[1] dans les arbres tout autour d'eux. Ils ne font aucun bruit et paraissent curieux du manège des humains. Nina réprime un frisson. Habituée à la forêt, elle ne peut concevoir que ces animaux habituellement bruyants puissent garder le silence. Et encore moins rester suspendus aux branches, leurs petites têtes tournées vers eux, scrutatrices, obsédantes. L'inquiétude chez Sahalé est si rare qu'un sentiment de malaise comprime la poitrine de Nina. Elle attrape une boîte de pilules au fond de son sac caméra, en

1. Petits singes écureuils très communs en Amazonie.

avale deux et s'éloigne vers la partie la plus reculée du village, après avoir longuement filmé la statue et les singes. Là, il ne reste plus rien des constructions. Seules quelques pierres alignées au sol attestent la présence de bâtiments disséminés sur cette zone. Le feuillage n'atteint pas la hauteur du reste de la forêt et de jeunes palmiers secouent leurs feuilles sous le vent. Des troncs de lupuna et d'hévéa brisés, couverts de racines et de mousse, dressent encore leurs fûts cabossés. Bizarrement, les rayons du soleil ne parviennent plus jusqu'ici, où l'atmosphère est humide et fraîche, les odeurs de pourriture plus accrocheuses. À pas lents, Nina progresse, sa caméra au poing. Le passage se rétrécit subitement. La végétation devient plus dense et semble s'organiser pour empêcher l'accès à cette zone. Des eucalyptus et des acacias présentent des signes gravés dans leur écorce, de part et d'autre du chemin.

— C'est interdit, annonce Sahalé qui a rejoint la jeune femme. Nina, ce sentier est interdit aux vivants. Le village doit rester oublié du monde. Si les souches et les lianes recouvrent les pierres, c'est la volonté de la forêt. Elle engloutit ce lieu, petit à petit, pour l'effacer.

Un long frisson parcourt l'échine de la jeune femme. Elle s'arrête, coupe sa caméra et dégaine sa machette. Chakrouny remue dans son ventre et la porte close du bureau de son père danse devant ses yeux.

— Personne ne m'empêchera d'avancer, Sahalé. Personne. Je ne crois pas à tes esprits. C'est ta culture, pas la mienne.

Elle inspire profondément. Le vent tourbillonne plus fort, les larges feuilles de palmes fouettent l'air. Avec des gestes rapides et précis, Nina abat plusieurs fois sa lame dans l'entrelacement du hallier. La forêt tout entière semble frémir autour d'elle. Une pluie subite et violente résonne dans les hauteurs de la canopée. Bientôt, il leur faudra rebrousser chemin.

— Personne n'est venu ici depuis longtemps. Nous sommes les premiers…

Des larmes, aussi soudaines qu'inattendues, embuent les yeux de Nina. Une joie sauvage et une peur brutale s'affrontent dans son esprit. Paralysée, elle lâche sa machette. Son regard brouillé se pose alors sur d'étranges monticules rassemblés en cercle autour d'arbres fantômes, comme restés debout pour servir d'abri à des milliers d'abeilles. Leur bourdonnement emplit l'air d'un effrayant ronronnement. Une main glaciale s'empare de la poitrine de Nina et ses jambes tremblent. Elle pourrait jurer qu'on les observe. À présent que les nuages ont avalé le soleil et que la pluie se fait plus insistante, une nuit de début du monde s'abat sur la forêt. Le cri de quelques rapaces la rend épaisse, effrayante. Bientôt, avec l'humidité, des milliards d'insectes vont quitter leur repaire pour grouiller sous ses pieds et dans ses cheveux. *Les serpents ! Les serpents vont sortir !* Nina recule en hâte, attrape la main de Sahalé qui chasse quelques abeilles agressives avec de grands gestes.

— Partons ! hurle-t-elle, incapable de bouger.

Partout, il y a ces mêmes monticules recouverts de végétation. Avec une incrédulité entachée de frayeur, elle distingue au pied d'un tronc le reflet blanchâtre de plusieurs ossements. Et plus loin, d'autres reflets, d'autres crânes. D'autres ossements. Elle comprend alors pourquoi le terrain n'est accidenté que dans cette partie reculée du village. Ces éminences de terre dissimulent ce qu'il reste de plusieurs charniers.

4

Ils ont aussitôt tourné les talons, chassés par une frayeur sans nom et des cataractes d'une rare violence. Ils ont couru sous un déluge de feuilles, d'eau et de terre mais, rapidement, la pente escarpée s'est révélée un terrible guêpier et leur fuite s'est transformée en une périlleuse glissade. Emportés par le torrent creusé dans le sentier par l'orage, blessés par les lianes et les branches, Nina et Sahalé sont arrivés au camp couverts de boue et la mine défaite.

La jeune femme encore tremblante tient son sac contre sa poitrine, et s'y accroche avec force en répétant qu'elle a sauvé les preuves de ce qui se trouve là-haut et que ce n'est pas un petit orage qui va arrêter une Scott. Aidan Lassiter, Yahto et Kwanita, qui ont préparé leur départ, les attendent protégés par une bâche, le regard sombre et les pieds enfoncés dans vingt centimètres de fange.

À présent, le petit groupe lutte contre des trombes d'eau giclant d'un ciel si bas que chacun croit pouvoir le toucher. Crachés par les volutes noires, des éclairs fusent un peu partout autour d'eux. Parfois, dans un fracas étourdissant, ils touchent un tronc et le brisent dans une gerbe d'étincelles. Furieuse après les éléments déchaînés et son propre entêtement, Nina garde les dents serrées pour ne pas hurler sa rage. Avec leurs vingt-cinq kilos répartis sur les épaules, ils ressemblent à des fourmis tentant de se dépêtrer d'une gadoue de plus en plus collante. La terre rouge aspire leurs semelles avec la gourmandise d'une entité monstrueuse. La descente du versant septentrional est abrupte, de vertigineuses falaises tombent à pic sur la quasi-totalité du pourtour du tepui, créant une muraille infranchissable. Même une chèvre ne s'y risquerait pas. L'ancienne via ferrata aménagée dans les années 60, habituellement empruntée par les uns et les autres pour rejoindre les hangars de Stander, seul lieu d'amerrissage des hydravions dans la région, disparaît derrière une barrière de végétaux cinglant l'air. Face à tant de violence, le petit groupe s'est assuré en cordée et les hommes, devant, dégagent le passage tantôt à la machette, tantôt à mains nues.

À la mi-journée, tous ont fait une courte pause sous le couvert d'un velum qui claque sous les bourrasques. Une fois leur repas englouti, ils n'ont pas traîné, obsédés par l'idée de rallier au plus tôt l'abri du camp de base. Lorsque les cataractes s'amenuisent, ils peuvent distinguer le sombre tapis de la plaine de l'Orénoque, chapeauté d'un plafond gris où brillent par endroits des nuances violacées, et les rares rayons de soleil qui parviennent à transpercer la couche de nuages ponctuent la canopée d'un camaïeu émeraude. En d'autres occasions, ils auraient trouvé le panorama magnifique, mais à présent, la déclivité augmente et le sentier se transforme peu à peu en ruisseau. Alors aucun d'eux ne pense à admirer le paysage. Ils progressent lentement, accrochés au câble fixé le long de la paroi, tendus vers le prochain pas, le visage giflé par un mélange de pluie et de débris végétaux. Parfois, le cri de l'un d'eux se perd dans la tourmente, quand des ramures ou des feuilles de palmes arrachées le blessent comme de terribles flèches. Lorsqu'ils atteignent le pied des barrières minérales, le vent redouble et il semble à tous que l'eau ne tombe plus en pluie mais qu'elle les englobe, tant sa force est décuplée.

Après des heures d'efforts, une pente douce les dépose enfin sur la rive orientale d'un affluent de l'Orénoque. La plaine nouvellement retrouvée galvanise la volonté de tous. Il reste moins de cinq kilomètres à parcourir et le plus difficile est derrière eux, noyé dans une épaisse brume grise. Là encore, le spectacle est saisissant. Les eaux grossies par les pluies torrentielles attaquent les berges boueuses, arrachant à la terre des blocs compacts et des arbres entiers. La rivière semble possédée par un esprit mauvais. Le sentier rase les eaux tumultueuses et une courbe approchante laisse entrevoir des geysers de boue qui s'élèvent à plus de trois mètres de haut.

— On devrait contourner ça ! hurle Nina. Aidan, bordel, Aidan !

Mais le vent, l'eau, les capuches, tout se conjugue pour étouffer sa voix. La jeune femme accélère le pas pour dépasser Yahto et Kwanita qui luttent contre le vent, le visage baissé, et se plante devant Aidan.

— Tu as vu ce qui nous attend ? crie-t-elle à quelques centimètres de son oreille. Nous devons passer par l'intérieur !

L'ancien GI la dévisage d'un œil morne, puis s'anime comme s'il revenait de loin. Pour lui, les choses sont claires : il est hors de question de changer d'itinéraire. Alors Nina s'accroche à sa vareuse et insiste. Longer le fleuve est beaucoup plus dangereux que de passer sous la frondaison, il ne devrait pas s'entêter dans cette voie et la suivre. Mais Aidan ne semble pas de cet avis. Les yeux remplis de colère, il la repousse brutalement et jette avec rage le sac qui alourdit ses épaules.

— Tu m'emmerdes, Scott ! crie-t-il en attrapant le poignet de la jeune femme. On ne va pas risquer de se prendre des troncs dans la gueule ! La dépression qui nous tombe dessus n'est rien en comparaison de ce qui nous attend dans la soirée. Or, une accalmie est prévue en fin d'après-midi. Une toute petite fenêtre de deux heures environ qui permettra à Gus de se poser, de nous charger et de repartir. Conclusion, on ne fait pas de détour parce que ça va nous mettre cinq ou six plombes dans la vue. Pigé ?

Personne à la Compagnie ne demandera à Aidan Lassiter d'assumer à la place de Nina si la récolte est fichue, elle le sait. Mais elle ne peut abandonner un homme dans la jungle, même si son entêtement risque de mettre l'équipe dans de sales draps. Dépitée, elle laisse l'ancien GI replacer son sac sur ses épaules et poursuivre sa route, regarde Yahto puis Kwanita passer devant elle, confiants, et ferme la marche aux côtés de Sahalé, l'esprit emmuré dans un profond sentiment d'injustice et les yeux rivés sur le méandre redouté. Un violent courant projette l'eau à angle droit contre la rive et les colonnes de boue se sont taries. Rassurée par cette dissipation inespérée, Nina songe avec amertume qu'Aidan avait sûrement raison de vouloir longer la rivière.

Mais l'eau a creusé la terre avec une force telle qu'elle s'est insinuée sous les pieds des marcheurs sur près de trois mètres et lorsque Lassiter, Yahto et Kwanita posent d'un pas décidé leurs rangers sur la berge, la portion du rivage se détache brutalement et ils basculent dans les flots bouillonnants. Aussitôt, Nina et Sahalé jettent à bas leurs ballots et leur sac à dos pour se précipiter vers l'endroit où leurs compagnons viennent d'être engloutis.

— Là ! C'est Kwanita !

La jeune Indienne remonte à la surface. Bien qu'excellente nageuse, elle agite désespérément les bras, la bouche ouverte dans un cri de terreur. Nina la voit se battre contre un tourbillon pendant d'interminables secondes, accrochée à deux des précieux chargements. Les feuilles et les fleurs récoltées, enfermées dans d'épais sacs en plastique, occupent beaucoup d'espace pour un poids minime et font office de bouée.

— Je m'occupe de Yahto ! hurle Nina en jetant son ballot vers le vieil homme, qui s'y cramponne avec l'énergie du désespoir. Puis elle prête main-forte à Sahalé pour l'équiper d'un baudrier et lancer des cordes à l'eau.

— Occupe-toi d'eux ! Je vais chercher Aidan !

Emporté par le courant, il se trouve à une trentaine de mètres de la berge, hors de sa portée. Sans hésiter, Nina fixe l'autre ballot à sa ceinture et saute dans la rivière pour se laisser emporter. Les eaux grondent autour d'elle, des pécaris crevés et des troncs d'arbres charriés par le courant s'approchent dangereusement et sur les bords de la rivière, des branches écrasées par le poids d'énormes épiphytes secouent vers eux des doigts d'arthritiques. À son tour, elle lutte contre les courants qui la rejettent contre la berge pour la noyer dans une boue épaisse et parvient à gagner la zone où se trouvait Aidan. Puis à le rejoindre.

À bout de souffle, il se jette sur le ballot de Nina et s'y accroche comme un forcené. Un court instant, leurs visages restent à quelques centimètres l'un de l'autre, leurs regards s'attachent, désespérés et incrédules, puis la tête d'Aidan heurte une souche, ses mains s'ouvrent, il est subitement arraché à leur frêle esquif par des racines noueuses, happé par la surface mouvementée des eaux et bientôt, il disparaît.

— Aidan !

Les hurlements de Nina déchirent sa gorge, inutiles. Tétanisée par l'angoisse et malmenée par des flots tourbillonnants, le visage déformé d'Aidan imprimé sur sa rétine, elle dérive sur des kilomètres, accrochée à son ballot. Ses yeux hagards et brûlants distinguent à peine le défilé des rivages à travers le rideau de pluie. Elle suffoque, crache une eau limoneuse qui s'infiltre dans ses narines et dans sa gorge. Plus loin, le courant, divisé par des flots tumultueux qui envahissent une bande de terre à l'extérieur d'un méandre en épingle, lui permet de poser les pieds sur un terrain plus ferme. Épuisée, Nina lâche le ballot et s'accroche aux branches basses d'un amoncellement de débris et de cadavres d'animaux. Mais, au moment où elle va prendre appui sur le rivage, ses jambes affaiblies se dérobent et elle chute lourdement. Un cri ouvre sa bouche et des litres d'eau se déversent dans sa trachée. Elle ne lutte plus. Et tandis que les eaux s'épaississent autour d'elle, elle a une pensée pour sa mère, morte en couches, puis une autre pour son père, qui ne se remettra sans doute pas de lui survivre. La boucle de sa brève existence s'incurve, la vie et la mort s'entremêlent. Toutes ces années passées à avoir peur du lendemain, du bonheur, de tout et de rien, finalement, ce n'était pas grand-chose. Elle, qui a douté pouvoir réagir le jour venu, tient sa victoire. Elle s'est battue jusqu'au bout. Tout compte fait, elle peut partir en paix. Et puis, la mort par noyade n'est pas si douloureuse. C'est la souffrance qu'elle a toujours redoutée. Rien d'autre.

Ce qu'elle ne comprend pas, tandis qu'elle sombre dans les eaux tourmentées de cet obscur affluent de l'Orénoque, c'est cette lumière, ce disque pâle particulièrement brillant en son centre. Et qui ne veut pas disparaître.

5

Je n'ai jamais compris pourquoi les bâtiments destinés aux études possèdent de telles hauteurs de plafond. C'est à croire que les architectes cherchent à se mettre à dos toute la communauté scientifique. Heureusement, à cette époque, j'étais loin de m'attarder sur ce genre de détails.

Mon haleine marquait l'air d'une vapeur ténue et c'est tout juste si le poêle à charbon campé au centre de la pièce réussissait à maintenir une température supérieure à dix degrés. Mais je n'en avais cure. Ma vareuse était bien chaude, suffisamment pour me protéger des assauts de ce rude mois de mars 1949. Je la tenais d'un jeune gradé américain à qui j'avais fait visiter les collections interdites au public du musée de paléontologie. À cette époque, c'était un cadeau de choix.

Tout ce qui comptait pour moi en ce temps-là s'étalait sous mes yeux, dans ces dizaines de dossiers qui occupaient mon bureau et, au-delà, les tables de travail, le sol et même une partie du rebord des fenêtres. Là où d'aucuns auraient décrié un désordre indescriptible, moi, je voyais des résultats d'autopsies, des bilans sanguins, des documents en anglais, en allemand, en français, strictement empilés, classés, d'autres en latin, qui provenaient des archives nationales. Et n'y retourneraient jamais. La guerre avait jeté un voile d'oubli sur les agissements des uns et des autres. Personne ne viendrait me demander de restituer ce que personne ne se souvenait avoir sorti des stocks. D'autant plus que les rafles parmi le personnel avaient fait disparaître de manière insoupçonnée les principaux témoins. Des documents qui n'intéressaient pas grand monde en somme, en ces temps de reconstruction.

Ma main s'empara du parchemin. Bien sûr, il s'agissait d'une retranscription, l'original n'existait plus depuis des siècles. Mais cela ne comptait pas. L'importance de ce document ne résidait pas dans sa valeur marchande, mais dans son intérêt scientifique. Il attestait d'une réalité extraordinaire. Trois siècles avant J.-C., Hérophile avait repris les travaux initiés par ses prédécesseurs de l'école d'Alexandrie sur la glande pinéale. Il les avait poursuivis, persuadé depuis toujours que ce petit organe ne faisait pas partie du cerveau, tout en se situant à l'intérieur. Et il avait eu raison.

Plus récemment, des études basées sur la dissection de fœtus humains à différents stades de leur développement montraient qu'en effet, cette glande naît à l'extérieur du cerveau pour y migrer ensuite au cours de la croissance de l'embryon. Cette improbable translation d'un corps vers l'intérieur du cerveau aurait dû à elle seule rameuter la moitié de la communauté scientifique mondiale. Mais que les hommes sont sots ! Plutôt que de se lancer par dizaines de millions les uns contre les autres comme des bêtes féroces, ils auraient mieux agi en concentrant leur énergie à l'exploration de ce petit morceau de cervelle de la taille d'une cacahuète. Et en se demandant pourquoi diable l'évolution avait-elle cherché à protéger – que dis-je, à cacher – ce morceau de tissu dans un endroit aussi inaccessible.

La science avait énormément progressé durant la guerre. La médecine en particulier. Et rien ne permettait de comprendre pourquoi le cerveau acceptait ce corps étranger en son sein. J'avais lu tout ce qui s'était écrit sur le sujet. De l'article scientifique le plus honorable aux dérives obscurantistes dénuées de fondement. Des plus récentes recherches, bien trop rares à mon goût, aux textes anciens que j'avais pu dénicher, comme c'était le cas de ce parchemin. Le document reprenait des travaux égyptiens effectués sous la XXXe dynastie, qui eux-mêmes s'étaient sans doute établis sur les balbutiements de la médecine nés entre le Tigre et l'Euphrate, quelque part au cours du quatrième millénaire.

Moi-même, je me savais l'héritier d'une longue chaîne de cerveaux humains et je voulais m'en montrer digne. Aussi travaillais-je fébrilement, mais avec méthode. En découvrant la glande pinéale, les médecins des pharaons avaient pensé mettre le doigt sur le troisième œil, le centre physique du réceptacle de l'invisible. Les Grecs s'étaient à leur tour approprié cette conclusion, les Romains aussi. Puis les travaux s'étaient arrêtés, brutalement stoppés par l'arrivée du christianisme, qui jugeait hérétique cette vision du monde. L'invisible avait alors été cadré, triangulé, mis à l'abri derrière un concept abscons de Trinité. Et pourquoi pas d'ailleurs ? Les gens n'étaient pas prêts à entendre certaines découvertes. Malheureusement, cette mise sous cloche avait retardé les recherches pendant des siècles.

J'ai souvent établi un rapprochement entre l'histoire de la glande pinéale et la mienne. Si j'étais né en d'autres temps, ou tout simplement en d'autres lieux, tout aurait été très différent. Hélas, je suis français, né à Paris en 1915. C'est donc un jeune docteur en zoologie qui a vu arriver l'année 1939 avec effroi. Quant à l'année 1940, elle m'a privé de toute joie en ce monde. Fait prisonnier par l'armée allemande à quelques kilomètres du port de Dunkerque, trahi par les fuyards en déroute menés par un de Gaulle honni, j'ai sauté du train qui m'emportait vers l'Allemagne et le STO, comme certains, rares, trop rares, des nôtres. Après trois semaines de voyage pour rallier Paris dans une France jetée sur les routes, je me heurtai aux décombres de l'immeuble où ma femme, mon fils et moi avions vécu heureux avant que le monde ne verse dans le chaos…

La guerre n'y était pour rien. Un incendie accidentel avait tout ravagé au moment où je me battais dans le nord du pays. Le sinistre avait emporté dix-huit personnes. Des voisins, des amis, mais aussi et surtout ma famille. J'ai failli tout abandonner. J'ai pensé mourir de chagrin, de peine, de… je ne sais pas comment appeler ce ressenti qui vous tire, vous dessèche, vous ratatine vers l'intérieur pour mieux vous rapprocher de ceux qui sont partis. Et puis, avec la découverte de nouvelles données sur la glande pinéale, un espoir est né en moi. J'ai repris mes études, bien décidé à percer le mystère. Et peu à peu, j'ai compris que le chemin n'était pas dans l'oubli. Peut-être… La chance, ou plutôt la destinée, m'a donné un coup de pouce. Personne n'est venu me chercher pour me renvoyer en Allemagne, alors j'ai travaillé, travaillé d'arrache-pied tout au long de l'Occupation, sans plus quitter les locaux du quai d'Austerlitz que pour me ravitailler en nourriture. Jusqu'à ce jour d'hiver 1949 où tout bascula.

II

Avant de revenir à la source de notre quête

6

La lumière du soleil inondait la salle encombrée de matériel de dissection, de paillasses encore occupées par les deux derniers spécimens confiés à mes soins par Jean Fouchet. J'avais jeté un drap sur les corps écartelés pour bloquer les émanations musquées qui s'en exhalaient. Les murs disparaissaient partiellement sous les étagères de livres et de bocaux contenant des organes de toutes natures et de toutes espèces, humaine comprise. De petits animaux figés par le talent d'un taxidermiste reprenaient des postures du vivant. Crésus, le chimpanzé empaillé un demi-siècle plus tôt, s'était affadi au cours des quatre années d'Occupation. Une grande partie de son rembourrage avait disparu, sans doute subtilisée par un gardien nécessiteux. Les billes de verre qui remplissaient ses orbites n'avaient étonnamment intéressé personne. Pourtant, au marché noir, tout ce qui brillait avait servi de monnaie et il n'était pas rare, cinq ans après la Libération, que les échanges se poursuivent. Malgré le plan Marshall. Malgré les immenses chantiers de reconstruction qui employaient les Français à tour de bras. La guerre venait de tout balayer. Même les animaux du Jardin des Plantes comptaient au nombre des victimes. Les fauves étaient morts de faim, quant au gibier, il n'avait pas échappé à l'appétit féroce des Parisiens sous restriction.

Les fenêtres immenses donnaient sur le boulevard de l'Hôpital. Le verre ancien déformait légèrement la perspective en oblique qui butait sur la Seine où des volutes de brume happaient ce qui restait du monde. Quelques voitures remontaient en direction de la place d'Italie, des tractions Citroën pour la plupart, maculant de gris l'à-plat idéal d'une neige fraîchement tombée. Je réprimai un frisson. Décidément, cet hiver n'en finissait pas.

Comme chaque matin après avoir ravivé le poêle, j'ouvris le grand tiroir de mon bureau. Trois bocaux brillèrent bientôt dans la lumière, sur le plateau habillé de vieux cuir. Les trois récipients calfeutrés à la cire renfermaient chacun un morceau de chair baignant dans un liquide ambré. Je posai mon menton à quelques centimètres du plus proche, obscurcissant la paroi d'une fine couche de buée, et scrutai la masse qui reposait sur le fond de verre. Pour la énième fois, je lui demandai ce qu'elle cachait de si précieux, quand elle me laisserait enfin percer son mystère et… Je n'osai achever cette phrase. L'émotion me dévorait littéralement, dès que je songeais à ma famille.

Lorsque trois coups retentirent, mon cœur manqua un battement. Je n'avais pas encore pris le temps d'informer Jean Fouchet de la mort des deux derniers singes alors que le vieil industriel tenait beaucoup aux pensionnaires de son zoo privé. En quatre enjambées nerveuses, je gagnai la porte et l'ouvris d'un coup sec.

— Ah, c'est toi, Virgile, dis-je sur un ton où la déception pointait manifestement.

Habitué à ma franchise, Virgile Milane ne s'en offusqua pas et fit entrer un invité. Je dominais mon camarade d'une tête et demie et jouais souvent de cette injustice de la nature en le toisant. Toujours affable, il me présenta un certain Charles Provins et me rappela qu'il m'en avait parlé, lorsqu'il évoquait les années de guerre passées ensemble aux usines Messerschmitt. Je dus faire un effort pour me souvenir, car je détestais toute allusion concernant de près ou de loin cette époque. J'avais sauté du train, pas Virgile. J'avais perdu femme et enfant, Virgile avait retrouvé Lisa fin 1944 et maintenant, il roucoulait avec sa belle tandis que je pleurais la mienne.

— Charles est médecin et se spécialise en anatomie, précisa-t-il en pénétrant dans la salle de dissection. Il va pouvoir t'aider dans tes recherches.

J'envisageai alors cet homme de meilleure façon et lui proposai, en gagnant mon bureau, de jeter un coup d'œil sur mes spécimens. Charles Provins ne se fit pas prier. Il attrapa l'un des bocaux que je lui tendais et scruta la masse qui flottait entre deux eaux. Je le fixai sans sourciller, jusqu'à ce qu'il se décide et déclare reconnaître la glande pinéale d'un mammifère sans pour autant être capable de le déterminer. Son regard fit le tour de la pièce et s'arrêta sur les draps qui couvraient en partie les tables de dissection et l'empêchaient de deviner quelle espèce se trouvait là étudiée.

— Un grand primate sans doute. Ces glandes sont de taille ! Ma foi, elles pourraient avoir appartenu à des humains.

C'est vrai qu'en cet instant, je ne pus m'empêcher de sourire de belle manière. Le bonhomme commençait à me plaire.

— Cela aurait dû être ainsi, cher monsieur, éructai-je en gagnant les paillasses. Si seulement !

J'arrachai le drap.

— Mais elles appartiennent à ces animaux qui mesurent à peine cinquante centimètres. Et pourtant…

— Elle tourne ! acheva Virgile en riant.

— La glande pinéale de cette race de saïmiris est huit fois plus développée qu'elle ne devrait l'être, précisai-je sans rétorquer à la moquerie de mon ami. J'ai pu observer ces spécimens alors qu'ils vivaient. Imaginez-vous des singes évoluant sans un bruit, sans un jacassement, sans aucune vocalise de quelque sorte. Imaginez, et essayez d'extrapoler. Comment ces animaux, qui vivent manifestement en famille, et j'emploie ce terme inapproprié à dessein, comment ces primates sociaux communiquent-ils entre eux sans pousser le moindre cri ? Comment ? Je n'en ai pas la moindre idée. Je n'ai pu les étudier que peu de temps, et encore étaient-ils malades.

Charles Provins, un instant stupéfié par la flamme qui m'animait, se mit à raisonner au même diapason. Il abaissa le regard sur les petits corps recouverts et regretta d'une voix sourde que mes chers spécimens fussent morts.

— Ils m'ont été confiés un peu tard, lâchai-je avec un soupir. Et l'expédition pour les étudier en Amazonie est malheureusement bien au-dessus de mes moyens.

— Vous me laisserez donc la coquetterie de changer le cours de votre vie ! résonna une grosse voix dans notre dos.

Nous nous retournâmes tous les trois dans un même mouvement. Un sexagénaire de grande taille se tenait dans l'encadrement de la porte. Il portait un chapeau haut de forme, qu'il retira alors. Une jeune femme, sans doute mineure, avec beaucoup d'allure et un regard frondeur, l'accompagnait.

— Messieurs, j'ai le plaisir de vous annoncer que j'ai décidé de subventionner votre voyage d'études au Venezuela.

Je sentis les pores de ma peau se dilater et mes poils se redresser lentement tout au long de mon échine. Je vivais là l'un des moments charnières de ma vie et j'en étais parfaitement conscient.

— À deux conditions ! énuméra Jean Fouchet. Vous me rapporterez plusieurs spécimens pour remplacer mes chers disparus, voire de nouvelles espèces que je serai le premier à posséder !

J'acquiesçai sans un mot puis invitai Jean Fouchet à poursuivre. Sa deuxième condition était tout aussi claire que la première. Je devais emmener Anne, sa petite-fille, pharmacienne tout juste diplômée, orpheline de père et de mère et qui avait grand besoin de voir autre chose que la terre dévastée de ce pays exsangue. Je lançai un rapide coup d'œil vers la fine silhouette restée muette et interrogeai Virgile du regard. Ce dernier me souffla qu'un médecin et un pharmacien expérimentés ne seraient pas superflus, et l'affaire fut ainsi entendue. Anne Fouchet, Charles Provins, Virgile Milane et moi-même allions partir à la découverte du continent sud-américain. Heureux et anxieux à la fois, je pris congé de mes amis et dévalai l'escalier jusque dans la cour. J'avais besoin de respirer seul. Le destin, sous le masque de Jean Fouchet, me permettait enfin d'étudier ces sujets si particuliers dans leur milieu naturel. Découvrir le secret de la glande pinéale revenait dans mon esprit à posséder le troisième œil, à détenir la clé des secrets de l'invisible. Si la Providence se rangeait enfin de mon côté, peut-être pourrais-je jeter une passerelle vers ma femme et mon fils, vers le mystérieux continent de l'après-mort. Je me nourrissais d'occultisme, d'astrologie, de tout ce qui pouvait apaiser un peu ma peine, qui ne diminuait pas. Je me réjouis véritablement à l'idée de ce voyage, et pour la première fois depuis longtemps. Sans savoir que nous allions entamer une aventure extraordinaire en même temps qu'une abominable tragédie.

7

Le froid. C'est par l'étrange impression de trembler de froid sous les tropiques que Nina revient à elle-même. Pendant un long moment, elle est la proie de ces interminables frissons qui font claquer les dents et grelotter le corps. Ses membres s'agitent de manière incontrôlable et pénible. L'image d'une exécution par électrocution lui vient alors à l'esprit. C'est sa première pensée. Et puis survient une nouvelle émotion, ravageuse celle-là, délétère pour sa psyché affamée de culpabilité. Elle a survécu. Elle ignore encore comment mais le fait est. Le sac de couchage qui l'enrobe douillettement en est une preuve et… un bruit dans son dos, tout à fait terrestre, la fait sursauter.

— Qui est là ?

Sa voix cassée indique qu'elle a hurlé. Pourtant, Nina ne s'en souvient pas. Elle revoit la rivière transformée en raz de marée, les troncs d'arbres arrachés à la berge, le visage déformé d'Aidan qui semble lui dire une dernière fois « *fuck you* ». Mais à aucun moment elle n'a crié… Si. Elle a crié de toutes ses forces. Comme si les cris pouvaient changer le cours des choses. Comme si dans le tumulte des éléments sa voix avait le pouvoir d'écarter le danger et de calmer les flots. Elle a hurlé à s'en déchirer les cordes vocales. Mais Aidan est mort, en maudissant sa stupidité, son inaptitude à gérer des hommes, son égoïsme peut-être.

— Aidan ! dit-elle en étouffant un sanglot.

— Doucement, mon petit. Avalez-moi ça.

La voix se matérialise dans un visage très doux où brillent des prunelles gris clair. En scrutant cette face ronde et compatissante, Nina pense à un ange et un flot de larmes inonde son visage. Mais le duvet est là, elle sent l'armature d'un lit de camp sous ses fesses et devine à travers la moustiquaire, dans l'obscurité maigrement atténuée par le halo d'une lampe à gaz, la toile kaki d'une tente qui ferme l'espace. Elle n'est ni au paradis ni en enfer et la femme assise à ses côtés n'a rien d'un saint Pierre.

— Qui ? balbutie-t-elle en séchant ses joues du revers de sa manche.

— Qui suis-je ? C'est ce que vous voulez savoir ?

Nina acquiesce d'un signe de tête. Elle a besoin de s'accrocher à cette conversation si elle ne veut pas craquer. Le corps d'Aidan sera vomi par la rivière tôt ou tard, les tissus gonflés des gaz de putréfaction. À moins que la faune aquatique ne le mastique jusqu'à le faire disparaître. Tout ça à cause d'elle. Et puis, il y a Yahto. Lui aussi est tombé à l'eau, ainsi que Kwanita. Sahalé a-t-il eu le temps de les remonter sur la berge ? Ne s'est-il pas noyé en voulant les secourir ?

La pointe acérée de Chakrouny fouille le cœur de Nina, qui la sent écarter les parois de son thorax pour prendre un peu plus de place. La jeune femme a le sentiment qu'elle continuera à pousser sur ses poumons jusqu'à l'étouffer. Il lui faut un comprimé de diazépam. Ou plutôt deux tout de suite, et sans doute un troisième d'ici une demi-heure.

— Je m'appelle Rose Sawyer, dit le visage lumineux au-dessus d'elle. Et vous ?

Une tasse en métal argenté apparaît dans le champ de vision de Nina. *Mes pilules*... Elle prend encore une inspiration. Son cœur affolé bat à tout rompre.

— Je vais mourir...

Le visage se met à rire.

— Vous faites une crise d'angoisse, rien de plus normal après ce qui vous est arrivé. C'est une infusion. Buvez, ça vous fera du bien.

Agrippée au sommier, Nina se redresse. Ses yeux sont exorbités, sa bouche ouverte cherche un air devenu rare.

— Où sont les autres ? souffle-t-elle.

— Il n'y avait personne d'autre. Buvez.

L'estomac de Nina se noue d'un coup. L'horreur de la perte de ses compagnons se matérialise un peu plus. Elle attrape le bras de celle qui se nomme Rose et s'y cramponne à deux mains. Les tremblements qui l'agitaient quelques minutes plus tôt reprennent de plus belle.

— Holà ! Doucement, mon petit. Vous allez tout renverser.

Rose dépose la tasse au pied du lit de camp et prend la jeune femme dans ses bras. Robuste, elle n'a aucun mal à l'installer confortablement. Sa main chaude et sèche se pose délicatement sur l'abdomen de Nina et imprime sur sa peau de larges cercles.

— Avec le ventre, lentement. Oui, c'est bien. Concentrez-vous sur votre respiration. Imaginez l'air qui entre en vous, emplit vos poumons. Imaginez que c'est un flux d'énergie, une coulée de chaleur qui se diffuse dans vos artères.

Bercée par la voix un peu éraillée, Nina ferme les yeux et tente de se concentrer pour chasser son angoisse. Elle sait, depuis le temps, que c'est un des seuls moyens de la faire fuir. Ne jamais lui laisser de place pour s'installer dans sa poitrine, ni l'occasion de distiller son poison dans son esprit. Pourtant, elle est déjà bien présente et, devant ses paupières closes, elle agite le visage d'Aidan tourbillonnant dans la boue. Nina halète et regarde Rose. Aussitôt, celle-ci lui tend la tasse en lui ordonnant d'en avaler tout le contenu. La jeune femme boit, incapable de désobéir. L'infusion a un goût amer, légèrement astringent. Mais la chaleur qui coule en elle lui fait du bien. Avec un profond soupir, elle se laisse aller, imagine des chiffres de couleurs pour chacune de ses inspirations et chasse les images de mort qui l'assaillent encore. Bientôt, sa tête repose dans le creux de l'épaule de Rose, ses tremblements finissent par s'apaiser et sa respiration se fait plus lente et plus profonde.

Lorsque Nina reprend connaissance, une belle lumière chaude teintée d'orange et d'ocre inonde ses rétines. Elle écoute les bruits qui l'entourent et se demande si elle n'a pas rêvé. Le village en ruine, les sépultures, les ossements, la tempête, Aidan et sa propre noyade, tout cela semble loin. Comme reparti dans les limbes d'une rêverie trop longue. Le visage et la voix de Rose Sawyer lui reviennent peu à peu en mémoire, et, avec eux, la certitude d'une réalité cruelle. Aidan est mort et le sort de ses amis incertain.

Son premier réflexe est de se recroqueviller dans la chaleur douillette du sac de couchage. Mais les paroles de son père résonnent à ses oreilles. « La vie est faite de merveilles, ma chérie ! Il n'y a que les trous du cul pour ne pas s'en rendre compte. Et que veux-tu, pour apprécier ces merveilles, il faut bien essuyer des coups durs de temps à autre. Sinon, tu passes à côté du plaisir. »

— Je t'en ficherai des merveilles, grogne-t-elle. Et puis, il n'y a pas de chérie qui tienne.

Une seconde encore, la voix tournoie dans sa tête, aussi présente que si son père s'était trouvé sous la tente avec elle. Nina fait un effort pour se redresser et s'aperçoit qu'elle porte un tee-shirt trop large et un pantalon trop court pour elle. Ce constat la met sur pied d'un coup. L'idée d'avoir été déshabillée et touchée par des mains inconnues pendant son sommeil lui est infiniment désagréable.

La ressemblance entre la tente où elle se trouve et le bivouac qu'elle partageait avec son équipe est frappante. Une radio trône sur une table ultralégère, à côté des lits de camp protégés par une moustiquaire et du nécessaire à préparer les repas. Du matériel de prise de vues se trouve soigneusement rangé dans un coin, surélevé pour éviter l'humidité montant du sol. Nina est tentée un instant de contacter immédiatement le campement de base, puis elle juge plus poli de saluer d'abord son hôtesse. Elle trouve Rose Sawyer installée sur une branche basse, un carnet de croquis dans les mains. Le paysage choisi est magnifique. Le soleil se couche sur le tepui et à son pied, la rivière, minuscule, charrie encore des troncs et divers végétaux ou cadavres d'animaux méconnaissables, mais son débit s'est amoindri. La forêt a déjà oublié l'orage.

— J'ai décelé un accent chez vous tout à l'heure, dit Nina sans s'annoncer. D'où venez-vous ?

La jeune femme pensait surprendre son interlocutrice mais celle-ci semble d'un calme à toute épreuve.

— De France, répond Rose sans relever la tête. Et vous ? Américaine ?

— Pennsylvanie. Je vous dois une fière chandelle.

— Non, mon petit, vous me devez la vie, oppose Rose en refermant son carnet dont les rabats en cuir claquent sèchement. Comment vous sentez-vous ?

Incapable de répondre, la jeune femme demande si elle peut se servir de la radio et retourne sous la tente, tandis que Rose s'éloigne pour attiser un foyer où rougeoient encore quelques braises. Lorsque Nina rejoint sa bienfaitrice, de belles flammes lèchent la peau dorée et piquetée de noir d'un *pàvon* de belle taille.

— Vous avez réussi à joindre quelqu'un ? lance Rose tout en continuant de faire tourner le poisson au-dessus de l'âtre. À propos, ajoute-t-elle sans attendre, je ne connais toujours pas votre nom !

— Nina. Je m'appelle Nina Scott.

— Je me doute qu'il y a pas mal de Scott aux États-Unis, s'exclame Rose après une courte hésitation. Mais permettez-moi tout de même une question. Scott, comme Randolph Scott, l'écrivain ?

— C'est ça, lâche Nina d'une voix un peu éteinte. Comme l'écrivain. Ce vieux connard est mon père.

8

— Que diriez-vous si je vous servais un petit remontant ?

La nuit est tombée depuis plus d'une heure sur les forêts de l'Amazonas et un silence de début du monde s'abat sur le campement. Les guides waraos chargés d'accompagner Rose viennent de se retirer dans leur tente et celle-ci en profite pour sortir de sous son matelas une bouteille de vieil armagnac.

— Ça fait mesquin, rit-elle en servant généreusement Nina, mais ils lèvent le coude comme des Polonais !

Affalée sur le lit, Nina sourit en attrapant son verre. L'estomac chargé des chairs goûteuses du poisson, elle hume l'alcool avec délice. Depuis son réveil, les deux femmes ont discuté à bâtons rompus. D'une nature très empathique, Rose s'est intéressée au parcours de Nina, depuis son enfance au bord du lac Érié, dans une grande maison vide, jusqu'à cette envie de réaliser un reportage sur les techniques de cueillette des essences en Amazonie – ce mensonge, échafaudé à la va-vite, a permis à la jeune femme, pressée par la curiosité de Rose, de ne pas évoquer les ruines découvertes sur le tepui et d'éviter ainsi d'autres questions embarrassantes – pour s'épanouir enfin dans un travail un peu plus valorisant que de la manutention pour l'industrie pharmaceutique.

— Cet excellent cru provient des stocks illicites d'un vieil ami qui habite du côté de Condom, une charmante bourgade nichée au beau milieu de la Gascogne, vous connaissez ?

Peu habituée à ingurgiter des breuvages aussi forts, Nina manque s'étouffer avec la première gorgée d'armagnac. D'un geste, elle fait signe que non.

— La Gascogne ! D'Artagnan, les Trois Mousquetaires ? Ne me dites pas que vous n'avez pas lu ça !

Le visage de Rose ondule de plaisir et Nina, malgré le feu de l'alcool, ne peut s'empêcher de rire à son tour.

— C'est surréaliste…

Déjà étourdie par l'armagnac, Nina penche la tête sur le côté, puis elle fronce les sourcils avec un gloussement, les yeux rivés sur le visage de Rose qui s'interroge.

— Quand vous parlez comme ça, vous me faites penser à mon père.

— Ah ! Randolph Scott ! soupire Rose, visiblement ravie d'aborder le sujet. Savez-vous que j'ai lu tous ses bouquins ?

— Moi aussi…

— Sans doute, mais moi, c'était par plaisir.

Le cœur léger, Nina grimace de bonheur. Cette femme lui plaît chaque seconde davantage. Sans sa présence rassurante, elle aurait passé des heures dans le brouillard cotonneux savamment libéré par ses petites pilules. Elle s'en serait tirée avec une bonne gueule de bois, une culpabilité sans limites et un début de dépression. Pourtant là, contre toute attente, elle profite du temps présent, simplement.

— Dites-m'en un peu plus sur vos activités, reprend Nina. Que faites-vous à part lire du Randolph Scott ?

— Vous aimez les cigares ?

— Y a-t-il un vice que vous ne possédez pas ?

Rose éclate de rire, se lève et quitte la tente. Pendant ces quelques secondes, la poitrine de Nina se serre. Elle aurait aimé rencontrer cette femme plus tôt, quand elle rêvait encore d'une mère.

— Des Cohibas, les seuls qui vaillent le risque de les fumer ! s'écrie Rose en s'engouffrant sous la tente après quelques secondes à peine. Précisément ceux qui sont interdits à la vente sur le territoire américain.

D'un geste doux, Nina repousse la boîte ouverte devant elle. Sa gorge irritée ne supportera pas l'agression de la fumée après la brûlure de l'armagnac. Une allumette déchire ponctuellement les ténèbres, Rose pompe sur son cigare et, bientôt, le tabac incandescent développe tous ses arômes.

— Il n'y a pas à dire, apprécie-t-elle en regardant les volutes sinuer dans l'air. Dieu me damne si nous ne touchons pas ici au sacré. Alors, vous voulez savoir ce que je fais : j'étudie les caractéristiques d'une variété de saïmiris qu'on trouve habituellement en Guyane.

— Vous avez des enfants ?

— Non. Vous non plus d'ailleurs, je me trompe ?

— La famille est le terrain névrotique par définition, poursuit Nina beaucoup plus sérieusement. J'ai suffisamment trinqué. Et puis, il faudrait vivre avec le père, même si ce n'est pas obligé, avouez que c'est mieux pour le gosse, tout de même. Et sur ce point, c'est non, non et re-non. D'autant plus que…

— Auriez-vous eu une enfance malheureuse ?

— Peut-être, je l'ignore. Ma mère est morte en me mettant au monde. Ça laisse un vide que personne ne peut combler.

Consciente du chagrin de Nina, Rose se contente de fumer et de créer des ronds avec ce qui sort de sa bouche, activité dans laquelle elle n'excelle guère.

— Je pense savoir par quoi vous êtes passée, dit-elle brusquement. Bien sûr, les êtres humains sont tous différents, mais des afflictions communes mènent à des chemins au moins parallèles.

— Que voulez-vous dire ?

— Quand mon père a trouvé la mort dans un accident, j'avais quinze ans. Évidemment, d'un point de vue psychologique et affectif, j'étais déjà fabriquée, mais comme il a passé sa vie à parcourir le monde, j'ai perdu un inconnu.

C'est au tour de Nina d'observer un temps de silence. Elle termine son verre. La chaleur de l'alcool lui fait du bien.

— Pourquoi vous sentez-vous coupable de la disparition de votre équipier ?

La question prend Nina au dépourvu mais elle a la conviction que Rose ne la pose pas pour la juger ou la critiquer, bien au contraire. Elle reste pourtant silencieuse, hésitante. Pourquoi se sent-elle coupable ? À cause de quelques heures de retard ? Est-elle responsable du déchaînement soudain des éléments ? Si Aidan avait accepté de passer par la forêt, serait-il mort noyé ? Non, il aurait été écrasé par la chute d'un arbre. Comme si ce geste pouvait chasser ses mauvaises pensées, Nina secoue la tête. Aidan est-il mort parce que son heure était venue ou parce qu'elle a décidé de différer leur départ ? Après quelques minutes, elle plante son regard noisette dans celui de Rose et hausse les épaules.

— Ne voulez-vous pas cesser de porter le poids de tout le malheur du monde, Nina ? Qui vous a donné la responsabilité du destin des hommes ?

Des larmes, qu'elle tente vainement de repousser, montent aux yeux de la jeune femme. Toute sa vie, elle a connu ces brusques accès d'émotion. À l'école déjà, la moindre engueulade la privait de ses moyens intellectuels, pourtant très développés. Une situation d'injustice provoquait immanquablement les mêmes débordements lacrymaux. Dans les relations avec sa hiérarchie, ce n'était pas mieux. Il suffisait qu'elle soit confrontée à un supérieur pour perdre ses moyens. Ceux qui s'en apercevaient savaient titiller ce point que Nina pensait faible – les hommes en tête.

— La culpabilité est un poison, mon petit, poursuit Rose avec douceur. Oh ! Je ne dis pas qu'il faut se moquer de tout, prendre la vie de façon légère, mais chacun d'entre nous porte en lui les rênes de son existence. Votre équipier devait savoir cela. Ce n'est pas parce qu'il a accepté de retarder son départ pour vous attendre que vous l'avez tué. Et si vous persistez dans cette voie, vous vous apercevrez que les destins des êtres humains sont à ce point imbriqués qu'avec votre façon d'envisager le monde, vous pourriez être tenue responsable du devenir de tous.

— C'est un peu facile, oppose Nina en se servant un nouveau verre d'armagnac. Si je vous écoute, c'est chacun pour soi et Dieu pour tous.

— Alors vous ne m'avez manifestement pas écoutée. Savez-vous que par vos relations vous pourriez toucher n'importe qui sur cette planète ? Vous connaissez la personne qui connaît la personne qui, etc. En sept relais, vous pourriez approcher le dalaï-lama, Barack Obama ou votre… écrivain préféré. Vous comprenez ? ajoute Rose avec un grand sourire. Nous sommes tous liés. Cela fait-il de nous des êtres tenus pour responsables de tous les autres ? Même nos chefs d'État ne le sont pas, alors vous m'expliquerez comment Mlle Nina Scott peut l'être.

Nina se met à rire.

— J'ai des années d'embrigadement personnel, voyez-vous ! Plus je vous écoute et plus vous me faites penser à mon père. Ce n'est pas que vous lui ressembliez vraiment, vous êtes beaucoup plus jolie, mais je crois que le contact passerait bien entre vous. Là, je ne peux m'empêcher de l'imaginer sous la tente avec nous ! Il serait horrifié !

— Le mythe se lézarde, c'est ça ? soupire Rose. Personnellement, je vais en rester à l'image d'un écrivain baroudeur qui ne mâche pas ses mots.

Nina ne peut s'empêcher de rire à nouveau.

— Il pourrait faire un guide planétaire des palaces, ça oui ! Mais dites-moi, quel mal les hommes vous ont-ils fait pour que vous vous intéressiez de si près aux animaux ?

— Quel mal Randolph Scott vous a-t-il fait pour que vous le qualifiiez de connard ?

— Rose…, proteste Nina en vidant son verre d'un trait.

— Je crois pouvoir dire que j'ai marché dans les pas de mon père, explique Rose après un court silence. Et puis, pour avoir pratiqué et les animaux et les humains pendant bientôt cinquante-cinq ans, je ne cache pas une déception grandissante pour le second groupe et un intérêt tout aussi inflationniste pour le premier.

— Limpide.

— Pire que ça. D'une banalité sans nom. Ce qui nous ramène à vous, Nina. Que diable faites-vous à ramasser des végétaux pour le compte d'une multinationale ?

— Vous perdez de votre transparence, réplique la jeune femme, subitement mal à l'aise. Je ne vois pas bien…

— Et moi encore moins, l'interrompt Rose. Un père écrivain, l'envie de réaliser des documentaires, ce qui, entre nous, revient grosso modo à raconter des histoires, comme papa, et vous jouez au funambule pour la world company ! Quelque chose m'échappe.

Soudain, Chakrouny, tapie dans l'ombre depuis des heures, tente un retour – *va-t'en, fiche le camp, laisse-moi tranquille* – et un poids tombe subitement sur la poitrine de Nina, qui porte la main à sa poche de pantalon. Ses gestes sont ralentis. Elle se sent de plus en plus cotonneuse, mais suffisamment lucide pour deviner ce que Rose va lui dire. Elle lui fera la leçon, lui reprochera d'être à côté de la plaque. Lui conseillera certainement de rentrer tranquillement chez elle pour se mettre au repos et voir un psychiatre. Après, elle lui suggérera de trouver un travail stable, de se marier, de faire des enfants et, surtout, d'arrêter de tuer des gens. Agacée par ses propres fantasmes, Nina se redresse sur son séant, prête à mordre.

— Est-ce cela que vous cherchez ? demande Rose en exhibant le flacon de comprimés.

— Vous avez fouillé mes affaires !

— Et vous avez trop bu pour prendre du valium. Croyez-moi, je suis tombée sur ces cochonneries bien malgré moi.

— Ma liberté…

Nina se tait. Cette soudaine clarté d'esprit n'est qu'un nouveau mirage de l'armagnac et elle a de plus en plus de difficultés à trouver ses mots.

— Votre liberté vous autorise aussi à vous mettre en esclavage, poursuit Rose. Je sais. Mais laissez-moi vous donner un conseil.

Tout en parlant, elle défait le bouton d'une de ses poches. Elle y glisse la main et en extirpe un morceau de liane.

— C'est vous la pharmacienne après tout. Qui suis-je pour vous recommander de mâcher ceci plutôt que d'ingurgiter cela ?

— Je ne connais pas cette plante, dit Nina en attrapant ce que lui tend Rose d'une main mal assurée. Quelles sont ses propriétés ?

— Assez semblables à vos saletés, en dehors du fait que ses molécules actives n'engendrent aucune dépendance physique, physiologique ou psychologique. Un rêve, quoi ! Essayez, si ça ne vous convient pas, revenez à vos médocs.

Comme Nina semble hésiter, Rose ajoute :

— Ce sont les Indiens qui m'ont initiée. Ça donne du courage et ça guérit les diarrhées les plus carabinées. Il faut la mâcher au moins un quart d'heure. Allez-y. Qu'est-ce que vous avez à perdre ?

— Je trouve cette conversation incroyablement intime et décalée, marmonne Nina en goûtant la plante du bout de la langue. Bof, aucun goût.

— C'est l'effet de l'Amazonie sur les cœurs purs, la renseigne Rose en se levant. Maintenant, excusez-moi, mais je me lève à l'aube pour suivre mes petits sujets. Alors, bonne nuit, Nina. Ah, une dernière chose, la zone orientale du fleuve et le tepui sont le territoire de braconniers. Ils me tolèrent tant que je n'outrepasse pas cette frontière. Méfiez-vous, n'allez surtout pas dans cette zone. Ces hommes agissent comme des sauvages et si par malheur ils vous capturaient, vous pourriez vous retrouver à jouer les boules de Noël dans un palmier !

9

La nuit de Nina a été peuplée de rêves étranges, nourris d'entités hostiles et de cadavres ruisselants. Effrayée par ces images brutales, elle s'est réveillée à plusieurs reprises, en sueur et le cœur lourd, mais chaque fois, apaisée par les ronflements feutrés de Rose, allongée sous la même tente, elle s'est rendormie. Lorsqu'elle émerge enfin, Nina est seule et à l'extérieur, la cacophonie des hôtes de la forêt met une joyeuse ambiance dans les arbres, comme si les singes et les oiseaux avaient déjà oublié les ravages de la veille. Pourtant, eux aussi ont eu leur compte de morts, Nina le sait, et ils n'ennuient pas le monde entier avec leurs plaintes. Mais Chakrouny gigote dans son ventre et les visions de moribonds dérivant au fil de l'eau l'assaillent encore. Incapable de sortir du lit, la jeune femme tente d'abord quelques exercices de respiration puis, recroquevillée sous le duvet, elle ferme les yeux, s'imagine minuscule dans les bras de Rose et mâchouille la liane comme un nourrisson téterait le sein d'une mère.

Quelques instants plus tard, la gorge et la poitrine libérées de toute entrave, elle se lève et enfile ses vêtements qu'elle trouve propres et pliés sur une chaise. Nina n'a pas envie de se presser. De toute façon, Sahalé s'est envolé pour l'hôpital de Caracas, avec Kwanita et Yahto, dans l'hydravion affrété par la Compagnie et piloté par Gus van Peeble, un Hollandais installé à Bogotá depuis vingt ans et associé dans une petite société de transport. Les deux Indiens ont été commotionnés et choqués, a dit Sahalé, surtout Yahto qui n'a plus vraiment l'âge de supporter ce genre de péripéties. Dans la radio, sa voix était sombre. Et Aidan ? Son corps, a-t-on retrouvé son corps ? Nina ne lui a pas posé la question, elle avait bien trop peur de la réponse. Les visions que sa psyché névrosée lui envoient n'ont pas besoin de se matérialiser avec des certitudes, elles sont assez terrifiantes comme ça. Et puis, le reste de l'équipe envolé, elle devra attendre chez Stander, le gars des entrepôts, que Gus veuille bien la récupérer en passant, et cette attente lui promet des journées bien longues et déprimantes. Alors, Nina prend son temps, astique soigneusement la *Moka Express* de chez Bialetti avant de préparer le café, filtre l'eau, dresse la table comme si elle était chez elle, roule son duvet pendant que la vapeur monte et crachote sous la tente, choisit dans une boîte en métal quelques petits gâteaux secs, plus vraiment croustillants malgré leur emballage, et deux ou trois carrés de chocolat. Du noir aux fèves de cacao, le préféré de

Rose. Avant de partir, la primatologue a épinglé un papier sur une sacoche posée au pied du lit, une feuille de bloc-notes humide où l'encre a bavé par endroits, un petit mot qu'elle a déjà tant lu et relu qu'elle le connaît par cœur.

Ma chère Nina,

Grâce à vous, j'ai passé une merveilleuse soirée. Vous trouverez du café, des biscuits et du chocolat dans la réserve, et dans cette musette, de quoi entamer votre nouvelle vie. Plût au ciel qu'elle se réalise, mais à votre place, je m'en occuperais personnellement. Je sais d'expérience qu'on ne peut pas compter sur Lui. Je vous engage également à la plus grande prudence quand vous réaliserez votre reportage, car je ne doute pas que vous le ferez. NE VOUS APPROCHEZ PAS *de la zone orientale du tepui. Les conséquences pour vous et votre équipe pourraient être dramatiques. Au moment de partir, bifurquez sur votre droite et gagnez le fleuve. Vous y trouverez de l'aide.*

Amitiés.

Rose

PS : Vos pilules vous manquent-elles ?

Un sourire fleurit sur les lèvres de Nina et se fane aussitôt, chassé par la crainte que lui inspirent les mots écrits en lettres capitales : NE VOUS APPROCHEZ PAS… Qu'a donc voulu dire Rose en parlant de conséquences dramatiques ? Le village borde le secteur sur lequel elle travaille avec son équipe depuis des mois. Rien ne pouvait leur laisser imaginer que des hommes braconnaient dans cet endroit très reculé et difficile d'accès.

Elle n'a jamais entendu de détonation, ni trouvé de restes d'animaux massacrés. Pas un feu, aucune trace de bivouac ou de camp plus important n'ont été détectés dans cette zone qu'elle a plusieurs fois examinée grâce aux clichés satellites fournis par la Compagnie. Qui sont ces soi-disant braconniers ? Un prétexte pour empêcher les curieux de trouver les ruines ? Mais alors, cela signifierait-il que Rose en connaît l'existence et qu'elle l'a délibérément cachée à Nina ? Perplexe, la jeune femme ouvre la sacoche et en observe attentivement le contenu. Outre une caméra numérique, elle contient quatre cassettes, deux optiques et une série de filtres. Dans une poche latérale, Nina met la main sur un micro, un chargeur de batteries solaire, ainsi qu'un étui rigide. Le couvercle gravé des initiales H.V. s'ouvre sur six morceaux de liane empaquetés dans une feuille de papier recyclé couverte de l'écriture de Rose.

> Banisteriopsis Efemensis*, pour le cas où vous voudriez remplacer durablement vos cochonneries par ce végétal inoffensif. Laissez sécher encore la plante au minimum une semaine, sans quoi les sucs contenus dans ses fibres développent en bouche une amertume à côté de laquelle même la cortisone en cachet paraît acidulée.*

L'idée de fouiller les affaires de la primatologue la taraude un instant, mais une soudaine pudeur l'en empêche. Vaguement honteuse, Nina remercie Rose dans une lettre qu'elle agrafe sur le sac de couchage, range la vaisselle, se lave sommairement les dents avec l'index, après quoi, elle charge la petite sacoche sur son épaule et quitte la tente. La jeune femme rejoint sans peine le sentier indiqué et l'emprunte sur près d'un kilomètre. Assaillie par de sombres idées, elle marche la tête basse, les yeux rivés sur ses chaussures, indifférente aux alentours. *Finalement, tout a été vain.* Le temps passé avec Sahalé à recueillir des indices, les heures de film, les croquis. Tout a été emporté avec la pluie. Cette fichue pluie, si violente, si soudaine… si meurtrière. *Et il ne faudrait pas y retourner à cause de ces braconniers.*

À plusieurs reprises, Nina est obligée de s'ouvrir un nouveau chemin dans la jungle dévastée. Des branches surchargées se sont effondrées sous le poids de l'eau et les fleurs gisent pêle-mêle entre les ramures, les racines et les lianes. Elle avance avec difficulté, maudissant sa solitude, regrettant les muscles de Sahalé et sa connaissance de la forêt. Il sait comment progresser sans se heurter à la dureté de certaines plantes, sans s'arracher les bras sur les pointes acérées des arbres ou le poison de quelque variété de fleurs. Il lui a déjà appris à éviter les anacondas, les mygales ou les nids d'abeilles, les groupes de certains jaguars, de primates inamicaux ou les bandes de *capibaras*. Mais il lui manque. Avec lui, elle se sent en sécurité. Il est son cocon, son havre, le frère et l'ami rêvé.

Les bras écorchés par les ronces et les joues dévorées par les moustiques, Nina débouche sur le fleuve avec soulagement. À quelques mètres d'elle, deux pirogues sont retournées sur la berge, jonchée de débris de végétaux et de cadavres d'animaux. Une troisième flotte sur l'onde revenue à un calme trompeur. À califourchon sur la première, un jeune Warao répare le fond endommagé de l'embarcation à l'aide de longues bandes adhésives qu'il badigeonne ensuite de bitume. Dès qu'il la voit, l'Indien interrompt sa tâche, se dirige vers la pirogue à flot dans laquelle il s'installe et fait démarrer le moteur. Puis il lance un regard morne vers Nina qui, sans un mot, prend place à l'avant.

10

Près d'une heure plus tard, le ponton du camp de base marque du rouge de ses flotteurs les eaux marron de l'Orénoque. L'Indien manœuvre la pirogue avec habileté, permet à Nina de débarquer sans risque et s'éloigne aussitôt, sans un regard pour elle. La jeune femme suit la frêle embarcation des yeux pendant quelques secondes puis se dirige vers les baraquements d'un pas lent. Elle repère aussitôt la silhouette du maître des lieux, Paul Stander, appuyé contre l'un des piliers qui soutient l'auvent du laboratoire de campagne, au milieu d'un fatras de feuilles de palmiers déchiquetées. Ce jour-là, comme tous les autres jours, il porte un tee-shirt de l'armée américaine, acheté dans un surplus de Caracas et déchiré au niveau du col. Quant à son éternel bermuda, il offre au regard une telle quantité de taches que sa couleur en est devenue indéfinissable. Depuis plus de dix ans, Stander est responsable du ravitaillement de l'équipe et de l'expédition des colis vers les entrepôts de la Compagnie. Échoué dans la région après un divorce calamiteux, c'est un homme placide, peu loquace et doué en affaires. En quelques années, il s'est imposé comme l'homme providentiel, celui par qui on peut tout avoir, du téléphone dernier cri à la poupée Barbie en passant par l'ammoniaque nécessaire à la fabrication de cocaïne. Sa solitude, longtemps désirée, il la partage avec W, un vieux labrador plus gros que lui, et deux pythons femelles qu'il bichonne comme des enfants.

— Gus est reparti avec les autres, lance-t-il dès qu'il est à portée de voix de la jeune femme. T'es coincée là, chérie, pour une ou deux petites semaines !

Sans attendre, il fait demi-tour et s'engouffre dans le préfabriqué, son chien sur les talons. Le bonhomme a toujours manqué de tact et de manières. Alors Nina tente de ne pas s'en offenser et le rejoint dans ce qui lui sert de bureau. La perspective d'être obligée de supporter ce type plusieurs jours d'affilée ne la réjouit pas. Elle sait déjà qu'elle devra subir ses regards en coin et ses assauts exhibitionnistes. Paul Stander a un sexe énorme qui fait sa fierté. Un pénis inutile dans cette région isolée où les seules femmes de passage sont des prostituées larguées là par les pilotes, pour une heure ou deux, contre une caisse de munitions ou d'alcool. Alors, dans les périodes de grande disette, il n'est pas rare de le croiser sous les douches ou entre deux baraquements, les yeux dans le vague et le poignet en action.

Derrière la porte en verre frappée de lettres rouges arrachées où on devine encore le O, le F et le E, s'ouvre une pièce de quinze mètres carrés. L'air battu par les pales d'un ventilateur asthmatique soulève péniblement des mois de poussière accumulée et une odeur de vieille sueur y flotte, mêlée à ce qui semble être une fragrance de pourriture libérée par trois ananas qui se gâtent à vue d'œil. Dans le vivarium installé dans le coin opposé à l'entrée, deux pythons s'enroulent autour d'un tronc en plastique vert. Les restes d'une récente mue s'éparpillent autour d'eux. Stander s'en approche, glisse une main à l'intérieur de sa poche pour en sortir une souris qu'il agite devant la gueule d'un des serpents.

— Qu'est-ce qui s'est passé ?

Les bras croisés sur sa poitrine, Nina reste près de la porte, la tête baissée. Derrière le rideau de sa frange, elle observe un instant le gros homme nourrir les reptiles et se repaître du spectacle. Puis, agacée par son manège, elle donne un coup de pied dans la poubelle en métal qui roule sur le sol avec fracas.

— T'as mes clopes ?

Stander tressaille à peine. Ses doigts boudinés caressent lentement le rebord du vivarium.

— Va falloir que tu sois plus gentille, sinon je ne vais pas te filer à bouffer, chérie !

— Paul, je t'ai posé une question. T'as mes clopes ?

Visiblement contrarié par l'impertinence de Nina, l'homme ouvre le tiroir de son bureau, en extirpe difficilement une cartouche de Stuyvesant tordue qu'il lance dans sa direction. Nina l'attrape au vol et ouvre aussitôt un paquet.

— Tu te fous vraiment de la gueule du monde, râle-t-elle en allumant une cigarette.

Elle joue quelques secondes avec le Zippo attrapé sur le bureau et le glisse sans vergogne dans sa poche. Puis elle s'accroupit pour caresser la tête de W, sagement assis dans le seul coin de la pièce où ne s'entassent pas des cartons et des caisses de toutes sortes.

— Ne l'enfume pas, il est vieux et malade.

— Tu es de quel côté, Paul ? rétorque-t-elle en aspirant plusieurs bouffées qu'elle rejette vers l'animal. Avec moi ou ces salopards de républicains ?

— On ne mord pas la main qui vous nourrit, répond-il, laconique.

Le regard perdu sur le vide du hangar, elle tire si fort sur sa cigarette qu'elle se brûle les lèvres. Elle jure. Ses mains tremblent.

— Les Indiens m'ont raconté ce qui s'est passé.

Avec beaucoup d'application, Stander referme le couvercle du vivarium. Puis il se laisse tomber dans son fauteuil avec la grâce d'un cachalot.

— C'était un accident, se défend Nina, la rage au cœur. La rivière a emporté la berge… j'ai sauté à l'eau pour le secourir, j'ai même failli réussir.

— Va raconter ça à sa vieille mère ! Un accident, répète Stander sur un ton sarcastique. Il aurait mieux valu qu'il ne te rencontre jamais !

D'irrépressibles sanglots montent dans la gorge de Nina, nouée par la colère et l'émotion. *Tout le monde a une mère. Sauf moi.*

— Une mère, répète-t-elle maladroitement, une mère, c'est tout ?

— Tu aurais préféré te faire en plus une veuve et un orphelin ou deux ?

Les yeux accrochés à ses chaussures, Nina déglutit avec difficulté. Elle ne sait pas quoi dire. C'est toujours comme ça quand quelqu'un lui fait un reproche. Qu'il soit justifié ou non. Elle est incapable de se défendre. Pourtant, les arguments, elle les aura. Mais plus tard. Quand Stander sera loin. Elle écrase sa cigarette d'un coup de talon rageur.

— Quoi qu'il en soit, je n'ai pas à en parler avec toi.

— Tu ne crois pas si bien dire ! Approche-toi donc de la radio et contacte Caracas. On attend de tes nouvelles.

Sans répondre, Nina passe dans la pièce voisine. Paul Stander attrape un coupe-papier sur le bureau et se met à curer minutieusement ses ongles en ravalant des insultes. La jeune femme s'installe devant l'émetteur-récepteur, fait défiler les fréquences et s'arrête sur celle qu'elle recherche. Le nom de la Compagnie apparaît sur l'écran à cristaux liquides. D'un coup de pied, elle claque la porte du bureau, puis elle enclenche le micro.

Moins de trois minutes plus tard, Nina retraverse le bureau comme une furie, attrape une bouteille de Jack Daniel's posée sur une étagère et s'installe sous l'auvent, à deux mètres de l'entrée. C'est le seul endroit à l'ombre où elle ne risque pas de déranger une ribambelle d'insectes mal lunés. Le soleil proche du zénith écrase les rives du fleuve sous une température avoisinant les trente-cinq degrés, et les palmiers qui ombragent habituellement les abords des hangars ont été défeuillés par les dernières pluies. De plus, elle sait, pour en avoir déjà observé quelques-uns, que les anacondas pullulent dans le coin. Ils aiment prendre le soleil sur les toits de tôle où l'air vibre et la jeune femme ne se sent pas d'attaque à en croiser un. Une cigarette dans une main et la bouteille dans l'autre, Nina fait sauter le bouchon et avale aussitôt une grande lampée de whiskey. Le liquide brûle son œsophage et une agréable chaleur monte de son estomac vide. C'est l'effet qu'elle recherche. Pourtant, l'alcool n'arrangera rien. Tout au plus atténuera-t-il les effets délétères sur son moral de la cascade de catastrophes qui noircit son existence depuis la veille. Mais Nina est une personnalité têtue, à tel point que, souvent, son entêtement confine à la médiocrité, voire à l'imbécillité.

— Qu'est-ce qu'ils t'ont dit ? grommelle la voix de Stander au-dessus de la jeune femme.

— D'après toi ? répond-elle avec amertume.

Paul Stander se plante devant Nina, les bras ballants. Sa panse joufflue et poilue dégouline de sueur et, à l'écouter, il paraît réellement navré. Pourtant, Nina le sait, Stander n'est jamais navré pour personne, sauf peut-être pour W et ses deux reptiles qu'il tripote à longueur de temps. Depuis que sa femme a disparu avec son compte en banque et ses gosses, il est incapable d'aimer les gens.

— Tu leur as donné le bâton pour te faire battre aussi !

Dégoûtée par son odeur de transpiration, la jeune femme plisse le nez et focalise son attention sur la bouteille. Sur l'étiquette, à l'arrière du flacon, il est écrit que Jack Daniel a commencé à fabriquer son breuvage en 1866 à Lynchburg, au Tennessee. Nina ne connaît pas cette ville, mais l'évocation de son pays lui donne envie de vomir. Et ce n'est pas le moment d'angoisser. Elle avale alors une deuxième rasade, prend une grande inspiration et réplique à Stander qu'à force de parler comme tout le monde, il finira par penser comme un con.

11

Le gros ventre rouge et blanc du Cessna 185 fend les flots dans un calme étonnant. Le pilote a coupé le moteur du *Spirit of Stardust* quelques mètres au-dessus de la rivière et utilise l'inertie de l'appareil pour rallier la berge. Seuls les remous infligés aux eaux troubles de l'Orénoque et le crépitement de gerbes d'éclaboussures font vibrer l'air déjà lourd. Lentement, la carlingue de l'hydravion rebondit sur les bouées du ponton avec un bruit creux avant de s'immobiliser. C'est alors que les oiseaux, des échassiers pour la plupart, qui s'étaient tus à son approche lancent à nouveau leurs longs cris rauques et plaintifs.

Les yeux rivés aux alentours et la main posée sur la crosse d'un 357 Magnum qu'il porte à la ceinture d'un élégant ensemble beige, Gus van Peeble s'extirpe de la cabine et reste immobile, le temps nécessaire à Tonino, son assistant, pour débarquer à son tour. Puis il ramasse l'une des cordes qui traînent sur les lattes ajourées, la lui jette négligemment et s'éloigne vers les baraquements. Il y trouve Paul Stander, occupé à torturer un caillou – dont la forme grossière évoque une tête de cheval – avec la pointe de son coupe-papier.

— Qu'est-ce que tu fabriques ? Un jouet pour tes chéries ? lui demande Gus en désignant les pythons. Tu devrais te méfier, un jour, ces saloperies vont t'engloutir la bite !

L'œil morne et les sourcils froncés, Paul Stander fixe le nouvel arrivant et fait pivoter son coude sur la table. Son pouce ainsi projeté à hauteur de sa tête pointe la cloison derrière lui.

— Débarrasse-moi de *ça* vite fait.

— Tu te laisses encore dévaliser par une gonzesse ?

— Va te faire foutre ! lâche Stander avant de retourner à sa sculpture.

Un petit sourire au coin des lèvres, Gus van Peeble tourne les talons et se dirige d'un pas nonchalant vers l'arrière des bâtiments. Il sait déjà qu'il va retrouver Nina Scott dans un sale état, ce ne sera pas la première fois. Pourtant, lorsqu'il l'aperçoit, assise par terre, adossée contre le tronc d'un caféier, la tête dodelinant et les yeux clos, il ne peut retenir un juron. Les vêtements et le visage de la jeune femme sont couverts de poussière, ses doigts entourent le goulot d'un flacon de whiskey et autour d'elle s'amoncellent des restes de fruits moisis, noirs de fourmis, et des tessons de bouteilles.

Pour avoir passé des heures à la transporter d'un point du Venezuela à un autre, Gus van Peeble connaît bien Nina. Il a déjà assisté à ses excès, l'a sortie à plusieurs reprises d'endroits mal famés de San Fernando de Atabapo et de Caracas. Là encore, il ne peut que constater son incapacité à surmonter les épreuves sans tenter de se détruire. Quand il parvient à quelques mètres d'elle, Nina ouvre les paupières, ses prunelles noisette sont sans éclat et de grands cernes creusent ses joues couvertes de petites croûtes et d'égratignures.

— Tiens, voilà le transporteur de coke ! ricane-t-elle en levant une main tremblante devant ses yeux. Bonjour, monsieur l'ami des cartels.

Son bras demeure en l'air, tout comme son regard, qui ne suit pas le déplacement de Gus. En cet instant, elle est laide, paraît vieille, épuisée, vidée.

— On ne peut vraiment pas te laisser seule sans que tu fasses des conneries !

— De toute façon, mâche Nina dans une sorte de bouillie difficile à comprendre, si ce con ne m'avait pas montré le village, je ne l'aurais jamais trouvé. On ne serait pas partis avec du retard, et ce con ne serait pas mort. Ce n'est donc pas de ma faute mais celle du village.

Les sourcils froncés, van Peeble s'accroupit pour la saisir par les aisselles.

— Eh là ! se débat-elle. Bas les pattes, espèce de…

Elle ne peut achever sa phrase. L'aviateur vient de la charger sur son épaule – ce qui a pour effet de lui couper le souffle – et se dirige vers le fleuve, après un crochet par la cuisine pour récupérer un pot de sel. Arrivé au ponton, il la dépose sur les lattes de bois et l'oblige à s'agenouiller, la tête au-dessus de l'eau boueuse. Bien décidée à lui résister une fois encore, Nina envoie des coups de pied dans les tibias de Gus, maculant ses jambes de pantalon. Mais plus elle se débat, plus la poigne de l'aviateur se raffermit. Comme chaque fois qu'elle tente de se mesurer à lui, d'ailleurs. C'est devenu une habitude. Elle boit, il la ramasse, elle rue et il finit toujours par la faire vomir. Elle comprend qu'une fois de plus, elle n'y coupera pas, quand elle le voit remplir une tasse crasseuse avec l'eau de la rivière et y verser une pleine poignée de sel. Ce breuvage infect est pour elle. « Bois ! » La jeune femme secoue la tête en gémissant. Sans hésiter, Gus resserre son étreinte. Affolée, elle aspire une grande goulée d'air et se met à hurler, mais il ne faiblit pas et verse l'eau salée dans sa bouche ouverte. Incapable de lutter,

Nina avale une première gorgée, puis une autre. Quelques secondes et un spasme plus tard, ses vomissures éclaboussent la surface de la rivière. Le corps plié en deux et les yeux fixés sur l'eau boueuse qui charrie ses déjections, Nina se vide l'estomac à grand renfort de râles. À travers ses larmes, elle distingue les restes de son dernier repas qui tourbillonnent au gré des courants et songe qu'elle voudrait disparaître.

— Tu te sens mieux ?

Silencieuse, Nina hoche la tête, les yeux fixés sur ses mains souillées.

— J'en ai assez de te récupérer en loques, il ne faudra plus compter sur moi.

— T'es qu'un sale con, murmure-t-elle, consciente que sa vie et son bien-être ne valent plus rien ici, depuis qu'elle a été remerciée par la Compagnie.

D'un geste ferme, Gus van Peeble attrape l'épaule de Nina d'une main et de l'autre relève son menton, la forçant à le regarder. Puis il lui demande d'un ton lugubre ce qu'elle a trouvé sur le tepui. Incrédule, Nina écarquille les yeux, cherche Sahalé du regard, se souvient qu'il est rentré à Caracas, le maudit et regrette aussitôt ses pensées. Jamais l'Indien n'aurait parlé du site. Ne serait-ce que pour le préserver de la convoitise de malfaisants comme Gus van Peeble. Alors qui ? Personne n'a jamais repéré l'endroit, elle en est certaine. Sinon, il y aurait déjà une meute de touristes sur place. Un village en pierre en plein milieu de la jungle, c'est exceptionnel, et la possibilité de l'ouvrir aux visites trop lucrative pour être ignorée.

— Quoi ? bafouille-t-elle d'une voix tremblante. Quoi ?

La silhouette massive de Paul Stander s'encadre alors dans la porte du baraquement et Nina comprend que la fuite vient d'elle. Elle a dû raconter bien des choses pendant ces journées entières passées à boire, ces heures interminables durant lesquelles elle a fui le rire gras de Stander, ses gémissements obscènes derrière la cloison et ses avances grossières. La jeune femme se sent comme un rat pris au piège d'un labyrinthe. Elle cherche comment franchir cette mauvaise passe mais, très vite, l'angoisse la gagne et ravage sa poitrine. Les vieux mécanismes de la peur se mettent à tourner à toute vitesse, accélérant le rythme de son cœur et libérant dans son esprit des pensées effrayantes. Cette fois, Nina en est certaine, elle va mourir. Gus, si charmant soit-il, n'est attiré que par l'argent. Il n'hésite pas à troquer la jeunesse de quelques Colombiennes sans le sou contre des produits de contrebande, il transporte de la cocaïne pour le compte des cartels ou des rebelles, tue lorsque c'est nécessaire. Maintenant qu'elle ne vaut plus rien, elle est en danger. Avant, le travail de son équipe fournissait à l'aviateur de bonnes raisons pour survoler la région. À présent qu'elle a tout gâché, soit elle coopère, soit elle finit transpercée par le gros sexe de Stander, ligotée à un poteau, puis égorgée.

Un nouveau spasme secoue son corps. Prise de tremblements, Nina tente de chasser les fantasmes délirants qui l'envahissent, respire, se raisonne. Elle s'accroche désespérément aux bribes des souvenirs de ces moments passés avec Rose. Mais les traits de la primatologue s'effilochent et laissent la place à des images de mort. Le corps d'Aidan, noir et décomposé, recouvert d'algues et à moitié dévoré, se fixe dans son esprit.

— Des ruines, lâche-t-elle. À deux jours de marche.

Aussitôt, Gus van Peeble se fait très attentif, ses traits se détendent et sa main quitte la crosse de son arme pour effleurer les cheveux de Nina.

— Et ?

— Je n'ai pas eu le temps de fouiller. Je ne sais pas si ça vaut le coup.

Fouiller… ruines… Les mots résonnent agréablement à l'oreille de l'aviateur. Et puis, les soudaines hésitations de Nina lui mettent l'eau à la bouche. L'or perdu des civilisations précolombiennes danse dans son imaginaire. Quand il lui demande, les yeux tournés vers le fleuve et la main crispée sur son épaule, de lui préciser qui est au courant, Nina comprend qu'un processus s'est enclenché dans l'esprit de Gus, processus qu'elle doit entretenir habilement.

— Je m'avance peut-être, articule-t-elle sans répondre vraiment. Mais il est tout à fait possible d'y trouver des trésors archéologiques qu'il faudra remettre aux musées.

Là, elle en fait un peu trop et s'en aperçoit. Impatient, Gus quitte son masque d'ami bienveillant et agite lentement son magnum sous le nez de Nina. La jeune femme, éprouvée par cette soudaine crise d'angoisse et les heures de soûlerie, tremble encore comme une feuille et une boule dans sa gorge empêche les sanglots de jaillir.

— Qui est au courant ?

Coincée dans sa ceinture, la crosse de l'arme de Nina mord sa chair. Elle se dit qu'elle aussi, elle pourrait braquer son flingue sur le front de ce sale type. Et puis ? Toute cette histoire finirait en carnage ?

— Le gros, lâche-t-elle dans un soupir, ce gros salopard qui ne peut pas fermer sa gueule.

— Et Sahalé ?

— Il n'y avait qu'Aidan et moi, là-haut, ment-elle sans hésiter. Les autres n'ont posé aucune question. Tu sais bien que ce n'est pas leur genre.

— Bien, très bien même, se gargarise Gus en l'aidant à se relever. Tu dis deux jours de marche ?

— Je ne sais pas, peut-être plus. Il paraît que l'endroit fourmille de braconniers, ajoute-t-elle après une légère hésitation.

— Foutaises ! Si c'était le cas, je le saurais ! Départ demain à l'aube, ma belle. Refais-toi une beauté d'ici là et trouve-toi un flingue digne de ce nom.

Nina suit Gus des yeux jusqu'à ce qu'il s'engouffre dans le bureau de Paul Stander. Les deux hommes vont probablement vérifier le stock d'armes et de munitions et convenir d'une prochaine livraison de filles. Comme d'habitude, Stander va tenter d'arnaquer l'aviateur sur les prix et ce dernier piquera une colère qui laissera le gros indifférent. Stander n'aura aucun mal à écouler la marchandise ailleurs. Même auprès de certains Waraos et Yanomamis qui ont, depuis quelques années déjà, troqué la sarbacane contre le fusil.

Prise par un soudain besoin de se rafraîchir, Nina se dirige lentement vers les cabines de douche. Les derniers effluves de son enivrement au whiskey sont accrochés à sa peau et cette odeur lui donne la nausée. À moins que ce ne soient les protestations d'un foie trop souvent malmené, ou encore le dégoût que lui inspirent ces hommes qui font partie de sa vie depuis cinq ans. Les pensées tournées vers Aidan Lassiter et Rose, la jeune femme reste un long moment assise sur le caillebotis en bois, le jet d'eau orienté sur sa nuque, comme s'il pouvait creuser sa peau, entrer dans son crâne et en laver les souvenirs. Le calme revient sous la pluie de gouttes tièdes, les évidences aussi. Elle n'a jamais été coupable de la mort d'Aidan. Elle aurait pu se noyer, ou n'importe quel autre membre de l'expédition. Seules les intempéries sont responsables de ce drame. Peu à peu, Nina se persuade, mais au fond d'elle-même, elle sait qu'elle devra tôt ou tard rendre des comptes. Le tout est de savoir à qui.

Dieu, la Compagnie, ou la famille d'Aidan, dont elle ignore tout.

12

« Le village doit rester oublié du monde. Si les souches et les lianes recouvrent les pierres, c'est la volonté de la forêt. Elle engloutit ce lieu, petit à petit, pour l'effacer. » Le regard fixé sur les épaules de Gus aux commandes de l'hydravion, la jeune femme attrape un morceau de *banisteriopsis efemensis* au fond de sa poche. Elle doit faire taire ce pressentiment qui brûle son ventre depuis l'aube. Comme les réserves de Jack Daniel's sont épuisées, il ne lui reste que les pilules ou ça. Et à bien y réfléchir, elle préfère encore mâchouiller cette plante, dont l'effet euphorisant est sans conséquences sur sa vigilance. Elle va avoir besoin de toute sa tête pour égarer Gus et Tonino dans la jungle. Car Nina a décidé de ne jamais leur montrer le village. Protégé par une imposante barrière minérale, caché à la vue des avions sous une épaisse canopée, le site peut rester vierge, elle en est convaincue. La présence des charniers, des singes silencieux et des milliers de fleurs et de fruits en fait un sanctuaire, magnifique témoignage d'une civilisation passée. Sur place, Gus van Peeble ne saurait que tout saccager. Alors, pour réparer ses erreurs, la jeune femme s'est résolue à faire tourner en rond les deux hommes, jusqu'à ce qu'ils abandonnent leur funeste projet. Ensuite elle prendra la poudre d'escampette, pour rallier le campement de Rose Sawyer.

La veille, Nina a indiqué un endroit au hasard et Gus a étudié les relevés satellites pour poser l'appareil. Le site sur lequel il a jeté son dévolu se situe à une demi-douzaine de kilomètres du lieu présumé où s'élèvent les ruines. Satisfait, il a estimé que se tailler un sentier dans la végétation luxuriante des hauts plateaux serait l'affaire d'une ou deux journées, tout au plus. Dans un virage ample, l'hydravion prend suffisamment d'altitude pour permettre à Nina de voir le soleil se détacher de la ligne d'horizon. L'horloge de bord affiche cinq heures cinquante-quatre et la journée promet d'être belle. Par le hublot, Nina regarde la cime des arbres devenir un à-plat vaguement moutonneux, puis la barrière orientale du haut plateau se profiler au loin. La falaise tombe à pic sur près de huit cents mètres. À l'approche de l'avion, des milliers d'oiseaux quittent leurs nids haut perchés pour se fondre dans un nuage vivant où le regard se perd.

Le moteur rugit et le *Spirit of Stardust* s'élève au-dessus du tepui où Nina et son équipe ont passé les trois derniers mois. Observées de cette altitude, les distances paraissent courtes et la traversée aisée. Mais

Nina sait combien la marche sur ce terrain accidenté encombré d'arbres gigantesques, au couvert fait d'un fouillis de lianes, de fougères et d'arbustes dont chaque variété possède un système de défense propre est harassante.

— Je fais un passage pour valider le site et je nous pose dans la foulée, dit la voix de Gus dans le haut-parleur. Attachez votre ceinture, jeune fille.

L'assiette s'incline et Nina ne voit plus que le vert de la canopée. Puis l'avion se redresse et descend en rase-mottes vers une étendue marécageuse transformée par les pluies en une sorte de lac dont la surface est crevée par de minuscules îlots de verdure où s'entassent des centaines d'échassiers. L'avion accomplit alors une sorte de huit ouvert pour se présenter face au plan d'eau dans l'axe de sa longueur, les flotteurs entrent en contact avec la surface et Gus amène l'appareil sans encombre jusqu'à une zone de terrain stable. Lorsqu'il coupe les moteurs et que Tonino sort de la cabine pour procéder à l'ancrage de l'hydravion, l'horloge de bord affiche 6 h 14.

Chargée comme les hommes d'un lourd sac à dos, Nina doit insister pour ouvrir la marche à travers le mur végétal qui se dresse devant eux. Il n'est manifestement pas dans les habitudes de van Peeble de faire confiance à une femme. Pourtant, elle se débrouille bien. Ses épaules, son dos et ses bras, rompus à l'escalade, sont musclés et capables de trancher dans l'enchevêtrement des halliers. Elle n'aurait cependant jamais pu faire le chemin seule. Ces mouvements répétitifs provoquent rapidement des brûlures et des débuts de crampes dans la nuque et les épaules.

Quand le soleil s'élève au-dessus du feuillage et darde ses rayons obliques sur la canopée, ils ont déjà parcouru un tiers de la distance. Le sous-bois, transformé en étuve, exhale de fortes odeurs de pourriture et le regain de chaleur fait jaillir des nuées de moustiques dont Nina se défend en frappant ses joues et ses mains. À quelques mètres devant elle, Gus et Tonino poursuivent leur progression vers le but à atteindre, indifférents à ses protestations. Leurs pas font un écœurant bruit de succion et, dans le concert tapageur des cris d'animaux, ils parlent à voix basse et se taisent dès qu'elle les rattrape pour tracer le chemin. Lorsqu'elle s'en aperçoit, l'angoisse la frappe avec la violence d'un uppercut. *Et s'ils avaient tout compris ?* Elle ouvre la bouche pour chercher de l'air et tète avidement son morceau de liane, tout en accélérant le pas. Il s'agit juste d'une nouvelle offensive de sa psyché névrosée et elle ne va pas craquer là, au milieu de la forêt. Certes, elle se trouve loin de tout avec deux types peu scrupuleux, mais ce n'est pas une raison pour se laisser dominer par la peur. Gus ne va la tuer parce qu'elle se sera perdue, c'est impossible. Ses doigts gourds enserrent le manche de sa machette et l'espace d'un instant, elle s'imagine en train de lui enfoncer la lame entre les omoplates. L'effet apaisant de la plante envahit son cœur et chasse ses craintes mais elle lui dessèche la gorge. La jeune femme dépose alors son sac, avale une longue goulée d'eau, se rince les joues et applique ses paumes sur la surface sableuse d'une énorme termitière dont le sommet fait penser aux pointes d'une tiare. Le regard rivé sur ses doigts enflés par la chaleur et l'effort, Nina profite de ce court répit pour souffler un peu. Quand elle relève la tête, les deux hommes la fixent d'un œil impatient. Elle leur adresse un petit geste, frictionne ses bras et ses joues et les rejoint en quelques pas[1].

Le soleil a largement entamé sa descente vers l'horizon quand Nina, Gus et Tonino découvrent un affaissement providentiel dans la barrière minérale qui s'est dressée devant eux, en fin d'après-midi. Les plus grosses pierres de l'éboulis, retenues par des souches et leurs fortes racines, forment un chemin, escarpé, mais praticable. Ils décident aussitôt d'emprunter cette voie et d'établir un bivouac au sommet. L'air y sera bien plus respirable que dans la forêt. Pendant toute l'ascension, Tonino assure Gus, prêt à le retenir en cas de faux pas. Loin devant eux, Nina, d'une agilité étonnante, semble voler de pierre en pierre. Elle se retourne parfois pour suivre leur progression, un sourire narquois au bord des lèvres. Le détour de quelques heures qu'ils ont dû concéder au vertige de Gus, incapable d'escalader la falaise, sert son plan. Demain, ils prendront plein ouest, bien loin du village, de plus en plus loin. Et bientôt, à court de temps et de ravitaillement – Gus a sur lui un gros sac qui contient autre chose que des sucreries, Nina pourrait le parier – ils seront forcés de rebrousser chemin.

Plus elle grimpe, plus la vue sur la plaine se dégage et mieux elle se sent. D'autant plus qu'un vent léger apaise sur sa peau le feu des piqûres de moustiques.

---

1. Technique pour se protéger des piqûres de moustiques, lorsque les produits de l'industrie occidentale ne font plus effet. La protection ainsi obtenue n'excède pas le quart d'heure mais elle est très efficace.

Le plateau s'étale à perte de vue sous ses pieds, vaste étendue de rivières et de marais, où le soleil couchant jette des éclats rouges sur une large bande de cumulus paresseux. Derrière elle, sur le point culminant du tepui, le village et ses étranges constructions patientent dans l'ombre. Qu'est-ce qui a poussé ces hommes à s'établir dans cet endroit si reculé ? Car, de l'autre côté, le vide sur la plaine de l'Orénoque est immense. Un vide si vertigineux qu'il semble ne jamais devoir s'arrêter. Lors de la saison sèche, l'eau de la rivière qui dévale la falaise se volatilise en milliards de gouttelettes dans un silence étonnant. Perdue dans ses pensées, Nina achève tranquillement son ascension. Même si elle craint ses dangers, elle aime cette forêt aussi grande qu'un continent. Ce territoire inconnu, dont Kwanita, Yahto et Sahalé lui ont, au fil des années, donné les clés, quelques clés, est un peu devenu sa maison. Abandonnée ici, elle pourrait survivre seule et retrouver son chemin jusqu'à San Fernando, s'il le fallait. Ce qui n'est pas le cas de ses compagnons de route, accrochés à leurs cartes et à leur GPS. Même Tonino, complètement occidentalisé, semble avoir perdu son instinct.

Arrivée sur le promontoire, elle installe sa tente à montage rapide, puis s'éloigne sous le couvert des arbres pour ramasser ce que la forêt offre de comestible. Pour la première fois depuis des heures, Nina peut songer à Aidan sans se paralyser. Elle se remémore les années passées à le côtoyer tous les jours ou presque, sans le connaître, ses phrases à trois mots et son regard buté. Elle regrette de n'avoir jamais pris le temps et se dit qu'elle devrait peut-être envoyer des fleurs à sa mère. Immanquablement, ses pensées retournent vers Rose, son visage rond, et ses gros cigares.

Lorsqu'elle revient au camp les bras chargés de fruits, un feu brûle déjà bien haut, quelques mètres à l'écart des tentes, et les hommes ont préparé le repas. Le trio avale son dîner dans un silence reposant. La dernière bouchée engloutie, chacun disparaît dans sa tente, soulagé de pouvoir prendre enfin un peu de repos.

Le feu crépite encore quand Nina s'enveloppe dans son sac de couchage. Épuisée par la longue marche, elle enfouit sa tête sous la moustiquaire et cherche en vain le sommeil. Mais ses chevilles et ses joues semblent grouiller d'invisibles bestioles. Elle gigote, serre les poings pour ne pas céder à la tentation du grattage, se tourne et se retourne dans son duvet. Et quand les démangeaisons se font trop insistantes, elle se relève en râlant et les recouvre d'une crème à base de cortisone. Puis elle se pelotonne à nouveau sur sa couche sommaire et, peu à peu, abandonne ses membres fourbus à une douce lassitude.

Elle voit le visage souriant de Rose et sent ses mains dans ses cheveux. Nina se promet de retrouver cette femme pour passer du temps avec elle, pourquoi pas l'accompagner dans ses voyages. À chaque moment de son existence, elle a manqué de la chaleur et de la tendresse d'une mère. Son enfance et son adolescence, sa vie d'adulte ont été rythmées par les silences, les non-dits, les coups de gueule et les caprices de son père. Un jour les cajoleries, le lendemain la sentence. Jamais vraiment cohérent, ni malintentionné. Mais toujours enclin à exercer ce pouvoir, cette emprise malsaine qui fait d'elle une gamine terrorisée et une jeune femme sans assurance, toujours prête à justifier ses échecs. Les pensées de Nina naviguent vers leur vie à deux, dans cette grande maison au bord du lac Érié. Elle parcourt le couloir qui mène au grand bureau toujours fermé à clé et se souvient des derniers reproches et des derniers câlins. Comme des milliers de fois déjà, Nina conclut, un vague malaise au cœur, que Randolph Scott est l'homme de sa vie et qu'il faut que ça change. Elle doit abandonner l'enfant qui continue de geindre au cœur de sa psyché, oublier Chakrouny, pourquoi pas tuer cette fillette embarrassante, et faire en sorte, coûte que coûte, de devenir l'adulte qu'elle devrait être.

Des craquements la sortent brutalement de la torpeur dans laquelle elle s'enfonçait doucement. *Les braconniers.* Le cœur battant, Nina attrape son arme. Elle ne peut réprimer une bouffée de mépris pour Gus et Tonino qui ronflent à côté. Lentement, elle se faufile dehors, l'automatique braqué, les mains tremblantes, prête à se confronter au canon d'un pistolet ou au fil d'une machette brandie vers elle. Mais le silence est revenu. Pourtant, il lui semble sentir une présence, tout près, derrière les feuillages d'un buisson de fougères. La peur au ventre, elle se glisse à côté du bivouac de Gus et lui donne un coup de pied. Des cris étouffés lui parviennent, la tente s'agite et la tête de l'aviateur apparaît entre deux pans de toile. D'un geste, Nina lui fait comprendre qu'ils ont probablement de la visite. L'arme au poing, Gus inspecte les alentours et trouve assez vite le responsable. Un tapir curieux et dodu qui se fige dans le faisceau lumineux avant de déguerpir sans demander son reste. Les insultes fusent, Gus s'engouffre dans sa tente et Nina, vexée, traîne près du feu pour fumer une cigarette. Ses doigts tripotent avec fébrilité le briquet à essence de Stander. Le *clac* du couvercle et le *zip* de la molette résonnent alternativement, brisant le silence inquiétant de la forêt.

Pourtant, des nuits dans la jungle, elle en a vécu des centaines. Mais Sahalé était là, il veillait sur son sommeil comme une sentinelle rassurante. Pour Nina, son absence est un gouffre que nul ne saurait combler. Le cœur gros, elle songe à son ami, revisite son visage, la couleur cuivrée de sa peau couverte de ces drôles de lignes et de points qu'elle pourrait reproduire par cœur, tant elle les a admirés, la douceur de ses gestes et de sa voix. Souvent elle lui a demandé ce que signifiaient ses tatouages. Et chaque fois, il a ri, de ce rire de gorge si particulier, ses fossettes se sont creusées et il lui a répondu qu'elle saurait un jour, quand les esprits de la forêt auront donné leur accord pour qu'il partage avec elle tous ses secrets. Les yeux mi-clos et les pensées vagabondes, Nina a sans s'en apercevoir laissé courir ses doigts sur la peau écorchée de ses bras parcourus d'une vague de frissons.

Un coup de feu déchire ses tympans et la sort brutalement de ses rêveries. En quelques secondes, des mains puissantes s'écrasent sur son visage. Les paumes exhalent une forte odeur de fer et la moiteur qu'elles dégagent expédie alors Nina aux portes de la folie.

13

Dire que nous avons fui la France de l'après-guerre serait trahir la réalité qui nous occupait alors. Nous nous sommes précipités vers ce Venezuela offert sur un plateau par Jean Fouchet, qui jamais ne rentra dans ses frais. Les yeux rivés sur l'onde immuable des bras tentaculaires d'un Orénoque gigantesque, j'ai eu maintes fois l'occasion de revisiter ma peine, mon passé, notre échec commun. Car, chacun à sa façon, nous, les quatre fous, les premiers à passer par certains endroits, les seuls par d'autres, avions une part d'ombre à taire de cette période de guerre si fraîche que les explosions vibraient encore sur la paroi de nos tympans. Et chacun l'enfouissait comme il le pouvait. Jamais je crois je n'ai craché au visage de Virgile Milane l'injustice qu'il ne paraissait pas voir. Et qui nous séparait chaque jour un peu plus. Comment supporter qu'à mes côtés chemine un homme qui possédait tout sans avoir rien risqué, alors que moi, j'avais bravé le destin et tout perdu ? Je suis longtemps resté jaloux, terriblement jaloux de cet homme bon, mais un peu veule. De cette part de lâcheté qui doit vous assurer une chance de survie. Pouvais-je vraiment lui reprocher ses propres travers ? Cela avait-il une logique ? Et surtout, cela changeait-il la façon dont le monde avait tourné ? Souvent je me suis demandé ce qui se serait passé si la guerre n'avait pas eu lieu, ou si je n'étais pas descendu du train des STO, ou si mes pas n'avaient pas croisé ceux de Gaëlle, en août 1932. Que serait-il arrivé ? Mais quel que soit l'angle sous lequel j'observe ces péripéties, j'arrive nécessairement à cet immeuble de Rueil-Malmaison en flammes. Gaëlle n'a pas eu besoin de moi pour périr dans cette bâtisse. Notre fils ne serait pas mort s'il n'était pas né, c'est une évidence. Mais si la guerre n'avait pas balayé l'Europe, si Adolf Hitler avait réussi le concours d'entrée aux Beaux-Arts, l'immeuble de Rueil aurait-il été épargné ? Et si Hitler était devenu artiste peintre, aurait-il été remplacé par un autre ? Cela n'a pas de fin. J'ai eu plus que mon temps pour me poser ces questions, et je ne suis parvenu qu'à une conclusion : y répondre est un leurre. Ce que certains nomment le destin est en somme un tel déferlement d'événements, une telle machinerie diabolique, supra-humaine, qu'il est impossible d'espérer intervenir. De la naissance à la mort, le sort en est jeté. Je ne dirai pas mieux que J.C. Le sort en est jeté.

Notre fine équipe se mit en route au printemps. Il faut dire qu'en ces années, les long-courriers n'existaient pas. Partir à l'autre bout du monde demandait de l'organisation et une bonne dose de hasard, ou de chance. Pour rallier Caracas, il fallait s'envoler de Paris, escale à Shannon, ensuite à Gander, New York – où nous nous fîmes vacciner contre la fièvre jaune dans les locaux du remarquable centre Rockefeller, qui avait développé ce vaccin en 1937 –, Miami et, avec un peu de chance, la liaison pour Caracas se faisait sans anicroche. Une semaine de voyage au bas mot, avec transferts interminables, passages en douane à répétition. Mais tout cela n'est rien en comparaison de ce qui nous attendait, dans l'univers hostile de la forêt amazonienne. J'ai évoqué la fièvre jaune, mais il nous faudrait combattre aussi la dengue, le paludisme, d'horribles bestioles, le venin de redoutables serpents, les griffes de grands prédateurs comme des crocodiles ou des pumas, des infections en tout genre. Ces soucis d'Occidentaux occupèrent nos conversations pendant que nos esprits se tournaient vers notre expédition. Vers son sens profond.

Pour ma part, je me suis hasardé au début à croire que la quête de cette variété de singes, des saïmiris pour tout dire, allait me passionner. J'étais loin de deviner la réalité de mon existence à venir. Pour ne pas laisser à Gaëlle et à notre petit Pierre la possibilité de me hanter, j'ai passé chaque instant de cette épopée à traquer ces bestioles, j'ai vu leurs silhouettes fugitives bien des fois, en m'apercevant qu'il s'agissait d'ombres trompeuses, ou d'autres races assez similaires, mais très bruyantes. Notre mission n'était pas simple. Et, à y réfléchir aujourd'hui, je dois bien admettre que nous avons été orgueilleux de l'accepter. Mais Jean Fouchet ne s'y était pas laissé prendre. Lui n'était pas dupe de notre état d'esprit et il était bien le seul. Il possédait une fortune colossale et sa petite-fille Anne dépérissait à vue d'œil. Le deuil, les deuils, voilà ce qui nous réunissait tous. Et certains plus intimement que d'autres.

Caracas en ces années-là avait d'honnêtes allures. Nul besoin pour le touriste d'y cacher excessivement ses valeurs. La population était généreuse, accueillante, disponible. Le commerce avec l'ancien monde avait repris. L'humanité se remettait des atrocités qu'elle avait elle-même engendrées. Mais je peux témoigner que là-bas, dans ce Venezuela de carte postale, la guerre semblait avoir passé sans laisser de traces.

Rallier Caracas à l'extrême sud du pays n'était pas une mince affaire. C'était même plus difficile, plus éprouvant que la première partie du voyage. Mais là encore, les années de guerre nous firent économiser un temps précieux. Embarqués dans un hydravion à cabine pressurisée, nous avons gagné les plaines alluvionnaires au sud du pays, le bassin de l'Orénoque et de ses innombrables affluents. Car c'est d'Amazonas que provenaient les singes de Jean Fouchet. C'est donc en Amazonas qu'il nous fallait aller. Cela peut sembler insensé, de l'ordre de la gageure, de vouloir retrouver une variété de saïmiris dans un territoire représentant le tiers de la France, sans une route, sans même de réels sentiers tant la végétation les reprend sitôt ouverts. D'autant plus qu'à cette époque, tout était plus petit. Ce qui est devenu une ville atteignait péniblement la taille d'un village et les bourgades insalubres d'aujourd'hui peinaient à sortir de terre. Puerto Ayacucho, par exemple, qui deviendrait la capitale régionale, n'avait alors que vingt-cinq ans d'existence et n'était constituée que de quelques quartiers à l'architecture pompeuse. Mais cette localité, que nous devions à l'enthousiasme de l'ingénieur-géologue Santiago Aguerreverre, nous servit de base, à partir de laquelle nous allions rayonner. C'est en tout cas ce que nous pensions en la ralliant le 12 avril 1949. Si je me souviens si bien de la date, c'est parce que j'ai tout noté de ces jours passés lors de notre premier séjour et des suivants. Tout. Car même quand il ne se passait rien de notable, respirer au rythme du fleuve et de la forêt emplissait chacun d'entre nous du sentiment d'être une nouvelle personne, et pourquoi pas vierge de toute trace précédente, toute peine ou misère vécue.

J'imagine qu'il ne m'est pas nécessaire de préciser à quel point cette illusion m'apportait réconfort et parfois même sérénité.

Des semaines durant, nous avons arpenté les forêts aux alentours de Puerto Ayacucho, quêtant auprès des autochtones des informations concernant nos fameux singes. Mais pour la population, évoquer l'existence d'un saïmiri muet était aussi drôle que demander à un Lapon la direction du pôle. Nous allions de déconvenue en déconvenue et le temps passait sans rien apporter de neuf. Nous décidâmes alors de remonter le fleuve jusqu'à l'extrême sud civilisé du Venezuela, les maigres pontons déjà vermoulus de San Fernando de Atabapo, une localité minuscule constituée d'une centaine d'âmes. Pour autant que ces Indiens en possèdent bien une. Là, nous fîmes provision de gazoline et de tout ce qui est nécessaire à l'esprit prudent pour survivre en milieu naturel. Une partie fut conservée sous bonne garde à San Fernando, le reste fut distribué entre les trois embarcations que nous avions réunies pour nous lancer à la découverte de la région des tepuis. J'avais alors les yeux emplis d'espoir et de naïveté. Les quatre compagnons que nous étions nous entendions fort bien et il n'était pas rare que nos dîners sous la canopée s'éternisent en de longs éclats de rire. Nos guides nous protégeaient des dangers innombrables d'une nature aussi hostile qu'au lendemain de la colère de Dieu après qu'Adam a croqué la pomme. Tout allait pour le mieux dans *le moins pire* des mondes, en quelque sorte. Les eaux de l'Orénoque s'ouvraient sur notre passage, pour se refermer sitôt le bruit des moteurs disparu. Et encore. C'est étonnant de constater à quel point la vie est ténue, fragile, misérable dans ces contrées inhospitalières. Cela rappelle au passant que sa survie tient à peu de chose et, surtout, combien le cycle du vivant est ordonné, toute matière organique se dégradant ici-bas rapidement, passant des crocs des prédateurs à son tube digestif, puis à ses fèces, pour finalement intégrer le règne végétal en moins de temps qu'il n'en faut pour le dire.

Les tepuis, dont on nous avait décrit les infranchissables murailles, nous apparurent après huit jours de navigation. La distance qui séparait notre objectif de San Fernando n'était pas si grande, mais nous opérions depuis la rive de régulières incursions dans la forêt afin de procéder à des sondages auprès de la population simienne. Il était nécessaire de les tuer, même si je rechignais au début à me résoudre à pareille extrémité. Le temps nous manquait. Il nous fallait agir avec rapidité et la capture de petits singes est une occupation d'homme patient. Malgré tout, chaque incursion nous occupait quatre à cinq heures. Repérer, tuer, puis disséquer un saïmiri ne se précipite pas. Mais jamais une glande hypertrophiée n'apparut au détour d'une circonvolution cérébrale, cette année-là. Pourtant, Provins se montra un remarquable légiste. À croire qu'il avait maintes fois répété ces gestes, lui qui n'était en apparence qu'un clinicien aux mains manucurées. Je savais qu'il avait aussi travaillé aux usines Messerschmitt, mais en qualité de quoi, je me le demande encore. Il avait pris l'habitude d'éluder toute question concernant cette période de sa vie. Il me semble que ça ne l'a jamais particulièrement perturbé d'avoir participé pendant quatre ans à l'effort de guerre nazi. Je l'ai même surpris plusieurs fois à citer des Allemands en exemple. Les temps ont bien changé sur nombre de sujets, mais à cette époque, on parlait de boches, de fritz, de teutons les bons jours et de schleus le reste du temps. Qu'a-t-il réellement fait entre 1940 et 1945 ? Où a-t-il appris à disséquer d'aussi belle manière ? Personne ne le sait, sauf Virgile, qui croit tout ce qu'on lui raconte.

Rien ne m'a jamais depuis lors semblé aussi haut, ni aussi beau, que ces falaises de granit, dressées au milieu des plaines couvertes de forêts qui se lancent à l'assaut du ciel, comme les doigts d'impossibles géants de pierre ou de mythiques entités antédiluviennes. Nos velléités d'Occidentaux fanfarons se brisèrent à la surface de ces monstres froids, ruisselant de chutes d'eau immenses et dont il était improbable qu'elles parviennent jusqu'au sol, tant elles tombaient de haut. Anne Fouchet, la petite-fille de notre généreux mécène, en fit de remarquables aquarelles. Du haut de ses vingt ans, elle nous enthousiasmait par sa bonté d'âme et ses dessins reflétaient sa personnalité profonde. Moi qui la pensais en voyage d'agrément destiné à ressourcer sa jeunesse massacrée, je fus bien obligé de réviser mes a priori. Anne était aimable, autant qu'une jeune femme peut l'être, et ses connaissances en botanique nous laissèrent souvent cois, alors qu'elle n'avait pas achevé son cursus universitaire. Virgile à part bien entendu, Lisa occupant l'intégralité de son cœur, Charles et moi rivalisâmes à plusieurs reprises pour arracher à la belle un sourire ou une attention. Mais je me contentais de cette splendide rétribution. Quelques années plus tard, Charles nous montrerait qu'il fallait tout conquérir, jusqu'aux plus belles personnes, mais cela est une autre histoire.

L'expédition de 1949 ne nous permit pas de nous hisser au sommet des tepuis, alors que c'était là notre vœu le plus cher. Il aurait fallu beaucoup de matériel pour y parvenir, installer une sorte de voie pour permettre de réguliers allers-retours avec le fleuve. Il nous apparaissait que là-haut, même si nous n'en avions rien vu, des écosystèmes particuliers avaient pu voir le jour. Darwin n'avait-il pas fondé sa théorie sur l'observation d'espèces s'étant développées à l'écart du reste du monde ? Eh bien, ces plateaux gigantesques allaient être pour nous ce que les Galápagos avaient été pour lui : un endroit isolé de l'évolution où des singes avaient développé une forme de communication unique. Jean Fouchet serait déçu de ne pas accueillir de nouveaux saïmiris dans son domaine et devrait pour un temps se satisfaire des quantités d'observations que nous avions collégialement faites. Un travail passionnant qu'il nous allait falloir dépouiller, chacun de son côté, avant de revenir à la source de notre quête.

III

Là, au pied de l'abîme,
je fus repoussé par un vent ascendant

14

Nous ne retournâmes pas au Venezuela en 1952 comme nous pensions le faire. Pas plus qu'en 1953. De l'autre côté du rideau de fer, Staline venait de mourir, tandis qu'à l'Ouest, le vent délétère du maccarthysme se levait sur le peuple et les élites américains. Le monde déjà fou se mit à tourner comme une girouette écervelée. Pourtant, rien de cela ne nous toucha, nous personnellement, le quatuor que nous formions alors. Nous étions assez grands pour fabriquer nos propres démons.

Lisa mit au monde des jumelles au cours de l'hiver 1952. Virgile était aux anges et m'informa tout de suite qu'il décalait d'une année sa participation à notre expédition. Charles sauta sur l'occasion pour s'expatrier dix-huit mois en Allemagne – quand je disais que ses activités d'avant la Libération lui manquaient, je n'étais pas loin de la vérité – pour participer à une étude pluridisciplinaire du vivant où seuls les noms de Watson et Crick retinrent mon attention. Bien entendu, je l'encourageai dans cette démarche. Cette équipe possédait un laboratoire suréquipé. Sans doute Provins pourrait-il y analyser les glandes pinéales des spécimens confiés à nos soins par Jean Fouchet.

Anne passa sa thèse, se spécialisant tout logiquement dans les essences tropicales. Quant à moi, le hasard me fit rencontrer Émilie et la malchance me voulut à nouveau fertile. Je l'épousai en octobre 1952. Hélène vit le jour au début de l'année 1953. Je ne sais pas si j'avais la fibre paternelle, ou même simplement celle d'un époux, mais feue ma mère m'avait toujours seriné que je possédais un sens naturel du devoir. Grinçantes paroles dans la bouche d'une femme qui me fit faux bond alors que j'allais avoir douze ans. Tout cela explique pourquoi nous avons reporté notre départ, alors que, pour chacun de nous, un endroit de notre cœur et sans doute de notre raison d'exister se trouvait encore là-bas.

C'est à la fin de l'été 1953 que Jean Fouchet me fit une visite surprenante. Le vieux bonhomme était inquiet. D'après lui, l'économie s'affolait et de curieuses façons de se comporter s'installaient dans le monde des affaires. Cela venait particulièrement d'outre-Atlantique, où les manières n'existaient pas, où la raison du plus fort primait sur toute autre considération et où de véritables mafias s'achetaient une respectabilité à renfort de narcodollars. Jean Fouchet n'aimait pas les Américains, pas plus que ce de Gaulle, qui m'avait trahi près du port de Dunkerque et qui de temps à autre venait donner le tempo à la nation française. Malgré ses préjugés concernant tout ce qui mâchouillait de près ou de loin l'idiome cher à Shakespeare, je l'écoutais attentivement. Jean Fouchet était un homme bon, original et très attachant. Il possédait une grande fortune principalement fondée sur la possession d'immeubles et de parcelles arables, de bonnes terres réparties à travers l'Hexagone. C'est dire si la guerre avait menacé une partie de ses biens tout en renforçant l'importance des autres. Le vieux bonhomme, dont les trois fils attendaient la mort de moins en moins patiemment, voulait assurer l'avenir de sa petite-fille cadette. Anne était le portrait de sa grand-mère et Jean nourrissait pour elle une affection attendrissante. Mais il savait qu'elle n'hériterait de rien, ou de pas grand-chose, en regard de ce qu'elle méritait à ses yeux. Ses oncles l'en déposséderaient très vite et sans aucun remords. Je l'assurai de mon soutien et de la justesse de son jugement. Il est vrai qu'Anne jetait sur les valeurs terrestres un regard très léger et ne s'intéressait qu'à ses plantes. Elle ne bataillerait pas pour arracher à la vénalité de sa famille ce qui lui revenait. Jean m'appréciait beaucoup et je le lui rendais bien. Pourtant, malgré toute ma sympathie, je ne voyais pas ce que je pouvais faire, en dehors de lui promettre de toujours garder un œil bienveillant sur sa petite protégée. Ce vieux roublard avait son idée et rien ne pouvait l'en dissuader. Il la garda pour lui cette fois-ci : il prétexta m'avoir rencontré pour organiser la prochaine expédition, et s'en alla. Jean faisait régulièrement le tour de ses propriétés et cette activité l'occupait la moitié de l'année.

Septembre 1953 fila comme un songe. Hélène babillait de mieux en mieux. Bientôt, elle marcherait. Mes relations avec Émilie s'établissaient sur l'échange peu original « Tu me nourris, je te fais des enfants », et l'univers tournait rond, sans grande passion, mais de manière convenable. Dire que je m'étais fourvoyé avec cette femme n'était pas une grande nouvelle. J'aurais pu l'écrire à notre première rencontre. Elle avait su éveiller en moi une bienveillante affection et cela avait suffi. Malheureusement, ce sentiment dépourvu de fièvre s'éteignit très vite. Il n'en resta qu'un contrat signé devant notaire, un sens personnel des responsabilités et une fillette. Jamais dans mon cœur elle ne se hissa au rang que Pierre avait atteint. L'enfant n'y était pour rien, je le savais et voulus sans succès changer les choses. Mais les sentiments ne se commandent pas. Avec la mort de mon fils avait dû s'éteindre une certaine forme d'amour sur laquelle je ne pus faire rejaillir aucune bouture. Hélène grandirait avec une mère présente et une image fantasmée du père. Finalement rien que de très banal.

Mi-octobre, Jean Fouchet fit irruption dans mon bureau du quai d'Austerlitz. Je travaillais alors en collaboration avec des confrères londoniens sur une cartographie des populations simiennes d'Afrique occidentale. Il étala devant moi un document contractuel par lequel il me cédait une oliveraie perdue au fond de l'Atlas pour trois millions d'anciens francs. J'eus beau lui dire que je ne possédais pas une somme pareille et que je n'avais de surcroît nullement envie d'acquérir son morceau de désert, il me soutint que c'était pourtant ce que j'allais faire. Il posa sur mon bureau les trois millions en question et me déclara l'heureux propriétaire d'une oasis. La lumière se fit alors dans mon esprit. Jean Fouchet ne m'avait-il pas dit qu'il voulait absolument assurer l'avenir d'Anne ?

— Les colonies se portent assez mal ces derniers temps. Êtes-vous certain que ce soit un bon placement ?

Je faisais allusion à notre Indochine qui se soulevait de toutes parts, sous la poussée d'un communisme virulent. Quant à l'Afrique du Nord, il ne fallait pas être devin pour pressentir à travers la presse nationale qu'un vent de liberté soufflait sur le monde colonisé de sottes idées de démocratie.

La cause de Jean fut pourtant ainsi entendue. L'argent passa de mon bureau au coffre de ma banque puis, par l'entremise d'un chèque certifié, retourna sur le compte de Jean Fouchet, qui s'achetait ainsi un transfert discret de patrimoine en direction de sa petite-fille. Je me trouvais pour ma part en possession temporaire d'une oasis fertile dans les hauts plateaux de l'Atlas, avec la ferme intention de m'en défaire aussitôt qu'Anne serait apte à ne pas la rendre à ses oncles. L'Histoire allait montrer qu'elle se passerait de mes services.

15

L'odeur du sang inaugure le retour des perceptions, un très fort relent de métal légèrement boucané qui s'accroche à la peau. Avec lui reflue le souvenir honni, l'ultime réminiscence qui a précédé la perte de conscience. Des mains gluantes sur ses joues, sur sa bouche et partout sur son corps. Seulement, rien n'a suivi cet acte d'agression. Nina ne ressent pas de douleur physique. Seul le contact de quelques ramures meurtrit légèrement ses cuisses. Rien de plus.

Désorientée par la peur et l'épaisseur de l'obscurité, elle crie jusqu'à briser sa voix dans les pleurs. Mais elle n'obtient pour réponse que le sifflement du vent dans les branches. Pas un pépiement ni un cri de primate ne troublent le silence. Lorsque ses sanglots se tarissent, elle discerne seulement le souffle d'un air lourd, un bourdonnement ténu et les battements de son cœur. Lentement, Nina glisse ses mains à travers le treillage de bambous qui se dresse entre elle et le tronc d'un *euphorbia*. Elle est retenue captive dans une cage semblable à celles tressées par les Indiens pour y enfermer des animaux. Ses geôliers sont certainement les braconniers dont lui a parlé Rose Sawyer. Nina ferme alors les yeux pour retrouver le visage rond et doux de cette dernière et progressivement, les larmes mêlées de sueur sèchent sur le feu de ses joues blessées. Puis elle se redresse, tend l'oreille, mais ne perçoit que ce même souffle léger, l'activité bourdonnante des abeilles et, au loin, le cri de quelques rapaces nocturnes. Incapable de rassembler ses souvenirs, Nina fouille ses poches, les retourne et constate, avec un gémissement de dépit, qu'elles sont vides. Ni diazépam, ni liane, ni tabac, aucune de ses précieuses béquilles ne l'accompagne. Alors elle se concentre pour se remémorer les événements des heures précédentes et tenter de comprendre. Plusieurs coups de feu ont retenti dans la jungle. D'obscures silhouettes se sont déplacées autour d'elle et des mains poisseuses de sang l'ont saisie sous les aisselles et par les chevilles, et entraînée hors du campement. Des visages grimaçants, des têtes d'animaux et des branchages mouvants dansent encore devant ses yeux.

Malgré ses craintes et ses soupçons, curieusement, l'angoisse ne se manifeste pas. La compagne des mauvais jours est aux abonnés absents, pourtant, Nina n'a jamais connu de pire situation. Suspendue dans le vide, prisonnière d'un noir absolu, les mains serrées autour des barreaux de sa cage, elle scrute les environs à la recherche d'une silhouette ou d'un feu. Mais la nuit opaque ne dévoile rien de ses mystères, et tout semble tranquille. Alors la jeune femme se recroqueville et pose sa tête sur ses genoux. Très vite, la fraîcheur de la nuit des hauts plateaux mord sa chair et couvre sa peau de frissons. Elle ferme les yeux, tente de lutter contre le grelottement qui secoue son corps, cherche dans sa mémoire l'image de celle qu'elle n'a jamais connue. Là-bas, sur la rive du lac Érié, au bout du couloir de la grande maison, dans le bureau fermé à clé où flotte une odeur de tabac froid, de poussière et de vieux livres, il y a sa mère ou du moins ce qu'il en reste. Elle est enfermée pour toujours dans les pages noires d'un album de photographies à spirale, dont la couverture orange dessine un cœur en relief du plus mauvais goût. Elle rit, assise sur les marches de l'hôtel *The Venetian* à Las Vegas, la main tendue vers une gondole qui flotte sur la rivière artificielle, elle fume une cigarette dans un transat ou s'occupe de faire griller les brochettes dans la cheminée. Elle n'est pas très jolie, mais c'est sa mère. Qu'aurait été la vie de Nina si elle avait vécu ? Lui en veut-elle, de là-haut, d'avoir été trop fragile, incapable de naître sans lui arracher la moitié de l'utérus ? L'adulte qu'elle est devenue l'ignore évidemment, mais la petite Nina a demandé pardon à Dieu, plusieurs fois. Et à chacune de ses prières, l'a supplié de lui rendre celle qui lui manque tant. Maintes fois, lorsqu'elle a pu subtiliser la clé, elle s'est enfermée dans cette grande pièce remplie de livres, l'album ouvert sur les genoux, à la page vacances et grillades, sa préférée, le vase de maman entre les mains. Elle peut encore se souvenir de la douceur de la faïence grise et du froid du métal de la plaque où sont gravés un nom et une date. *Susan Breanna Scott. 1979.*

Ce n'est qu'au point du jour, alors que la forêt s'éveille, qu'une forte bourrasque bouscule la cage et que Nina, assaillie par un vertige soudain, comprend où elle se trouve. Cramponnée aux bambous, elle découvre le sol à une quinzaine de mètres sous elle. De son environnement, elle ne distingue entre les branches inférieures d'une haute futaie qu'un tapis de fougères et d'arbustes. De nombreux petits singes voltigent entre les branchages, se balancent aux racines aériennes des épiphytes. Ces mêmes animaux silencieux que Sahalé a détestés sitôt découverts. La poitrine de Nina se serre à l'évocation de son ami. Elle donnerait tout pour qu'il se trouve à ses côtés, même si sa décision de rentrer à Caracas aux côtés de Yahto et de Kwanita lui a sûrement sauvé la vie.

Pour éviter de plonger dans l'angoisse – *tu vois,maudite salope, je m'en sors bien sans toi* –, elle se concentre sur les barreaux de bambous. Ils sont de belle section et solidarisés par une liane épaisse. La porte est située sur le dessus de la cage et le système de cordages enroulé autour d'une énorme branche. Une grande variété de plantes parasites fleurissent, accrochées au tronc ou aux ramures, exhalant de multiples parfums. Et au milieu de ce foisonnement de couleurs vives, à quelques mètres derrière elle, une drôle de forme se balance.

Il semble à la jeune femme que son cœur vient de s'arrêter de battre. *Les boules de Noël.* Le cadavre offre une tête sectionnée au niveau supérieur de l'occipital et l'intérieur du crâne évidé luit de fluides rougissants. Il s'agit d'un homme, de race blanche. Entièrement nu, il a été attaché aux poignets et aux chevilles, et son dos présente de nombreuses traces de lacérations. Un haut-le-cœur étrangle les hurlements de Nina et un premier jet de bile éclabousse les bambous de sa prison. Puis un second. Tremblante, la jeune femme se retourne alors vers le tronc et ferme les yeux. Mais, tourmentée par des visions où le cadavre pendu tend les bras pour l'attraper, elle les ouvre aussitôt. D'interminables frissons de peur et de dégoût picotent son échine. *Gus*...

Hébétée et choquée, elle reste longtemps immobile, les yeux rivés sur l'hévéa, la conscience tendue vers l'aviateur. Si elle ne l'a pas reconnu formellement, elle est toutefois certaine qu'il s'agit de lui. Le corps de Tonino est couvert de tatouages et puis Gus est beaucoup plus grand, exactement comme ce pantin de chair qui se balance devant elle. Nina hurle de longues minutes, comme un animal conduit à l'abattoir, puis s'effondre en larmes et se pelotonne, épuisée et tremblante. Les grattements d'une dizaine de saïmiris agglutinés sur le toit de sa prison lui font relever la tête. Manifestement, la terreur de la jeune femme les attire aussi sûrement que la promesse d'un repas. Elle se redresse brusquement, donne quelques coups de pied, mais ses ruades excitent les singes juchés dans les branches les plus proches. Ils se précipitent, plus nombreux encore, avec une vivacité étonnante. C'est alors que l'un d'entre eux émet un cri bref, aussitôt repris par la colonie entière et Nina voit, impuissante, se regrouper au-dessus de sa tête une compagnie jacassante d'animaux qu'elle pensait muets. Très vite, ils gagnent en assurance et une multitude de mains s'engouffrent entre les bambous pour la toucher. Certaines lui arrachent des cheveux, d'autres tirent ses oreilles ou pincent ses joues. Affolée, Nina tente de se débattre de plus belle. Mais la cage se met à tanguer dangereusement, menaçant de lâcher son fardeau à tout moment.

— Barrez-vous !

En criant, Nina attrape des petits bras, les repousse avec fureur et distribue des coups de poing. Un des saïmiris semble jouer avec sa peur. Ses yeux jaunes fixés sur elle, il braille de plus en plus fort et secoue son corps avec frénésie. Après quelques secondes, il se glisse entre les bambous pour s'élancer vers elle et, alors qu'elle tente d'éviter l'agression, la mord à la jambe et au bras. La jeune femme hurle de douleur.

Comme mus par un signal, les autres l'attaquent par-derrière. Dans un éclair de lucidité, Nina comprend que plus elle se défend, plus les animaux s'agitent. Alors elle se ramasse sur elle-même et reste immobile. Les petits singes stoppent leur offensive et se replient dans les branches les plus proches pour reprendre leur observation silencieuse. Quelque part dans la forêt, un hurlement brise le calme à peine revenu, puis cesse brutalement.

Toujours blottie contre les bambous, presque entièrement tournée vers la petite fille qu'elle était, Nina se met à prier. Elle demeure longtemps prostrée, cherchant à couper le pont qui la relie encore à la réalité. Elle fouille les recoins de sa psyché pour y trouver un havre mais invariablement, des images de son père affluent. Et ces souvenirs font grandir l'angoisse. Pour échapper à cette nouvelle offensive de son inconscient, elle se focalise sur les barreaux de sa cage.

Une journée et une nuit s'écoulent ainsi.

Insensible aux mouvements alentour, Nina ne voit pas tout de suite le deuxième corps hissé auprès d'elle. Un silence étrange s'est abattu sur les environs. La forêt paraît attendre qu'il se passe quelque chose.

Ce n'est qu'à l'aube du deuxième jour que Nina lève enfin des yeux mouillés de larmes vers le visage dévasté, tourné dans sa direction. Les lambeaux de chair accrochés aux orbites vides et les joues servent de repas à des vautours. Pendant un long moment, la jeune femme observe le corps de Tonino avec une stupeur première qui se mue en fascination morbide. Avec un détachement inquiétant, elle se demande alors si ses bourreaux vont aussi lui dévorer la cervelle pour la laisser pourrir là, entre les orchidées et les branches de l'hévéa. Et si son père saura un jour ce qu'il est advenu d'elle.

16

La cage s'est mise à descendre. La mort est là, quelque part, tapie sur le chemin de Nina, plus proche que jamais. Et elle s'en trouve anéantie. Sa prison est trop solide pour qu'elle espère s'en échapper, alors elle scrute le sol, fouille les ténèbres à peine affadies par l'aube et ne voit rien, en dehors du tapis formé par les fougères géantes. Puis elle distingue des lueurs qui naissent dans la forêt, un peu partout autour d'elle.

Quelques mètres plus bas, c'est une odeur musquée, mélange de sueur et de sang qui agresse ses narines tandis que des dizaines de mains s'emparent du treillis de bambous. En moins de cinq secondes, la cage s'ouvre et les cheveux courts de la jeune femme servent de point d'attache aux doigts avides. Tétanisée par la peur, Nina résiste de toutes ses forces mais, trop faible, elle se retrouve jetée au sol. Un braillement rauque, contrarié par sa bouche qui se referme pour ne pas se remplir de la terre sur laquelle on la presse, s'échappe de ses lèvres.

Alors qu'apparemment tant de gens l'entourent, Nina n'entend que ses propres gémissements et ce silence presque tangible décuple sa panique. Des flambeaux apparaissent sur les côtés, mais elle est incapable de distinguer ceux qui les tiennent. Elle demeure un temps ainsi allongée, contrainte, absolument soumise, puis tout s'accélère. Arrachée au sol avec une violence inouïe, Nina est emportée par des dizaines de mains, le visage dirigé vers le ciel par une poigne enracinée dans sa chevelure. Ses bras battent l'air sans rien accrocher d'autre que des feuilles. Ses yeux roulent de droite et de gauche mais, malgré tous ses efforts, Nina ne voit personne. Fermement maintenue à deux mètres de hauteur, et désespérée par son impuissance, la jeune femme profère quelques menaces dont elle perçoit rapidement la vanité. Alors, elle se laisse emporter vers son immonde devenir, aussi molle qu'une poupée de chiffon.

Et puis tout bascule.

Maintenue par d'innombrables mains auxquelles elle ne peut rien opposer, Nina est remise sur ses pieds. Elle n'a pour seul horizon qu'une pyramide partiellement détruite à l'intérieur de laquelle brûle une flamme. Nina écarquille les yeux. Ses pupilles entièrement dilatées laissent pénétrer la lumière, mais l'instant suivant, elle se retrouve à genoux, contrainte à regarder par terre. Sa vision troublée par la peur ne distingue que les dalles de pierre saupoudrées de terre rouge et, croit-elle alors, de taches de sang. À la limite de son champ de vision, des pieds émergent de l'ombre et elle devine l'éclat d'une torche sur la longue lame d'une machette. C'est alors que Nina appelle la mort de ses vœux et souhaite qu'elle l'emporte vite. Elle qui n'a renié ses croyances que pour plaire à son père et se met à regretter sa lâcheté.

Une main tire violemment sa tête en arrière et la malheureuse sent le métal de la lame se poser sur son front.

— Mon Dieu ! murmure-t-elle entre deux hoquets de colère, de peur et de frustration. Mais qu'est-ce que je vous ai fait ?…

Le silence est presque parfait. Les flambeaux grésillent en se consumant. Nina sent comme une odeur de pétrole en dessous de celle, très forte, d'essences de fleurs mélangées à des graisses animales. Persuadée que le couperet va tomber d'un instant à l'autre, elle ferme les yeux et laisse le champ libre à la machine à fantasmes qui largue devant ses paupières closes les images des monstres de son enfance. Car derrière elle quelqu'un ou quelque chose s'approche en ahanant. Ce halètement terrifiant lui provoque une frayeur si crue qu'elle urine sous elle.

Nina sent d'abord un souffle d'air sur sa nuque, puis elle éprouve avec dégoût le contact d'un visage glacé par une sueur âcre. Quelqu'un la renifle et la jauge comme un morceau de viande exposé sur l'étal d'un boucher. Une main moite soulève ses vêtements pour caresser la peau de son dos, palper les berges enflées des morsures le long de sa colonne vertébrale et de son bras. Des doigts inquisiteurs aux ongles cassés effleurent le tissu trempé de sa culotte. Avec un cri de terreur, Nina serre les cuisses et se débat de toutes ses forces. Mais l'étau qui la maintient immobile est tel qu'elle ne peut empêcher son agresseur de frotter sa paume contre sa chair.

Incapable d'en supporter davantage, elle vacille, s'avachit. Les doigts de ses geôliers lâchent leur emprise et Nina s'affale, le visage en partie écrasé dans la terre. D'un œil, elle fixe l'ombre du *monstre*, priant pour qu'elle se volatilise comme un mauvais rêve. Mais l'ombre se dresse, interminablement. Ce n'est que lorsqu'elle a entièrement disparu entre les arbres que les bras silencieux soulèvent Nina. En quelques instants, la jeune femme reprend sa place dans la cage, aussitôt hissée dans les branches les plus hautes de l'imperturbable hévéa.

17

La panique dure un long moment, d'interminables minutes où Nina se croit encore entre les mains de ses assaillants. Puis ce déferlement de ressentis s'apaise, tari par l'immobilité retrouvée de son univers. Seule dans sa cage, Nina se comporte comme un animal terrifié. Le menton sur les genoux, les paupières plissées, elle tremble de tous ses membres. De petites plaintes s'échappent de ses lèvres entrouvertes. Puis les grelottements s'estompent et elle reprend peu à peu ses esprits. Sous elle, il n'y a plus personne.

L'immonde impression d'avoir été visitée subsiste longtemps. Elle sent qu'il est resté sur sa peau un morceau de cet étranger, mais là aussi, les sensations se dissipent. Peu à peu, chacun de ses organes s'apaise. Les poumons pour commencer, puis le cœur. L'adrénaline revient à des taux acceptables et son cerveau s'embrume dans une forme d'hébétude. Et une autre journée s'écoule ainsi. De temps à autre, l'œil hagard de Nina observe des déplacements dans les sous-bois, loin en contrebas, sans les comprendre.

Lorsque le soleil parvient au zénith, une nappe de fumée se matérialise au ras du sol, pour s'élever ensuite dans les branchages. Mais à aucun moment Nina n'aperçoit de flamme ou d'individu. C'est à croire que les ombres ont jailli de nulle part.

Des heures plus tard, au sortir d'une sieste ponctuée de songes accablants, Nina découvre, suspendu par une cordelette, un panier contenant une jarre et deux galettes. Elle s'en empare, renifle l'eau, puis les pains, affamée, déshydratée. Qu'on la soigne, l'abreuve ou la sustente ainsi la tranquillise un peu. Cela signifie que sa survie importe à ses geôliers. Peut-être deviendra-t-elle une monnaie d'échange, mais elle n'y croit pas trop. Même si elle est la fille d'un écrivain riche et célèbre, Nina Scott ne présente aucun intérêt à la face du monde, pas plus que les centaines d'otages qui meurent à petit feu dans la jungle, à quelques kilomètres de là. Cependant il faut bien qu'elle s'accroche à ce minuscule espoir. Tout n'est peut-être pas perdu puisqu'ils prennent soin d'elle. Nina goûte le premier pain et le juge délicieux. Elle l'enfourne alors, manquant s'étouffer, puis se remplit l'estomac d'eau. Le second pain sera pour plus tard. Dans sa situation, faire des réserves est une obligation raisonnable.

Tout au long du jour, son regard cherche à éviter les corps qui se balancent à ses côtés. Mais le vent lui envoie leurs effluves douceâtres et fait tourner la cage, la contraignant, pour fuir ces visions macabres, à un jeu de girouette. Pourtant, à plusieurs reprises, lorsque les odeurs exhalées par l'acharnement des rapaces se font plus insistantes, la proximité des cadavres lui rappelle qu'elle est encore vivante et que rien d'autre n'a d'importance.

C'est alors qu'elle décide de s'en sortir, galvanisée par l'instinct de survie programmé dans ses gènes. Celui qui accélère les battements de son cœur en cas de péril et lui occasionne de belles crises d'angoisse va cette fois lui permettre de réagir. Avec soin, Nina vérifie chaque croix formée par les barreaux de sa cage. Du bout des doigts, elle teste la résistance des liens, sans parvenir à en étirer un seul. Elle tente alors de les mordre et leur trouve un goût amer. Les lianes utilisées pour assembler les bambous sont probablement toxiques. Cynique, elle salue l'ingéniosité de ses bourreaux, puis jette son dévolu sur le système qui maintient la porte fermée. Peut-être la construction a-t-elle été pensée pour détenir un puma, en tout cas un animal de belle taille et d'une force supérieure à la sienne. Elle n'arrivera pas à s'enfuir par ses propres moyens, c'est évident. Il ne lui reste plus qu'à attendre une improbable erreur de son ennemi ou l'aide de Stander qui, elle l'espère sans trop y croire, finira bien par s'inquiéter de ne pas les voir revenir.

Plongée dans une sorte de brouillard cotonneux, Nina dort par intermittence, puis elle fait un vrai somme, quelques minutes après avoir mangé pour la seconde fois. Au réveil, elle s'inspecte des pieds à la tête, persuadée qu'on l'a de nouveau malmenée pendant son sommeil, peut-être même droguée. Elle juge ses mouvements lents, sa vue brouillée, sa bouche trop sèche. Nina éprouve du dégoût pour sa propre chair, d'autant plus que les plaies occasionnées par les morsures de singes s'infectent. Malgré son état nauséeux, la jeune femme sait qu'elle ne doit pas laisser les choses en l'état. Avec la température et l'hygrométrie ambiante, l'infection va se répandre et empoisonner son sang. Même si la chose lui répugne, elle presse d'une main tremblante les bords boursouflés de ses blessures aux bras et à la jambe pour en extraire le pus, va jusqu'à l'aspirer pour le recracher ensuite. Mais elle abandonne rapidement, incapable de soigner son dos. Quoi qu'elle fasse, la fièvre investira son corps, tôt ou tard, pour la tuer.

C'est en fin de journée que les premiers signes d'infection générale se manifestent. Nina commence par grelotter tout en transpirant abondamment. Puis viennent des nausées, des vomissements. Incapable de se retenir, elle finit par se soulager à travers le treillage de bambous.

Alors que la nuit tombe sur l'Amazonas et que les orchidées libèrent leurs arômes, Nina distingue des lueurs entre les feuilles. Une fraîcheur humide et parfumée monte de l'humus, se mêlant aux odeurs de moisi et de fèces accrochées à ses vêtements sales. Épuisée et frissonnante, Nina se pelotonne, pour attendre un sommeil qui l'expédiera loin de cet endroit maudit. Mais des nuées de moustiques s'abattent sur elle, jouant avec ses nerfs. La jeune femme se protège comme elle peut, le visage enfoui entre les bras.

Vers le milieu de la nuit, alors que la température a déjà chuté de plusieurs degrés, laissant Nina transie de froid, la cage s'ébranle vers le sol tandis que monte la lumière d'innombrables flambeaux. La conscience engluée de Nina intègre la suite des événements comme le film d'un songe délirant. Son corps abandonné repose entre des bras puissants. À travers ses paupières lourdes de fièvre, Nina voit la forêt disparaître et des papillons noirs danser devant ses paupières. Elle se croit happée par la terre, enveloppée d'une fraîcheur bienfaisante, puis elle hume les effluves de résine répandus par les torches. Un mur glisse bizarrement, de longues traces de suie en marquent la blancheur. Ensuite l'obscurité est telle qu'elle pense léviter. Une série d'éclairs lézarde son champ de vision. Au-dessus de sa tête, Nina discerne une haute voûte minérale aux reflets chatoyants. Les bras qui la tiennent la déposent sur une surface froide et une paire d'yeux incroyablement beaux se présente devant les siens. Aussitôt, Nina perd contact avec le réel.

18

D'étranges rêves hantent le sommeil de la jeune femme.

Sous une voûte éclaboussée de lumière, elle flotte entre deux colonnes argentées. Translucides à certains endroits et curieusement éclairées de l'intérieur, elles glissent l'une autour de l'autre. Puis elle se noie dans une matière mouvante et gluante, faite d'innombrables serpenteaux encore recouverts de liquide nourricier. À d'autres moments, elle effleure le soleil de si près qu'elle peut en distinguer le relief, et voir les explosions titanesques projeter vers elle d'incroyables jets de matière en fusion. Alors elle éclate de rire, d'une joie première, pleine et entière.

Lorsqu'elle s'éveille, c'est ce dernier sentiment qui subsiste. Quelques secondes encore, Nina goûte à la source d'une allégresse inconnue, et le souvenir merveilleux du monde d'avant la civilisation laisse une trace indélébile dans son esprit, comme une empreinte laissée à jamais où elle pourra retourner.

Les événements récents lui reviennent brutalement en mémoire, dissipant en un clin d'œil les images de son rêve. Nina se redresse d'un coup. Sa tête heurte le sommet de sa cage. Elle porte une main à son cou où plusieurs papules consécutives à des piqûres d'insecte la font souffrir, puis à son front et découvre que des cataplasmes enduits d'une pâte verdâtre recouvrent ses plaies. La jeune femme hume le médicament et reconnaît deux fragrances : il y a là du bois de camphre, parfaitement indiqué pour ses blessures, et des baies de strychnos. Même si elle ne connaît pas de vertu antiseptique à cet arbre qui contient de très fortes quantités de toxiques, elle est rassérénée par l'absence de mauvaises odeurs et de douleur au contact des plaies. Manifestement, cet onguent a maîtrisé l'infection.

D'ailleurs, son corps est propre, ainsi que ses vêtements. Ses geôliers ont glissé dans ses poches un morceau de liane que Nina s'empresse de porter à sa bouche. Malgré la situation, la peur, la fièvre, elle a la sensation bizarre que les rêves de ses dernières nuits lui ont rendu des forces et le courage de se battre pour s'en sortir. Car elle est restée longtemps, entre deux eaux, dans une sorte de songe étrange où la litanie d'une voix claire semblait guider ses pas.

Une fois ses forces rassemblées, la jeune femme regarde autour d'elle. Elle remarque alors que sa cage a été hissée plus haut que les fois précédentes, jusqu'à la branche qui la soutient. Le sol se trouve à vingt-cinq mètres, au moins. Le pouls de la jeune femme s'accélère. Sa survie a donc une réelle importance aux yeux de ses gardiens. Il faut qu'elle en profite. Couchée sur le dos, elle pose ses pieds sur le *plafond* et pousse de toutes ses forces. La porte s'ouvre aussitôt. Étonnée, Nina songe qu'ils ont remonté sa prison pour l'éloigner du sol mais sous-estimé ses capacités à escalader les arbres. Elle s'extirpe de la cage qui tangue, attrape la grosse branche de l'hévéa et s'y hisse d'un coup de reins. Sans perdre de temps, elle arrache deux larges feuilles au limbe bien épais et s'en couvre les paumes. Enfin, elle saisit la corde qu'elle enroule autour de ses chevilles pour freiner la descente. Quelques secondes plus tard, ses pieds touchent le sol moussu.

Lorsqu'elle se redresse, elle demeure un instant interdite, comme une biche surprise par un chasseur.

Le lieu est désert mais il lui semble que des dizaines d'yeux tapis dans l'obscurité guettent ses moindres gestes. Le cri d'un rapace la sort de son hébétude. Subitement prise de panique, Nina détale en aveugle, cherchant une issue dans un enchevêtrement de bois mort, d'immenses feuilles de palmier, de racines et de fûts gigantesques. Son pouls bat si fort que ses oreilles bourdonnent.

Elle émerge bientôt, hors d'haleine, sur ce qui ressemble au sentier qu'elle a emprunté avec son équipe des jours plus tôt. D'un côté, il monte une légère déclivité en direction du nord, de l'autre, il disparaît derrière une courbe naturelle du terrain. Il faut moins d'une seconde à Nina pour se décider. Au nord du tepui, la barrière rocheuse se casse net sur la grande falaise. Ce n'est pas une issue possible, elle doit trouver une solution acceptable où ses chances de succès dépasseront la nullité.

Ses pas l'emportent naturellement dans le sens de la pente. Consciente que ce sentier est pratiqué régulièrement et qu'elle ne sera jamais aussi silencieuse qu'un autochtone, Nina court aussi vite qu'elle peut. Elle manque se rompre le cou à plusieurs reprises et, après qu'elle a parcouru quelques centaines de mètres, ses muscles la brûlent tant qu'elle se cache derrière un tronc énorme pour respirer un peu. Tout son corps résonne des pulsations de son cœur.

Son désir de se pelotonner là est très fort et elle doit lutter pour quitter cet abri où elle se sent en sécurité. Le temps de sa course, des dizaines de papillons noirs et de serpents visqueux se sont bousculés dans son champ de vision enfiévré. Les uns voltigeaient entre les feuilles et les autres s'accrochaient à ses chevilles pour la ralentir. Ici, au creux de ces racines magnifiques, hautes comme des murs, elle a la sensation de se lover contre le flanc d'une mère. Les Indiens croient aux esprits de la forêt, aux âmes incarnées dans les plantes, les animaux. Nina songe qu'elle doit être sous la protection de l'une d'elles quand un bras s'enroule autour de son buste et une main se pose sur sa bouche.

19

Le corps de la jeune femme se cabre, ses pieds tentent des ruades mais rien n'y fait. L'étau se resserre. La compréhension vient enfin, quelques secondes avant qu'un groupe d'hommes armés passe en courant. Quand l'étreinte se relâche, Nina fait volte-face et se jette dans les bras de Sahalé. Mais la main de l'Indien lui intime à nouveau le silence et ses yeux noirs l'invitent à le suivre sans perdre de temps. Ses épaules brunes sont meurtries par les sangles d'un lourd sac à dos et sa peau, couverte de sueur et de poussière rouge, porte d'innombrables égratignures de ronces. Nina lui emboîte le pas et, bientôt, les deux fuyards longent le sentier dans les empreintes de leurs poursuivants, puis ils le quittent, juste avant d'atteindre la zone des ruines. Là, ils obliquent plein est, vers le bord du plateau rocheux qu'ils atteignent rapidement.

Le promontoire s'arrête net, béant sur un vide que l'Indien estime à plus de cinq cents mètres. Face à eux, la forêt de l'Amazonas s'étale à perte de vue, ponctuée sur leur droite par les tepuis qui, ceinturés d'épais nuages, semblent flotter dans le ciel. Saoulée par un vertige inattendu, Nina a la vision fugitive d'un dinosaure gigantesque allongé sur la canopée. Au loin, plus à l'ouest, les méandres du fleuve serpentent au milieu d'un tapis émeraude, illuminé de loin en loin par les rayons d'un soleil timide. Un vent chaud, contrarié par la paroi dressée au milieu du bassin de l'Orénoque, charrie d'agréables fragrances de la plaine alluvionnaire.

— Équipe-toi !

Le sac ouvert devant lui, Sahalé attrape une corde dont il fait passer les deux extrémités de part et d'autre d'un tronc robuste, puis les glisse ensemble dans les boucles de deux descendeurs. Il en donne un à Nina, qui l'accroche d'une main tremblante au mousqueton du baudrier qu'elle vient de fixer à sa taille, et s'approche du bord de la falaise.

— Ça va aller, apprécie-t-il en laissant tomber la corde dans le vide. Fais attention, Nina, cette fois personne ne t'assure.

La jeune femme le regarde un instant, incertaine. Jamais le vide ne l'a autant impressionnée. Elle a la sensation qu'une force invisible va la précipiter au pied de la falaise pour l'écraser sur les rochers. Nina prend une profonde inspiration et tend les cordes face à la paroi. Des larmes s'échappent de ses yeux. Elle fixe toujours Sahalé, tandis qu'il s'équipe à son tour, et se laisse glisser dans l'abîme.

— Trouve un appui et laisse-moi du mou.

D'un coup de tête, Nina fait signe qu'elle a compris. Elle descend sur une dizaine de mètres, jusqu'à une étroite corniche où Sahalé la rejoint très vite. Il sort de sa poche un piton, l'enfonce dans la roche avec son piolet, y attache une dégaine et lui ordonne de s'assurer correctement pendant qu'il récupère la corde. L'anfractuosité n'est pas large mais Nina s'y sent à l'aise. D'énormes racines saillent de la roche, offrant des prises faciles. Après les jours qu'elle vient de vivre, elle veut croire qu'enfin les événements vont tourner en sa faveur.

— À toi, dit-elle après avoir passé son mousqueton dans la boucle de la dégaine.

Sahalé l'imite, puis tire sur la corde qui dégringole bientôt jusqu'à lui, leur interdisant toute idée de retour. Le filin passe alors dans l'œil du piton et les fugitifs recommencent la même opération. Ils progressent ainsi sur plus d'une centaine de mètres. Tout au long de la descente, Sahalé et Nina gardent un œil inquiet sur le sommet, mais à aucun moment ne distinguent ou n'entendent le moindre signe de poursuite. Bientôt, l'Indien déniche une cavité dans la falaise, à une quinzaine de mètres à droite de leur trajectoire. Il équipe aussitôt la paroi avec une corde d'assurage et s'élance dans le vide. Quand Nina l'y rejoint, elle est à bout de forces. Sahalé l'accueille alors dans ses bras, soulagé d'avoir réussi à la mener dans cet endroit invisible depuis le sommet du plateau ou la plaine.

Après l'avoir longuement bercée, l'Indien raconte dans l'oreille de Nina comment il a retrouvé Paul Stander égorgé dans les douches du hangar, le pantalon sur les chevilles. Il lui explique sa course dans la forêt pour la retrouver, sa longue attente sur le chemin, aux abords du campement des braconniers. Il lui dit combien il admire son courage. Jamais il n'aurait pu la sauver si elle ne s'était pas enfuie. Enfin, il la supplie de ne plus retourner là d'où aucun homme n'est jamais revenu vivant et lui annonce qu'ils vont passer la journée dans cette petite caverne où seuls les oiseaux peuvent les voir. Il ajoute qu'elle n'a plus rien à craindre, qu'il a dans son sac de quoi boire et manger pour plusieurs jours et qu'en cinq ans, ils ont acquis plus d'expérience qu'il n'en faut pour descendre cette paroi de rien du tout. Les yeux mi-clos, Nina s'accroche à la musique que fabrique la voix de Sahalé, lui souffle qu'elle a vu des hommes au village et qu'ils sont cannibales. Sahalé lui sourit, ses fossettes se creusent et Nina l'écoute encore lui vanter la puissance des plantes qui guérissent et donnent de si drôles de rêves qu'on les croirait réels. Nina se pelotonne plus près, respire l'odeur musquée de sa peau brune et caresse ses mains. Peu à peu, son cœur se calme, les images d'horreur qui hantent ses pensées s'évanouissent. Elle s'endort en toute confiance, tandis que Sahalé veille sur leur devenir, les sens aux aguets.

20

Une demi-heure après la tombée du jour, Sahalé fait irruption dans la caverne, ruisselant de transpiration. Il a équipé la paroi pour avoir une chance de descendre Nina assez facilement. Rassuré par la respiration lente de la jeune femme, il boit à même la roche pendant un long moment. Il prépare ensuite son sac à dos, grignote un morceau de viande et se poste à l'entrée de la cavité pour s'y laisser sécher par le vent. C'est ainsi que Nina le découvre en se réveillant. Il est assis en tailleur au pied du vide ; sa silhouette immobile d'un noir parfait se découpe sur fond de lune montante.

— Mon père dit que tu es fou. Il ne veut pas que je descende avec toi.

Surpris, Sahalé déplie son long corps et rejoint Nina, lui opposant un visage serein, malgré une inquiétude grandissante. Les cataplasmes sont manifestement devenus inutiles, le front de Nina est brûlant. Sahalé les retire doucement et constate que les blessures ont enflé au cours de la journée.

— Dis-lui que c'est moi qui commande, conclut-il sèchement en se relevant. Et que nous allons partir maintenant. Sinon, tu mourras.

Nina rit, mais n'insiste pas. Évidemment, Sahalé connaît les dangers de la forêt et son père, bizarrement, reste muet. Les doigts gourds, elle décroche la dégaine qui la solidarise au piton et se lève à son tour, péniblement.

— Tu n'auras qu'à te laisser glisser. Et il n'y a pas d'alternative, ajoute Sahalé. Donc pas de question à se poser.

Perturbée, Nina rumine un instant la philosophie de l'Indien. À plusieurs centaines de mètres au-dessus du sol, les mots sonnent creux.

— OK, lâche-t-elle. Je passe la première, si j'ai bien compris.

Le visage crispé, Sahalé noue l'extrémité de la corde au mousqueton accroché au baudrier de Nina. Puis il la fait passer dans une dégaine et se campe sur ses pieds pour faire contrepoids.

— Vas-y, doucement !

Le corps en équilibre au bord du gouffre, Nina offre un triste sourire à son ami puis elle tend la corde et tourne le dos à l'abîme.

— Je vais t'aider tant que je peux, dit-elle en attrapant le rebord.

Les premiers instants, Sahalé ne fait qu'accompagner la jeune femme, laissant filer la corde entre ses mains gantées. Mais bientôt, il doit supporter entièrement son corps. Lorsque la corde est déroulée, Sahalé arrime son sac sur ses épaules, introduit la boucle de chanvre dans son descendeur et se jette dans la nuit. La jeune femme à peine consciente ressemble à un insecte pris dans une toile d'araignée. En quelques minutes, Sahalé la rejoint et l'attire doucement à lui. Avant de descendre au bout d'une deuxième ligne qu'il a préalablement installée, il doit trouver un appui pour lui-même, y fixer un point d'attache et sécuriser Nina. L'opération, fastidieuse, est infiniment moins difficile qu'il n'y paraît. En cinq fois, elle touchera terre, inconsciente mais vivante.

La lune disparaît lentement derrière la frondaison, dans la trouée sinueuse située juste au-dessus de la rivière et Nina, le visage baigné dans une lumière blanche, dort à côté d'un feu vif. À quelques mètres de là, Sahalé achève la fabrication d'un radeau fait de plusieurs couches de bambous croisées. Ce travail l'a occupé toute la nuit. Près du foyer, une casserole garde au chaud une macération de racines de plusieurs variétés d'astéracée, de canne, de piments et de miel. Sahalé a fait boire l'infusion à Nina et enduit ses blessures avec la matière qui noircit le fond de la casserole.

Une nappe de brume se forme au-dessus des eaux rapides. Le soleil ne tardera plus. Sahalé range ses outils de coupe dans son sac et va retrouver Nina. Enroulée dans un duvet, la jeune femme est agitée de légers tremblements.

— Nous allons partir, dit-il en la redressant.

— Fiche-moi la paix.

Dans la lueur dansante des flammes, les yeux de Nina brillent de fièvre. Sahalé transvase la macération dans une gourde et fixe le sac sur le radeau à l'aide d'un morceau de sa dernière corde. Lorsqu'il est certain de l'avoir correctement attaché, il fait glisser l'embarcation jusqu'au rivage. Là, une plage de sédiments blancs forme une lagune en croissant. Il pousse l'embarcation à l'eau, l'amarre ensuite aux branches basses d'un arbre et retourne près du feu.

Lorsque l'aube se lève, il dépose le corps inanimé de Nina sur le plancher de bambous, puis il dénoue le bout, monte à son tour et éloigne le radeau de la berge d'un coup de gaffe. Bientôt, leur embarcation gagne le milieu de la rivière, traçant dans la brume un sillage presque aussitôt refermé.

21

Dieu qu'il a été difficile, ardu, de se hisser au sommet du seul tepui que nous visitâmes jamais. D'autant plus que nous avions jeté notre dévolu sur un exemplaire particulièrement escarpé, susceptible par son isolement et son altitude d'avoir produit des espèces endémiques. Aux dires d'un expert consulté avant notre départ, nous marchions insouciants sur l'une des formations géologiques les plus anciennes du globe. Vieille ou pas, quand on a le nez dessus, un caillou est un caillou et celui-ci ne se livra qu'à contrecœur. Il faut essayer de se représenter ce qu'est un tepui, car ces mégalithes n'ont pas leur pareil sur terre. L'image qui m'est venue aussitôt est celle d'un gouffre inversé. Et c'est précisément cela, une muraille invraisemblable dont on n'aperçoit pas le sommet, dressé vers un ciel incertain et souvent masqué par des nuages. Un endroit où l'on peut rêver d'être mais où personne, en dehors de quelques têtes brûlées, n'a envie de se rendre. Toute la difficulté réside dans le voyage.

Comme nous n'avions pas l'intention de faire dans le provisoire, nous avons équipé la paroi d'une via ferrata, utilisant les passages naturels les plus faciles. Ni Virgile, ni Anne n'avaient de goût particulier pour l'alpinisme, c'est donc Charles et moi qui nous y sommes collés. Je dois dire que nous nous entendîmes fort bien pour dénicher les chemins les plus aisés, utilisant pour cela la formidable prodigalité d'une nature en perpétuel jaillissement. Ce qu'en France nous aurions appelé de très grands arbres poussait sur la paroi, aussi simplement que des arbustes, plongeant leurs racines dans les failles du granit, fabriquant leur propre humus. On aurait dit que la forêt se lançait à la conquête du ciel. À certains endroits, nous avons dû réaliser des ponts de singes, longs au plus d'une trentaine de mètres, directement tendus au-dessus du vide et qui avaient une fâcheuse tendance à brinquebaler leurs usagers en tous sens. Ce seul travail usa nos forces pendant huit semaines.

Ce temps ne fut en aucune façon un ralentissement pour notre expédition. Car il fallait bien acheminer le matériel resté à San Fernando. Et comme la miniaturisation d'un monde en quête d'agrandissement n'avait pas encore véritablement commencé, le nombre de caisses qui devaient remonter l'Orénoque était important. Virgile et Anne s'en chargèrent, aidés par trois de nos guides locaux. La répartition des tâches se fit d'elle-même. Les hommes partaient à la gagne et pérennisaient l'avenir tandis que la femme et le doux appréhendaient les coutumes et les langues indiennes.

Anne fut la première à s'aventurer sur le tepui. La veille d'y parvenir, alors que nous nous reposions au dernier campement, elle déclara de manière très solennelle qu'elle aimerait représenter son grand-père en inaugurant elle-même le plateau. Un silence immortalisa nos échanges de regards. Aucun d'entre nous trois ne parvenait à trancher. Était-ce du lard ou du cochon ?

— Les deux, mon capitaine ! assena Charles, qui devinait ma pensée. Je crois que la petite veut une cérémonie avec préfet, flonflons et tout le tremblement. Mais je vous préviens, moi vivant, personne n'entonnera *La Marseillaise* !

Sans même nous concerter, nous surnommions tous Anne « la petite » entre nous. Il arrivait que le mot nous échappe devant elle, ce qui avait le don de l'exaspérer.

— Je suis on ne peut plus sérieuse !

Elle était *absolument* sérieuse, ce que nous comprîmes par la suite. Le lendemain de cette question, que nous avions laissée sans réponse, nous trouvâmes la tente d'Anne vide. Et sa Beaulieu, ce modèle tout récent de caméra 16 mm portable, ne se trouvait plus dans sa caisse. Le petit déjeuner passa à la trappe ce matin-là. Nous nous précipitâmes à la suite d'Anne en nous demandant comment elle avait achevé l'ascension avec sa caméra, le pied en bois qui pesait à lui seul la moitié d'un bourricot et les boîtes de pellicules Agfa-Gevaert. Un semblant de chemin fait de végétaux coupés et foulés ouvrait dans l'épaisseur verte une minuscule faille, une fragile preuve de vie dans laquelle nous nous engageâmes. Elle serpentait deux à trois cents mètres en suivant une ligne parallèle à l'abîme avant de revenir vers lui. Un soubresaut minéral nous hissa alors pratiquement à la hauteur de la canopée, dans une formidable jacasserie d'aras multicolores.

La petite se trouvait là, au bout du bout du promontoire, le dos à moins d'un mètre du vide. Sa caméra vissée sur son pied tournait l'un de ses trois objectifs dans notre direction et le moteur émettait son bruit de crécelle caractéristique. Devant nous, derrière elle, l'horizon paraissait s'ouvrir. L'immensité de la forêt amazonienne s'étalait à perte de vue, sept ou huit cents mètres plus bas. Au loin sinuait l'Orénoque, développant son long serpent mordoré dans un moutonnement d'arbres minuscules. C'était d'une beauté inégalable. Nos poitrines se gonflèrent d'un orgueil démesuré alors que dans le même temps une profonde humilité gagnait chacun d'entre nous. D'un certain point de vue, nous appartenions à cette merveille.

— J'ai déjà aperçu dix-sept espèces non répertoriées, nous annonça Anne, coupant court à nos dérives mégalomaniaques. L'instant est historique, poursuivit-elle en se plaçant dans le champ de sa caméra.

— Au secours, la petite va remettre ça avec ses idées d'inauguration, plaisanta Charles.

— Parfaitement !

Anne gagna l'endroit où elle avait entreposé un sac, en sortit deux boîtes de pellicule, puis quatre verres effilés et enfin une bouteille de Cristal Roederer de 1939 qu'elle proposa à la ronde. La main de Virgile jaillit la première. De nous trois, il était de loin le plus habitué aux cocktails mondains. La pression dans la bouteille éructa très vite son bouchon de liège et le champagne coula dans les verres. Quand Anne proposa de porter un toast à notre amitié, ses prunelles brillaient d'émotion contenue et ses lèvres tremblaient légèrement. En cet instant, elle fut à nos yeux la plus jolie jeune femme du monde. Nos verres tintèrent dans l'air frais, le champagne était tiède mais son goût nous parut fabuleusement exotique.

Ce jour-là, je ne parvins pas à ignorer son millésime. Le raisin avait été cueilli en septembre 1939. La France avait déjà déclaré la guerre à l'Allemagne et marchait vers une raclée historique. Mais surtout, alors que de braves vignerons foulaient les grappes gorgées de sucre, Gaëlle et Pierre vivaient. Dans le gaz carbonique qui s'échappait du liquide, je respirais un air qu'ils auraient pu respirer, je partageais un moment qui ne reviendrait pas. L'émotion me prit et je dus m'éclipser, m'éloigner vers le bord de la falaise pour cacher mon trouble. Là, au pied de l'abîme, je fus repoussé par un vent ascendant. Avec un peu de témérité, et surtout un désir morbide de rejoindre les miens, je bravai ces impétueuses bourrasques, les bras écartés du corps ; je ressemblais à un christ sans croix, si la chose est possible. Des sentiments contradictoires déferlèrent en moi et en cet instant, je sus que jamais je ne franchirais l'ultime pas. Vivre était tellement excitant, vivre était tellement déprimant. Mais surtout, vivre signifiait jouir, dans le bonheur comme dans la douleur, alors j'allais jouir de savoir, découvrir, apprendre. Oui, j'allais jouir du simple fait d'exister.

IV

Va savoir quelle diablerie
ils risquent d'inventer
dans les millénaires à venir…

22

Nous étions totalement ignorants de la superficie du tepui sur lequel nous avions jeté notre dévolu. Il n'existait aucune carte de cette région du monde et nous étions persuadés d'être les premiers Occidentaux à poser le pied sur cette terre, si ce n'est les premiers êtres humains. Le bord du promontoire, qui s'incurvait très légèrement vers le nord, ne permettait pas d'en saisir l'étendue et de son pied nous n'avions pu qu'estimer à la jumelle sa longueur apparente. Quant à savoir quelle forme il prenait vers le sud, c'était tout simplement impossible. Vaste, très vaste même, telle était notre unique certitude.

C'est une sensation très excitante qu'insuffle l'esprit de la découverte. Et qui vous pousse, vous enhardit malgré l'angoisse de la mauvaise rencontre. L'écosystème amazonien attend le visiteur imprudent, comme au coin du bois, dirait-on à Paris. Tout dans ce rempart, qui étale un camaïeu de verts, du plus tendre au plus enterré, peut se révéler potentiellement dangereux. Les crocs des félins, bien sûr, mais aussi et plus sûrement des dizaines de variétés de scolopendres venimeuses, d'araignées grosses comme deux mains d'homme, des serpents dont les plus petits tuent plus rapidement qu'une boisson concoctée par Marie Besnard. La sève de certains arbres peut aussi se révéler extrêmement toxique, chose contre laquelle Anne nous avait mis en garde lors de notre premier séjour. Sauf qu'ici, sur le tepui, bien des espèces et des essences restaient à découvrir. Oh, on ne peut pas parler de monde nouveau, la forêt de la plaine en dessous était tout aussi inextricable que celle des hauteurs et les bruits qui s'en échappaient se ressemblaient peu ou prou, mais il y rôdait un je-ne-sais-quoi de différent, presque imperceptible et pourtant dérangeant. Cela allait de la taille des arbres, bien moins grande sur les hauteurs, à la forme des feuilles. Là où nous pensions reconnaître une essence que nous avions croisée mille fois en bas, Anne nous montrait qu'une différence existait. Trois fois rien sans doute, mais suffisante pour donner au végétal un nouveau nom.

Qu'un zoologue et une botaniste se démènent pour progresser dans un pareil milieu peut s'expliquer, mais qu'un pharmacien ayant son officine à Paris et un médecin y manient aussi la machette avait de quoi surprendre. J'étais déconcerté quand Virgile nous fit part de sa décision de poursuivre l'aventure. Père de deux petites filles qu'il aimait par-dessus tout, marié à la seule femme qu'il ait jamais désirée, nouvellement propriétaire d'un établissement spécialisé en préparations de toutes natures à base de plantes, je l'avais rangé dans la catégorie des esprits prudents. Comme quoi, décider pour les autres reste et restera une idiotie sans nom. Souvent Virgile varie, qu'on se le dise ! Mon vieux compère s'était lancé avant l'heure dans la reproduction de principes naturels à grande échelle et cherchait sur la terre amazonienne de nouvelles substances nutritives, réparatrices ou guérisseuses. L'avenir allait lui montrer à quel point il avait raison. Depuis le début de ce deuxième séjour, il était certain de trouver de nouveaux médicaments auprès des populations autochtones. Les Indiens, même ceux des villes, savaient alors utiliser les plantes pour cicatriser, apaiser, endormir, soigner et même permettre le rêve. Virgile les avait minutieusement étudiées alors qu'il supervisait avec Anne le rapatriement de nos affaires. Dans son crâne virevoltaient les idées audacieuses qui le hisseraient avec les années parmi les plus grandes fortunes de France.

Lorsque nous achevâmes l'inauguration de notre expédition en altitude, lorsque, le champagne pas même pissé, il nous fallut entreprendre de monter notre matériel, nous prîmes enfin la mesure de notre déraison. De nous tous, c'était Virgile qui, de loin, cumulait le plus gros volume d'indispensable, sinon de nécessaire. Là où Anne se contentait de matériel de prise de vues et de carnets de croquis, là où tout l'univers de Charles tenait dans un sac à dos, où le mien en nécessitait deux, Virgile vida au pied des falaises, où le fleuve se coude au plus près de la barrière de granit, une demi-douzaine de caisses qu'il fallut répartir dans dix fois plus de sacs. Nous nous transformâmes en bêtes de halage, aidés par les deux seuls Indiens qui avaient accepté de monter sur les plateaux. Où personne ne va, personne ne doit aller, m'avait confié l'un d'entre eux. Le tepui n'était pas à proprement parler sacré à leurs yeux, mais la prudence conduit ces gens-là. Remonter le fleuve, s'enfoncer dans la forêt, oui, mais fouler une terre que leurs ancêtres ont délaissée… D'aventuriers éclairés, nous devînmes donc porteurs épuisés.

L'étape suivante consista à bâtir un campement au sommet. Virgile y installa son laboratoire tandis qu'avec Charles et Anne, nous commençâmes à explorer les environs. Tracer un sentier dans cette forêt est un acte de philosophe. L'association de l'hygrométrie et de la chaleur ambiante, moins élevée tout de même que dans la plaine, le referme en quatre jours. Il faut en permanence l'entretenir, et se méfier des pièges tendus par l'écosystème dans son ensemble. Là où l'homme passe et repasse, son odeur se fixe et attise bien des convoitises. Un tir au fusil de temps à autre faisait fuir les plus gros prédateurs, mais les araignées restaient sinistrement sourdes aux déflagrations. Chaque jour, nous poussions nos investigations plus loin, si bien qu'il fallut bientôt songer à établir un deuxième campement. C'est de cette façon que nous butâmes un matin sur un lac de belle taille, cerné sur la moitié de son périmètre par une falaise d'une vingtaine de mètres de hauteur. Nous la suivîmes, bien décidés à la franchir pour continuer notre route vers le sud. La rivière qui nous barra bientôt la route nous laissa atterrés. Large et profonde, elle prouvait notre méconnaissance du lieu. Nous avions mésestimé la taille du tepui. Nous la remontâmes donc, déterminés à partir quelque temps plus tard dans l'autre sens pour voir ce qu'il advenait d'elle, jusqu'à ce qu'un phénomène nous alerte. Alors que nous venions de dépasser une magnifique cascade fort bruyante, nous ne retrouvâmes pas l'épaisseur sonore de la faune. Le bruit des cataractes avait bien disparu, pourtant... Le silence ! Pour la première fois depuis des semaines, nous pouvions goûter au calme. Je dois bien l'avouer, ce manque de bruits éveilla en moi une peur quasi religieuse. Je m'étais habitué aux bruissements, chuintements et clapotis de la forêt. Ils m'étaient devenus nécessaires, même si je pestais souvent contre le verbiage imbécile des singes et des oiseaux. Ici, au bord de cette rivière anonyme, on aurait dit que quelque chose absorbait les sons, interdisait un phénomène physique. Impossible ! Et pourtant, il nous fallait bien admettre ce que nos sens nous indiquaient. Les aras aux couleurs criardes ne nichaient pas dans les hautes futaies qui nous environnaient, pas plus que les autres espèces de volatiles plus bavardes les unes que les autres. Cette constatation seule avait déjà de quoi surprendre. Les oiseaux avaient colonisé le monde et les forêts équatoriales pullulaient de spécimens. Mais il n'y avait pas que cela. Les saïmiris, mes chers saïmiris, nous surplombaient de dix mètres, d'une population fort nombreuse et pourtant tout à fait silencieuse. Ils étaient là ! Nous les avions enfin dénichés ! Il restait encore à en attraper plusieurs individus pour vérifier la taille de leur glande pinéale, mais je subodorais d'ores et déjà une réussite pleine et entière. Un saïmiri a beau ne mesurer qu'une quarantaine de centimètres et peser au plus un kilo, il passe pour être le plus bavard des singes sud-américains. Selon la situation, il gazouille ou pépie, jappe ou piaule, couine, gémit ou crie. Et lorsqu'ils s'y mettent tous ensemble, ces bruits se mélangent dans une belle ambiance de ménagerie dont personne ne peut baisser le volume. Sauf ici. L'absence des oiseaux, nous ne pouvions l'expliquer, mais quelle joie fut la nôtre d'apercevoir dans les branchages toutes ces petites faces brunes aux yeux entourés de fourrure claire. Ce soir-là, au campement où Virgile s'affairait au-dessus de ses tubes à essais, nous améliorâmes l'ordinaire d'une bouteille de Romanée-Conti de 1935, une autre attention d'Anne, qui décidément savait enchanter nos palais.

23

C'est en évitant soigneusement de frôler les murs que Randolph Scott se glisse hors de la douche. Il a sur le visage un tel rictus, mêlant savamment dégoût et colère, qu'il ne peut s'empêcher de rire lorsqu'il découvre son reflet dans le miroir de la salle de bains. *Vieux con, va !* Il s'essaye à quelques grimaces, censées entretenir ses muscles faciaux, et finit par montrer les dents de dépit. Les années filent en ramollissant les chairs, Randolph n'y peut pas grand-chose et refuse catégoriquement d'en passer par le fil du bistouri.

— Un Scott tient debout seul, ou alors il se couche ! marmonne-t-il en tournant le dos à son double déclinant.

La chambre, qu'il a louée trois jours plus tôt à la famille la plus aisée de San Fernando, sent l'humidité. Les draps du lit sont lourds et des champignons microscopiques s'épanouissent en colonies brunes sur les murs. Par-dessus tous ces détails anodins en apparence, la proximité de la forêt laisse planer l'ombre d'insectes plus répugnants les uns que les autres. Il les déteste, les craint même, en particulier les araignées. Aussi passe-t-il en revue chaque recoin de la chambre plusieurs fois par jour, mais aussi par nuit, ce qui explique en partie les cernes qui assombrissent son visage.

Assis sur le bord du lit, Randolph essaye à présent d'enfiler ses chaussettes de contention. Handicapé par un retour veineux difficile, le presque sexagénaire n'a pu échapper à cet attribut disgracieux de la vieillerie. Selon les recommandations du phlébologue, Randolph doit les passer dès le réveil, sans quoi ses mollets déjà enflés rendent l'opération délicate. Et des décennies de bombance n'arrangent rien à ce phénomène. Régulièrement entretenu par un malheureux coup de fourchette qu'il qualifie lui-même de *sérieux*, le ventre de Randolph saille sous ses chemises, s'arrondit joliment pour établir l'apparat de l'homme épanoui, surtout sous ces latitudes où l'inflation des adiposités rime avec réussite sociale. Tant et si bien qu'additionné à son problème de circulation sanguine, l'enfilage des chaussettes se traduit chaque matin par l'assurance d'un sale moment à passer.

— Fichues saloperies ! rage-t-il. Il n'y a pas un type du côté de la NASA qui peut se pencher sur le problème ?

Se rendant compte de l'absurdité de sa remarque, Randolph capitule.

— On va faire dans le rustique, soupire-t-il en reposant les récalcitrantes sur une chaise. D'abord, je bouffe, ensuite j'avise.

Comme il n'a pas encore pris de petit déjeuner, son irascibilité monte avec le tourbillon des secondes. Il quitte donc la chambre, gagne le couloir d'où il rejoint une coursive perchée au-dessus d'un patio, pour atteindre un double escalier de type colonial qu'il descend le ventre rentré et le poitrail gonflé, une pensée tournée vers le dernier festival de Cannes. L'évocation de la France fait aussitôt monter vers ses papilles gustatives des souvenirs bénis et la réalité s'envole un instant. Parvenu au bas des marches, il pose une main sur le pommeau de la rampe et demeure ainsi, jouant de sa haute stature.

À cinquante-sept ans, Randolph Scott est un original. Il continue de se projeter mentalement dans des scènes improbables, comme le font naturellement les jeunes gens. Là, c'est en empereur qu'il s'envisage, le corps courbé par des années de sagesse et de batailles remportées. Connu à travers le monde pour une quarantaine de romans dont beaucoup ont été portés à l'écran, Randolph Scott n'a rien à prouver à quiconque, en dehors de lui-même. Chéri par un public très large, assez riche pour plusieurs vies, il parcourt les métropoles, répondant ainsi aux propositions des centres culturels, des producteurs de talk-shows ou des organisateurs de cycles de conférences. Scott vit ainsi, d'avion en palace, ne rentrant chez lui que pour achever un roman ou y recevoir sa fille. Rien ne pourrait le détourner de ce qu'il appelle *son plaisir d'auteur.* Sauf elle.

Randolph s'ébroue. Un frisson vient de parcourir son épiderme. Les maladresses, coups de tête et frasques d'Apollonia sont son unique sujet d'inquiétude en ce monde. Profondément athée, Randolph n'a pas même peur de mourir, préférant jouir de l'existence terrestre parce que justement persuadé de son unicité. En revanche, l'idée de survivre à son enfant lui est insupportable. Vivre, c'est s'exposer, dit-il souvent en soupirant. Mais il ne l'englobe pas dans cette philosophie. Les avions qu'il prend peuvent s'écraser, les hôtels flamber, les ascenseurs se disloquer, Apollonia ne rentre tout simplement pas dans cet univers. Randolph la place à part, dans son continent affectif, une vaste incongruité faite d'égoïsme, de caprices et d'amour à l'état pur, où nul autre que lui ne peut envisager de se sentir à l'aise.

Alors, quand elle perd les pédales, entre en dépression ou survit à un accident, Randolph se rue vers elle pour lui porter secours. S'il le pouvait, il ne la quitterait pas d'un pouce, la glisserait dans ses propres valises et la mettrait en cage, pour qu'elle ne s'abîme pas, ne fasse aucune mauvaise rencontre. Et surtout, mais de cela, Randolph Scott n'est pas près d'en faire la confidence, il la garderait à ses côtés pour que, dans l'éventualité où sa vie s'achève brutalement, elle disparaisse avec lui. Car s'il n'envisage pas de survivre à son enfant, il ne conçoit pas non plus qu'elle parvienne à se débrouiller sans lui. En clair, Randolph appartient à cette catégorie de parents, désespérément aimants et maladroits, capables d'étouffer l'objet de leur affection plutôt que de l'aider à prendre son envol. *L'Envol*, c'est justement le titre de son dernier ouvrage, dont il a soudainement suspendu la promotion pour se rendre au chevet de sa fille.

Des rires d'enfants le ramènent à San Fernando de Atabapo, village frontière situé entre le Venezuela et la Colombie, où quatre mille cinq cents habitants se partagent l'exploitation de centaines de milliers de kilomètres carrés de forêt, avec un don particulier pour le trafic et la contrebande. Ici, l'espagnol babillé ou braillé ne cadre pas avec les murmures admiratifs qui bordent le tapis rouge des palaces de la Côte d'Azur, ni le roulement des applaudissements dans les salles combles.

En gagnant le fond de la cour où la domestique dresse la table du petit déjeuner, Randolph sait qu'il devra partager son repas avec Isabella, la maîtresse de maison. L'élégante et plutôt jolie femme tient son rang d'épouse du colonel à la perfection mais sa conversation est d'un ennui consommé et Randolph envisage de se délocaliser dans le dispensaire où sa fille a été recueillie, malgré le confort plus que spartiate du lieu. Il s'apprête d'ailleurs à se servir rapidement pour lui échapper, quand un gamin fait irruption dans la cour. L'enfant ne doit pas avoir plus de sept ou huit ans. Son état de crasse avancé fait comprendre à Randolph qu'il n'appartient pas à la famille du colonel. Discrètement prévenue par la domestique, Isabella Maria Sanchez de Abrolla survole les marches du grand escalier et se précipite jusqu'au patio, accompagnée du nuage d'un célèbre parfum français. Elle salue son hôte d'un geste élégant et s'approche de l'enfant. Sans un mot pour elle, ce dernier pointe son index vers Randolph Scott et agite sa paume en direction de la sortie. Il comprend alors que le gamin n'est pas venu mendier, mais qu'il est envoyé par les sœurs du dispensaire pour le prévenir du réveil d'Apollonia.

Non sans jeter un dernier regard au copieux petit déjeuner à l'américaine spécialement préparé pour lui, Randolph prend rapidement congé de son hôtesse et se lance dans la chaleur du matin, l'enfant sur ses talons. Il est impatient de parler enfin à sa fille. Depuis son arrivée à San Fernando et malgré les soins prodigués sur place, Apollonia délire, atteinte d'un mal que les antibiotiques de base peinent à contrer. Prévenu par Patrick Manning, l'ambassadeur des États-Unis, avec lequel il entretient de bonnes relations depuis un dîner bien arrosé vieux de près d'une décennie, Randolph est arrivé chargé d'un sac de médicaments impossibles à trouver dans cette partie retirée du Venezuela.

C'est à petites foulées qu'il se dirige vers le dispensaire, traversant la Plaza Bolívar sans plus rien voir de la saleté qui règne en maîtresse sur cette communauté humaine, sur ces enfants presque nus qui jouent dans la poussière, sur ces femmes qui vendent leurs charmes au fond de baraques en tôle ondulée, sur cette misère qui suinte de chaque centimètre carré de matière. Si San Fernando de Atabapo a séduit Randolph au premier coup d'œil, c'est surtout à cause des couleurs bariolées qui crient leurs mésalliances un peu partout sur fond de végétation luxuriante. Ici, la civilisation s'est installée en prenant de dramatiques raccourcis. L'argent ne manque pas, mais son origine clairement illicite prend sa source de l'autre côté du fleuve, en Colombie, sous la forme d'une poudre blanche très prisée dans certains cocktails que Randolph a un jour fréquentés. La cocaïne passe la frontière de nuit comme de jour et part, via l'Orénoque ou les airs, alimenter les trafics du monde entier. La route de Bogotá, coupée par la CIA, s'est ramifiée en de plus longs mais plus sûrs détours.

La Plaza Bolívar dans le dos, Randolph Scott se hâte vers l'extrémité de la bourgade. La chaleur et le manque d'activité physique le font bientôt haleter.

— Attends, petit, hoquette-t-il. J'en peux plus, là.

Randolph se laisse aller contre le talus qui sépare la route d'une variété locale du tout-à-l'égout et tente de calmer le rythme de sa respiration.

— On verra bien quand tu auras atteint mon âge, lance-t-il devant la mine réjouie du gamin qui l'invite à poursuivre par de grands gestes. On verra bien comment tu réagiras quand tu devras traverser la planète pour retrouver ta fille. Sale manie de s'attirer des ennuis. A-t-on idée de voyager dans un appareil appartenant aux cartels colombiens ? Je suis monté combien de fois dans un avion, moi ? Hein, combien de fois ? Des centaines de fois, des milliers peut-être, ajoute-t-il devant le silence amusé du gamin. Je ne sais pas, moi, je ne suis pas comptable, bordel ! Et peu importe, d'ailleurs. Quelle question stupide, je te jure. Mais j'ai jamais eu d'accident. Il y a bien une fois où un avion de la TWA n'a pas pu décoller parce qu'il avait un moteur défaillant. Tu rigoles toujours, toi, hein !

Randolph ramasse une motte de terre rouge et compacte qu'il jette mollement vers le garçonnet.

— Petit con ! Eh oui, j'ai pris des gros porteurs à hélices, petit gars, j'ai cinquante-six ans et demi, une aorte en dacron, deux stents coronaires, et je t'emmerde !

Dans un rire, l'enfant disparaît entre deux massifs coupés par un sentier. Randolph sort de sa poche un mouchoir brodé qu'il utilise pour tamponner son front trempé de sueur puis il se relève et s'achemine lentement vers le dispensaire. Le bas de son pantalon clair et ses espadrilles sont couverts de cette poussière rouge qui s'insinue partout. Il tente vainement de les épousseter, tache le poignet de sa manche, maugrée et reprend son chemin. Il n'est plus question de courir.

Certes, il n'a pas revu sa fille depuis plus de huit mois et elle aurait pu perdre la vie dans cet accident. Mais elle est réveillée et tirée d'affaire, c'est ce qui compte vraiment. Car il se doute déjà qu'elle n'appréciera pas sa visite, comme d'habitude, et qu'il lui faudra affronter sa mauvaise humeur. Même s'il ne veut pas vraiment l'admettre, Randolph n'est pas dupe. Il a lui-même contribué à creuser le fossé qui les sépare et les empêche d'avoir des relations sereines. Depuis ce jour où il a annoncé à Apollonia le décès de sa mère.

— Finalement, j'aurais mieux fait de prendre mon petit déjeuner tranquillement, grommelle-t-il. Il n'y avait pas le feu.

24

La lourde porte du dispensaire s'ouvre sur une cour intérieure où s'empilent des bidons d'essence, diverses pièces métalliques rouillées et des pneus. Un palmier rachitique, seul rescapé de ce qui devait être le jardin de l'hacienda, ne jette pas une ombre sur le sable ocre. Les pas de Randolph le conduisent vers un long corridor sombre et moite, dont l'entrée apparaît face à lui, entre deux colonnes recouvertes de graffitis. Les chambres ouvertes laissent échapper des rires et des râles, l'éclat d'une conversation, ou encore les crachotements d'un vieux poste de télévision. Des odeurs d'œuf, de lait chaud et de café montent à ses narines. Les silhouettes blanches des sœurs s'activent dans cette ambiance de hall de gare, avec une belle indifférence pour l'étranger qui remonte le couloir d'un pas hésitant.

C'est devant une porte close que Randolph s'arrête. Il pose la main sur la poignée et pousse lentement le vantail. La chambre est petite et humide. Les murs piqués de salpêtre et envahis de moisissures étalent un vert écœurant. Le corps à peine recouvert d'un drap, Nina est allongée dans ce qui ressemble plus à une vieille carcasse d'armoire en fer qu'à un lit. Son visage tourné vers la fenêtre en verre dépoli reçoit une luminosité si douce qu'elle inspire à Randolph une brève vision de madone.

— Ma chérie, appelle-t-il en marchant jusqu'au lit. Ma chérie ?

Le visage de Nina s'anime d'un sourire triste que Randolph ne sait pas interpréter. Et son regard perdu dans la lumière du matin filtrée par des années de sable aggloméré glisse sur lui sans joie.

— Ma petite chérie, murmure Randolph en s'asseyant à côté de sa fille. Tu… tu… ne me refais pas un coup pareil !

Incapable de se contenir davantage, il attrape Nina par les épaules et l'enlace un long moment. Ses paumes pressent la peau moite de la jeune femme et ses lèvres parcourent ses cheveux et ses lobes.

— Lâche-moi, articule-t-elle, parcourue par un frisson de dégoût.

Vexé, Randolph se redresse et s'éloigne vers le pied du lit pour prendre la posture digne et lointaine de l'homme blessé. Les lèvres pincées, il plante son regard dans celui de sa fille. Celle-ci ne sourcille pas, manque dire qu'il devrait arrêter de faire la gueule, que la situation résume leur vie, mais elle s'abstient, lasse de leurs disputes.

— C'était plus fort que toi, lance-t-elle à la place. Il a fallu que tu viennes.

— Comment te sens-tu ? demande Randolph avec douceur, décidé à ignorer la pique.

— Tu es là depuis longtemps ? Où t'es-tu installé ? Délicat comme tu es, je ne te vois pas dans l'unique pension de la ville !

— C'est gentil de te préoccuper de moi.

Dressée sur ses coudes, Nina fronce les sourcils et retrousse le bout de son nez. L'arrivée de son père suscite chez elle un étonnant mélange de soulagement et de colère. Trop faible encore pour lui demander de partir, trop indécise sur son avenir immédiat, elle décide de faire un effort. Un tout petit effort. En attendant de trouver le moyen de se débarrasser de lui. Pas une seconde, elle n'envisage de se retrouver dans son giron, sans boulot, sans maison, sans personne. *No future*, songe-t-elle avec amertume. C'est ça, ma vie. *No future.*

— Je loue une chambre à la femme d'un colonel, lâche Randolph devant le silence de Nina.

— Olgado de Abrolla ! Mais tu dors sous le toit de la plus grande fripouille de ce côté de la frontière ! Ici, les gens appellent cette ville San Fernando de Contrabando, poursuit Nina. Toi, tu n'as pas trouvé meilleur hôtel que la résidence du régulateur du trafic.

— Arrête de me prendre pour un imbécile. Je n'ai pas fait des milliers de kilomètres pour entendre tes sarcasmes.

La jointure des doigts de Randolph, serrés autour du pied de lit, témoigne de ses efforts pour ne pas donner à la conversation une plus mauvaise tournure.

— Tu vas quitter ce fichu job, maintenant, n'est-ce pas ?

Nina lève les yeux au ciel et hausse les épaules.

— Ma chérie, tu es une fille brillante, tu peux tout faire, je peux même t'aider à en trouver un autre.

— J'aime ce travail, justement parce que je n'ai pas eu besoin de toi pour l'obtenir.

— Mais admets que cette fois c'est passé à un millimètre !

— Il y a des impondérables dans toutes les activités. Va savoir si un jour Ben Laden ne prendra pas pour cible un des palaces où tu as tes habitudes.

Randolph élude ce nouveau trait d'un geste.

— Je comprends ton besoin d'indépendance, poursuit-il. C'est un peu de ma faute aussi. Si je m'étais installé du côté de Central Park, comme tout le monde ! Mais c'est ainsi. Tu ne pouvais pas…

— Papa, le coupe Nina.

La bouche entrouverte, Randolph s'interrompt. Nina ne l'appelle jamais ainsi.

— Ils m'ont virée.

Elle n'en dit pas plus, se contente de mâchouiller un petit morceau de bois tout en détaillant les taches de moisissures sur les murs. De son côté, Randolph lutte pour cacher la satisfaction que lui procure cette nouvelle, tout en regrettant la peine qu'elle produit dans le cœur de sa fille.

— Je suis désolé, Apollonia. Ce sera peut-être un mal pour un bien…

— Faux cul, lance-t-elle. Et cesse de m'appeler comme ça.

— Je n'ai pas eu le mauvais goût de te faire baptiser, mais j'ai moi-même choisi ce prénom. C'est vrai qu'il n'est pas banal, mais justement, tu n'es pas banale non plus.

L'air pensif, Randolph observe un temps de silence et prend place sur la chaise installée près du lit. Dans la rue adjacente, des enfants jouent au ballon. Leurs cris joyeux parviennent jusque dans la chambre du dispensaire. Un peu plus loin, un chien aboie.

— C'est moche de te renvoyer après un tel accident. Tu n'es pas responsable de ce qui est arrivé, que je sache !

— Qu'est-ce que tu racontes ? vocifère Nina en se redressant.

— De Abrolla doit t'interroger au sujet du crash, d'ailleurs…

— On ne s'est pas crashés ! Jamais de la vie !

Randolph se redresse et observe sa fille d'un drôle d'air. Elle semble estomaquée par ses paroles.

— Allons, allons. Ne t'énerve pas.

— Mais je suis très calme, s'agace Nina. Ce n'est pas du tout ce qui s'est passé !

Surpris et désemparé par l'attitude de la jeune femme, Randolph manque surenchérir. Mais pour une fois, il ne va pas chercher à avoir raison. Sa fille a besoin de lui, de son écoute, de sa présence, de sa compréhension. Sinon elle risque une nouvelle crise d'angoisse. Et ce n'est vraiment pas le moment.

— Alors, selon toi, que s'est-il passé ? propose-t-il, grimaçant déjà des termes qu'il vient d'employer. Tes blessures, ton visage et ton corps sont couverts de plaies.

Nina avance les lèvres en une moue boudeuse.

— Je n'invente pas ce que j'avance, continue Randolph. Le colonel le tient lui-même de ton ami Sahalé. Pourquoi aurait-il menti ?

— Parce qu'il est indien et que ton colonel ne l'est pas, répond Nina, glaciale. Ça ne t'est pas venu à l'esprit qu'ici, il y a deux poids et deux mesures en permanence ? Et quand je dis ici, je devrais dire partout.

— Raconte-moi.

L'effort semble coûter à Nina, qui soupire. Elle prend une profonde inspiration avant de commencer son récit, qu'elle déroule avec une foule de détails, comme si elle ressentait le besoin de s'accrocher à cette réalité, déjà bien lointaine dans ses souvenirs.

Malgré sa fatigue, Nina s'anime peu à peu. Elle parle avec passion, sentiment inédit qui n'échappe pas à l'oreille de Randolph. Son visage s'illumine, ses mains batifolent autour d'elle. Elle s'est assise au bord du lit, face à son père, et paraît déjà en meilleure forme.

— Il s'agit des ruines d'un village, avec des sculptures, des pierres tombales, un cimetière… des charniers ! J'ai pu tourner des images. C'était…

— Où est le film ?

Nina se renfrogne aussitôt quand elle lui explique du bout des lèvres comment elle a perdu son matériel. Et Aidan Lassiter.

— Ce n'est pas de chance…

— Ne te moque pas de moi. J'ai bien failli me noyer. Sans Rose Sawyer, ce serait d'ailleurs le cas.

Les mains sur le ventre, Randolph sourit soudain benoîtement et sa cage thoracique se soulève par à-coups.

— Eh bien quoi ? Qu'est-ce qu'il y a de drôle ?

— Rose Sawyer, c'est le nom du personnage qu'interprète Katharine Hepburn dans *African Queen* ! se reprend-il. Je n'en tire aucune conclusion, chérie.

Mais tu as été en état de choc pendant plusieurs jours et…

— Je n'ai rien inventé ! Rose m'a même avoué qu'elle avait lu tous tes livres.

Au ton de Nina, Randolph comprend qu'il doit se montrer plus diplomate. Sa fille semble à bout de nerfs, tout à coup.

— Que s'est-il passé ensuite ? demande-t-il avec toute la douceur dont il est capable. Que faisais-tu dans cet avion ?

La voix de Nina s'étrangle quand elle raconte les jours passés à se morfondre chez Stander, le retour de Gus, ses menaces à peine voilées pour la forcer à retourner au village, leur capture, l'attaque des petits singes muets et la mort des deux trafiquants.

— Sahalé pense que ce sont des braconniers. Je n'ai rien vu, presque rien entendu. On aurait dit qu'ils sortaient de terre, ils semblaient irréels ! ajoute-t-elle dans un souffle.

— Quoi ?

Un nouveau silence s'installe entre le père et la fille. Soulagée de s'être confiée, Nina sanglote, le visage enfoui entre ses genoux repliés. Randolph, lui, fait les cent pas et cherche à déterminer les faits qui ont amené la jeune femme à lui donner cette version très rocambolesque.

— Si je te suis, dit-il au bout de quelques instants, tu as trouvé des ruines dans un pays où il n'est pas censé y en avoir, tu as été sauvée de la noyade par Rose Sawyer, kidnappée, enfermée dans une cage suspendue à une branche, ton pilote et son comparse se sont fait manger le cerveau et pour finir, tu as vu des colonnes de lumière !

Le visage de Nina se décompose à mesure que son père récapitule.

— Évidemment, tu ne me crois pas.

Randolph pince ses lèvres et gonfle les joues.

— C'était couru d'avance, marmonne-t-elle en hochant la tête.

Elle pose avec lenteur ses pieds nus sur le carrelage fendillé, attrape son paquet de cigarettes et le Zippo de Stander, son Zippo – *ce salaud est mort, égorgé dans les douches, le pantalon sur les chevilles* –, s'éloigne vers la fenêtre qu'elle ouvre avec difficulté, tant le bois humide a gonflé. Puis elle avale la première bouffée avec un vertige attendu, si soudain qu'elle s'agrippe au rebord. *Rose existe, Rose existe, d'où viendrait cette plante, sinon ?*

— Et l'assassinat de Stander ? Je l'ai inventé aussi ?

— L'enquête a déterminé que les hangars ont été dévalisés. De Abrolla est formel. Stander trafiquait et il en est mort.

— Décidément, tu as réponse à tout, regrette Nina en inhalant de manière saccadée la fumée de sa cigarette. Il suffirait d'aller là-haut, ajoute-t-elle avec force. L'avion y est encore !

— Je pense que tu as besoin de repos. Que dirais-tu d'un séjour en Colombie ? On y respire beaucoup mieux qu'ici et puis j'ai une adresse à Bogotá, un palace, comme tu dis, qui te blufferait à coup sûr.

25

Randolph replie son journal et admire la lumière qui tombe de la verrière. Le patio couvert, fait de trois étages de péristyles, est à ses yeux une merveille d'architecture. Sobriété, pureté des lignes et volumes, voilà tout ce qu'il apprécie. Comme chaque matin depuis bientôt quinze jours, Randolph prend son *changua*[1] au milieu de cette splendeur du XVIIe siècle, le joyau de l'*Hotel de la Ópera* niché dans la ville haute de Bogotá. Un calepin posé à côté de sa tasse, un crayon en étain, un de ceux qui s'usent si lentement qu'il lui en faudra tout au plus un troisième pour achever sa carrière, un journal international, cette solitude en société qu'il aime tant et Randolph s'épanouit.

Nina dort encore. Elle progresse vers une rémission qu'il devine provisoire. Depuis sa naissance, il la sait fragile, sujette à des coups de cafard terribles, affectivement instable mais douée pour le bonheur quand il veut bien s'accrocher à elle. Les romans, les succès, les sollicitations venant des quatre coins du monde, tout cela compte, bien sûr, pourtant un éternuement de Nina, même à l'autre bout de la planète, le fait rappliquer illico. Elle va mieux et cela seul a de l'importance. Les attachés de presse et son agent comprendront, sinon il en *exécutera* plusieurs dans son prochain roman. Du reste, les pages de son calepin commencent à se noircir de notes. Les nouvelles du monde, les Colombiens, la détresse de Nina et son histoire, tout

1. Petit déjeuner typique : soupe au lait avec des oignons grillés et un œuf cru.

l'inspire. Randolph se présente souvent comme une éponge vivante, un filtre à travers lequel la réalité passe pour ressortir transformée en une nouvelle version du réel. Quand on lui pose la question de la source de son inspiration, Randolph répond immanquablement qu'il jouit d'un esprit si fantasque qu'il aurait pu fermer les yeux définitivement un quart d'heure après sa naissance, que son esprit, à partir de ces images, aurait tissé sans mal le maillage d'un nouvel univers.

Alors il se repaît de deux semaines passées à l'*Hotel de la Ópera*, son palace favori. Il aime le regard interrogateur de ceux qui s'étonnent de son goût pour cette ville, ceux qui n'entendent dans le mot Bogotá que les rails de coke et les tueurs des cartels, ceux qui ne pensent que criminalité et misère. Pourtant, dans la vieille cité aux odeurs appétissantes de cuisine pimentée et d'arbres en fleurs, il a passé des heures à écrire, installé sur la terrasse de l'hôtel, les yeux rivés sur les pics de la cordillère, l'esprit dans une nouvelle histoire et les doigts autour d'un bon verre de scotch. Des heures à flâner aussi, Plaza Bolívar, face au parlement ou à la grande bibliothèque. C'est vrai, les autres quartiers, il ne les a vus que de loin, et encore une seule fois, lorsque Nina l'a accompagné jusqu'à un funiculaire – dont l'hôtesse lui avait vanté les qualités folkloriques – et qu'il s'est cramponné à la barre centrale tout au long de l'ascension, terrifié par la vitesse de l'engin vibrant de toutes parts et le profil abrupt des pentes. Nina se tenait les côtes tant elle riait. Et là encore, cela seul a compté. Santa Fé de Bogotá résonnera encore longtemps du fou rire de sa fille.

Randolph range le crayon dans son logement en cuir et glisse le calepin dans la poche de son pantalon en lin écru. Comme à son habitude, il a pris l'avion avec un petit sac contenant le strict minimum. Une brosse à dents, une serviette neuve et deux changes complets. Le reste, il l'a acheté sur place, dans une boutique de l'hôtel. Tourné pour un temps vers la littérature hispanique, il s'est épris d'une mode vestimentaire à l'ancienne, de pantalons trop larges, de chemises aux manches bouffantes et de grands chapeaux tout blancs. Là encore, cela a fait sourire Nina. Et chaque sourire compte.

Apollonia, son trésor, sa révolution perpétuelle. Un jour il pense l'avoir comprise et le lendemain, en une phrase de rien du tout, la jeune femme arrive à le déstabiliser. Si Randolph ne connaît pas de problèmes avec les femmes en général, il s'avoue vaincu dès qu'il s'agit de sa fille. Apollonia, c'est son énigme. Et il n'a jamais réussi à le lui dire. Il s'apprête d'ailleurs à monter la réveiller. Sur l'horloge qui ronronne imperceptiblement au-dessus du comptoir d'accueil, la petite aiguille approche dangereusement du numéro 10.

— Si l'avenir appartenait à ceux qui se lèvent tôt, ça se saurait, ronchonne-t-il en souriant aussitôt de lui-même.

Cette phrase, ou une variante plus positive, c'est son père qui ne cessait de la lui seriner, transformant Randolph en un incorrigible amateur de grasses matinées.

— Pas de libre arbitre, dit-il à l'attention de l'hôtesse. On duplique les schémas ou on ne les duplique pas, mademoiselle. Il n'y a pas de troisième voie, ou alors, il faut être sacrément fort !

L'hôtesse lui sourit, mais Randolph voit bien qu'elle n'a rien compris. Ce petit jeu l'amuse chaque matin depuis l'affaire du funiculaire. Son chapeau à la main il se lève, traverse le patio et entre dans le spa. Là, le plafond est soutenu par d'épaisses colonnes dont deux reposent sur le fond de la piscine et l'éblouissante lumière tropicale tombe depuis une verrière, fabriquant des reflets et des ombres très marquées sur une authentique statue grecque – datée du premier millénaire avant J.-C., la statue a été rapportée en Europe par des Britanniques lors du pillage des îles dans la deuxième moitié du XIXe siècle et revendue à un riche Bogotain qui en a fait don à l'établissement – recouverte d'une fine couche de silicone. Cette transformation, invisible à l'œil nu, peut passer pour sacrilège mais elle a l'avantage de protéger cet objet d'art trois fois millénaire des ravages de l'eau. Et surtout du chlore. C'est là la seule contrariété de Randolph. En dehors des états d'âme de Nina, qui se sont amplement améliorés, et de l'aventure du funiculaire, pratiquement oubliée, il n'a rien trouvé d'autre à critiquer que le système de filtration de l'eau de la piscine. Qu'un endroit d'une telle beauté sente aussi affreusement les bains populaires le choque. Alors, Randolph y vient quotidiennement pour se souvenir, rappeler à son âme avide de sensations qu'une pareille disgrâce peut exister en ce monde et, comme chaque matin, il n'y séjourne que quelques minutes avant de filer jusqu'à sa suite.

— Apollonia ? hèle-t-il en entrant dans le salon commun aux deux chambres. C'est l'heure des braves et la fin du service des petits déjeuners.

À deux mètres de la porte de la chambre de Nina, Randolph s'immobilise, interdit. D'ordinaire, la simple utilisation du prénom complet de sa fille lui vaut une réflexion bien sentie. L'attente se transforme en pressentiment. Il ouvre la porte et découvre le lit vide. Pas un bruit ne vient de la salle de bains, ni des toilettes. En trois pas, il rejoint le couchage. Les draps sont froids. Le cœur de Randolph se serre. Il comprend instantanément que ces derniers jours Nina l'a amadoué. Qu'elle s'est jouée de lui. Pourtant, il ne s'est pas économisé. De longues heures durant, il s'est transformé en confident patient, puis en conseiller tout aussi persévérant, malgré son envie de la rabrouer tant elle était pénible. Et progressivement, les images de mort semblaient avoir été repoussées, les obsessions de Nina rendues muettes. Il ne restait que des sensations fugaces, la silhouette de Sahalé, si familière et tant regrettée, entraperçue au coin d'une rue. Pour avoir si souvent vécu les crises d'angoisse de sa fille et bataillé contre sa Chakrouny – à tel point qu'il l'a longtemps crue schizophrène –, Randolph sait bien qu'il n'existe en cette matière rien de définitif, mais que chaque recul de la morbidité est en soi une victoire. Il pensait avoir été attentif, avait pris conseil auprès d'un vieil ami psychanalyste, après qu'elle eut confirmé la thèse de l'accident auprès des autorités vénézuéliennes, thèse qu'elle réfutait quelques heures auparavant. « Ne rentrez pas dans ses délires, Randolph, surtout pas ! Vous devez être sa lumière, celui auquel elle pourra s'accrocher ! Ne la rejoignez pas. »

Les mots résonnent encore dans sa tête… Randolph jure tout haut. Il aurait dû se douter du tour que prendraient les événements. Nina a trop vite abandonné, Nina a été aimable avec les officiers chargés de l'interrogatoire, trop arrangeante, beaucoup trop, surtout lorsque la carcasse de l'appareil et les corps calcinés de Gus et Tonino ont été localisés par un vol de reconnaissance dans la plaine de l'Orénoque, à des kilomètres du tepui. Cette fois à court d'argument, elle avait admis que le choc lié au crash l'avait fortement perturbée et qu'elle n'avait jamais rien vu qui ressemblât de près ou de loin à un village peuplé de cannibales. Et lui, bien trop heureux de la voir revenir à la raison, n'avait pas cherché à savoir pourquoi elle avait inventé toute cette histoire.

À présent, il comprend son erreur. Tout ce temps, Nina n'a fait que lui mentir, l'embobiner, pour mieux le frapper dans le dos ensuite. Blessé comme un amant trahi, Randolph tente, en dévalant l'escalier, de se persuader qu'il trouvera la belle en train de déjeuner. Mais la salle quasiment déserte balaye ses derniers espoirs. Alors, il se précipite vers le comptoir de l'entrée, la mine sombre. La conseillère en funiculaire s'y trouve, comme d'habitude, dix heures par jour si ce n'est pas davantage. Convaincu que cette jeune personne ne sera pas son meilleur interlocuteur à cause de cette stupide solidarité féminine, Randolph peste déjà. Mais il possède un atout, une force qui fonctionne sous toutes les latitudes, un agent corrupteur quasi infaillible. Tout en l'interrogeant sur les allées et venues de Nina, il pose un billet de cent dollars sur le comptoir, et regarde passer dans les yeux de l'hôtesse un trouble qu'il connaît bien. Même si la gêne ou le désir de ne pas dénoncer étaient forts, l'envie d'empocher ce billet vert l'est encore plus. Trois minutes plus tard, Randolph quitte l'hôtel, une victoire contre la solidarité féminine à son actif, une adresse en tête et un plan de la ville marqué d'une croix rouge à la main.

26

Le cybercafé bruisse des conversations de la jeunesse argentée de Santa Fe de Bogotá. Le long comptoir en cuivre artificiellement vieilli reçoit les coudes de ce qui se fait de mieux sur cette terre colombienne. Fils et filles de ministres, de diplomates, de magistrats, de généraux et de mafieux établis, tous réunis pour tisser ensemble les liens de la Colombie à venir. Au fond de la grande salle aux plafonds ouvragés de dorures, vestiges restaurés du beau siècle, Nina Scott se moque de la vie effarante des étudiants locaux. S'ils arrosent de bière et de mezcal la trop fine matière de leur existence, elle s'affaire comme jamais. Un casque posé sur les oreilles, l'écran divisé en quatre recherches distinctes, Nina discute au téléphone, via Internet, avec la société d'anthropologie de Londres.

La veille au soir, alors que Randolph dînait dans un restaurant huppé de la Candelaria, le plus beau quartier de la ville, la jeune femme s'est préparé un laïus qu'elle débite à volonté depuis près de deux heures. Oui, elle travaille pour une société européenne de tourisme qui cherche à étendre ses activités en Amérique latine. Non, il ne s'agit pas de tourisme de masse mais d'une nouvelle manière de partir à la découverte du monde, en le respectant tout en pourvoyant de manière substantielle à l'économie locale, une sorte de tourisme équitable, expression qu'elle répète à l'envi. Passé la présentation, Nina entre dans le vif du sujet. Sa société commence cette nouvelle formule de trek pour personnes aisées au Venezuela et plus particulièrement dans le sud de l'Amazonas. La région des tepuis a été choisie pour sa virginité. Si son auditoire paraît intéressé, Nina embraye : sa société veut intégrer un ethnologue à chacun de ses voyages. Ainsi, ses clients futurs reçoivent la garantie de voyager utile, en se cultivant et en répandant finalement le bien auprès des communautés locales.

Dix fois, elle a raccroché à cette étape. Ses interlocuteurs, des ethnologues et des anthropologues, ne connaissent pas cette région précise ou ne veulent pas entendre parler de tourisme au cœur des dernières tribus isolées du monde moderne. Mais avant d'y arriver, Nina a placé *la* question qui la fait courir ainsi : existe-t-il dans cette région des sites archéologiques susceptibles de susciter l'intérêt de touristes ? La réponse, invariable, consiste en un soupir amusé ou un petit rire retenu. « Non, ma petite dame, rien ne subsiste plus de quelques mois dans la jungle amazonienne. Les Indiens de cette région bâtissent des villages en bois qu'ils quittent tous les six ou sept ans pour en bâtir un plus loin ! » Et Nina remercie, raccroche et contacte une nouvelle adresse, jusqu'à ce qu'une légère gêne la gagne. Assis à moins de deux mètres d'elle, Randolph l'observe, le visage décomposé.

— Ça fait longtemps, ce petit jeu ? demande-t-il d'une voix sourde.

— J'ai commencé ce matin, répond-elle calmement en se retournant vers lui. Mais ça fait déjà quelques jours que j'y pense, ajoute-t-elle, un brin de perfidie dans la voix.

— Et pourquoi ne m'en as-tu pas parlé ?

— Parce que j'ai passé l'âge de te demander la permission et que de toute façon tu t'y serais opposé.

— Sans doute, soupire Randolph, mais tu aurais pu me laisser une chance de décider, plutôt que de mentir.

— Je n'ai pas menti, argue Nina avec une mauvaise foi évidente, je n'ai rien dit.

Un silence passe. Près de l'entrée du cybercafé, deux molosses armés les regardent d'un œil inquisiteur, puis changent rapidement de centre d'intérêt.

— Avec toi, c'est toujours pareil, renchérit Nina, la voix un peu haut perchée. Il y a ta vision des choses, et ta vision des choses. Tout ce qui ne rentre pas dedans est nul et non avenu !

— Sans doute, répète Randolph en se massant les tempes. Je refuse d'entrer en conflit avec toi, enfin, si c'est encore possible.

— Jusqu'à présent, tu ne m'as pas crue, commence-t-elle en se forçant à parler tout bas. Je te demande un petit effort. Écoute-moi et ne tranche pas a priori. Tu veux bien essayer ?

Randolph accepte sans ouvrir la bouche. Las des volte-face incessantes de sa fille, il se souvient des conseils de son ami psychanalyste. Il peut écouter et seulement écouter ce qu'elle raconte, mais en aucune façon il ne doit entrer dans son jeu. Pourtant, c'est vrai que ses arguments sonnent juste quand elle prétend que sa version de l'histoire n'a jamais changé.

— Et si je trouve un scientifique qui corrobore mes dires ?

Randolph a tout à coup l'air gêné.

— Ce n'est pas la question, dit-il pour se sortir de ce mauvais pas.

— Si, justement, c'est toute la question ! assène Nina. C'est moi que tu ne crois pas, ou ce qui s'est passé là-haut ?

— Arrête…

— C'est oui, ou non ? insiste Nina, attirant sur elle les regards des jeunes gens. Si tu entends un autre témoignage que le mien, tu me croiras ?

— Oui, répond enfin Randolph. Et ne beugle pas comme ça, tu vas nous rameuter la milice.

— Tu me fais doucement rigoler, articule Nina en se levant. Ah, il est beau le Randolph Scott que tout le monde prend pour un bourlingueur et un redresseur de torts. Mais il est pété de trouille, l'écrivain, dès qu'il n'a plus le cul rivé sur du velours d'époque. C'est du cinq-étoiles qu'il lui faut, pas moins !

— Tu as fini ?

Nina s'assied sans un mot tandis que Randolph fait signe que tout va bien au vigile qui se dirige vers eux, la main sur son arme.

— Dis-moi ce que tu comptes faire.

— Je finirai bien par dénicher quelqu'un qui a entendu parler de ces braconniers et de ces ruines. C'est insupportable d'être prise pour une cinglée de mythomane…

Randolph sent son cœur se serrer. Sa fille, qu'il pensait sur la voie de la guérison, se trouve en réalité hors de son atteinte et malheureuse. C'est à la limite de ce qu'il peut endurer.

— Ne t'inquiète pas, chérie, reprend-il sur un ton qu'il veut apaisant. Ce n'est pas ce que j'ai voulu dire. Je te connais, tu as une nature fantasque et tu…

— Qu'est-ce que tu veux dire avec ça ?

— Avec quoi, soupire Randolph, qui pensait avoir trouvé une nouvelle approche et s'aperçoit du contraire.

— Qu'est-ce que ça veut dire, fantasque ?

— Mais rien, répond Randolph, navré. Tu sais bien…

— Je ne sais rien du tout, mais toi, tu vas m'écouter ! Je vais retourner dans ce village qui n'existe pas et te rapporter des preuves, Scott, tu entends ? Comme j'ai tout inventé, tu n'auras pas à t'inquiéter de me savoir avec ces braconniers cannibales ! Mais comme je suis fantasque et un peu mythomane, moi, j'ai les foies. Alors je vais trouver les associés de Gus van Peeble et leur raconter comment il s'est fait trucider en pleine forêt. On verra bien si eux, ça ne les intéresse pas !

— Tu ne vas pas faire une chose pareille, s'alarme Randolph. Ce serait du suicide !

— Et pourquoi donc, monsieur *j'ai une fille fantasque* ?

— Le colonel m'a parlé de ton pilote et de ses amis. Il n'avait pas l'air de les tenir en haute estime.

— Parce que tu as confiance en lui ?

Nina bondit et se dirige rapidement vers la sortie du cybercafé. Un instant stupéfait, Randolph se lève à son tour, glisse un billet de vingt dollars sur le comptoir et la rattrape en quelques pas.

— OK, tu as gagné, dit-il quand il est à sa hauteur. Tu me laisses vingt-quatre heures. Si je n'obtiens rien de mon côté, je te suivrai sans poser de questions. D'accord ?

Un large sourire illumine le visage de Nina. En une fraction de seconde, Randolph comprend qu'il s'est fait rouler une nouvelle fois. Il baisse les bras et remonte lentement jusqu'à l'hôtel, indifférent au concert de cris et de klaxons généré par l'arrêt en pleine rue d'un camion, capot ouvert et moteur éteint.

27

Le chauffeur n'a pas desserré les dents mais il s'est rincé l'œil abondamment, profitant de la grande souplesse de l'articulation du rétroviseur double. Nina s'est contentée de croiser les jambes, de remercier l'inventeur du pantalon, et pour dissimuler sa gêne, elle a ostensiblement tourné son visage vers la fenêtre et laissé ses yeux se remplir d'images de Bogotá. Nina s'en veut d'avoir encore quitté son père sans le prévenir, mais elle n'avait pas le choix. Randolph Scott est un homme raffiné, instruit, brillant même, mais il se transforme en dictateur dès qu'il endosse le rôle de père, rôle qu'il est dorénavant seul à jouer dans une pièce où Nina ne se considère plus comme une enfant. Au fond d'elle-même, la jeune femme aimerait affronter le dragon paternel plutôt que de jouer les monte-en-l'air, même si elle adore sortir par la fenêtre des hôtels, dévaler la façade le long de la vigne vierge et atterrir dans la cour sous les yeux médusés du personnel.

Le taxi a descendu les pentes abruptes de la vieille ville et s'est introduit dans le trafic dense des avenues qui quadrillent la gigantesque agglomération ponctuée de buildings. Ici, à chaque coin de rue, les vendeurs ambulants proposent leurs marchandises, confectionnent de délicieux *empanadas* ou *almojabanas*, les étals croulent sous les fruits et les légumes, à côté des parapluies et des chaussures. Certains vendent des cigarettes et des cartes de téléphone à la sauvette, d'autres des billets de loterie. Habituée aux villes d'Amérique du Sud, Nina est conquise par Bogotá. Cette mégapole a quelque chose de particulier. Ici, on respire mieux qu'ailleurs, malgré la pollution. La vieille cité culmine à deux mille six cent quarante mètres, sur les pentes de la cordillère des Andes. Sous le soleil, la température ne dépasse pas vingt-cinq degrés et les soirées sont baignées d'une douce fraîcheur qui facilite le sommeil. Ici, la misère côtoie le luxe, les odeurs et les couleurs se mélangent, les klaxons et le brouhaha des moteurs retentissent entre les murs de la cité sans couvrir le gazouillis des oiseaux qui nichent dans les parcs et sur les toits de la vieille ville. Chaque quartier traversé dévoile ses rues défoncées et ses maisons de guingois, des enfants en patin à roulettes le long d'un trottoir, des magnifiques haciendas bordées de plantations de fleurs multicolores et de longs boulevards ombragés, bordés de jardins. Plus loin encore, après un périlleux zigzag entre le *transmileno*, les *busetas*, les motos, les piétons et les charrettes tractées par des chevaux malingres, s'ouvre le quartier des affaires, royaume du béton, du verre et des vigiles armés.

Lorsque le véhicule quitte l'autoroute du Nord sous les panneaux flambant neufs de l'aéroport Eldorado, Nina songe à son père qui attend depuis trois jours – le délai qu'elle lui avait accordé a déjà expiré depuis longtemps – un appel de l'ambassadeur Patrick Manning. Il doit patienter en maugréant, prostré à côté de son téléphone, un paquet de ces dépliants touristiques en espagnol qu'il peine à déchiffrer sur les genoux. À cette heure-ci, Nina en est persuadée, il n'a toujours pas bougé du fauteuil crapaud d'un rose suranné sur lequel il ressemble à un petit vieux. Après deux semaines passées à reprendre des forces, à gérer sa culpabilité, à remplir les paperasses administratives pour la Compagnie et à supporter son père, il était temps pour elle de réagir. Cette fois, il n'est plus question de protéger les ruines, mais de prouver qu'elle n'est pas folle.

Le taxi vient de se garer devant un hangar aux allures de forteresse, sortant Nina de ses pensées. Elle articule un « *Muchas gracias* » très froid, dépose un billet de vingt dollars sur le siège passager puis elle ouvre la portière et s'extirpe de la voiture. Le trajet vieille ville-aéroport coûte onze dollars US. À Bogotá, les prix sont réglementés, elle le sait, mais ne veut rien toucher qui provienne de cet homme au regard lourd de convoitise. Pas même de l'argent. La portière claque et le véhicule jaune redémarre en trombe, laissant la jeune femme sur une route partiellement goudronnée et mal entretenue. Elle voudrait lever un majeur bien haut à l'attention du taxi, mais se retient à temps. Ici, on ne plaisante pas avec l'orgueil des mâles, surtout lorsqu'on est citoyenne américaine et que l'on a les poches remplies de dollars.

L'esprit encore marqué par le souvenir du regard vicieux, Nina se dirige vers le poste de sécurité. L'impressionnante enceinte grillagée – un peu plus de six mètres à vue d'œil – est coiffée de croisillons d'acier et de barbelés. Au-delà commence la zone de fret, des kilomètres carrés d'entrepôts et de routes étalées le long des pistes d'atterrissage. À l'intérieur du poste, deux hommes la regardent approcher. Nina éprouve aussitôt un sentiment d'insécurité. Les uniformes, les casquettes piquées d'étoiles dorées, les regards en coin, tout contribue à mettre en lumière sa vulnérabilité. Elle serre entre ses doigts la crosse du Double Eagle âprement négocié dans le quartier de l'hôtel, quelques heures plus tôt, et payé une poignée de dollars à un gosse de douze ans. Son contact est rassurant.

— *Me Llamo Nina Scott. Quiero hablar al señor Cardona, por favor*, mitraille-t-elle pour en finir au plus vite. Puis elle ajoute : *Es más importante !*

Le plus étoilé des deux semble apprécier l'accent de la jeune femme. Il montre des dents d'une blancheur insoupçonnée avant d'attraper un combiné. Nina s'adosse à la paroi pour masquer son arme à la vue des vigiles, et patiente en égrenant les arguments qu'elle utilisera sous peu, si toutefois il existe bien un dénommé Cardona dans les parages. Gus van Peeble parlait souvent de cet associé pour lequel il aurait donné sa vie. Il lui racontait comment ils levaient les plus jolies filles dans les quartiers étudiants en frimant au volant des plus belles voitures, comment ils se saoulaient avant de voler en rase-mottes au-dessus des hangars de Gus. Avec tout ce qu'elle sait de lui, Nina a l'impression de retrouver un vieux camarade de beuverie.

L'homme s'incarne bientôt derrière le volant d'une Jeep décapotable, se gare le long du grillage, jaillit du véhicule avec souplesse et l'accueille avec quelques mots de bienvenue. Soulagée, Nina laisse échapper un soupir. Ce Cardona a une bonne tête, même si elle devine dans l'éclat de son regard qu'il ne doit pas être habitué à se voir refuser quoi que ce soit – les vêtements qu'il porte sont légers et taillés sur mesure. Sa seule chemise représente deux mois du salaire moyen d'un Colombien et son torse brille d'une demi-douzaine de grosses chaînes en or.

D'ailleurs, quand il lui demande de décharger son

arme, Nina attrape sans piper mot le Double Eagle glissé contre ses reins. Elle désengage le chargeur de son logement tout en se félicitant d'avoir armé le colt avant d'arriver et suit son interlocuteur dans la voiture, les yeux fixés sur lui. Ses avant-bras bronzés et couverts de poils blonds portent des tatouages en forme de gouttes de sang. Une pour chaque ennemi terrassé. Cesare Cardona appartient à une vieille famille bogotaine qui a enterré nombre de ses ennemis, et compte dans ses rangs les plus belles femmes et les plus fameux aviateurs de Colombie. Aux commandes d'un Cessna depuis qu'il a quinze ans, Cesare a déjà à son actif des centaines d'atterrissages dans les vallées encaissées de la cordillère et des loopings qui décoifferaient nombre de pilotes.

Après avoir traversé un hangar aux dimensions impressionnantes, abri de trois appareils en cours de maintenance et de deux autres, prêts à décoller, Cardona coupe le moteur et entraîne Nina dans un bureau climatisé.

— Que faites-vous ici, mademoiselle Scott ?…

La fin de sa phrase traîne et Nina tressaille. Elle devine la cruauté du loup dans les yeux sombres. Du loup ou de la hyène. Gus l'avait prévenue. On n'entre pas dans l'arène quand on n'est pas capable de tuer l'adversaire.

— Ce n'était pas un accident, n'est-ce pas ? ajoute-t-il en effleurant la crosse de son arme.

— Vous le saviez ? murmure Nina mal à l'aise.

— J'aimerais comprendre ce que vous faites ici.

Les traits de Cesare Cardona sont restés impassibles, comme s'il entendait parler de meurtres à longueur de temps. Gus racontait toujours que cet homme n'avait plus assez de doigts pour compter ses concurrents neutralisés, oubliés dans les geôles des prisons colombiennes ou envoyés six pieds sous terre. La peur monte lentement dans la poitrine de Nina, elle se maudit d'être là, quitte des yeux les gouttes carmin des tatouages et tente de maîtriser les tremblements qui agitent ses doigts. Gus van Peeble lui a toujours assuré qu'on pouvait compter sur Cesare. Mon frère, il disait. Je ferais tout pour mon frère. Et lui aussi. C'est Gus qui avait conseillé à Nina de joindre Cardona en cas de pépin, s'il se faisait prendre par la CIA, les autorités ou ces salauds de Mexicains qui tentaient depuis quelque temps des incursions sur son territoire.

— Cette histoire est compliquée.

— Alors commencez par me dire pourquoi vous êtes là.

— Il n'y a jamais eu de crash et je voudrais le prouver, articule Nina. Pourriez-vous… m'accompagner là-haut ?

— Où est l'avion ? articule-t-il. Il est intact ?

Le front de Cesare Cardona s'est plissé de rides et soudain, la jeune femme comprend que la mort de Gus n'a pas plus d'importance pour cet homme que celle d'une fourmi. Ici, ce qui prime, c'est le commerce, les *affaires*. Drogue ou argent, le *Spirit of Stardust* transportait beaucoup plus précieux qu'une vie ou deux. Elle n'aurait jamais dû abattre ses cartes ainsi, mais parler de ses doutes, ne pas afficher ses certitudes et, surtout, ne jamais avouer qu'elle est la dernière à avoir vu Gus vivant. À présent, elle est une proie de choix, de celles qui se jettent avec enthousiasme dans la gueule du loup. Pourquoi n'aurait-elle pas volé elle-même la mystérieuse cargaison ? Ne serait-elle pas en train de tenter de la négocier maladroitement ? Nina a l'impression que les yeux de Cardona sont des rayons laser qui la scrutent jusqu'à l'os.

— On l'a retrouvé dans la plaine, répond Nina comme une automate. Complètement carbonisé. Mais…

— Et Gus ? Avait-il un sac, je veux dire : quelque chose en plus du matériel habituel quand il a quitté le Cessna ?

— Je… j'en sais rien ! Je n'ai pas…

La sonnerie du téléphone coupe Nina dans son élan. Cesare se lève et s'empare du combiné. Quand, trente secondes plus tard, il raccroche, son visage s'est fermé. Il lui dit en ouvrant la porte avec une lenteur terrifiante qu'elle a de la chance, beaucoup de chance, d'intéressantes relations, et qu'on va venir la chercher dans quelques instants.

Frustrée, en colère et terrorisée, Nina ne cherche pas à comprendre ce qui lui arrive, trop heureuse d'être sortie du pétrin par ce 4 × 4 providentiel, probablement loué par le gorille d'un des amis de son père, tous embourbés dans des affaires politiques véreuses. Le pick-up de marque GMC, un Sierra noir aux vitres teintées dont les pneus crissent sur le béton vitrifié du hangar, s'arrête à quelques mètres du bureau. Le chauffeur, un homme à la mine patibulaire, indique la banquette arrière à Nina et lui ordonne d'un ton sec de se taire. La portière claque. L'homme fait un bref signe de tête à Cardona, dont le regard aux éclats noirs ne donne qu'un léger aperçu de sa rage, reprend place derrière son volant et démarre en trombe. Projetée en arrière par l'accélération du véhicule, Nina ne parvient à se redresser qu'au moment où le ciel apparaît par la fenêtre.

28

Tranquillement assis à l'avant, un cigare aux lèvres, Randolph Scott a l'air ravi du nouveau tour qu'il vient de jouer à sa fille. Alors que Nina, mortifiée, se plonge dans un mutisme boudeur, il lui raconte avec délectation comment il a fait la connaissance d'Augusto, l'homme de confiance de Patrick Manning – l'ambassadeur qui ne rappellera jamais car il a d'autres chats à fouetter – au moment précis où il constatait la nouvelle défection de sa chère enfant, décidément très remuante. C'est ainsi que Randolph s'est retrouvé nez à nez avec un colosse court sur pattes, aux sourcils sombres et aux lèvres tordues dans un rictus rappelant vaguement un sourire. *Râblé.* Et qu'un parfait inconnu – suffisamment introduit pour défoncer les portes des palaces, en toute impunité, si introduit qu'ils vont avoir accès à des informations terriblement difficiles à obtenir – lui a appris que sa fille était une fois de plus allée se fourrer dans de sales draps. Et si elle n'a pas encore compris, il tient à lui préciser que Cardona avait déjà prévu de lui coller une balle entre les yeux, ce qui signifie en clair que sans l'intervention de ses relations à lui, *le connard*, elle serait déjà morte.

Le récit de Randolph à peine achevé, Nina se lance dans un déluge d'insultes et de protestations, arguant qu'à son âge, elle n'a pas besoin d'être chaperonnée. La voiture fait alors une embardée, quitte la route longeant les zones de fret pour foncer au milieu des pistes d'envol et s'arrêter brutalement. Autour d'eux, des appareils progressent vers leur zone de décollage et un gros porteur passe à quelques dizaines de mètres, dans un vacarme assourdissant.

— Écoutez bien, mademoiselle Scott, éructe Augusto en se retournant vers Nina. Ici, on n'est pas dans votre pays. Alors ce sera à ma façon. OK ?

— Dans vos rêves ! s'écrie Nina, terriblement vexée d'avoir été ainsi traitée par son père et ce type à la tête d'abruti.

Mais la main droite d'Augusto vient se refermer sur le cou de la jeune femme. L'autre s'est aussitôt glissée sous son siège pour s'équiper d'un pistolet qu'il braque sur le front de Randolph, lui interdisant toute protestation. Incapable d'articuler, Nina acquiesce d'un coup de tête.

— Bien, apprécie Augusto. À partir de maintenant, vous n'allez plus raconter votre petite histoire à des inconnus ! Vous restez avec moi et tout se passera bien. Ici, on n'est pas au pays de Mickey ! On ne sort pas sa carte bleue pour montrer qu'on est quelqu'un. Ici, tout se règle à coups de 9 mm, un point c'est tout. *Entendes ?*

La pression de la main se relâche, si bien que Nina peut enfin répondre dans un souffle qu'elle a compris.

— Bien, conclut Augusto en rangeant son arme et en redémarrant. Maintenant on peut reprendre. Bonjour, mademoiselle Apollonia Scott. Je m'appelle Augusto Perez et je suis votre nouvel ami.

Le voyage vers le centre d'affaires de Bogotá se déroule sans un mot. Nina ressasse sa faiblesse musculaire et regrette d'être incapable d'inaugurer son Double Eagle en prenant ce malotru d'Augusto pour cible, tandis que Randolph tente de chasser l'image de la gueule du canon braqué juste au-dessus de ses yeux. Il faut dire que ce coup-là, on ne le lui avait encore jamais fait.

Pour sa part, Augusto paraît avoir oublié l'incident aussitôt reparti de la zone de fret. Il a même enclenché la radio et chantonne avec Richie Valence une histoire de Bamba. En un quart d'heure, la route 26 les conduit au centre de la ville. La circulation fluide glisse sur une double voie isolée des habitations par deux murs de végétation. De la ville à proprement parler, on ne voit pas grand-chose, si ce n'est les tours du centre des affaires et, plus loin, la barrière menaçante de la cordillère. L'optimisme d'Augusto ne faiblit pas quand Valenziano cède la place à un morceau de techno. Ses doigts courent autour du volant, les pouces battant la mesure. Jusqu'à ce qu'il quitte l'artère principale et monte sur une bretelle d'accès aux esplanades. Là, il coupe la radio et ralentit. Il y a peu de véhicules, mais tous roulent au pas. Augusto pilote ainsi le pick-up jusqu'à l'avenida Jiménez, entre les carreras 7 et 8, où il se gare avec une aisance stupéfiante. Puis il descend du véhicule, disparaît quelques secondes à l'arrière, le coffre claque et il réapparaît aussitôt, un fusil à pompe dans la main droite et une boîte de cartouches dans la gauche. Il jette l'ensemble sur la banquette arrière et tend son automatique à Nina. Le regard frondeur, la jeune femme lui annonce qu'elle a ce qu'il faut et brandit son colt, l'index passé dans la boucle de la détente, sous les yeux éberlués de son père. Augusto rengaine alors son pistolet, se penche vers elle, un bras sur la portière, et lui ordonne de rester dans la voiture.

— Il n'y a aucune femme dans cette foule, ajoute-t-il. C'est la règle, et personne n'y changera quoi que ce soit. Ces hommes sont des *esmeralderos*. Ils s'échangent les plus belles émeraudes de toute la Colombie et d'ailleurs. Vous comprenez ?

La main en visière, Randolph s'est éloigné de quelques pas pour scruter l'esplanade. L'endroit est vaste et dégagé. Au pied de la tour Bancafe, des centaines de personnes sont amassées par petites grappes. Certains portent des costumes d'hommes d'affaires, d'autres sont habillés comme des cow-boys. Tous semblent préoccupés par ce qu'ils tiennent au creux de leur main. Les groupes se font et se défont au rythme de palabres agrémentées de gesticulations. Pendant quelques instants, Randolph cherche une logique dans cette chorégraphie disgracieuse. Puis il remarque les armes et les policiers postés devant le ministère de l'Agriculture, à quelques mètres de là.

— Ça vous dérangerait de nous expliquer ce que nous faisons ici ?

— Plus tard, monsieur Scott. Il est temps d'y aller. Apollonia, vous ne descendez que si votre vie en dépend, *c'est clair* ?

Le regard accroché aux silhouettes de son père et d'Augusto, qui s'éloignent d'un pas rapide et passent de groupe en groupe, la jeune femme verrouille les portières, remonte ses jambes sur la banquette et pose sa joue sur la vitre. Quelques billets changent de main, des têtes se relèvent, d'autres restent tournées vers ces fascinantes pierres mates, et le duo disparaît, happé par la foule. Pendant quelques secondes, Nina cherche encore son père des yeux, croit percevoir la démarche féline de Sahalé entre deux bâtiments, regrette son rire et la douceur de sa voix. Le cafard envahit alors son cœur. Pour elle, Sahalé, c'est comme une occasion manquée, une histoire perdue. La Nina d'avant serait allée le chercher dans la jungle, elle lui aurait avoué son attirance. Celle qui reste prostrée dans la voiture d'un gorille de l'ambassade américaine, les yeux secs, fixés sur ce qu'elle considère comme un ramassis de mâles non dégrossis, ne le fera jamais. Son regard abandonne les hommes et s'élève au-dessus d'eux. Très haut, beaucoup plus haut, au sommet d'un building dont la façade reflète le ciel, culmine un immense soleil. Ses rayons en tôle orange dardés le long des vitres sombres soulignent EL PORVENIR en lettres capitales. Nina juge aussitôt l'ensemble sinistre et s'en détourne pour allumer la radio. De toute façon, elle préfère s'abreuver de musique plutôt que réfléchir en boucle sur une situation dont elle ignore tout et ressasser des regrets dont elle ne sait que faire.

29

La pluie bat la piste, trempe les parois végétales qui se dressent sur les côtés et dilue l'horizon. Les cent premiers kilomètres ont été rapidement avalés. Mais la suite s'est révélée moins agréable. La piste empruntée par les agents gouvernementaux, les mineurs, les trafiquants, les négociants en pierres précieuses et les rares touristes est cabossée. Son relief lunaire serpente dans la montagne au gré des cols, longeant de vertigineux à-pics et des vallées luxuriantes. À présent, la nuit est tombée sur cette partie du monde. Nina n'a pas fermé l'œil, contrairement à Randolph, qui s'est assoupi près d'une heure. Il n'a pas vu les faubourgs de Bogotá.

Augusto pilote son GMC d'une main experte. Longtemps la radio a craché des musiques, puis elle s'est tue, faute de relais suffisamment puissants pour franchir le relief accidenté. Avec la nuit, la conduite est devenue périlleuse, les nids-de-poule plus difficiles à éviter, si bien que le véhicule brinquebale de tous côtés. Sur des charbons ardents, Nina a dû attendre que Randolph soit complètement réveillé, qu'il se soit étiré et confortablement lové sur la banquette arrière auprès d'elle, pour s'enquérir de leur nouvelle destination.

Décidé à obtenir des informations pour sa fille, Randolph raconte comment il s'est prêté bon gré mal gré au jeu des mondanités habituelles en félicitant l'ambassadeur pour son récent coup d'éclat – l'affaire du survol de Caracas par les Américains. Ce dernier a, en retour, tenu à partager ses impressions sur le dernier ouvrage de Randolph, reçu avec une dédicace le jour même, et cancané sur son ennemi juré, un sénateur républicain proche de Chavez, avant de lui dévoiler le résultat de ses recherches et le persuader d'interdire à Nina de retourner sur le tepui sans autorisation spéciale. L'ambassadeur a laissé traîner la fin de sa phrase dans une menace à peine voilée, ce à quoi Randolph a rétorqué qu'Apollonia s'était prise de passion pour la flore de la région, qu'il ne se passait pas un jour sans qu'elle en vante le foisonnement, et qu'il n'était pas question pour elle d'abandonner ses recherches.

Tout en poursuivant son récit, Randolph surveille les réactions de Nina du coin de l'œil. Elle bout de l'intérieur, et ses lèvres pincées trahissent son envie de réagir à chacune de ses phrases. Mais elle n'en fait rien et se contente de le fixer avec intensité, comme si elle pouvait lui arracher les mots de la bouche.

Apparemment, Patrick Manning aime briller et il s'en est donné à cœur joie. Il a exposé à Randolph, avec une foule de détails administratifs très ennuyeux, la situation de la région de l'Amazonas, placée sous autorité militaire depuis des années, précisé que certaines autorisations relevaient du ministère de l'Économie ou de la Culture et que sa requête concernait un partenariat entre le Venezuela et le Canada dans le cadre de la coopération Nord-Sud.

Visiblement, Randolph s'amuse de l'impatience de Nina, prend son temps, savoure sa victoire et la regarde avec délectation se recroqueviller à ses côtés, l'air un peu minable. Ça lui rappelle quand elle était gamine, ses yeux tristes après une bêtise, son visage suppliant et déconfit, prêt à interpréter tout le malheur du monde, pour peu qu'il ne la punisse pas. Mais Randolph sanctionnait toujours, et câlinait ensuite.

Devant l'insistance de Nina, il lui indique avec emphase qu'il a peut-être déniché pour elle *la* preuve, *le* scientifique qu'elle recherchait et n'aurait jamais trouvé avec ses méthodes de jeune oie sans expérience. Nina ne relève pas la pique et se redresse, le cœur battant. L'homme en question est un ethnologue canadien du nom de Xavier Guibert qui a travaillé dans la région des tepuis, à quelques kilomètres de la concession accordée à la Compagnie. Il étudiait les populations indigènes du coin – « Ne m'en demande pas plus, ce que j'ai obtenu ne mentionne pas la nature de son travail ». Toujours est-il que Guibert a été arrêté par la douane pour vol de trésor archéologique, alors qu'il rentrait au Canada. Interdit de séjour, il n'a jamais remis les pieds sur le sol vénézuélien et s'est installé en Colombie, où il a racheté une concession minière dans la cordillère. Cet endroit étant situé quelque part dans une haute vallée, au milieu de territoires appartenant aux cartels, l'ambassadeur leur a envoyé Augusto pour leur permettre de continuer leur enquête sans finir dans un fossé avec un joli trou au milieu du front.

L'écran digital du tableau de bord affiche 1 h 07 quand les phares accrochent enfin la pancarte du domaine de Guibert. À cet endroit, la piste retrouve un semblant de goudron et les dix derniers kilomètres filent en un rien de temps. Augusto exhibe son laissez-passer au poste de sécurité. Le gardien en faction examine les visages à travers le pare-brise, puis ouvre la grille. Cette fois, ce ne sont plus des armes de poing que portent les hommes, mais des fusils-mitrailleurs.

— Ils vont nous héberger, commente Augusto en suivant au pas un type abrité sous un ciré qui fut jaune. Pas de commentaire, s'il vous plaît. Ça fait partie des coutumes et je ne tiens pas à passer la nuit dehors. Je vous préviens, ça risque d'être sommaire.

Randolph juge le confort spartiate mais se souvient de la recommandation de leur guide et ne râle pas. Pourtant, un baraquement pareil, il n'en a jamais vu. Quatre lits superposés occupent une surface au sol d'une douzaine de mètres carrés au plus. Et encore, Randolph ne parvient pas à donner le nom de lit à un cadre en bois rempli de bourre de coton recouverte d'une couverture épaisse et puante. En ouvrant la porte, ils sont accueillis par un concert de gouttes d'eau de pluie tintant dans des récipients émaillés qu'il faudra bien vider toutes les deux heures. Et le pire reste à venir.

L'odeur est difficilement tolérable pour un nez fin comme le sien. C'est à croire que les latrines se trouvent à côté, ce qu'Augusto, parti se soulager, confirme dans la minute suivante. Après quoi, il distribue les duvets et propose une rasade de whisky aux Scott. Père et fille ne se font pas prier. Nina ajoute un comprimé de valium à son verre et sombre bientôt dans un sommeil sans rêve, son arme logée sous l'oreiller qu'elle a confectionné avec la housse imperméable du duvet.

30

La première chose qui marque l'œil de Nina à la lumière du soleil, c'est la quantité de boue qui unifie les abords immédiats, en dehors des baraquements et de l'entrée de la mine, fabriqués dans un bois gris anthracite. La veille, Augusto a expliqué à la jeune femme qu'il peut se passer des jours, parfois des semaines ou des mois, sans que personne ne trouve quoi que ce soit. Mais quand la roche libère un gros filon, une veine de ces émeraudes tant convoitées, c'est la fortune qui se présente, à condition qu'il reste quelque chose après soustraction des alcools, des parties de poker perdues, des repas et de la location des chambres, des intermédiaires, des frais médicaux, etc. À vrai dire, seul le propriétaire du gisement peut espérer s'en sortir. Les autres, les sales gueules qui descendent et ne remontent pas toujours, sont là parce qu'ils ont fui un ailleurs pire encore, une exploitation plus rude ou une inactivité alcoolisée et fatale.

L'entrée de la mine est sinistre, gueule béant sur l'obscurité minérale, absolue, elle part en ligne droite dans l'épaisseur de la montagne. Des rails en sale état s'y laissent engloutir, support de wagonnets dont la plupart ne transportent que terre et pierres de toutes sortes. Sortie très tôt pour fumer une cigarette, Nina a regardé cinq hommes s'extraire de cet impensable boyau, noirs comme de la suie de la tête aux pieds, casque compris. Seule leur sclérotique luisante laissait traîner une note d'espoir dans ces silhouettes sombres où toute notion de race, de couleur ou de rang était anéantie. Ces silhouettes fragiles, épuisées se sont immobilisées à quelques mètres, leurs yeux encore brûlants des poussières d'en bas fixés sur elle, comme pour retenir un trop joli mirage. La jeune femme a fait volte-face, lâchant sa cigarette à peine consumée, une vague de honte au cœur, honte d'elle-même, de ses plaintes, de son manque de joie de vivre. Elle, qui n'a toujours su observer le monde qu'au travers de son prisme déprimé et déprimant, a compris à cet instant la valeur de la présence de son père à ses côtés. Lorsqu'ils redescendront dans le puits, les mineurs, eux, ne devront compter que sur eux-mêmes.

Après plus de quatre heures d'attente, Augusto a été reçu par le bras droit de Guibert au moment du changement d'équipes, aux alentours de midi. Il est resté moins de cinq minutes dans une guérite de comptable et en est ressorti avec la garantie d'un rendez-vous dans le cours de la journée. Leur déjeuner avalé, ils se retrouvent tous les trois dans le couloir du baraquement principal de l'exploitation, assis sur un banc crasseux en compagnie de gueules cassées et de mineurs en manque de liquidités. Au plafond, un ventilateur brasse un air saturé de fumées de cigares et de graisses des cuisines voisines. Des protestations, des coups de gueule parfois, mais aussi et surtout une voix rocailleuse, s'élèvent du bureau de Guibert. L'espagnol reste la langue la plus employée derrière la cloison et il y rôde des mots de français et d'anglais, le tout malmené à un niveau de grossièreté presque suffocant.

La porte vient de claquer une dernière fois. L'homme éconduit traîne la patte et une mine affreuse. Il ne jette pas un regard vers Nina quand il la frôle et retourne vers le gouffre noir qui l'attend. Dans le couloir désert, Randolph et sa fille échangent des regards, plus tout à fait certains de vouloir rencontrer le maître des lieux. C'est Augusto qui donne l'impulsion. Lui ne craint que Dieu, et les cartels. Il se lève, dépose son automatique sur un guéridon disposé devant l'entrée du bureau et leur dit avec un sourire narquois que s'ils ne veulent plus venir, ça les regarde, qu'après tout, ils ne sont que deux petits Américains capricieux. Piqués au vif, Randolph et Nina se dressent à leur tour dans un bel ensemble, la main du père presse le bras de la fille qui lui rend un sourire confiant, chacun se déleste de son arme, puis Augusto frappe à la porte.

31

Je ne peux pas affirmer que ma main ne tremblait pas quand nous avons disséqué cette petite bête. Charles m'assistait, tandis qu'Anne et Virgile se tenaient à deux pas, un vague air de dégoût figé sur le visage. La lame du scalpel fut moins précise ce jour-là, en découpant la dure-mère. J'ai appris à cette occasion la différence entre une vérification et un examen minutieux. Du travail de boucher, voilà ce que je fis. Et je ne m'en cachais pas alors, même sous les plaisanteries qui s'attachèrent quelque temps à mes pas.

Quand les inventeurs de terres nouvelles, je veux parler des vrais, des authentiques, ceux qui avaient étudié les cartes de Ptolémée, pas les aventuriers chanceux, marquèrent de leurs bottes le sable d'une plage inconnue, ils ne durent pas ressentir de plus grande excitation qu'au moment où la cervelle de ce saïmiri livra son secret attendu.

Je l'avais fantasmée, cette glande pinéale ! Je l'avais autant souhaitée que maudite, à force de ne pas trouver ces fichues bestioles. Mais elle était là, sanguinolente, grosse comme un petit pois, énorme, gigantesque même pour cet animal. Je le savais pour en avoir vu de mes propres yeux, la glande pinéale d'un humain est à peine plus grosse qu'un pois chiche. Ce singe pesait un quatre-vingtième de ma masse. Il aurait donc dû posséder une glande quatre-vingts fois plus petite que la mienne. Et pourtant, les impossibilités sont sans cesse repoussées, les frontières faites pour être allégrement franchies, ce que nous fîmes. Anne poussa un cri lorsque l'organe jaillit de sa gangue et roula dans ma paume. Je me retournai vers elle, heureux de la savoir aussi impatiente que moi.

— Vous reste-t-il de cet excellent champagne, ma chère ?

De façon fort logique, nous établîmes notre nouveau campement près du lac, sur la falaise par mesure de sécurité. Ce fut le dernier. Nous avions trouvé l'objet de notre quête et il n'était plus nécessaire de bouger. À partir de ce moment, notre façon de collaborer progressa. Le groupe se scinda en quatre parties autonomes, mais nous restions liés les uns aux autres par le besoin ou les compétences. Pour ma part, je travaillais seul la plupart du temps, le nez levé vers les branchages, quand je ne passais pas mes journées juché à vingt mètres de hauteur, au plus près de mes sujets d'étude, qui peu à peu m'adoptèrent au titre de mobilier.

Ces petits singes chapardeurs ont le défaut de leur qualité. Relativement à leur taille, ils possèdent un cerveau aussi développé que celui de l'homme. Ce qui les place très haut dans l'échelle de l'évolution !

Je me souviens avoir laissé traîner cette note sur ma paillasse improvisée. Cette constatation m'avait laissé perplexe. Qu'une espèce de singe, aussi douée soit-elle, possédât un cerveau aussi gros que le mien devait avoir des conséquences. Or, je ne les voyais pas. Le saïmiri s'est parfaitement adapté à son environnement. Il migre de place en place, en fonction de la nourriture disponible. Il n'épuise pas ses ressources et vit de manière fort sage en groupes d'une cinquantaine d'individus. L'union fait la force, surtout au cœur de la forêt amazonienne. C'est ce que je savais sur ce spécimen en particulier. Mais celui qui nous intéressait ne migrait pas. Les mois que nous passâmes sur place m'amenèrent à la conclusion qu'il s'était sédentarisé.

L'absence d'oiseaux trouva son explication assez rapidement. Dans les premiers jours d'observation, je vis trois saïmiris mâles chasser avec une technique digne de celle des lionnes dans la savane. Il y avait en fait une raréfaction de certains volatiles à cause de la présence de ce prédateur inattendu. Les jeunes singes isolèrent, encerclèrent puis fondirent sur un toucan qui avait eu la mauvaise idée de se poser dans les parages. Là où un seul aurait échoué, du simple fait de sa petite taille, les trois réussirent leur coup. Ils attrapèrent l'oiseau au moment de son envol. La masse de plumes et de poils s'abattit jusqu'au sol. D'autres saïmiris rallièrent les premiers et le sort du toucan fut scellé.

J'assistais là à un événement exceptionnel. Jamais je n'avais entendu parler d'un comportement pareil chez des primates, essentiellement insectivores ou frugivores. Mais cela convenait à une population sédentarisée : pour demeurer au même endroit et garantir la pérennité du groupe, il fallait obligatoirement trouver de nouvelles sources de nourriture. Les protéines animales en étaient une abondante.

Avec cette découverte, je *quadraturais* un premier cercle. Mes saïmiris à grosse glande pinéale s'étaient sédentarisés et étaient devenus omnivores. Il restait à comprendre pour quelle raison. Qu'est-ce qui avait pu pousser ces animaux à changer de comportement ? Pourquoi ? Comment ? Tout cela était encore trop vague. Il fallait affiner, aiguiser le questionnement.

Le fait le plus marquant enfin concernait leurs vocalises. Les saïmiris ordinaires passent leur temps à produire un vacarme épouvantable fait de notes aiguës, pianotant sur la gamme descendante jusqu'au cri rauque de l'acte copulatoire. Ici, rien de tout cela. Cette communauté n'émettait pas le moindre son. Ses membres virevoltaient de branche en branche dans un désordre apparent, comme leurs congénères bavards. Pourtant, il suffisait qu'approche un prédateur pour que le désordre se mue en un extraordinaire rassemblement des jeunes et des femelles.

Alors il faut les détruire tout de suite, tous sans exception ! S'ils nous ressemblent, va savoir quelle diablerie ils risquent d'inventer dans les millénaires à venir.

Ce fut la réponse qu'Anne griffonna sur ma note concernant la taille du cerveau de nos saïmiris. Sa pointe d'humour avait mis en lumière ce qui me dérangeait. J'avais pensé avec beaucoup de honte que la jalousie gouvernait mon interrogation. Je n'aimais pas l'idée qu'une espèce puisse rivaliser avec nous. Pas sur un plan intellectuel, si toutefois volume cérébral et intelligence étaient corrélés. Mais non, ce n'était pas ça, pas du tout. Mon amour pour le genre humain n'avait à cette époque d'autre égal que mon ressentiment. Et je sentais bien que cette méfiance se transformait peu à peu, se dégradait vers quelque chose de plus délétère, de moins acceptable. La guerre ne m'avait pas épargné. Elle m'avait touché dans ma chair, dans la chair de ma chair. Cette Seconde Guerre mondiale, comme on l'appelait, comme si l'on pouvait être certain qu'il n'y en aurait pas une troisième, avait tué quarante millions de personnes, civils et militaires. Et il n'est pas plus tolérable, comme je l'ai souvent entendu dire, de voir mourir un soldat. Tous ces jeunes gens expédiés *ad patres* par l'incroyable couardise, incompétence ou mégalomanie de chefs vieillissants est une chose qui ne peut que soulever mon estomac. Jamais l'image d'un canon, la crosse d'un revolver dans ma main ou le bruit des bottes n'a éveillé en moi la moindre fibre patriotique. Ni aucune pulsion de possession animale.

Anne, qui s'intéressait de près à mes travaux, vint un jour me trouver pour me demander s'il était habituel que des singes consomment du miel. Je répondis que ces animaux étaient souvent opportunistes dans leur façon de se nourrir. Mais elle ménageait ses effets.

— As-tu connaissance de saïmiris apiculteurs ? me demanda-t-elle alors.

Comme je devais la regarder d'un air stupide, elle commença par éclater de rire, puis m'entraîna dans la forêt. Après une demi-heure de marche, nous nous retrouvâmes dans une portion de la forêt peuplée de grands arbres, dont elle m'affirma que c'était une espèce nouvelle pour laquelle elle cherchait un nom approprié.

— Ils ont la particularité de posséder des alvéoles sous leur écorce. J'ai déjà vu la même chose en Afrique, mais il s'agissait d'arbustes myrmécophiles.

— À savoir ? demandai-je.

— Robert, tu devrais utiliser tes connaissances en latin. Il se trouve, mon cher, que bien des espèces s'entraident pour survivre. Ces arbustes dont je te parle offrent sur leurs tiges de petits trous susceptibles d'accueillir une fourmi.

— Quel est l'intérêt de la plante ?

Anne m'expliqua alors comment les fourmis, à partir de cet accès naturel, pouvaient creuser des galeries reliant tous les trous pour fabriquer leur fourmilière et se nourrir du nectar sécrété par la plante. Les fourmis ainsi hébergées capturaient les insectes qui venaient se poser sur cet arbre – en se cachant justement dans ces trous naturels et en n'en laissant sortir que la tête – et protégeaient ainsi la plante des insectes défoliateurs.

— C'est ce qu'on appelle une entraide, précisa-t-elle.

Je levai les yeux vers les branches de son arbre sans nom. À différents endroits, je pouvais observer un nuage d'abeilles, dont les individus bourdonnant entraient et sortaient de trous qui parsemaient la branche.

— Nous avons affaire ici au même type de phénomène. Cet arbre héberge des colonies d'abeilles en leur offrant des cavités naturelles. Viens par là maintenant.

Nous nous cachâmes dans un bosquet et attendîmes. Une heure passa, puis un vieux saïmiri, accompagné d'une demi-douzaine de jeunes, s'approcha d'un des essaims et enfonça sa main à l'intérieur du tronc. Je m'attendais à une réaction violente de la part des abeilles, mais il n'en fut rien. Elles le laissèrent se servir, distribuer un peu de miel aux petits et repartir sans lui infliger une seule piqûre.

— C'est miraculeux, dis-je.

— Pas plus que ta glande pinéale. Et si je ne connais pas l'intérêt de l'arbre à héberger des abeilles, je peux en revanche supposer celui des abeilles à se laisser prendre du miel par ces singes.

Ma bouche dut s'arrondir un peu trop.

— Tu manques de jugeote, ces temps derniers, Robert. Tu as toi-même constaté que les saïmiris mangent des oiseaux. Eh bien, quel est le prédateur des abeilles ?

Je frappai mon front du plat de ma paume. C'était tout à coup évident. Les abeilles offraient du miel contre une protection.

— Mais c'est un système mafieux ! m'écriai-je, faisant fuir le groupe de singes.

— La nature fonctionne globalement sur ce principe d'entraide, m'assura Anne. La pollinisation ne peut se faire sans l'aide des insectes et la plupart des graines ont besoin des oiseaux pour être dispersées.

Nous rentrâmes au campement très excités. Nos saïmiris devenaient de plus en plus intéressants, de plus en plus complexes. Je remerciais muettement Jean Fouchet et m'apprêtais à redoubler d'efforts, quand une vilaine crise de goutte me cloua à résidence, sous la tente.

V

Ce fut à cet instant que nous découvrîmes l'incroyable

32

Nous ne sommes pas seuls !

L'étude de mes saïmiris fut fortement ralentie dès que nous nous aperçûmes de ce fait extraordinaire. Je me trouvais au repos, installé dans un hamac acheté à San Fernando, cloué là par cette maudite crise de goutte contre laquelle, manifestement, personne ne pouvait rien. Charles, ce bon Charles, médecin devant l'éternel, apôtre de l'allopathie pour le corps et des électrochocs pour l'esprit, se trouva démuni devant une simple douleur articulaire.

— Bois beaucoup d'eau, ne bouge pas le pied pendant une bonne semaine, c'est tout ce que je peux pour toi, mon vieux. Et puis, aucune boisson alcoolisée et régime maigre obligatoire !

C'était la réponse de l'académie. Huit jours d'immobilité, alors que le plus passionnant des sujets d'étude se trouvait à quelques jets de pierre. Je me tournai vers la botaniste et le pharmacien, me disant qu'il existait nécessairement parmi ces esprits éclairés la solution à mon tourment.

— Qu'avons-nous ? s'interrogea Virgile. De l'aspirine en pagaille, mais c'est particulièrement contre-indiqué en cas de crise de goutte. Ma foi… Anne ? Le colchique d'automne pousse-t-il dans les parages ?

Anne fit une moue qui signifiait clairement que je resterais sous la tente.

— J'ai bien aperçu des fleurs qui y ressemblaient, mais je n'ai aucune certitude. Il faudrait faire des essais.

— Stop ! hurlai-je. J'ai mal, et je me moque bien de tes tests ! Trouve-moi ces fleurs, et vite !

Le regard d'Anne ressemblait à celui d'une jeune mère s'apprêtant à sermonner son enfant pour la centième fois.

— Oh non, fis-je, l'air lamentable.

— Robert, tu n'es pas raisonnable. Le colchique contient de la colchicine qui est mortelle. Dis-moi tout de suite où tu veux te faire inhumer, ça nous évitera bien des tracas.

Je levai les mains pour abdiquer et me tournai vers Virgile.

— Parle-moi franchement, nous sommes amis depuis des années, n'est-ce pas ? Sans mon traitement, ça va ressembler à quoi ?

— Demain commencera le pire, lâcha Virgile. Une hypersensibilité au toucher qui t'empêchera de te tenir debout, même si tu ne nous écoutes pas et tentes de travailler quand même.

— Ton gros orteil va ensuite rougir et enfler, poursuivit Charles. On a observé, mais rarement, des douleurs articulaires généralisées et des fièvres. Le plus dur, ce sont les soixante-douze premières heures.

Le désespoir me poussait dans mes derniers retranchements. Je tentai une ultime parade :

— Qu'est-ce qu'aurait fait ma grand-mère ?

Virgile frotta son menton, qu'il gardait, même au cœur de la forêt, aussi impeccablement rasé que s'il était resté à Paris.

— Je vois où tu veux en venir, répondit-il avec un petit sourire triste. Décoction de noyaux de cerises, baies de genièvre et mûres aussi, sans doute. Mais là encore, nous ne ferons rien. On ne plaisante pas avec les plantes méconnues. Tu n'ignores pas que c'est dans le règne végétal qu'on trouve les plus puissants toxiques !

Non, je ne l'ignorais pas. J'avais beau me trouver plus que marri, je devais me ranger à l'avis général. J'allais souffrir sans aide possible, en dehors de la sympathie affectée de mes camarades.

Le cap des trois jours passé, j'assistai fébrilement au reflux de la douleur et du vilain embonpoint de mon gros orteil. Je me trouvais seul sous l'auvent de notre tente principale, en fait une cantine de l'armée américaine, qui avait en quelques années de guerre fabriqué des stocks qu'un siècle de négoce, même au plus bas prix, ne suffirait pas à écouler, quand mes yeux se fixèrent sur l'arrondi d'un visage. Le sang reflua du mien et j'eus le sentiment que mon cœur cessait de battre l'espace de quelques secondes. Le visage n'était pas celui de Charles, pas plus que celui de Virgile et encore moins celui d'Anne. Il s'agissait de quelqu'un d'autre. Sa peau cuivrée ressemblait à celle des deux Indiens qui nous avaient servis jusqu'ici, mais ce jour-là, ils accompagnaient notre botaniste pour une récolte de plantes à plus grande échelle que d'ordinaire. Non, cette paire d'yeux, je la voyais pour la première fois, j'en étais absolument certain.

Lorsque l'effroi disparut de mon épiderme, je restai tétanisé. Incapable de me mouvoir en raison des douleurs incroyables qui irradiaient de mon pied, j'étais une proie facile. Je songeais au fusil que Charles avait laissé près de moi et que j'avais par mégarde fait tomber une ou deux heures plus tôt, cherchai des solutions à cette impasse et, bien sûr, n'en trouvai aucune. Je ne décrirai pas ici par quels stades mon état mental est alors passé, ce serait inutile. Nous demeurâmes ainsi figés, cet Indien et moi, plusieurs heures durant. Ce fut Virgile qui me libéra de cette impossible posture. Revenu prématurément de sa journée de cueillette et d'observations diverses, il se tint près de moi, légèrement de côté, et me demanda si j'avais vu le diable. Quelques secondes plus tard, il perdit son air bonhomme et ses traits se figèrent sous l'effet de la concentration. Il s'inquiéta de mon état et de mon mutisme, puis suivit mon regard avec un cri de surprise. Il venait de découvrir cet Indien immobile, à la lisière de la clairière que nous avions aménagée dans la végétation dense.

Charles, qui venait de nous rejoindre, s'avança vers notre étrange visiteur, le fusil braqué, mais ce dernier ne cilla pas. Il s'agissait d'un homme, un mètre soixante-dix environ, ce qui en faisait un spécimen de belle taille. Il portait des cheveux longs, tressés en une natte d'une trentaine de centimètres, noués au moyen d'une fibre végétale séchée et sans doute peinte. Autour de ses membres, de son torse et sur son cou, nous pouvions voir des tatouages faits de lignes interrompues, de longueurs différentes, parfois droites, parfois sinusoïdales. L'ensemble nous apparut folklorique et totalement incompréhensible. Nous en devisâmes plus tard, car, dans un premier temps, ce qui nous frappa fut l'immobilité de cet être. Il ne bougeait même pas les yeux, alors que Charles et Virgile en faisaient lentement le tour. Mais à sa respiration rapide, nous comprîmes qu'il était encore plus effrayé que nous. Virgile, qui ne comptait pas parmi les plus courageux, sollicita notre avis. Charles décréta qu'un interrogatoire serait idéal et je ne pus m'empêcher d'ironiser, en suggérant que nous étions peut-être face à une tribu de redoutables chasseurs. Aussitôt, Charles lança un « débarrassons-nous de lui » expéditif, alors que Virgile s'offusquait des manières de soudard de notre compagnon.

— À problème vital, solution radicale. Je suis navré de te dire qu'ils se poseront peut-être moins de problèmes éthiques que toi.

— Nous n'allons pas assassiner cet homme sans défense, dis-je pour finir. Rentrons dans la tente et voyons ce qu'il fait.

Ce n'est pas sans peine que je parvins à ranger Charles à mon opinion. Il ne quitta pas l'Indien des yeux, tandis que Virgile me soutenait jusqu'à notre abri. Je craignais entendre à tout instant une détonation malheureuse. Mais nous gagnâmes le couvert de la cantine dans le calme. Une vingtaine de secondes plus tard, Charles risqua un œil à l'extérieur. L'Indien avait disparu.

33

Le bureau de Xavier Guibert est un capharnaüm. Sont entassées là des caisses de livres, de documents, des armoires en métal qui ont perdu leurs portes et offrent au regard des années d'archivage scrupuleux et, à en croire la couche de poussière, totalement inutile. Aux murs se dessèchent des trophées de chasse, des crânes d'herbivores surmontés de cornes splendides. Des boîtiers hermétiquement clos, alignés sur des étagères, exhibent des papillons, morts d'avoir été trop beaux, et de multiples variétés de gigantesques mygales. Proies et prédateurs épinglés côte à côte dans un classement qui confine à l'obsession. Le responsable de cette décoration, épais de dizaines de kilos de graisses superflues, est comme épinglé lui aussi, fixé sur un large fauteuil en cuir, sans doute maladroit dans ses mouvements et peu enclin à bondir. Guibert est un homme qui transpire en abondance, malgré l'air brassé par les pales de deux ventilateurs montés en batterie. Son crâne luit comme un œuf et sa tête semble posée sur son tronc, tant son cou se fond dans la masse de ses épaules. Il traîne dans le local une odeur de vieille sueur rance qui met mal à l'aise. Trop de choses entassées gênent l'accès aux fenêtres, qui n'ont pas dû être ouvertes depuis longtemps, la lumière naturelle est chiche et la saleté des carreaux en dévore une grande partie. Toute cette ambiance donne à Nina l'impression que Guibert peut se transformer à tout instant en un énorme crapaud. Un sourire s'échappe de ses lèvres, mais la douce hilarité s'estompe vite. Les hommes dans ces contrées reculées n'ont pas le sens de l'humour et leurs doigts flirtent facilement avec la gâchette.

L'ethnologue connaît le motif de leur visite, mais il minaude un temps, « que me vaut le plaisir, messieurs ? », observe ses interlocuteurs, interprète leurs regards et leurs gestes. Il faut dire que cette démarche est inhabituelle, jamais personne n'est venu lui demander d'ouvrir sa boîte à souvenirs. D'ordinaire, Guibert reçoit la visite d'acquéreurs de pierres précieuses, d'encaisseurs du cartel voisin ou de paysans colombiens en quête d'un travail. Dans cette partie du monde, il n'y a rien de mieux à faire. Depuis qu'il est ici, il gère tranquillement ses affaires, vide les stocks de whisky, tabasse un ou deux de ses hommes quand il s'ennuie ou que les jours sans filles se sont accumulés, paie ses impôts, entretient la vallée, négocie quelques passe-droits pour des convoyeurs privés et enterre son passé dans la boue du campement. Mais jamais il ne parle de ce qui s'est déroulé *là-bas*.

Randolph Scott se présente en quelques mots et vexe aussitôt sa fille en l'appelant Apollonia. Celle-ci s'avance alors vers le bureau, le regard frondeur, prête à revendiquer les travaux de Guibert pour le bien de tous. Mais l'ethnologue ne l'entend pas de cette oreille et aboie quelques insultes dans sa direction, arguant qu'ici, les fillettes comme elle sont réduites au silence de gré ou de force. Puis il tourne le regard vers Augusto, laissant Nina sans voix.

— Whisky ?

— Sec.

Et ses yeux globuleux roulent vers Randolph, très mal à l'aise. *C'est un peu tôt*, songe ce dernier. Mais il se garde de le dire et accepte le verre, avec un peu de glace toutefois. De son index poisseux, Guibert écrase le bouton d'un antique interphone posé sur le bord de son bureau tandis que Nina recule lentement vers un coin de la pièce.

— *Teban, tres embrujos !* aboie-t-il vers l'appareil. Puis il retourne son attention vers Randolph pour lui demander d'un air soupçonneux ce qu'il peut bien lui vouloir.

La convoitise a encore happé celui-là, pense Nina. *Elle en a fait un monstre libidineux, mesquin, sournois.* La jeune femme observe attentivement son père en jubilant. *Lui aussi fait son numéro.* Il s'est redressé et bombe le torse. Il ressemble à tous ces animaux, poils hérissés, plumes dressées et canines pointées, qui tentent d'impressionner l'adversaire. Ou une gamine terrorisée…

— Vos travaux nous intéressent.

— Comment m'avez-vous trouvé ?

C'est à contrecœur que Randolph lâche le nom de Patrick Manning et qu'il explique sommairement comment ils sont arrivés jusqu'ici.

— Je connais ce fils de pute, persifle Guibert entre ses dents. Avons-nous un ami ou un ennemi commun ?

— C'est une simple relation. Je ne l'ai que très peu côtoyé.

Guibert ferme les yeux. Ses paupières marquées de rides paraissent elles aussi trop lourdes. Un court moment passe, un moment où personne ne jurerait qu'il ne s'est pas endormi.

— Double fils de pute, reprend l'ethnologue pour lui-même. Sale pédé. Je pensais que c'était De Abrolla qui m'avait vendu. Je l'aurais volontiers délesté de sa femme, celui-là.

Il n'ouvre les yeux qu'à cet instant.

— Isabella est toujours aussi appétissante ?

L'irruption d'un domestique empêche Randolph de répondre et il s'en félicite. Trois verres de whisky espagnol atterrissent sur le bureau. Totalement ignorée, Nina se fait violence pour ne pas se ruer sur Guibert et lui crever les yeux. Au lieu de ça, elle se contente de le fantasmer, couvert de bouse et de détritus, mort, dévoré par des cochons, pendu à un lupuna et empalé sur son tronc. Elle s'en donne à cœur joie, l'imagination exacerbée par la vulgarité de l'homme assis derrière son bureau.

— Vous avez travaillé dans la région des tepuis, reprend Randolph, après une gorgée de whisky. C'est la raison de notre présence dans votre demeure.

— Ma demeure ! ricane Guibert en secouant sa grosse panse. Vous n'y allez pas avec le dos de la cuiller. Ma demeure !

Il hoche la tête et ses doigts épais pianotent sur la surface usée du bureau.

— Ma demeure est un nid d'enfoirés, monsieur Scott. Il n'y en a pas un ici pour relever le niveau de l'autre. Tous des porcs qui cherchent fortune pour moi, vous comprenez ? Il n'y a pas d'issue à cette route que vous avez prise hier soir. Quiconque arrive jusqu'ici doit payer son écot. À moins de me distraire. Voulez-vous me distraire, monsieur Scott ?

— Distraire mes contemporains est mon métier, monsieur Guibert. Est-ce que deux mille dollars US vous rafraîchiraient la mémoire ?

Rien, sur le visage de Guibert, ne trahit ses pensées. L'homme est habitué aux négociations et Randolph n'est pas assez habile. C'est avec des cailloux sans valeur qu'il rentrerait s'il lui prenait l'envie de se payer quelques-unes de ces pierres vertes extraites ici. Augusto le laisse pourtant agir. S'il ne brille pas par ses talents de négociateur, Randolph exhale à cet instant un parfum d'honnêteté plus précieux.

— Les Américains sont de drôles de personnes, commente Guibert. Je les ai bien connus… Comment laissez-vous cette gamine sans cervelle s'aventurer dans des régions pareilles ? Voilà qui m'échappe.

— Apollonia a justement découvert quelque chose qui pourrait vous intéresser. N'avez-vous pas été privé de vos travaux par les autorités vénézuéliennes ?

Une ombre passe enfin sur le visage de Guibert. L'évocation de ce souvenir paraît pénible. L'air de rien, Randolph a touché juste et Nina sent une forme d'excitation la gagner. Elle reste pourtant muette, convaincue que Xavier Guibert se taira sitôt qu'elle ouvrira la bouche. L'exercice est difficile, presque inhumain, car pour Nina c'est le moment de vérité. L'ancien ethnologue est le seul qui peut extirper de la tête de Randolph l'idée que sa fille est folle à lier, fantasque ou carrément mythomane.

Les mains croisées sur le ventre, Xavier Guibert tergiverse, sans lâcher un mot. Apparemment, les dollars sont une chose, sa tranquillité d'esprit en est une autre et son visage, impassible, dissimule à la perfection les tenants et les aboutissants de sa réflexion. Nina est sur le point de pousser un cri, tant l'impatience la gagne, quand les lèvres grasses s'entrouvrent sur un sourire moqueur.

— Quand un salopard d'Américain propose un prix, c'est qu'il peut payer le triple ! Et avec la baisse de votre monnaie sur la scène internationale, je ferais mieux de demander des euros ou des livres sterling. Heureusement pour vous, vous m'êtes sympathique, monsieur Scott, et votre fille ressemble au plus jeune de mes gars. Vous emporterez donc l'affaire à dix mille dollars, non négociables.

34

Ce n'est qu'après avoir compté chaque billet de la liasse et rangé l'argent dans une boîte en métal que Xavier Guibert desserre enfin les dents.

— J'ai fait mes études à Toronto, figurez-vous. Ça ne se voit pas au premier coup d'œil, mais le froid, ça me connaît ! Le problème qui se pose à tout ethnologue canadien ou québécois, ethnologue ou anthropologue d'ailleurs, c'est de se soustraire à l'attraction exercée par les ethnies du cercle polaire. Moi, je rêvais de chaleur depuis l'enfance, alors ça n'a pas été trop difficile. Vous voyez où ce genre de choses peut mener un homme d'excellente condition.

D'un geste las, il désigne son bureau, avale une rasade de whisky et se met à rire. Un rire grossier et désagréable.

— Je dois à l'armée vénézuélienne de me trouver ici. Pour être tout à fait honnête, je lui dois de n'être pas resté en Amazonas, ce qui revient à peu près au même. Expulsé ! J'ai été reconduit à la frontière comme un malpropre ! Le nom de mon père a été calomnié, traîné dans la boue.

Rapidement et à trois reprises, sa main trace une croix sur son poitrail.

— Paix à son âme, et à celle de ma mère, la pauvre ! Que personne ne me parle plus jamais de ce pays de trafiquants ! Je conchie tout ce qui porte leur drapeau tricolore et ses maudites étoiles.

Guibert vide son verre d'un trait et sonne son domestique.

— C'est un jour sans, dit-il comme pour se justifier. Mais il y a de quoi. J'ai travaillé des années pour passer ma thèse, accepté des boulots de merde, commandé par des moins que rien, des incompétents et des m'as-tu-vu ! J'en ai chié des ronds de chapeau. On n'a pas tous des chances identiques et…

Guibert suspend sa phrase. Quelque chose attire son attention au-dessus de Nina. Randolph tourne la tête et ne comprend pas, pas plus qu'Augusto, qui a suivi le même mouvement.

— Les fils de putes ! reprend Guibert en s'ébrouant. Où en étais-je ? Je ne sais plus, j'ai trop de soucis pour me souvenir de tout. Il fait une chaleur ici, bordel.

Comme il semble découvrir que son verre est vide, son gros doigt s'écrase encore sur le bouton crasseux de l'interphone.

— Teban ! hurle-t-il. Suceur de bites !

Il n'en ajoute pas davantage. La porte vient de s'ouvrir sur le malheureux larbin, qui pose la bouteille devant son patron et s'éclipse rapidement. Le whisky change de flacon, puis achève sa course au fond du gosier de Guibert.

— C'est tout ce qui calme mes torpeurs, s'explique-t-il en claquant la langue sur son palais. Tout.

Son regard, dont l'aspect vitreux étonne, puis met mal à l'aise, s'arrête sur chacun de ses visiteurs.

— Les tepuis, marmonne-t-il pour lui-même. Évidemment que je connais les tepuis, troupeau de salopards, alors !

Ses yeux s'attardent sur le visage de Nina, tandis que sa langue va et vient sur le bord de sa lèvre inférieure et qu'il lui ordonne de prendre la chemise rouge en carton au fond de l'armoire. Ces renseignements, elle en a cruellement besoin. Pas question pour elle d'en menacer la récolte par un excès d'orgueil. Alors elle se lève et s'exécute docilement tout en égrenant pour elle-même les noms d'oiseaux susceptibles de caractériser le bonhomme. Ça la soulage. La porte de l'armoire ouverte, ses mains fouillent des piles de dossiers poussiéreux à la recherche du spécimen de la couleur attendue. Quand ses yeux le rencontrent, son cœur s'emballe. Le dossier est épais, maintenu par des élastiques en fin de vie.

Les mains gourmandes de Guibert se soulèvent, ses doigts se tendent vers le paquet de feuilles que Nina lâche à regret. Elle se rassoit gentiment près de son père, dont les yeux trahissent déjà la crainte que les choses s'éternisent. Guibert, ce porc alcoolique qui vient de s'enrichir de dix mille dollars, se moque d'eux, il en est certain. En y réfléchissant plus précisément, Randolph se demande comment lui est venue l'idée de s'exposer ainsi dans ce coupe-gorge.

— Les tepuis ? répète Guibert, est-ce que je connais les tepuis… Est-ce que Marilyn aimait *Numéro 5*…

Les élastiques se craquellent et s'éparpillent sur le bureau. La chemise cartonnée est en train de rendre l'âme. Les rabats se soulèvent, libérant une demiramette de papiers noircis de notes, de croquis et de photocopies de documents.

— Pour me venger des Vénézuéliens, je suis venu me payer sur le dos des Colombiens. Avouez que la vie a de ces logiques des fois… Cruauté, ah cruauté, quand tu nous tiens.

Nina écarquille ses yeux, mais les rabats se referment aussitôt et les mains de Guibert s'abattent mollement sur le document.

— Quelle est votre spécialité, jeune fille ? demande-t-il soudain à Nina.

— Je suis pharmacienne.

— Pas très bandant tout ça, non ? Les arrières d'officine, les saillies dans le dos du patron, la honte de jouir avec des inconnus, ça vous travaille, je me trompe ?

— Peut-être, rétorque-t-elle. Et vous ?

— Les filles ressemblent à des garçons de nos jours, commente Guibert. Et les garçons à des filles, paraît-il. Et que fait une pharmacienne dans la jungle ?

— De l'herboristerie, que voulez-vous que j'y fasse ?

— Et tu as découvert autre chose que des plantes médicinales, c'est ça, n'est-ce pas !

Le ton de Guibert s'est durci. Le vague air absent qui traînait sur son visage s'est dissipé.

— Il y a des diamants, là-haut, murmure-t-il. J'ai vu les pierres, jaunes, bleues, grosses comme mon poing.

Décontenancée, Nina reste muette et jette un coup d'œil vers Randolph qui cure ses ongles. Elle ne pourrait le jurer mais il semble satisfait de la tournure que prennent les événements. Et elle a raison. Indifférent à ce qui l'entoure, Randolph rumine de sombres pensées. L'ethnologue malmène sa fille ? Peu importe. Qu'elle assume la responsabilité de leur présence dans cet enfer colombien où l'air vicié et le mauvais whisky lui tournent la tête. Si seulement il avait eu un fils, les choses auraient été plus faciles. Ils seraient allés ensemble au stade défendre les Pirates, boire des bières et draguer les filles. Au lieu de ça, il a passé des années à vider des poubelles pleines de mouchoirs sales de morve et de larmes, à empêcher Nina de couper les cheveux de toutes ses poupées ou de forcer la serrure de son bureau pour parler à l'urne.

Randolph Scott ne peut s'empêcher d'aspirer la dernière goutte de whisky, les yeux rivés sur le visage gras de Guibert et l'esprit à son prochain roman dont il récolte ici même quelques détails. Les mots de l'ethnologue parviennent à ses oreilles, lointains et sans substance.

— Et les cadavres, mâche l'ethnologue d'un air lugubre en se penchant vers Nina. Tu les as vus aussi ? Tous ces morts, ces montagnes de morts !

— Laissez-moi regarder vos notes, s'il vous plaît.

— Ce n'est pas la bonne réponse ! Raconte-moi ce que tu as vu d'abord.

La vision des monticules de terre noire flotte devant les yeux de la jeune femme, les troncs calcinés, tordus comme des doigts de vieux et l'éclat pâle des ossements dissimulés sous les feuilles pourries. Elle lui décrit ce qu'elle a aperçu avec une sorte de pudeur, comme si les oreilles du gros homme pouvaient salir la mémoire des corps abandonnés à la forêt.

— Voilà, se félicite Guibert, tu y viens. C'est bon

de se confier à quelqu'un qui peut te comprendre. Tu n'oublies pas quelque chose ?

Le cœur de Nina bondit dans sa poitrine. *Les corps suspendus, l'hévéa et ses cadavres sans cerveau.* Serait-il possible que… Quinze ans plus tôt ?

— Les cages, dit-elle dans un souffle, les cages et les corps dans les arbres.

— Ah ! hurle Guibert. Tu les as vus, toi ! C'est bien ce qu'on m'avait dit ! Et tu n'en as rapporté aucune preuve, c'est ça ? Aucune preuve, hein !

Le cœur de Nina s'emballe. Et pourtant, cette fois, ce n'est vraiment pas l'endroit pour perdre son sang-froid. Elle pense alors à Rose et attrape dans sa poche un morceau de liane qu'elle coince entre sa joue et sa gencive.

— C'est moche de ne pas avoir confiance dans son enfant, ricane Guibert à l'attention de Randolph qui émerge de ses rêveries. Je n'ai pas offert ma semence à la postérité du genre humain, mais je peux imaginer. Personne ne découvre rien, monsieur Scott. J'ai pensé l'avoir fait. Votre fille aussi. Mais ce n'est pas parce qu'on tait une chose qu'elle n'existe pas, vous comprenez ?

— J'avais seulement besoin d'être sûr, s'agace Randolph.

— J'ai vu ces vestiges, dit alors Xavier Guibert en ouvrant le tiroir de son bureau. Je les ai aimés, étudiés, et je les ai oubliés depuis. Le chagrin est un poison amer, très amer. Aujourd'hui, je ne m'y intéresse plus.

— Dans ce cas, nous permettez-vous l'accès à vos travaux ?

La main de Guibert attrape un flacon en métal argenté.

— Non, répond-il calmement. Tout est terminé, maintenant. Celui qui crée peut aussi détruire.

L'ethnologue renverse alors le dossier dans une poubelle métallique posée au sol, puis il asperge les feuilles avec le liquide contenu dans le flacon et y jette une allumette. Aussitôt, des flammes d'un mètre s'élèvent et les papiers se mêlent à des déchets qui fondent en libérant une épaisse fumée âcre. Randolph se précipite vers la porte, suivi d'Augusto et de Guibert, qui se dandine sur ses grosses jambes en hurlant le nom de Teban plus fort que jamais. Nina est la dernière à sortir de la pièce. Ses mains et ses joues sont noires de suie.

35

Guibert a parlé, le trio a été raccompagné à son véhicule et les armes rendues à leurs propriétaires. Ici, on ne vole personne, on s'assure juste qu'il n'y a pas de coup fourré et pour s'en prémunir totalement, on a réduit la réserve d'essence à quelques gallons, et agrémenté la roue de secours d'une balle de 9 mm. En dédommagement, quatre des six jerricans ainsi que les dix mille dollars resteront propriété du maître des lieux. La barrière s'ouvre et un concert de tirs vers le ciel accompagne le passage du 4 × 4. Une main agrippée à la poignée de la portière, Randolph regarde devant lui, dédaignant les visages grimaçant des sourires ravis. Pour des raisons évidentes, Augusto fait de même, manœuvrant avec douceur sur le sol détrempé et en pente. Quant à Nina, rien ne saurait la détourner de ce qu'elle tient contre sa poitrine, sous son tee-shirt. Au bas de la pente, la voiture fait une légère embardée en quittant le chemin puis se stabilise sur le macadam. Augusto enfonce aussitôt l'accélérateur.

— Hé là ! tente Randolph, aussi peu rassuré par la conduite nerveuse de leur guide que par les hommes de Guibert. Doucement, on est tirés d'affaire !

— Ôtez-vous cette idée de la tête, ici, on n'est jamais tiré d'affaire, comme vous dites.

Malmené par Augusto, habitué à toujours conduire un rapport en dessous de la norme constructeur, le moteur rugit sous le capot. Pendant une minute, il ne s'échange pas une parole à l'intérieur de l'habitacle puis, comme souvent, Randolph craque le premier.

— Tu vas bien, chérie ? demande-t-il en jetant un regard vers Nina par le biais du rétroviseur passager.

Nina relève les yeux un instant.

— Oui, oui, lance-t-elle sans autre commentaire.

— Bien, se vexe Randolph. Puisque ma conversation n'intéresse personne !

Dix kilomètres plus loin, la route franchit enfin les limites du territoire de Guibert. Nina n'attendait que ça. Elle ouvre alors la chemise rouge qui contenait les travaux de l'ethnologue et qu'elle dissimulait soigneusement. Le carton est recouvert de ratures, de notes et de croquis. Et là, noirci à l'encre de Chine, un dessin du totem qu'elle a découvert sur le tepui marque la moitié d'un rabat. L'esquisse n'est pas parfaitement fidèle au souvenir qu'elle en garde, mais les trois espèces s'y côtoient : l'arbre surmonté d'un singe surmonté d'une abeille. Sans dire un mot, Nina passe une main sur les épaules de Randolph et lui jette la chemise. Intrigué, il fronce les sourcils, ce qui a pour effet de rider profondément le haut de son visage, et pose ses lunettes sur le bout de son nez.

— Oh ! dit-il seulement.

Puis il dévisage Nina quelques secondes, reporte son attention sur le dessin et ordonne à Augusto de garer le pick-up, prétextant qu'aucun d'entre eux ne se réincarnera en roue de secours s'il les jette au bas du ravin. Pendant que le molosse s'exécute en râlant, les traits de Randolph se figent dans une expression attristée. Si Nina ne le connaissait pas si bien, elle pourrait s'y laisser prendre. Mais trop de fois il a eu ce visage, après les coups et les brimades, et le « je suis désolé, vraiment » qui franchit difficilement les lèvres de son père lui paraît trop fade.

— Parle plus fort, je n'entends rien.

— J'aurais dû te croire.

— Pas mal pour un début. Mais c'est insuffisant…

— Vous ne voyez pas qu'il s'excuse, proteste Augusto, qui n'a pas coupé le moteur et scrute la route. Foutez-lui la paix maintenant !

— Vous le gorille, ne vous mêlez pas de ça !

Mais, piqué au vif, Augusto enclenche aussitôt la première et reprend la route, malgré les protestations de Randolph qui aimerait bénéficier d'un peu de calme pour étudier le document.

— Tu vas être malade si tu lis en voiture, grince Nina. Alors, rends-moi cette chemise.

La mine sombre, Randolph manque rétorquer qu'il peut lire dans un véhicule à l'arrêt mais il s'abstient et rumine dans son coin. Il s'est excusé et s'est fait envoyer sur les roses, chose qu'il va devoir digérer. Aussi rejette-t-il l'objet vers l'arrière pour rentrer dans une contemplation attentive du paysage. Quant à Nina, elle savoure l'instant, certaine que Randolph n'a accompli tout ce chemin que dans le seul but de la suivre, jusqu'à l'échec. Une part de sa personnalité ne veut pas la voir s'épanouir, comme si la forcer à rester une enfant faisait partie des plans du géniteur, comme si elle ne pouvait être une fille digne de lui que lorsqu'elle subissait ses coups. Les plus durs comme les plus inattendus. Les mots qui blessent et les raclées. Les cris et les brimades. Et les cajoleries après, pour panser les blessures, demander pardon à l'enfant chérie, si difficile à élever pour un père solitaire.

C'est pour échapper à tout ça que Nina s'est d'abord inventé un ami imaginaire, et qu'elle s'est mise à parler à l'urne, dans le bureau. Plus tard, lorsque les serrures changées ont établi une nouvelle barrière infranchissable entre elle et les cendres de sa mère, Nina a laissé les angoisses la submerger, elle leur a parlé et les a nommées Chakrouny. Peu à peu, elle s'est transformée en un petit animal tremblant, roulé en boule la plupart du temps, les bras repliés sur la tête pour se protéger. Puis la haine a empli son cœur et maintenant le mépris. Randolph Scott est son père, jamais elle ne pourra changer ça. Mais elle tient son propre destin entre ses mains : la possibilité de le laisser choir quelque part sur la banquette d'un palace ou de jouir pleinement de son argent et de ses relations. Elle qui refusait tout ce qui pouvait venir de lui. Peut-être aurait-elle dû en profiter plus tôt, mais à cet instant, elle s'en moque royalement. Elle a déjà oublié que le matin même, elle se félicitait de sa compagnie.

Allongée sur la banquette arrière, une cigarette allumée entre les doigts, elle étudie chaque mot écrit sur les quatre faces de la chemise en carton. Malgré des ratures, des coulures de liquides divers et les années qui ont affadi l'encre, il reste encore des choses à lire et à comprendre. Alors Nina décrypte des phrases, peu à peu. Parfois, Guibert est philosophe et doute de son utilité. « Reste-t-il vraiment des choses à découvrir sur cette Terre ? » écrit-il en bordure de page. Ou encore : « Si l'humain peut être considéré comme malfaisant pour cet écosystème, le Vénézuélien en est le chantre. » Mais Nina ne parvient pas à sourire des exagérations de l'ethnologue. Que savait-il de si important qu'il lui soit impossible à partager ? Elle garde en mémoire les papiers qu'il a brûlés sous ses yeux et qui lui auraient permis d'avancer dans ses recherches. Les mots sont parfois difficiles à comprendre, l'écriture de Guibert souffre de minimalisme, mais deux d'entre eux ont été formés à l'aide de capitales.

« VARENNE et PROVINS. Septembre 1968. »

36

Les temps qui suivirent, nous fûmes régulièrement visités par cet Indien solitaire, puis il vint accompagné. Si bien qu'un beau matin, nous eûmes le désagréable sentiment de faire office de curiosités, comme sous le chapiteau d'un cirque. Nous avions espéré ne pas les revoir de sitôt. Après tout, depuis notre installation, nous avions fait usage de nos fusils pour éloigner les prédateurs ou pour chasser et nous nous étions imaginé qu'avec ce vacarme, si les Indiens avaient été nos voisins, nous les aurions aperçus plus tôt. Mais nous passâmes plusieurs semaines à être épiés sans rien découvrir de nos observateurs.

Nous en débattîmes souvent, cherchant à agir au mieux de nos intérêts. Pour ma part, ces Indiens ne me gênaient pas. Après tout, les premiers occupants des lieux, c'étaient eux. Cette primauté leur conférait certainement quelques droits sur cette terre. Et comme, de surcroît, ils n'affichaient à notre encontre aucune agressivité, je ne voyais pas la moindre raison de les défier. Virgile et Anne ne savaient trop quoi en penser, Charles se voulait prophète et répétait que tout cela finirait mal, qu'il y avait toujours une armée sur un sol, et que si ce n'était pas la nôtre, alors ce serait la leur. Nous en restâmes là, jusqu'à ce qu'un nouvel élément vienne modifier nos rapports.

À de multiples occasions, nous avons tenté de les suivre. S'ils nous visitaient de manière aussi ostensible, il n'y avait aucune raison pour que nous n'en fassions pas de même. Mais quiconque a traqué un animal sauvage dans la forêt comprend de quoi je parle. Il était impossible de les pister. Ces individus se montraient capables de stationner à quelques mètres de notre clairière sans que quiconque s'en aperçoive. La solution vint de l'un d'entre eux, alors qu'à chacun de leurs départs nous voyions leurs dos disparaître, leurs silhouettes se fondre dans le vert omniprésent, comme si bois et chairs étaient en ces lieux incertains issus de la même matière. Et ce fut le premier : celui qui s'était fait pincer lorsque j'attendais que la goutte veuille enfin me laisser aller comme bon me semblait. Nous l'avions surnommé Vendredi, pour des raisons évidentes qu'il nous fut impossible d'expliquer à Couman, le dernier des guides à nous être resté fidèle. Je dois faire ici un petit aparté. Et rendre hommage à nos aides indiens. Si Couman demeura, cela ne signifie pas que les autres désertèrent leur poste prématurément. Nous n'avions pas fixé de limites avec eux, et pour cause, nous ignorions tous jusqu'où notre expédition nous embarquait. Et quand nous nous installâmes durablement sur le tepui, nous n'avions plus vraiment besoin d'une main-d'œuvre importante. Couman nous seconda longtemps et ce fut une bonne chose, car lui seul parlait deux langues indigènes en plus de l'espagnol et ce fut lui encore qui nous approvisionna en nourriture tout au long de ces mois.

À la mi-journée, Vendredi se tint immobile tout près de notre clairière, aussi immobile qu'il l'avait été quand nous nous étions initialement croisés. Tous ses compagnons partis, il demeura là, droit comme un i mais tout à fait détendu, cette fois. Nous nous approchâmes de lui, curieux d'en savoir davantage. Il nous laissa venir puis tourna les talons et s'éloigna sur le sentier que nous avions pratiqué. Le même manège se répéta à deux reprises. Nous comprîmes assez rapidement sa manœuvre. Vendredi nous invitait à le suivre. Anne alla chercher sa caméra et ses boîtes de pellicule tandis que Charles retournait sous la tente pour faire provision de munitions.

— L'heure du verdict a sonné, murmura Virgile à mon oreille. D'ici peu, nous saurons à quoi nous en tenir. Invités de marque ou compléments en protéines.

Je haussai les épaules. S'ils s'étaient jusqu'alors montrés pacifiques, il n'y avait aucune raison que cette attitude change. Je tentais de m'en persuader, mais une petite voix me susurrait que la logique diffère selon la latitude et la culture. Scientifiques nous étions, scientifiques nous décidâmes de rester. Nous étions venus sur cette terre vénézuélienne pour percer un secret, sans savoir qu'un autre plus énorme encore nous attendait depuis des millénaires. Nous ne parlâmes finalement que très peu pendant les heures où défilèrent des sentiers inconnus, des passages taillés dans une végétation inextricable et même, à plusieurs occasions, des tunnels, apparemment naturels, creusés dans d'énormes rochers posés en équilibre les uns sur les autres. Jamais nous n'avions exploré cette partie du tepui. Et pour cause, la nature contrait le visiteur par tous les moyens en sa possession et, à moins qu'il ne connaisse les sentiers de ces Indiens, celui-ci rebroussait chemin, contournant la zone sans même s'en apercevoir.

À la fin du jour, nous arrivâmes au terme géographique de l'invitation. La forêt était à cet endroit peuplée de grands arbres à la frondaison très dense. D'énormes fûts nous entouraient, comme des piliers de bois à l'écorce lisse et presque argentée qui paraissaient soutenir la nuit. C'était un endroit agréable, ensorcelant, où la moiteur que nous connaissions depuis des mois se dissipait. Bientôt, nous serions totalement dans le noir et aucun d'entre nous n'avait songé à emporter une lampe à pétrole. Mais nous n'en eûmes pas besoin. Des lumières sorties de nulle part nous encerclèrent bien vite. Je dois l'avouer, à ce moment-là, la peur me noua l'estomac. Et mes compagnons ne devaient pas se sentir mieux que moi. Sans nous en apercevoir, nous nous rapprochâmes les uns des autres, prêts à en découdre jusqu'au dernier pour protéger

Anne. Magnifique esprit chevaleresque que nous ne mîmes pas en pratique.

Les torches enflammées s'organisèrent, se rapprochèrent pour former devant nous deux lignes parallèles. Finalement, nous n'étions pas au centre de cette cérémonie. Dans la lumière jaune et chaude, nous pouvions observer des dizaines d'hommes et de femmes, tous grands, relativement à la taille moyenne des Indiens d'Amazonie. Quand ils furent assez proches les uns des autres, la concentration de lumière nous permit de distinguer ce qui séparait les deux lignes. Un corps gisait au sol, étendu sur un brancard fait de branchages tressés. Et ce fut à cet instant que nous découvrîmes l'incroyable. Car dix paires de mains s'abaissèrent pour soulever ce vieillard et l'emporter dans la lumière, dans un silence impressionnant. Là, malgré l'obscurité, nous distinguâmes un peu plus loin les façades grises de bâtisses en granit taillé. Certaines, de forme pyramidale, nous inspiraient une Égypte bien lointaine, d'autres portaient des sculptures animalières dont nous devinâmes les faces grimaçantes dans la lueur tremblante. Nous marchâmes à la suite du cortège sur une allée faite de dalles qui nous rappelaient celles qu'avaient utilisées nos aïeux pour constituer le sol de nos cathédrales. La ressemblance ne s'arrêtait pas là. De part et d'autre de ce chemin pavé, il y avait ces bâtisses, petites, assez étroites, qui ouvraient toutes la gueule d'une ouverture enténébrée. C'est à cet instant que Couman, notre dernier guide, s'enfuit à toutes jambes. Il avait compris ce qui nous échappait encore. Ces dalles étaient gravées de motifs abstraits, faits de lignes discontinues, de points et de courbes. En somme, le même genre de dessins que ceux dont nous avions constaté la présence sur le corps de Vendredi. Et de ses comparses.

Le cortège finit par s'immobiliser. Nous assistâmes alors à la descente du cadavre dans une fosse, au bout de l'allée, dont nous comprîmes qu'elle était en réalité un cimetière qui s'avançait plus profondément dans la forêt à chaque nouveau venu. Des chants s'élevèrent tandis que de robustes bras faisaient glisser la pierre tombale dans son emplacement. Le cortège s'ébranla de nouveau, plus vite cette fois, et gagna un endroit dégagé où s'élevait un totem sculpté dans une pierre lumineuse, veinée de noir et de vert. Malgré les ténèbres, difficilement repoussées par la lumière des torches, nous pûmes en décomposer les éléments : il s'agissait d'un arbre à trois feuilles surmonté d'un singe, lui-même coiffé d'un insecte qui ressemblait à une abeille.

VI

Comprendre était une autre histoire, qui allait nous demander du temps

37

Je dois confesser ne pas m'être intéressé outre mesure à ces Indiens. Bien sûr, leur mode de vie sédentaire en faisait un exemple sans doute unique à travers ce continent. Sans doute, mais l'Amazonie était si peu connue, les ethnies répertoriées si dissemblables les unes des autres qu'il aurait été péremptoire d'en tirer une quelconque conclusion. Pourtant, c'est vrai. Ils étaient différents, et même moi, qui ne me préoccupais alors que de mes chers saïmiris, je ne pouvais ignorer l'incroyable découverte qui nous avait été révélée par ces hommes. Ce n'est que quelque temps plus tard que certains événements allaient me forcer à me passionner pour ces Indiens, et à admettre que singes et hommes étaient intimement liés.

Ma crise de goutte passée, je m'étais remis au travail, avec la volonté de deux. Le temps qui restait s'amenuisait et d'ici quelques semaines, nous devrions prendre le chemin du retour. Sans l'aide de Couman qui s'en était retourné – nous l'espérions – auprès des siens dans la région de San Fernando.

J'avais constaté chez les saïmiris une belle propension aux activités de groupe et cherchais toujours à percer le secret de leur silence. La vue, la gestuelle, l'odorat, beaucoup de facultés peuvent dans ce domaine remplacer une oralité défaillante. Mais j'avais beau les étudier, passer des journées entières dans les arbres, au contact d'une faune rampante absolument répugnante, je ne trouvais aucun indice qui aurait pu me porter dans telle ou telle direction. Bien sûr, il restait mes fantasmes, mais la pensée a beau se targuer d'être créatrice, il ne faut pas pour autant exagérer. Je décidai donc de procéder à un nouveau prélèvement pour, cette fois, étudier la formation de leur système gorge-larynx.

J'empoisonnai deux mâles, un jeune et un adulte de belle taille, et une femelle gravide. J'allais ainsi posséder un éventail représentatif de la race. J'utilisai pour cela de la marmelade d'orange. Ces petits chameaux en raffolaient. Anne en faisait expédier d'Angleterre à San Fernando où deux d'entre nous se rendaient de temps à autre pour compléter nos provisions.

Tous les singes portaient une glande pinéale hors norme. Tous, au complet. Les deux mâles, la femelle et les fœtus. Je n'apprenais là pas grand-chose, en dehors du fait que le surdéveloppement de cette glande se faisait *in utero* et qu'il n'était pas le résultat d'un comportement, d'un apprentissage ou d'une substance ingérée sur place. La formation du larynx, de la gorge, des cavités nasales ne s'opposait pas à la production de sons. Ces animaux avaient la possibilité de crier et ne l'utilisaient pas. Il allait falloir procéder autrement.

La chose me répugnait mais mon incompréhension et l'urgence – les préparatifs du retour s'organisaient peu à peu – me poussèrent à certaines extrémités peu ragoûtantes. Je capturai un autre saïmiri, en utilisant une fois encore leur goût excessif pour la marmelade et une caisse en bois transformée en piège. La prudence du singe fut moins grande que son appétit. Je plaçai donc le petit mammifère dans une autre caisse, plus large celle-là, où paressait un serpent corail aux couleurs vives – par pudeur peut-être, par honte du procédé, plus sûrement, j'avais installé mon vivier sous la grande tente, malgré les hauts cris de mes camarades, qui envisageaient d'un mauvais œil la transformation de leur habitat en ménagerie –, car je refusais que ses congénères constatent ma cruauté.

Le supplice qui attendait ce sujet allait être de longue durée, il l'avait semble-t-il deviné, affolé qu'il était depuis que je l'avais enfermé dans la cage, car le serpent dormait. Lui aussi avait compris, sans doute, que d'une boîte close il ne peut rien sortir, à moins que l'humain ne l'ait décidé. J'extrapolais bien sûr, mais je crois, pour en avoir observé beaucoup, que bien des espèces animales ont une méfiance accrue vis-à-vis de nous. Il doit se dégager de nos personnes un champ des possibles extraordinairement large, vers le meilleur comme vers le pire.

Ce jour-là, Anne vint me trouver en cours d'expérience. Il semblait que la forêt était prise d'un vent de folie. Je quittai la tente à regret, en espérant que le corail ne se réveillerait pas avant mon retour et sortis. Les branches des arbres de notre clairière, les plus basses d'entre elles, celles qui se trouvaient à la limite de notre atteinte, se trouvaient chargées de saïmiris qui s'agitaient en tous sens, sautant de l'une à l'autre en créant l'illusion d'une tempête.

— Le diable comprend ce qu'il se passe ! fis-je, perplexe.

Anne, qui n'aimait pas l'expérience que je menais, même si elle en comprenait l'utilité, me suggéra alors que les singes devinaient mes actes. Je protestai mollement, rétorquai qu'on pouvait leur accorder bien des qualités mais pas celle-ci, et pourtant Anne insista tant que je finis par convenir de l'intérêt de son idée. Il ne lui restait plus qu'à conclure.

— Ils ne peuvent pas savoir et ils savent quand même. Où cela nous mène-t-il ?

Mes yeux devaient pétiller de gourmandise

— Je te vois venir avec tes idées d'illuminé. Non, ces singes ne sont pas télépathes. Trouve autre chose.

Et elle retourna à ses activités sans autre forme de commentaire.

Pour ma part, la cause était pratiquement entendue. Même si l'idée pouvait sembler extravagante, je n'en voyais pas de meilleure. Il faut parfois repousser les limites de ce que l'on est prêt à accepter – en l'occurrence, c'est dans cet état d'esprit que j'étais venu. De petits cris en provenance de la tente m'interrompirent. Je me précipitai pour assister à l'agonie du saïmiri que le reptile, même s'il ne se nourrit habituellement que d'autres serpents, n'avait pu s'empêcher d'attaquer. Je ne pus sauver le malheureux animal déjà paralysé par le venin mais j'appris ce jour-là que les saïmiris du tepui n'étaient pas muets. Dieu leur avait donné le don du cri mais ils ne s'en servaient pas, ou très rarement. En tout cas ils n'en avaient jamais usé devant nous et il me tardait d'en comprendre la raison.

Quelque temps après cette expérience, je reçus trois spécimens issus du nord de la Guyane et commandés des semaines plus tôt. J'en tuai un, le disséquai pour valider la normalité de sa glande pinéale et libérai les deux autres au centre de la clairière, après les avoir marqués d'un tatouage. Les malheureux, qui auraient dû être des femelles – l'information n'était vraisemblablement pas arrivée à l'autre bout de la chaîne –, furent massacrés par leurs semblables dans l'heure. J'allais devoir patienter avant de découvrir si la glande pinéale subissait l'influence du milieu et de la nourriture locale, ou si ce phénomène ne concernait que l'espèce endémique.

L'ultime aller-retour à San Fernando de Atabapo m'apporta enfin les trois femelles qui m'avaient tant fait défaut. Je n'eus pourtant pas le loisir de tenter de nouveau l'expérience. J'en sacrifiai une, tatouai les deux autres et décidai de les garder quelques jours au calme. Je ne sais si le sort avait décidé de s'acharner ou si leur cage était mal fermée, toujours est-il que mes deux spécimens s'évadèrent dans la nuit. Je crois qu'en réalité, leurs congénères libres les ont libérées. Contrairement à moi, ces singes apprennent redoutablement vite.

Anne avait cherché à décoder elle aussi le mode de communication de ces animaux, et cela parallèlement aux expériences que je menais moi-même. Elle tentait en fait de démonter mes théories, dont elle ne souffrait ni l'audace ni parfois l'extravagance. Ainsi mit-elle sa vie en péril.

— Je veux bien entendre la plupart de tes âneries, me dit-elle un matin où nous devisions justement de mes belles idées, mais ceci n'est en aucune façon du miel.

Un peu crispé par ses affirmations, je lui opposai qu'elle me semblait bien péremptoire mais, conscient que les preuves valent toutes les paroles du monde, je l'entraînai sous la tente et lui montrai un jeune saïmiri étendu mort sur ma paillasse, la main encore enduite d'une matière collante et dorée.

— Je ne mets pas en doute ta parole, Robert, me dit-elle sur ce ton magnifiquement doux dont elle avait le secret. C'est ton jugement qui est en cause. Si ce n'est pas du miel, cela provient malgré tout d'un essaim, c'est de la gelée royale.

Je confessai ne pas vraiment connaître la différence entre ces deux substances et elle se moqua gentiment de moi.

— Tu devrais ouvrir ton âme. Le miel est consommé par les abeilles, la gelée royale par la reine, et aussi les prétendantes à la couronne. Qu'est-il arrivé à ce singe ?

Sur ce point, je possédais une réponse imparable. J'avais retiré une quinzaine de dards de sa fourrure. Pour moi, il était certain que le petit avait succombé à un empoisonnement. Je supposai donc qu'il s'était aventuré trop près des essaims et qu'il n'était pas habilité à le faire. Ainsi la chose fut-elle entendue, pour Anne au moins, qui jaillit hors de la tente et s'activa sans autre explication le reste du jour.

— Voyons, Robert ! Tu ne t'intéresses pas à ces Indiens. Mais je peux t'assurer que tu as tort. Notre présence ici est liée à la leur, tu devrais t'en persuader. Te souviens-tu de ce que représente leur totem ?

Je haussai les épaules. Le sens du sacré des tribus amazoniennes me laissait de marbre.

— Ne considère pas comme ridicule ce que tu ne comprends pas toi-même. Rien ne peut nous permettre de nous penser supérieurs à ces gens. Ils sont beaucoup plus évolués que tu ne le penses.

C'est Charles Provins qui me houspillait ainsi. Depuis que nous avions été menés au village, il n'était plus guère visible. Son temps, il le partageait entre les Indiens et ses notes, auxquelles il consacrait des jours et des nuits d'affilée. Depuis qu'il avait trouvé un véritable sens à l'expédition, Charles avait changé. Il était comme investi d'une mission supérieure, ordonnée par on ne savait trop qui. Il parlait seul, à voix basse, tout en se promenant le long de la falaise, faisant des gestes qui, du point de vue de l'observateur, indiquaient qu'il s'adressait à quelqu'un. Charles inquiétait surtout Anne, qui avait le don de s'en faire pour les autres, tandis que Virgile et moi-même comprenions que la passion mène à certains excès.

— Ils connaissent des associations incroyables de plantes… Tu m'écoutes ?

— Oui, soupirai-je, mais tu ne m'ôteras pas de la tête que votre idée est une connerie !

— Reste avec tes primates, opposa Anne. Nous, nous allons passer à la vitesse supérieure.

La querelle datait du matin même. Pour une fois, nous nous étions tous retrouvés à l'heure du petit déjeuner, quelque part entre 7 et 8 heures. Le hasard faisait bien les choses, j'avais constaté que nous perdions peu à peu nos habitudes européennes et nous félicitais de renouer avec l'une d'entre elles. Mais je m'étais leurré. Il ne s'agissait en aucun cas du fruit du hasard.

— Anne a raison, ajouta Virgile pour dissiper mes

ultimes oppositions. Nous avons besoin de connaître les vertus de cette gelée royale. Et pour cela, il nous en faut.

Charles et Virgile avaient acquis la certitude que les Indiens consommaient eux aussi de cette substance. Ainsi, singes et humains étaient probablement liés par des comportements identiques. Cette idée aurait dû me séduire. Pourtant, je m'entêtais.

— Je suis persuadé que nous avons tout à y gagner, gronda Charles, qui perdait patience plus vite que les autres. Si seulement tu faisais l'effort de venir au village de temps à autre, tu saurais à quel point ces gens sont en bonne santé. Tu m'entends ? N'est-ce pas après ce Graal que nous courons tous ?

— Lequel ? ricanai-je. Guérir les maladies des hommes ? C'est le vôtre, pas le mien.

Charles me regarda avec un dédain qui me glaça les os.

— Alors nous nous passerons de ta permission, acheva-t-il avant de sortir de la tente. Il y a des limites à l'imbécillité et tu viens de les franchir !

La permission dont il allait se passer n'en était pas vraiment une. Mes trois camarades s'étaient mis en tête de prélever un essaim entier pour le ramener en France. Et comme c'est moi qui travaillais dans les arbres avec les singes, ils avaient jugé utile de m'aviser de leur projet, et pourquoi pas de me compter dans leurs rangs.

— Je ne te comprends pas, Robert, me sermonna Virgile. Soigner est le plus beau des sacerdoces. Tu ne peux pas fermer les yeux sur tout ce mal qui s'attaque aux enfants, aux innocents…

— J'ai sauté du train et tu as gentiment participé à

l'effort de guerre nazi, tranchai-je à mon tour. Nous ne pouvons pas voir le monde de la même façon.

La fraîcheur habituelle des nuits en altitude s'était installée sur le tepui. Charles rédigeait ses notes, Virgile fumait sa pipe du soir et je fantasmais des réponses à mes questions en observant dans la lumière d'une lampe à pétrole les glandes pinéales conservées dans du formol quand Anne fit irruption sous la tente principale. Elle était revêtue d'une combinaison qu'elle avait elle-même confectionnée dans une épaisse bâche militaire. Sur sa tête était vissé un chapeau de type colonial dont le tour se trouvait occupé par une moustiquaire doublée ou triplée qui descendait sur ses épaules et qui était solidarisée au vêtement par un ruban de chatterton.

— Je suis prête !

Au cours de la journée, je m'étais finalement décidé à les accompagner dans leur projet. Il est vrai que posséder un essaim nous ouvrirait peut-être de nouvelles perspectives, pour peu que nous le conservions intact jusqu'à notre retour. La technologie d'investigation moléculaire progressait rapidement, et puis je les savais assez imprudents. Anne devait jouer le rôle de l'apicultrice. Elle était de nous quatre la seule à avoir approché des ruches, avec son grand-père, notre bienfaiteur.

La fraîcheur ralentissait chaque soir l'activité des abeilles. Le moment venu, Anne se hissa dans un arbre où j'avais repéré un essaim de belle taille. Les gants, qu'elle avait fabriqués dans la même bâche que son vêtement, n'étaient pas très commodes, mais ils lui garantissaient une réelle protection contre les dards.

Elle introduisit ses mains dans la cavité naturelle de l'arbre hébergeur, détacha délicatement une partie de l'essaim et le fractionna, car il était bien plus grand que l'ouverture. Une nuée de saïmiris déferla alors de toutes parts et, en quelques secondes, déchira la moustiquaire d'Anne qui vola au loin. Les abeilles échappées du cœur tiède de l'essaim n'eurent plus qu'à fondre sur son visage. La malheureuse bascula dans le vide. Sa chute fut interrompue par une branche, qui retint son corps couvert d'insectes agressifs et ses hurlements se tarirent en quelques secondes. Charles et moi nous élançâmes alors à son secours, malgré une absence totale de protection. Nous réussîmes à atteindre le corps d'Anne et à le redescendre jusqu'au sol. Mais la douleur et le venin ralentissaient déjà nos mouvements et nous fûmes incapables de nous éloigner de l'arbre. Avant de perdre connaissance, je me souviens avoir aperçu des mouvements de corps autour de moi. Des jambes, des torses couverts de tatouages, puis tout se mit à danser avant de se fondre dans une noirceur absolue. Et terrifiante.

38

C'est avec un plaisir inouï que Randolph a retrouvé le luxe auquel il est habitué. De retour à Bogotá, Augusto les a déposés à l'*Hotel de la Ópera* et a pris congé d'eux. Soulagé de voir ce gorille disparaître, Randolph a d'abord pris une douche, pour débarrasser sa peau des scories du voyage, puis un bain au spa.

C'est dans ces moments particuliers, dans la moiteur vaporeuse des hammams du monde entier, qu'il a monté le plan de ses meilleurs romans. En tout cas ceux qu'il préfère, choix qui n'a pas toujours été en harmonie avec celui du public. L'ambiance y est irréelle. Les sons, feutrés par la présence de l'eau, rebondissent anormalement sur les murs, comme dans une caverne dont il est l'unique spectateur. Après l'observation minutieuse des gouttes d'eau filant sur le buste grec de la piscine, Randolph s'est fait monter une salade de fruits frais. À présent qu'il est habillé, rasé, nettoyé et que son transit se purifie grâce aux fruits ingurgités, il s'apprête à descendre au bar de l'hôtel. Achever son retour dans la civilisation avec un vieux scotch lui semble plus que mérité.

Randolph est préoccupé. À tel point que son corps se courbe, alors qu'il descend le double escalier d'inspiration coloniale. Il se reprend à mi-course et redresse le torse, projetant vers l'avant ce point de la poitrine où semblent naître les émotions. Il s'en veut d'avoir douté. Chaque mauvaise expérience renvoie Nina à des années de manque affectif et à un deuil jamais digéré, il aurait dû le savoir. Comment pleurer une mère que l'on n'a pas connue et subir en même temps le traumatisme lié à son absence ? Plus impuissant chaque jour, Randolph n'a pas su apaiser le chagrin de sa fille. Mais cette fois, il suffit d'aider Nina dans ses recherches. Rasséréné par cette conclusion, Randolph libère son esprit et franchit alors les derniers mètres qui le séparent du bar, le cœur plus léger.

Un double scotch servi dans un verre glacé glisse sur le comptoir au moment où il s'installe. Surpris,

Randolph y porte la main, finalement satisfait de la situation, même s'il ne va pas goûter à l'instant de parfait équilibre entre un alcool sublime et une solitude méritée. Nina se trouve non loin, devant un ordinateur connecté à Internet et, à en juger par l'expression de son visage, elle est ravie. Ses yeux brillent d'une lueur où la folie dame le pion à l'exaltation et elle sourit à pleines dents.

— À la vérité ! dit-il en levant son verre dans sa direction. Et à ce que nous pourrons en faire.

— Nous ? demande Nina, les sourcils déjà froncés.

— Je fais amende honorable. Admets que ton histoire était difficile à avaler !

La jeune femme acquiesce d'un mouvement de tête. Heureux, Randolph se redresse, s'approche d'elle et se penche pour l'enlacer. Mais Nina se raidit aussitôt. Même s'ils sont rares, ces gestes lui sont insupportables. Elle n'aime pas quand son père promène sa bouche contre sa nuque et sur ses oreilles. Quelque chose, dans sa façon de lui rappeler qu'elle lui appartient, la dérange depuis toujours.

— Je fête la numérisation des archives du *El Nacional* ! s'exclame-t-elle en se détachant de l'étreinte avec fermeté.

Elle attrape son verre et le frappe contre celui de Randolph avant de le vider d'un trait.

— Tu devrais y aller doucement.

Déjà, il regrette ses mots. Pourtant, Nina ignore la remarque. Elle s'allume une cigarette, ses doigts tremblent.

— Guibert est un salopard de premier ordre. Un imbécile. Et j'ai arrêté de prendre des… cochonneries.

— Ça, je le sais, Apollonia, rétorque Randolph qui n'a pas manqué de remarquer les flacons de médicaments et les ordonnances jetés le jour même dans la poubelle de la salle de bains. Tu as retrouvé la trace de Varenne et Provins, c'est ça ?

— Scott, il va falloir que tu fasses un effort ! Je ne supporte pas ce prénom, articule Nina, la voix subitement haut perchée. Je ne supporte pas non plus quand tu te mêles de ma vie, que tu m'étouffes et que tu…

Elle ravale ses derniers mots, incapable d'argumenter. *Je déteste quand tu me lèches les oreilles, quand tu me cries dessus. Je ne veux plus que tu me donnes un ordre, je voudrais te voir disparaître et en même temps j'ai peur de cet instant qui viendra, tôt ou tard. Tu es le dernier lien avec le souvenir de ma mère. Tu es le seul qui pourra encore me parler d'elle.* Nina lui dira tout ça plus tard, peut-être. Elle a tant de questions à lui poser, de reproches à lui faire.

— Tout n'est peut-être pas lié, reprend-elle sans lui laisser le temps de répliquer. Mais c'est énorme !

Et Nina relate les faits avec concision, explique à son père qui l'écoute avec une attention presque comique comment elle a fouillé les archives du *El Nacional* grâce aux données de la chemise en carton. Charles Provins et Robert Varenne, deux scientifiques français, morts en 1968 dans des conditions troubles. Leurs corps, retrouvés dans le port de San Fernando de Atabapo avec celui de trois Indiens, ont été rendus à leurs familles quelques mois plus tard et inhumés en France. L'article que présente Nina est illustré d'une photo où les chercheurs figurent à côté de chefs de tribus. Le cliché est de mauvaise qualité, mais Randolph peut y distinguer les traits des deux hommes. Ils sont grands, bruns et moustachus. Provins a le nez aquilin et les lèvres fines, les yeux de Varenne pétillent d'intelligence, son menton est fendu et ses traits réguliers.

— C'est excellent, murmure-t-il en relevant la tête. Quand je pense que j'étais à deux doigts de te ramener à la maison.

— Tu veux dire à deux doigts de me faire interner ! râle Nina. Regarde, lorsque Guibert se plaint d'avoir été spolié par les autorités vénézuéliennes, il est gonflé.

D'un clic de souris, Nina fait apparaître une série d'articles sur l'écran.

— Il a été arrêté alors qu'il se trouvait sur le point de rentrer au Canada. Voilà ce que la presse a publié.

La photographie montre des crânes posés sur un linge blanc. Certains, incrustés de gemmes ressemblant fort à des diamants, reposent à côté de poteries anciennes et de parures.

— Tu te souviens ce qu'il marmonnait dans son bureau ? murmure Nina.

La bouche de Randolph se tord en une moue d'incertitude.

— Guibert disait qu'on ne découvre jamais rien. Et il avait parfaitement raison. Moi, j'ai pensé trouver les ruines d'une civilisation inconnue, alors qu'il les avait visitées avant moi. Et lui-même a dû penser la même chose, jusqu'à ce qu'il trouve la trace de ces scientifiques français.

— Justement, le rapport ne me saute pas aux yeux ! L'article raconte que l'un d'entre eux était zoologue et l'autre médecin. Leurs corps étaient à des dizaines de kilomètres du village. Admets que la passerelle est plus que branlante !

— Et pourtant, rétorque Nina, plus fière que jamais, il y a un lien !

Son doigt frôle le tableau de comptes croqué par Guibert sur le rabat de la chemise en carton.

— Et alors ?

— Alors, tu as des yeux et tu ne vois pas. Regarde mieux.

Randolph se penche vers l'ordinateur et scrute attentivement la photographie de la saisie en douane. Sur le bord droit du cliché, juste à côté de deux carabines, une sorte de planche réalisée dans un matériau indéfinissable montre les mêmes graffitis que sur le croquis de Guibert. Pendant que Nina agrandit la taille de l'image, Randolph grogne un compliment. À présent, les initiales CP et RV apparaissent parfaitement, quoique rendues légèrement floues par le grossissement des pixels.

— La densité de population de l'Amazonas est de moins d'un habitant au kilomètre carré, précise Nina. En réalité, ce chiffre ne signifie rien. En dehors de bleds comme San Fernando, qui apparaît comme une mégapole locale, il n'y a rien d'autre que des arbres, des rochers et de la flotte, avec quelques tribus qui survivent çà et là. Guibert ne se trompait pas en affirmant que les initiales gravées sur cette planche, retrouvée au village, appartenaient aux deux scientifiques disparus vingt ans plus tôt. De toute façon, la marge d'erreur est si infinitésimale que je la néglige carrément.

Pendant quelques instants, Randolph tord sa bouche et plisse le front, puis décide que les conclusions de

Nina sont logiques et excitantes à la fois, ce qui encourage la jeune femme à poursuivre son raisonnement.

— Puisque Varenne et Provins sont morts après avoir séjourné au village, il doit y avoir là-haut quelque chose que personne ne doit trouver, sous peine d'y perdre la vie. Et ça fait près de quarante ans que ça dure, peut-être plus ! Qu'avaient donc découvert Provins et Varenne ? Que faisaient-ils en Amazonas ?

— Pour ce qui est de la thèse de l'assassinat, tu vas un peu vite en besogne !

— Tu oublies Gus… et Tonino.

— Que faisaient un zoologue et un médecin, il y a quarante ans, dans la forêt équatoriale ? demande Randolph, ignorant délibérément la réplique de Nina. Ils étudiaient probablement le comportement des singes, leur cerveau ! Tu sais bien que ces petites bêtes servent l'expérimentation médicale depuis toujours. Près de quatre-vingts prix Nobel reposent sur ces pratiques. Cobayes, pigeons, vaches, moutons, chiens, chevaux, mouches, rats et j'en passe !

— Noirs, Latino-Américains, Juifs, Romanichels, simples d'esprit… Oui, je sais, ajoute Nina d'un ton sinistre. Même si pour leur sacrifice personne n'a eu de prix, si ce n'est celui de l'horreur.

Un long silence s'installe entre eux. Le sujet n'est pas nouveau. Randolph a de nombreuses fois tenté de dissuader Nina de travailler pour la Compagnie, en lui parlant des atrocités commises sur les humains, au nom de la science. De l'étude Tuskegee[1] au scandale du

---

1. Étude réalisée en Alabama sur une quarantaine d'années à partir des années 30, pour observer l'évolution de la syphilis chez plus de six cents hommes noirs, sans leur donner de traitements

Vioxx[1], Randolph a toujours eu de nombreux exemples pour dénoncer le mercantilisme et l'absence totale de scrupules de ces entreprises et des gouvernements, souvent complices.

— Ne reviens pas là-dessus, Randolph, je sais ce que tu vas dire. Il n'en reste pas moins que ces chercheurs devaient effectivement travailler sur des primates. Reste à connaître la nature exacte de leurs travaux et le nom de l'entreprise ou de l'institution qui les employait. Parce qu'il faut répondre à une question de taille. Sont-ils morts à cause de leurs recherches ou parce qu'ils ont découvert ce village ? Les charniers existaient-ils déjà, ou ont-ils rencontré les villageois en chair et en os ? Les arbres qui poussent au milieu des maisons doivent être âgés d'une quarantaine ou d'une cinquantaine d'années, tout au plus. Tu vois, ça peut correspondre. Ils ont peut-être été témoins du drame et sont morts pour ça ! Et si c'est le cas, il reste sûrement des traces ! Les scientifiques consignent leur travail, envoient des rapports. Que faisaient nos *frenchies* dans les parages, depuis combien de temps étaient-ils sur place ? Septembre 1968 ? Est-ce le mois de leur disparition ? Cela coïncide-t-il avec le massacre des villageois ?

— Quelle piste as-tu choisi de suivre ?

— La famille ! J'ai pensé que nos chercheurs avaient probablement laissé femme et enfants derrière

---

malgré l'apparition de la pénicilline en 1943. Ces hommes sont morts dans d'atroces souffrances, sans qu'aucun des médecins présents ne tente quoi que ce soit pour les soulager.

1. Anti-inflammatoire responsable de près de cent mille infarctus et morts subites aux États-Unis entre 1999 et 2001.

eux. Le nom de Provins est trop répandu. Par contre, je suis tombée sur les travaux d'une certaine Hélène Varenne, primatologue à l'université de Paris. Tu ne me feras pas croire que les chiens font des chats à présent. Une Varenne primatologue à Paris peut difficilement être autre chose que la fille d'un Varenne zoologue à Paris.

— Tu n'es pas romancière, toi, pourtant !

— Non, mais il paraît que j'aime raconter des histoires. Alors j'ai appelé la France pendant que tu te ramollissais les tissus au spa. Ce qui, au passage, n'est pas bien malin de ta part. À ce rythme, tu vas pendouiller de partout avant la retraite.

— Je ne prendrai jamais de retraite, c'est ça le régime des auteurs.

— Et il faudra trouver quelqu'un pour enfiler tes chaussettes !

— Que t'ont-ils dit, à Paris ? lâche Randolph, vexé.

— Le docteur Varenne est en congrès à Caracas ! C'est pas inouï, ça ? Je lui ai adressé un message pour lui demander un rendez-vous. Il ne nous reste plus qu'à attendre sa réponse !

39

À leur descente du Fokker 70 affrété par la compagnie nationale colombienne, Randolph et Nina s'engouffrent dans un taxi d'État sitôt les formalités de douanes passées. Le chauffeur, un Costaricien immigré au Venezuela depuis une dizaine d'années, mâchouille plusieurs langues, dans le désordre et sans aucune logique. Mais il s'en sort à peu près, à l'image de la population locale contrainte à la débrouille et, très vite, ils comprennent que l'accès vers Caracas, un viaduc de plusieurs centaines de mètres de longueur, s'est effondré quelques semaines plus tôt.

Sans se préoccuper des protestations de sa fille, Randolph sort un cigare de sa poche, le coupe avec soin et l'allume sans plus attendre. Il est aussitôt imité par le chauffeur qui, après avoir demandé son accord, ravive avec un sourire enchanté le mégot coincé entre ses lèvres brunes. Ce n'est pas tous les jours qu'un client le laisse fumer tranquillement sans lui hurler dessus ou lui braquer une arme dans le dos. Il peut même affirmer que depuis qu'il fait la navette entre l'aéroport et le centre-ville, ce n'est arrivé que deux fois seulement. La plupart du temps, on lui fait bien comprendre que s'il veut continuer à nourrir sa femme et ses gosses, il doit respecter les règles de la société de taxi. Tout le monde peut griller une cigarette dans son véhicule, sauf lui.

— Tu devrais t'y faire, chérie, s'écrie Randolph en riant. Et puis regarde, j'ai rendu un homme heureux ! On a intérêt à s'entendre avec lui parce que d'après ce que j'ai compris, un éboulement a emporté la route de délestage. Ce qui signifie qu'on n'est pas près d'arriver à l'hôtel !

— Bravo, Scott, tu fais des progrès ! marmonne Nina, les yeux rivés sur le trafic qui encombre la petite voie du versant opposé, seule route praticable vers la ville. Profite du paysage, ouvre ta fenêtre et, surtout, tais-toi !

Le versant sud de la chaîne de l'Avila, qui sépare Caracas de la mer des Caraïbes, orne les abords de la cité d'un spectacle grandiose. Ses crêtes dentelées recouvertes de neige se découpent sur un horizon noir de cumulus, prêts à crever leur poche de pluie. Nina ne s'en lasse pas. Après cinq années passées à arpenter les villes et les forêts d'Amérique du Sud, et malgré l'agréable surprise de Bogotá, Caracas reste sa destination préférée. Elle connaît par cœur le centre et les quartiers riches de la mégapole installée dans l'immense vallée, les rues et les toits en tôle du Petare et de la Moran, édifiés année après année au mépris de toute sécurité. Partout où les buildings ne peuvent s'élever vers le ciel s'étalent les bidonvilles. Petites maisons de bric et de broc, *ranchitos,* rues sales où elle aime se balader la peur au ventre, quand elle a bu trop de *chicas polar.* Là aussi, Gus est intervenu pour la sortir d'une sale embuscade, tendue par des gamins dont le chef n'avait pas douze ans. Cette fois-là, van Peeble n'avait pu sauver la caméra, mais il avait évité le pire à Nina, déjà blessée au bras par une arme blanche, et qui semblait mal partie pour s'en sortir. Elle se voit encore beugler contre les gosses, folle de rage. Le souvenir de la lame effilée pénétrant sa chair ne la quittera jamais complètement. Ses doigts tremblaient tant qu'on aurait dit qu'elle était malade. D'ailleurs, ce soir-là, ils lui avaient tout pris, même ses pilules.

Nina n'est jamais retournée dans les bidonvilles. Dans ces passages étroits et pentus, on touche de chaque côté les baraques, en tendant les bras. Tout s'y partage, les odeurs de cuisine et les autres. Dans ces endroits faits de riens, on voit le mobil-home déglingué côtoyer la grille en fer forgé dérobée à quelques encablures, dans une des belles propriétés toutes proches.

Depuis son dernier séjour, la ville a changé, balayée par la saison des pluies. La tête à l'extérieur, loin des cigares de son père, elle peut voir comment les glissements de terrain ont emporté tout un quartier. Les décombres s'entassent pêle-mêle au pied de la montagne, des bâches protègent ce qui reste des maisons en amont, encore accrochées à la déclivité comme par miracle, prêtes à s'écrouler elles aussi. À Randolph, qui s'interroge sur la présence du camion des *Bombeiros* à quelques mètres, Nina répond que les démarches administratives pour évacuer et reloger les habitants sont si longues que les pompiers attendent sur place le prochain affaissement pour sauver les gens. Puis le silence envahit l'habitacle.

À mesure qu'ils approchent du centre, l'air chaud et humide, pollué par les rejets de milliers de pots d'échappement, devient étouffant. Ils sont coincés sous le tunnel de l'autoroute, ouvrage construit à la va-vite, dépourvu de ventilation et d'issue de secours. L'atmosphère est tellement irrespirable que Nina et Randolph se précipitent hors du véhicule et longent la file de voitures en suivant les passagers, qui se ruent comme eux vers la sortie. Pour respirer, un peu. Le pas rendu lourd par sa mauvaise circulation, Randolph boitille en grimaçant. Ses jambes gonflent à vue d'œil, ses talons brûlent dans ses chaussures légères. Il attrape le bras que Nina lui tend et ils se dirigent cahin-caha dans la gueule du monstre de béton dont les néons orange clignotent comme dans un mauvais film. Les trois cents mètres avalés, le père et la fille débouchent dans une lumière aveuglante. Le soleil frappe la sortie du tunnel, l'air est vibrant.

Agrippés au muret du bas-côté, silencieux, Nina et Randolph regardent pendant un long moment la circulation reprendre peu à peu, dans un concert de klaxons et de hurlements. Les moteurs vrombissent, les pneus s'impatientent. Puis le long serpent carrossé, soulagé par l'inversion du sens de circulation de deux voies opposées de l'autoroute, s'élance enfin vers le centre-ville. Les véhicules filent. Soudain, les profondeurs du tunnel semblent gronder et il leur faut quelques secondes pour comprendre. Lancé à pleine vitesse, un camion trop haut arrache le béton du plafond dans un vacarme monstrueux. Lorsqu'il débouche du souterrain, des gravats et des étincelles jaillissent et retombent sur le capot d'un véhicule qui s'arrête à quelques mètres dans un nuage de poussière grise.

Après avoir essuyé un orage violent, leur taxi pénètre dans le quartier de l'Altamira où s'élèvent les tours d'habitation les plus sécurisées au monde. Sur la façade des tours Bellas Artes, séparées par une avenue, des femmes de trente mètres de haut s'alanguissent sous un ciel encore noir, les seins lourds et toniques, les fesses rebondies, les longs cheveux blonds ou bruns ondulés. Elles vantent les mérites d'une marque de bière, de limonade ou d'alcool français, les mamelles généreuses et la cuisse offerte. Partout elles étalent cette beauté écœurante qui fait grincer des dents Nina. Ces modèles sont tout ce qu'elle n'est pas. D'ailleurs, ici, avec son pantalon beige et sa casquette, elle passerait presque pour un adolescent malingre. Elle a une démarche sûre et ne porte aucun bijou. Les hommes l'ignorent. Son visage tanné par le soleil et ses mains aux ongles ras, sa silhouette filiforme et son torse plat n'intéressent personne. Et partout, des publicités pour des implants de silicone lui font de l'œil.

Alors que Randolph reste tassé dans la voiture, Nina fait stopper le taxi le long d'un marché de quartier pour s'acheter un sandwich et une bière. Elle a décidé de prendre son temps, malgré les protestations de son père, peu enclin à patienter dans la voiture en compagnie du chauffeur et de ses sourcils en barre qui lui donnent l'air d'un abruti, mais incapable de sortir du véhicule à cause des grosses flaques qui menacent d'abîmer ses chaussures.

La rue et la place sont inondées et l'eau ne s'écoule plus par les égouts saturés. Nina patauge dans un mélange de légumes et de fruits pourris, l'odeur est douceâtre, mais l'envie de croquer dans un morceau de pain tiède est plus forte que le dégoût. Elle est heureuse de retrouver l'ambiance bruyante et bon enfant de ce quartier niché au pied des grandes tours. Les hommes de la garde nationale sont toujours là, armés jusqu'aux dents, plantés comme d'habitude devant la vitrine crasseuse d'un vendeur de DVD, les yeux rivés sur les images d'un film d'action. Les étals sentent bon les ananas mûrs et l'odeur de viande grillée du stand d'Arturo, le vieux Mexicain exilé à Caracas depuis une vingtaine d'années, enchante ses narines.

C'est avec Sahalé qu'elle a découvert le quartier pour la première fois, le temps d'un stage de tir et de survie dans la jungle organisé par la Compagnie. Quelques jours de théorie dans les bureaux climatisés du centre des affaires, quelques soirées dans les bars et dans la rue, à traîner avec son bel Indien, complices comme deux frères d'armes depuis le premier jour.

Le souvenir est doux-amer. Ici, les hautes silhouettes ressemblent à Sahalé ; d'ailleurs elle pourrait jurer qu'elle l'a vu, à quelques mètres de là, vêtu d'un tee-shirt bariolé et d'un jean clair. Ici, les hamburgers sont agrémentés de chips écrasées pour que ça croustille, la bière vendue glacée. Et c'est bon. Ici, la ville ressemble à ce qu'elle a laissé huit mois auparavant.

40

Douillettement installé dans une tour rafraîchie par une puissante climatisation et protégée jour et nuit par des patrouilles, Randolph s'est remis à écrire. Il en est à peu près certain, jamais ils ne verront ce docteur Varenne qui n'a pas répondu aux mails de Nina. Jamais. Alors il passe ses journées dans la suite qu'il partage avec sa fille, installé devant son ordinateur, à la piscine du Hilton, ou au bar, et laisse le temps s'écouler avec bonheur, loin du grondement de la ville et de tous ceux qui fourmillent, cinquante mètres plus bas. Bientôt, il sera de retour dans le vaste bureau de sa maison du lac Érié, entouré de ses bouquins, de l'odeur des chênes, de celle des pins. Il pourra encore écrire, disserter sur le monde et ses occupants, fumer ses gros cigares et boire son scotch en toute tranquillité. Et lorsque Nina aura oublié les tepuis, il la casera dans une officine quelque part à New York, et il reprendra le cycle de ses voyages de promotion et la tournée des palaces. Comme avant.

En attendant, idéalement coupé du monde dans le calme feutré du *lounge* de l'hôtel, il jette son dévolu sur un des cocktails les plus réussis du barman. Son habitude des cinq-étoiles lui fait prendre d'irritants travers. À commencer par cette manie de noter les hôtels qu'il fréquente en fonction de multiples critères définis par lui-même. Sa nouvelle marotte après sa visite quotidienne au spa de l'*Hotel de la Ópera* : tester les cocktails sans alcool. La carte en main, Randolph s'est choisi un coin paisible. Il aime les gens de façon virtuelle. Pour lui, la foule humaine est un concept apprécié, mais une réalité honnie. Alors, il s'isole dès que l'occasion se présente.

Pour entamer sa nouvelle séquence de test, Randolph décide de frapper très fort avec un *Mister Chibeck*. Jus frais d'orange, de citron, de citron vert et de maïs agrémentés de sucre, de cannelle, d'Angustura bitter, de Worcestershire sauce et de Canada dry. Il y porte les lèvres, grimace d'avance de l'amertume attendue, s'étonne de la douceur du cocktail et se félicite du choix de l'hôtel, le meilleur du coin à n'en pas douter.

Avachie dans le fauteuil face à lui, Nina en convient avec un sourire bref. Le café est délicieux, acide et corsé comme elle l'aime, mais elle ne peut s'empêcher d'arguer qu'au prix indiqué sur la carte, il ne peut que l'être.

— Eh bien quoi ? s'insurge Randolph. Nous sommes dans un hôtel de luxe, un café à trois dollars n'est pas exorbitant.

— Tu vois les maisons sur le versant est ?

Randolph délaisse son cocktail et ses trois jolis parasols miniatures en papier de Chine pour observer par la baie en verre teinté ce que la jeune femme lui désigne.

— Va leur parler de ton café à trois dollars, poursuit Nina. Là-bas, trois dollars représentent le travail de trois gosses pendant trois jours.

— Je sais tout ça, ma fille, lâche Randolph en soupirant. Mais que je boive ce cocktail, ou toi ce café, ou pas, ne changera rien à ton histoire. Que j'use mon pantalon dans ce fauteuil ou que je reste à la maison n'empêchera pas ces gosses de travailler et ne fera monter ni baisser leur salaire. Quoique… en y réfléchissant, je suis à peu près certain que si cet hôtel n'existait pas, la misère serait encore plus crasse dans cette ville. Le savoir ne fait pas de moi un plus gros salopard d'Américain pour autant.

L'œil de Randolph s'illumine. Il attend la réaction de Nina, qui ne vient pas. La jeune femme n'est pas dupe des petites provocations de son père. Elle connaît cet homme sur le bout des doigts, en tout cas le croit-elle. Depuis leur arrivée, il a fait des efforts, abandonné ses remarques désobligeantes et son habitude de tout surveiller. Et Nina a pu aller et venir dans Caracas sans qu'il lui coure après. Randolph semble préférer l'ambiance de l'hôtel aux rues animées de la ville et elle peut dire que ça l'arrange.

C'est vrai qu'elle ne tient pas en place, rongeant un frein déjà usé jusqu'à la corde. Rencontrer le docteur Varenne n'est plus une priorité. C'est devenu une obsession. Depuis le premier message envoyé dix jours plus tôt de Bogotá, elle a passé ses journées devant l'ordinateur, guettant la petite enveloppe qui clignotera pour lui offrir la réponse qu'elle souhaite tant. Mais c'est un message automatique, renvoyé par une boîte apparemment saturée ou inactive, qui lui est parvenu chaque fois. Deux lignes indiquant les coordonnées de l'université et celles d'un certain Arthur Ravailler, confrère disponible pour les urgences.

Loin de se laisser abattre, Nina a envoyé une lettre après l'autre, appelé le secrétariat, tenté d'obtenir un rendez-vous, des coordonnées, un numéro de téléphone. En vain. Hélène Varenne s'est chaque jour un peu plus transformée en une sorte de mirage. N'y tenant plus, Nina a alors précisé ses intentions, exposant à la primatologue sa découverte des ruines et ses soupçons sur la mort de son père. Elle est allée jusqu'à rôder à l'Université centrale, fermée par une guérite remplie de gardes armés, si vaste que des bus sont nécessaires pour circuler à l'intérieur. Elle a arpenté les larges bâtiments et les allées, a tenté de joindre Sahalé – sa connaissance parfaite de la ville aurait pu être d'un grand secours et, surtout, Nina commençait à ressentir un tiraillement dans la poitrine en pensant à lui, un pincement qui ressemblait à s'y méprendre au manque –, elle a traîné dans les quartiers où il avait ses habitudes quand il résidait là. Mais elle n'a jamais eu de nouvelles du jeune Indien, n'a rencontré personne connaissant cette Hélène Varenne. C'est comme si tout Caracas s'était ligué pour l'empêcher de progresser dans ses recherches.

— Je trouve cette histoire ridicule, relance Randolph, l'enfonçant un peu plus dans ses pensées négatives. Et encore, le mot est faible, cette situation est ubuesque.

— Qu'est-ce qui est ubuesque ? aboie Nina, contrariée.

— D'être ici à attendre l'improbable réponse d'une primatologue française dont on ne sait rien et qui a certainement d'autres chats à fouetter que de nous suivre dans tes… pardon, nos délires, voilà qui est ubuesque !

— Pas plus que la légende qui veut que tu sois un activiste nihiliste baroudeur et découvreur de scandales.

— Tu me fais de la peine. Ce n'est pas parce qu'on ne risque pas sa peau qu'on ne peut pas réfléchir sur le monde. Tu veux que je te dise ? Tes motivations m'échappent.

Les yeux doux que Randolph lève vers sa fille sont plus qu'elle ne peut supporter.

— Tu es un véritable connard, Scott ! s'écrie-t-elle en desserrant les lèvres sur un sourire amer. Qu'est-ce qui t'arrive ?

— Tu connais bien sûr le concept de continuum mental ?

— Connard ! lance de nouveau Nina.

— C'est, en gros, le sentiment de continuité de souvenirs que tu devrais conserver depuis ta naissance, ou plus généralement depuis l'âge de quatre à cinq ans. Tu vois de quoi je parle maintenant.

— Ah oui, cette inconnue qui m'habite ! Tu aurais dû dire ça tout de suite. Quel rapport avec notre présence dans cet hôtel ?

— Aucun, rétorque Randolph. Mais j'ai souvent ce sentiment surréaliste d'être parvenu quelque part un peu par hasard, comme s'il n'existait pas de lien entre moi hier et moi aujourd'hui.

— Il n'y en a peut-être pas. Personnellement, je ne parviens pas à établir un lien entre ce père qui me fumait dans la gueule en bagnole quand j'avais dix ans et celui qui me les brise aujourd'hui pour que j'arrête de fumer. Tu y arrives, toi ?

Randolph grommelle quelques mots incompréhensibles que Nina lui demande aussitôt de répéter avec un sourire moqueur.

— Ne fais pas d'enfants, ma chérie. Ça t'évitera de commettre des erreurs que des petits ingrats te rappelleront des décennies plus tard.

La jeune femme est aux anges. Pour une fois que Randolph accepte une critique, même à demi-mot, elle ne va pas se priver de poursuivre. Sa bouche s'ouvre sur une première syllabe, mais le reste ne suit pas. Toute son attention est happée par une silhouette qui vient de faire irruption dans le hall de l'hôtel. Un grand chapeau blanc écru, une robe longue en tissu léger, des chaussures plates dans le même ton que l'ensemble.

— Eh bien quoi ? demande Randolph en se tournant vers le hall. Apollonia ?

Mais il ne perçoit rien d'affolant. Il y a bien cette femme qui approche, la cinquantaine élégante, le teint halé des gens qui vivent à l'extérieur, des épaules larges, de celles qui permettent des décolletés magnifiques. Elle vient d'enlever ses lunettes de soleil. Une belle femme, qui se remarque. Et qui se dirige vers eux, le sourire aux lèvres.

— Quoi ? répète Randolph. Tu as vu un fantôme ?

Accrochée aux accoudoirs de son fauteuil comme si le meuble pouvait se retourner et la vomir par terre, Nina secoue la tête, d'abord surprise, puis triomphante.

— Non, mais non ! Ce n'est pas un fantôme, c'est Rose Sawyer !

41

La longue silhouette approche et vient buter contre un divan. Une main se tend, brune, les ongles ras. Cette main a caressé les cheveux de Nina, la bouche ronde lui a donné du réconfort et la généreuse poitrine l'a bercée quand elle allait mal. Aussitôt, la jeune femme n'a qu'une envie, se blottir dans les bras de celle qui lui parle, de celle qui attrape ses doigts et les emprisonne entre les siens, de celle dont le regard est toujours empreint de douceur, généreux et clair.

— Je suis heureuse de vous retrouver saine et sauve, Nina !

Il semble à Nina que le temps est suspendu et que les secondes s'étirent à l'infini. Elle se lève, chancelle, lutte contre des larmes trop faciles et se contente d'un bonjour timide. Mais déjà Rose, sa Rose s'est retournée vers Randolph, et celui-ci, debout – poitrail en avant et ventre rentré –, serre avec chaleur la main de la belle silhouette au chapeau.

— Merci, c'est très aimable à vous ! lance-t-elle en s'installant dans le fauteuil libéré par Randolph, tandis que ce dernier en pousse un autre vers la table.

Rassise, Nina croise et décroise ses longues jambes, s'accroche encore aux accoudoirs et dévisage Rose comme si elle ne parvenait pas à y croire.

— Comment ? balbutie-t-elle. Comment m'avez-vous retrouvée ?

Devant le silence de Rose et de Randolph qui se fixent, le regard happé l'un par l'autre, Nina toussote avant de s'écrier :

— Mais, bien sûr ! Je ne vous ai pas présentés ! Randolph, voici Rose Sawyer, ma Rose à laquelle tu n'as pas voulu croire. Rose, vous êtes en présence de l'écrivain à succès Randolph Scott.

— Pardonnez-moi, Nina, mais je dois immédiatement vous interrompre, précise Rose Sawyer en levant les mains. Soyez assurée que je n'ai pas voulu vous abuser, mais il se trouve que certaines personnes malintentionnées s'intéressent de près à mes travaux et que je n'ai pas envie de leur laisser la moindre chance d'aboutir. Alors je circule depuis toujours dans la région sous un nom d'emprunt ; mais je suis en réalité Hélène Varenne. Vous voulez bien me pardonner ce petit mensonge ?

Nina ne sourcille pas. C'est comme si une boucle se refermait pour inaugurer une nouvelle ère. Rose et Hélène, ces deux femmes qu'elle espérait retrouver, ne font qu'une. Nina ne saurait décrire les sentiments qui traversent son cœur et son esprit, alors qu'elle observe son père et Hélène en train de lier connaissance. Elle les écoute échanger sur les romans de l'un et les voyages de l'autre, et toutes ces occasions manquées où ils auraient pu se croiser. Les lèvres posées sur le bord sucré de son verre, Nina regarde son père regarder cette femme, s'emplit le cœur de ces gestes lents et précis qui la caractérisent, se souvient de cette tendresse qu'elle lui a prodiguée et s'apaise. Ce qui lui importe finalement, c'est que sa Rose soit là, près d'elle. Quel que soit son nom. Elle a l'impression de regarder une mère fantasmée, une sœur, une tendre amie. Sa poitrine se gonfle encore de joie, d'une joie si forte qu'elle pourrait l'étouffer. Rose, Hélène, qu'importe. Cette femme est *celle* qu'elle n'a jamais eue et elle ne la laissera disparaître sous aucun prétexte.

— Je suppose qu'il y a très peu de primatologues françaises spécialisées dans l'étude des petits singes, articule Nina en souriant. J'aurais pu le deviner. C'est le danger quand on se prend pour le centre du monde ! Passer à côté des évidences.

— Et moi, vous avez failli m'abuser, docteur Varenne ! s'écrie aussitôt Randolph, ravi de la tournure des événements. Je m'attendais à rencontrer Daktari, ou un énergumène dans le même genre.

— Vraiment ? ironise Hélène. J'ai du mal à vous croire !

— Apollonia est responsable de quelques-unes des rides que vous voyez là, précise-t-il en posant son index sur son front. Mais quand elle m'a assuré avoir rencontré Rose Sawyer en pleine jungle, j'ai vraiment pensé qu'elle n'était plus très loin de l'internement.

— Je suis *vraiment* désolée, glisse Hélène en se penchant vers Nina pour poser sa main sur celle de la jeune femme. Je ne recommencerai pas. Avez-vous finalement retrouvé les membres de votre équipe ?

— Aidan est toujours porté disparu, explique Nina en serrant les doigts entrelacés aux siens. Les autres sont sains et saufs, Dieu merci.

— Disparu… Nous savons toutes les deux ce que ce mot renferme, n'est-ce pas !

Un instant encore, le silence s'installe, les mains se délient.

— Si j'ai bien lu vos messages, reprend Hélène, vous n'avez pas écouté mon conseil et vous êtes retournée là-haut ?

— Vous auriez pu me faire signe plus tôt, regrette Nina sans répondre au reproche à peine voilé. Vous saviez, vous, qui j'étais !

— Je n'avais pas l'intention de vous revoir, jeune fille, malgré tout l'attachement que j'ai pour vous. C'est parce que vous avez évoqué la disparition de mon père dans vos messages que je me suis manifestée.

Une boule se loge dans l'estomac de Nina, qui se recroqueville dans son fauteuil comme une momie indienne. Soudain, elle envisage la possibilité de devoir renoncer plus rapidement que prévu à cette relation qui la comble.

— Comment vous sentez-vous ? reprend la primatologue. Avez-vous abandonné vos saletés de pilules ?

La main de Nina plonge dans sa poche et en retire un paquet de cigarettes neuf et un morceau de liane tout mâchonné qu'elle tend vers Hélène, comme s'il s'agissait d'un trophée pour lequel elle mériterait une récompense. Encore un petit peu d'amour et d'affection…

— Je vais avoir besoin de ravitaillement ! Et…

— Racontez-moi maintenant. J'ai perdu mon père il y a plus de quarante ans et c'est pour ça que je suis ici. Si vous avez un élément qui pourrait m'aider à comprendre ce qui lui est arrivé, je mérite qu'il arrive enfin, n'est-ce pas ? Nous aurons tout le temps de papoter plus tard.

Surprise par le ton d'Hélène, Nina soupire avant d'en convenir d'une petite voix. La soudaine froideur de la primatologue est déstabilisante. Un instant, Nina se demande si Rose et Hélène ne seraient pas jumelles, l'une douce et l'autre plus revêche, puis abandonne aussitôt ses tristes pensées pour retourner à la conversation. Alors, pendant que Randolph s'occupe de commander une autre tournée de cocktails, elle entame le récit de sa deuxième expédition avec Gus van Peeble et Tonino, leur capture et la mort atroce des deux trafiquants. C'est là, au cœur de l'histoire de Nina, que l'attention d'Hélène se concentre, quand la jeune femme lui narre sa fuite avec Sahalé, bien trop facile, alors que les autres n'ont eu aucune chance de s'en sortir.

— Vous avez donc rencontré ces fameux braconniers… et vous dites qu'ils vous ont tout volé et laissé la vie sauve. Pourquoi ? Quel rapport avec mon père ?

Avec des phrases confuses, Nina détaille à Hélène sa convalescence au dispensaire de San Fernando de Atabapo, puis l'arrivée de Randolph et l'interrogatoire par les hommes du colonel De Abrolla, la rencontre avec Xavier Guibert, sa colère quand l'ethnologue a brûlé ses travaux sous leurs yeux et la chemise en carton rouge sauvée du feu. Pour étayer ses dires, la jeune femme a brandi la photographie, découverte dans les archives du quotidien vénézuélien, exposant les biens confisqués à Xavier Guibert et le cliché montrant la tablette avec les initiales RV et CP.

— Papa jouait beaucoup aux échecs avec Charles Provins, dit Hélène en désignant la photo. Ils se servaient de tableaux de ce genre pour compter les points. Puisque les affaires de cet ethnologue ont été saisies par les douanes, il y a sûrement moyen de les récupérer !

Mais les espoirs d'Hélène s'envolent aussitôt quand elle comprend que malgré l'intervention de Randolph auprès des autorités de San Fernando, il n'y a rien eu à faire.

— De Abrolla est en manque de reconnaissance, murmure Nina. Il raffole de tout ce qui peut s'apparenter à des relations culturellement recevables. Si une requête de Randolph Scott est restée lettre morte, alors c'est sans espoir.

— Pardonnez l'attente, mais j'ai fait améliorer la recette, déclare ce dernier en posant trois verres multicolores sur la table basse. Vous allez m'en dire des nouvelles !

Les breuvages glacés libèrent leurs arômes, les regards se frôlent et les sourires s'échangent.

— Papa travaillait sur une variété de singes endémique plutôt bizarre, lâche soudain Hélène. Des animaux télépathes, pensait-il. Je les cherche encore. Ses travaux, ainsi que ceux de Charles Provins, étaient entourés d'un secret de paranoïaques.

— Je les ai vus, s'écrie Nina. À l'endroit où se trouvent les ruines ! Des saïmiris, je crois. Ils nous observaient en silence, suspendus dans les branches. Lors de mon deuxième passage au village, ils étaient très agressifs. J'ai été mordue plusieurs fois. Ils avaient un comportement terrifiant.

— Vraiment ! s'exclame Hélène, visiblement contrariée. Mais vous auriez dû m'en parler la première fois !

— Est-ce un reproche de Rose Sawyer ou un regret du docteur Varenne ? glisse Nina avec un petit rire moqueur.

— Les travaux laissés par votre père ne mentionnaient-ils pas l'existence de cet endroit ? tente Randolph, désireux de s'interposer entre les deux femmes.

— Scott ! s'exclame Nina.

Hélène observe ses interlocuteurs d'un œil amusé avant de poursuivre, une once de gravité dans la voix :

— En aucune façon. Sinon, j'aurais cherché un village sur un tepui et non des singes dans la plaine. Voyez-vous, Robert Varenne a été absent toute mon enfance et j'ai appris sa mort à l'âge de quinze ans. Imaginez le besoin de réussite qui m'a animée pendant des années. Pour m'en sortir, j'ai voulu travailler dans les meilleurs laboratoires, au contact des spécialistes les plus audacieux de ma partie. Ça a pris vingt-cinq ans avant que j'aie mon propre labo. C'est pourquoi je n'ai pas cheminé dans les pas de mon père très tôt. C'est même un euphémisme ! Lorsque j'ai rencontré Nina, dans les conditions qu'elle a dû vous relater, c'était mon deuxième séjour en Amazonas. Et c'est grand, l'Amazonas ! Mais je ne vais pas apprendre ça à un globe-trotteur comme vous.

Nina racle sa gorge pour cacher son envie de rire tandis que Randolph s'enorgueillit des propos d'Hélène et se dandine dans son fauteuil.

— La première expédition date des années 50. Mon père courait après une idée un peu folle. Une lubie qui a gâché ses travaux et sa réputation. Il était persuadé d'être capable d'expliquer ce qu'est le troisième œil grâce à la glande pinéale, hypertrophiée chez certaines espèces de cette région du globe. De cette déformation découlerait cette capacité qu'ont ces petits animaux à communiquer entre eux sur un mode non oral, et, pourquoi pas, le don de prémonition et de voyance chez l'homme. En tout cas, il y croyait *dur comme fer*, comme on dit chez nous. Je n'ai moi-même jamais étudié ce phénomène. Et mon père a été la risée du monde scientifique, à cause de ça. Alors vous comprenez que si mes confrères connaissaient le but réel de mes déplacements en Amazonie, je ne serais plus ni sponsorisée ni prise au sérieux !

— Cette histoire de glande pinéale semble passionnante, pourtant ! s'écrie Randolph. Ah ! L'intelligentsia scientifique est toujours aussi bornée, à ce que je vois ! Mais quand ils donnent le prix Nobel pour des rayons fantômes, là, ils font profil bas !

— Il y a bien longtemps, un physicien a obtenu ce prix dont nous rêvons tous pour ce qu'il appelait les rayons J, explique Hélène à Nina, qui semble étonnée par les propos de Randolph. Plus tard, il a été démontré que ces rayons n'existaient pas ! Vous voyez, parfois, on a tellement envie de trouver certaines réponses que l'on finit par les inventer soi-même !

— Que voulez-vous dire ? Que ce village et ces hommes n'existent pas ?

— Je n'ai jamais mis votre parole en doute, Nina. Mon père a disparu il y a des années, emportant avec lui les raisons de sa présence en Amazonie et peut-être la preuve de l'existence de ces singes télépathes, parce que c'est de cela qu'il s'agit, j'en suis sûre maintenant. Durant toutes mes recherches, j'ai songé que je voulais donner à ces travaux une légitimité qu'ils ne méritaient pas. Aujourd'hui, grâce à vous, je vais poursuivre avec un peu plus de certitudes qu'hier. Disons que je ne serai pas le prochain découvreur de rayons J !

Le cœur battant et les doigts tremblants, Nina s'allume une cigarette et aspire une première bouffée comme pour se donner du courage.

— Je voudrais vous aider, lâche-t-elle les yeux presque fermés, de crainte d'essuyer un refus. Je voudrais comprendre qui sont ces hommes, je voudrais percer le mystère de ce village et de ses charniers, de cette tribu étrange qui donnait une sépulture à ses morts. C'est important pour moi et pour la mémoire de Gus et Tonino.

— Vous et votre sacro-sainte culpabilité ! rétorque Hélène en levant les yeux au ciel. Ces hommes n'étaient même pas vos amis !

— Vous oubliez Aidan ! proteste Nina. Lui, je l'aimais bien.

— Vraiment ? se moque Hélène. Je ne sais pas pourquoi vous tenez tant à m'aider dans mes recherches, mais j'apprécie votre proposition. Pourtant, je vais la décliner. Vous n'avez pas très bien compris, je pense, ce que j'ai l'intention d'entreprendre. Et vous risquez d'être déçue. Je ne vais pas conduire une expédition avec des types armés et jouer aux aventuriers dans la jungle. La réponse à mes questions se trouve dans le passé, non sur ce tepui envahi de braconniers, j'en suis sûre. C'est donc là que je vais fouiller, dans le passé de mon père. Si vous avez raison, s'il était vraiment là-haut, alors il doit rester quelque part des traces, un témoignage de ce qu'il y a trouvé. Village, tribu étrange, singes muets ou que sais-je !

— Vous vous souvenez de ce dont nous avons parlé toutes les deux, lorsque vous m'avez hébergée ?

— Bien entendu.

— Je voudrais aller au bout, cette fois, et réaliser un reportage sur les travaux que votre père menait au village. S'il vous plaît ! Vous savez combien c'est important pour moi. N'avez-vous pas écrit quelque chose comme : « Plût au ciel que votre nouvelle vie se réalise, mais à votre place, je m'en occuperais personnellement » ?

La voix de Nina est restée claire, malgré l'appréhension. La déferlante habituelle ne l'a pas submergée. Depuis sa captivité au village, le choc de la mort d'Aidan, Gus et Tonino, elle flotte dans un bien-être agéable – *t'es passée où, Chakrouny, espèce de saleté ?* – qu'elle attribue à l'abus de mâchouillement de la plante de Rose-Hélène. D'ailleurs, cette dernière vient de se lever et s'éloigne d'un pas rapide en direction de l'accueil.

— Elle n'a pas de portable ? s'étonne Randolph en la voyant s'emparer du poste laissé à disposition des clients sur le comptoir.

— Je crois qu'elle n'est pas très *gadget*. Je vais partir avec elle. Tu entends ?

— Tout de même, aujourd'hui, ne pas avoir de portable..., ronchonne Randolph sans répondre. Ce n'est pas très sexy !

— Parce que tu verses dans le sexy, maintenant ! La vie est une chienne !

— Ta grand-mère avait plus de poésie quand elle disait que la vie est un bâton merdeux dont on suce un petit bout tous les jours.

— Laquelle ? Ta mère ou l'autre, celle que je n'ai pas connue ?

Les joues subitement désertées par le sang, Randolph se tourne vers le hall pour éviter la question de Nina.

— Comment trouves-tu cette femme ?

— C'est une sacrée menteuse, mais elle continue de me plaire, pourquoi ?

— Par curiosité. On va voir ce qu'elle propose. Et puis, s'il s'agit d'enquêter sans se prendre une flèche dans le derrière, pourquoi pas ! Tu n'ignores pas mon envie de te rendre heureuse, chérie ! ajoute Randolph les yeux rivés sur Hélène qui raccroche et fait volte-face.

— Je n'ai pas forcément envie que tu restes, marmonne Nina les sourcils froncés.

— Et qui va sponsoriser ton petit reportage, Apollonia ?

Le retour d'Hélène évite à Randolph le courroux de sa fille. La primatologue s'installe confortablement, un cigare passe d'un étui à sa main, puis une allumette enflamme le tabac.

— Ça ne vous gêne pas au moins ? demande-t-elle un peu tard en rejetant de grandes volutes de fumée bleutée. J'en profite, en France, tout est interdit.

Randolph rétorque qu'il l'imitera dès qu'il aura mis la main sur les siens, que lui aussi est un esprit libre contraint par des lois iniques. Aussitôt, un second Cohiba jaillit entre les doigts d'Hélène et achève sa course entre ceux de Randolph. Elle pompe sur son cigare avec plaisir, se cale confortablement dans le large dossier et commence alors un long récit, dans lequel elle retrace le départ de Robert Varenne en 1949 pour le Venezuela, sa rencontre avec Provins le jour de la visite d'un dénommé Fouchet, riche industriel passionné par les petits singes et intrigué par leur comportement étrange ; elle leur parle d'Anne, la jeune et jolie botaniste de l'équipe, et de Virgile Milane, l'ami de toujours, son deuxième papa, celui qui les a accueillies dans sa maison de la Côte d'Azur, sa mère et elle, à la mort de Varenne, puis elle leur annonce pour terminer, avec la jubilation du blagueur, que s'ils sont toujours partants, ils sont les bienvenus en France.

42

Nous errâmes à la frontière si fragile qui sépare la vie de la mort. Comment les Indiens s'y prirent-ils pour nous soigner ? Ils utilisèrent les plantes qui les entourent. Ils mobilisèrent une connaissance ancestrale, le fruit de milliers d'années d'observations. Tout ce que nous avons perdu, en somme, nous les Européens, et que nous avons pourtant possédé un jour. De ce qu'il arriva au sein de nos psychés, nous parlâmes peu, préférant conserver une pudeur pour ces choses si intimes qu'elles mettent à nu le confident. Mais le combat se déroula autant sur un plan physique que psychique, de cela je peux témoigner. J'ai senti que je pouvais renoncer, que la magie du sorcier n'opérerait pas sans moi. Renoncer. J'ai bien failli le faire.

La médecine chamanique s'adresse autant au corps qu'à l'esprit. C'est pourquoi je me souviens de choses inhabituelles, que je mélangeais avec mon propre univers spirituel. J'eus des visions d'animaux magnifiques, vivants mais faits d'une matière brillante, translucide et traversée par des pulsations de lumière. Des anacondas gigantesques, entrelacés, exécutaient une chorégraphie, allaient par paires dans toutes les directions de l'espace, occupaient aussi bien le sol que les airs, et transperçaient la matière vers d'autres dimensions, dont je ne soupçonnais même pas l'existence.

Des araignées tissaient des toiles faites d'or pur, des serpents d'eau ridaient la surface d'un liquide épais, semblable à du mercure aux reflets violacés. Tous les animaux d'Amazonie se rassemblaient pour émerveiller mon esprit, peut-être pour mieux raviver mon attachement à cette existence. Ici-bas, semble-t-il, tout se mérite, et même lorsqu'on trébuche, il faut légitimer son choix, montrer vers quelle demeure on veut poursuivre son chemin. Je fis celui de persister dans la maison des vivants. Charles fit de même. Seule Anne hésita sur le seuil car elle fut infiniment plus longue à guérir. Virgile nous assura après coup qu'une centaine de dards avaient été retirés de son visage boursouflé, saturé de toxines létales.

Qu'elle était tentante cette alternative où je vis, joyeux et dans l'espoir d'une étreinte, après toutes ces années de deuil, Gaëlle et Pierre me tendre les bras. Qu'il était tranquille ce monde où rien ne s'était passé, où ni Adolf Hitler, ni Joseph Staline, ni aucun des autres sanguinaires n'avaient envoyé leurs troupes les unes contre les autres. Et peut-être existe-t-il, ce possible, cette autre version de l'Histoire, cet univers où notre immeuble de Rueil-Malmaison ne s'embrase pas, où l'humanité a opté pour une autre énergie que le gaz naturel, où un voisin ne s'est pas endormi avec une bougie allumée. Il faudrait remonter loin, si loin, que le nombre d'univers possibles est incalculable, et qu'il est hautement probable que Gaëlle et moi ne nous y rencontrions pas. Je me suis souvent posé cette question depuis : aurais-je préféré ne pas croiser le destin de Gaëlle, vivre autre chose, avec quelqu'un d'autre, une histoire en somme où elle vivrait toujours, où elle n'aurait jamais emménagé dans ce maudit immeuble ?

Je suis trop égoïste pour avoir la force de renoncer à ce bonheur si court. J'ai toujours répondu non, ma femme et mon fils sont morts, mais je les ai connus, je les ai emportés avec moi, dans mon cœur. Ils font partie de moi, eux et la douleur qui m'accompagne aussi. Peut-être même cette douleur surtout. Elle m'appartient, elle fait partie de mon être et sans elle, j'aurais été un autre homme, qui aurait fait d'autres choix. Tout est lié, les hommes, leurs choix, la nature et le cosmos. Car si j'avais été différent, alors c'est l'humanité qui aurait connu un sort autre, un sort plus enviable. J'ai trébuché si souvent, si mal envisagé le champ des possibles, mais seul le Juste pourrait me jeter la pierre. Qui peut prétendre deviner l'avenir avec pertinence ? Qui peut maintenir l'avenir des hommes dans un état de droiture ? Nous changeons avec le temps. Nos choix évoluent, et ce qui a pu apparaître comme un grand bien peut se transformer en une terrible découverte.

Lorsque nous sortîmes des limbes où le poison nous avait expédiés, nous dûmes encore demeurer parmi nos sauveurs. Nos organismes, fragilisés par une lutte âpre, étaient dans un grand besoin de repos. C'est là que je visitai réellement le village de nos hôtes. J'avais jusqu'alors boudé cet endroit, préférant me consacrer à mes saïmiris et abandonnant à mes camarades le soin d'établir le contact avec ces étranges humains pour lesquels je ne nourrissais pas grand sentiment. Ces Indiens étaient d'agréables personnes, rieurs, tournés vers le plaisir d'être. Tout simplement. Je ne m'extasiais pas devant leur architecture, finalement très simple, ni sur le fait qu'ils enterraient leurs morts alors que les cultures voisines mangeaient les cendres de leurs défunts. Seule leur bonhomie m'accapara. Ils jouissaient de tout, des plus petites choses du quotidien comme des grandes fêtes. C'est ce que j'observai pendant ces quelques jours où nous reprîmes des forces. Malgré notre grande fatigue, notre sommeil fut perturbé durant cette période. Les nuits étaient hachées et, dans la journée, nous faisions des siestes éclair, peuplées de rêves hallucinés, sortes de rémanences très marquantes de notre lutte entre la vie et la mort. Nous mîmes des années à en comprendre la cause, car seul Virgile, ce bon Virgile, ce couard qui pour une fois s'était montré habile et téméraire, avait assisté à notre guérison par le chaman. Comprendre était une autre histoire, qui allait nous demander du temps, mais cette compréhension allait me relancer dans ma quête initiale, celle que je poursuis encore.

VII

C'est là que je serais allée, si j'avais souhaité disparaître

43

On pense s'en aller pour quelques mois, revenir très vite, et la vie finalement nous rattrape pour tordre le cou à nos chimères. Quatre années passèrent avant qu'avec Charles et Anne nous reposions enfin le pied sur notre tepui. Mais là où certains pourraient voir une perte de temps, je ne sais que constater les heureux fruits du hasard. Nous n'étions pas seuls à travailler sur la glande pinéale et ses vertus. Non, d'autres que nous cherchaient aussi, pour des raisons différentes et dans des directions opposées. Mais ils avançaient et galvanisaient nos espoirs. En 1958 fut découverte la mélatonine, une hormone favorisant le sommeil et la régulation des rythmes circadiens. Nous apprendrions, plus tard, bien d'autres choses sur cette molécule aux propriétés étonnantes, sécrétée par cette fameuse glande pinéale.

Pour ma part, j'eus le loisir, pendant quelques mois après notre retour, d'étudier les spécimens que j'avais capturés au Venezuela. Ces petites créatures, d'ordinaire facilement domesticables, me défièrent jusque dans la mort. Toutes périrent les unes après les autres et je fus bien malheureux de n'avoir su en garder une seule. Cela dit, je pus, avant cela, procéder à quelques expériences intéressantes. Il fallait absolument que je détermine si, oui ou non, ces saïmiris étaient, comme je l'imaginais, télépathes. J'avais passé des mois en leur compagnie, aussi étais-je le mieux placé pour parler d'eux. Une rumeur concernant mes recherches commençait à se répandre de laboratoire en université, et c'est à partir de cette période que l'on prépara à mon intention un procès dont je ne fus heureusement pas le témoin. La communauté scientifique s'offusque dès que l'on s'éloigne un tant soit peu des chemins balisés et des procédés largement démontrés par des générations de chercheurs. Elle crie au scandale, à la tricherie, au fou, sitôt qu'on est plus audacieux que la norme. Pourtant, ils ont bien dû avoir connaissance des conséquences des mouvements arbitraires de la pensée unique. Galilée avait raison, que je sache ! Et Darwin ? S'il avait écouté la majorité de ses confrères, lui aussi aurait rebroussé chemin en déclarant que Dieu s'était reposé le septième jour ! Mes singes, mes chers petits primates, enfermés individuellement dans des caisses, échangeaient, j'en suis convaincu. Il suffisait que j'en cloître un, comme je viens de le dire, non pas seul mais en compagnie d'un serpent généreusement confié à mes soins par le jardin zoologique et isolé par une plaque de verre, il suffisait que je fasse cela pour que la troupe entière s'excite et secoue en tous sens les branches de son habitat. Et pourtant, aucun n'avait eu vent de mes préparatifs, que je réalisais évidemment dans le plus grand secret. L'odorat, m'informa-t-on, ces bestiaux sentent votre serpent avant même de le voir. Et la peur, m'assura-t-on également, la peur dégage une terrible odeur qui les prévient du danger ! Je m'entêtai et fus bientôt connu sous le sobriquet de

« l'Égyptien », charmante attention d'un de mes confrères, le plus acharné de tous, et qui faisait là référence au troisième œil que je traquais inlassablement. Et pourtant, je répétai l'expérience, je séparai mon sujet affolé de ses coreligionnaires et lavai le sol de la salle avec une dilution d'eau de Javel fortement concentrée. Plus tard, j'allai encore plus loin en grillant leurs cellules olfactives, méthode un peu barbare mais terriblement efficace et sûre. Allez comprendre comment mes singes s'y prirent pour faire mentir mes détracteurs, ces animaux sont très facétieux. Ce doit être ça. Je décidai pourtant à partir de cette période de ne plus rien divulguer concernant mes travaux.

De son côté, Charles progressait. En plus des activités qu'il exerçait au sein d'un hôpital public parisien et de ses recherches sur l'ADN – Charles faisait toujours partie de l'équipe de Watson et Crick –, il utilisait au mieux les matériels les plus performants qu'il pouvait approcher. C'est pourquoi il nous rendait régulièrement visite, à Anne, Virgile et moi, pour récolter notre sang qu'il soumettait à de fines analyses. Charles possédait des intuitions précises auxquelles il répondait toujours positivement. Je crois fermement que c'est là le point essentiel qui sépare le chercheur de talent du scientifique besogneux. Le flair ! Se laisser aller à l'écouter, s'embarquer sur des routes peu fréquentées, sont la clé des grandes découvertes. Et les possibilités d'analyse de notre sang s'affinant avec les progrès technologiques, Charles en apprenait de plus en plus. C'est pourquoi il n'était pas pressé de repartir, pas encore. Beaucoup de choses restaient à découvrir, et *ces choses*, nous les avions rapportées en nous du Venezuela. Alors que moi, je trépignais de me trouver toujours en France, où les mentalités n'évoluaient pas, où le franc nouveau venait d'être lancé, où de Gaulle, toujours le même, venait de trahir les Français d'Algérie, tout comme il nous avait trahis, moi et tous mes camarades, dans le port de Dunkerque en flammes.

Charles découvrit que les résultats des tests de biochimie sanguine et d'hématologie étaient tous anormalement parfaits chez chacun d'entre nous, en dehors de Virgile. Nous ne fûmes donc pas longs avant de conclure que notre sauvetage par la médecine indienne était probablement responsable des modifications substantielles de notre biologie. Nous avions ingurgité quantité de produits issus des plantes et des minéraux du tepui. Il demeurait pourtant un événement de taille à prendre en compte : l'attaque des abeilles sauvages. Leur venin pouvait avoir eu des conséquences sur notre physiologie. Nous savions déjà qu'un stress additionné à une puissante toxine peut libérer dans le sang nombre de produits, dont des glucocorticoïdes. Et nous avions respectivement reçu une telle quantité de venin qu'aucun d'entre nous ne pouvait en présager les conséquences sur notre organisme. Un fait était certain : là-haut, quelque chose avait profondément modifié nos constantes biologiques, et nous voulions tous savoir quoi.

Anne pressa Charles d'abandonner ses analyses et de reprendre la route de l'Amazonas, elle aussi manquait de matière sur laquelle se pencher. Elle avait rapporté des plants de l'arbre, qu'elle appelait entre nous le biotope, en faisant référence à l'association unique à sa connaissance entre un végétal, un animal et un insecte, mais aucun ne lui donnait satisfaction. Elle profitait pourtant des conditions idéales des serres tropicales d'Auteuil où nous la retrouvions de temps à autre pour respirer quelques bouffées d'air chaud saturé d'humidité. L'Amazonie nous manquait. Nous étions comme des expatriés souffrant du mal du pays.

Charles Provins m'avoua un jour qu'il avait eu de curieuses visions au cours de nos expériences avec les Indiens. Alors que le secret des plantes amazoniennes coulait dans ses veines et que son cerveau se gavait de psychotropes, il avait vu des serpents énormes se lover les uns dans les autres, par paires, brillant comme des diamants purs, si imbriqués qu'ils se muaient en une créature indivisible, deux longues colonnes vertébrales torsadées, et que ces visions avaient changé la face du monde. Je dois avouer qu'à ce moment, je crus entendre les délires d'un toxicomane et ne me fiai pas à ce jugement quelque peu tronqué. Charles était coutumier de ce genre de dérive et je n'en faisais pas grand cas. Jusqu'à ce qu'il m'apporte un modèle extraordinaire, une vue d'artiste de cette fameuse molécule d'ADN sur laquelle il s'était penché, alors qu'il participait à ce grand projet en Allemagne. Là où Watson et Crick n'avaient vu que la structure hébergeant notre programme directeur, Charles avait retrouvé ce que les substances guérisseuses des chamans provoquaient dans le cerveau humain. Je dois avouer que ce dessin me fit un choc, car il éveilla en moi la réminiscence d'une expérience similaire à la sienne et dont je n'avais pas consciemment gardé la trace. Ainsi, cette molécule constituée d'acides aminés recelait plus que la simple matière dont elle était faite. Il y avait plus à voir que la surface des choses voulait le dire, plus de texte que le livre ne pouvait en contenir. Ce fut pour moi une formidable découverte car elle supposait non seulement que le programme ne s'était pas écrit seul, mais qu'en plus, il devait subsister bien des choses à y lire, des chapitres ignorés, des liens entre les vivants, entre les espèces, entre les différents champs du possible, du probable, ou de ce qui restait à découvrir. Ce troisième œil cité par les Égyptiens anciens, les Grecs, symbolisé dans bien des religions, mais foulé aux pieds en Occident, écrasé par l'épaisseur du dogme chrétien, avait peut-être trouvé là une raison à son retour sur le devant de la scène. J'allais en être le chevalier servant, l'infatigable défenseur et, pourquoi pas, l'inventeur absolu. C'est ce qu'il allait falloir démontrer. Si tout était programme, si la vie était contenue dans un élément aussi simple qu'une molécule, alors le reste s'y trouvait aussi, sans doute. Et si ce n'était pas dans l'ADN, alors ce serait ailleurs, dans une autre structure à trouver. La vie codée montrait qu'il existait un chemin possiblement crypté de la mort. Et si un chemin existait, alors il pourrait s'utiliser dans tous les sens. Il restait à se montrer assez habile pour y parvenir. La logique voulait que nous nous jetions à corps perdu dans l'étude de nos singes et de nos Indiens. Nos visions collectives – car Anne avait elle aussi affirmé reconnaître cette structure – nous poussaient dans ce sens. Il y avait au cœur de la culture ancestrale des Indiens une connaissance qu'il nous fallait utiliser, coûte que coûte. Charles se rangea si bien à mon avis qu'il trépigna des mois durant. Le départ sans cesse repoussé nous épuisait nerveusement, mais la certitude que nous progressions dans la bonne direction s'installa avec le temps. Et il n'y eut pas pour moi de meilleur étalon que mon propre corps pour y croire. Mes crises de goutte, qui revenaient d'ordinaire une à deux fois par an, n'avaient pas fait de nouvelle apparition et je n'avais pas eu le moindre rhume en quatre ans. La médecine des Indiens m'avait soigné durablement, les petites briques de mon ADN avaient été remises en place, dans l'ordre que la nature et des millions d'années d'évolution avaient patiemment mis au point. Le chemin s'éclairait donc de façon limpide. Et l'envie d'un prompt retour au Paradis devenait de plus en plus pressante.

Nous célébrâmes notre départ à La Coupole, dans un Montparnasse encore fréquentable. Du reste, j'exagère car jamais je n'y remis les pieds. Mais je suppose que ce quartier, comme tout le reste, d'ailleurs, n'a pu faire autrement que suivre le cours général des choses auxquelles touchent les hommes. Elles s'affadissent, vont et viennent et se flétrissent. Ainsi doit aller la vie. Rien ne dure vraiment, à moins de l'enfermer dans un musée, et alors elles n'offrent plus d'intérêt qu'au collectionneur, à l'historien et à l'amateur d'art moribond.

Ce fut notre dernier souper collectif. Anne était là, aussi rayonnante qu'à son habitude et aussi célibataire qu'il est possible de l'être. Charles vint en compagnie d'une femme dont je tairai le nom, mariée et fort connue dans le milieu du cinéma. Nous n'y fîmes pas plus attention que nécessaire. Notre ami collectionnait les aventures sans lendemain. Virgile et Lisa nous firent l'honneur de leur présence. Ils étaient alors en plein lancement de leur société, la Milane Corp., fondée aux États-Unis grâce aux contacts que Virgile avait noués après guerre avec les forces alliées stationnées sur le territoire français. D'après lui, il était préférable, a fortiori dans le secteur de la cosmétique, d'avoir des airs américains. Tout ce qui venait d'outre-Atlantique était à cette époque auréolé de modernité, d'avant-gardisme, de *mieux qu'ailleurs*. La société Milane et ses produits ne le feraient pas mentir. Émilie aussi était pour une fois à mes côtés. En bout de table, nous avions concentré nos trois rejetons, Aude et Léa, les jumelles Milane, et Hélène, qui allait avoir sept ans et avait revêtu une jolie robe jaune avec des fleurs violettes imprimées sur le pourtour. Nous annonçâmes au cours du repas notre volonté de retourner au Venezuela juste après les fêtes de fin d'année, à peine un mois plus tard. L'annonce fit l'effet escompté. Virgile et Lisa nous encouragèrent, conscients qu'Anne, actionnaire importante de la Milane Corp., travaillerait sur place pour leur profit commun. De nouvelles plantes, de nouveaux principes actifs tirés de l'observation de la culture indienne viendraient bientôt renforcer les pouvoirs de leurs produits. Hélène et les filles Milane battirent des mains, faisant écho aux félicitations des adultes. Seule Émilie se décomposa. Je ne lui avais rien dit. Je ne me cacherai pas derrière des arguments futiles, j'avais fait preuve d'une grande lâcheté, m'épargnant ainsi des mois de jérémiades, de vaines tentatives pour me faire changer d'avis, car rien en ce monde n'aurait pu me détourner de ce chemin tracé par le hasard et la destinée, ni les pleurs d'Émilie ni ses menaces. La petite Hélène grandirait sans son père. C'était malheureusement le lot de bien des enfants. Et tous n'avaient pas la chance de simplement grandir, comme cela avait été le cas pour mon petit Pierre ou Aude Milane, dont nous allions apprendre qu'elle était atteinte de leucémie à peine quelques jours avant de repartir.

44

— Si ce n'est pas le bonheur sur terre, se pâme Randolph, je ne sais pas comment ça s'appelle. Une eau à vingt-huit degrés, un soleil idéal et la compagnie de deux femmes exquises ! C'est autre chose que le pédalo en solitaire sous les cieux du lac Érié, tu ne trouves pas, chérie ?

Allongés dans des transats, le corps encore endolori par un vol long-courrier qu'ils viennent à peine de quitter, mais préservés des méfaits du décalage horaire grâce aux comprimés de mélatonine de Randolph – son petit secret pour voyager toujours en forme, d'un bout à l'autre de la planète : une gélule de 5 mg et l'horloge biologique est recalée ! –, les trois voyageurs prennent du bon temps en attendant leurs hôtes, annoncés pour la fin de la journée. Ils sont installés sur une des terrasses de la propriété Milane, nichée au pied du mont Boron, à deux pas du marché aux fleurs. Bientôt, il sera midi et Étienne, le majordome du domaine, leur a préparé un gaspacho et une salade niçoise – à la demande de Randolph, grand amateur d'anchois et de haricots verts frais, et au grand dam de Nina, qui déteste ces petits poissons bien trop salés à son goût. Alors elle peste contre le mauvais esprit de son père et sa mesquinerie, car il connaît, évidemment, son aversion pour les anchois. Petite, elle les retirait d'une pizza ou d'une salade, les crachait sous la table et les écrasait consciencieusement sur la moquette, jusqu'à ce qu'on ne distingue plus que leurs arêtes brillantes entre les boucles grises.

— La littérature est née sous une lumière comme

celle-là, insiste Randolph, tourné vers sa fille. Tu te rends compte ?

Nina acquiesce. Elle n'est pas d'humeur badine. Pendant le vol, ils se sont chamaillés comme des gosses, pour décider lequel des deux s'assiérait à côté d'Hélène, et même si elle n'est pas fière de son attitude, elle se sent incapable d'assister au numéro de charme de Randolph. Alors, pour éviter une nouvelle confrontation, elle se redresse, s'éloigne de quelques pas, dévale trois marches, contourne la piscine à débordement et s'installe sur un vieux banc à la peinture écaillée pour laisser son regard errer le long des bâtiments du domaine. La demeure de Virgile et Lisa Milane est typique des bicoques du Vieux Nice. Étroite et haute, aux murs épais, elle conserve la fraîcheur malgré la canicule, pour peu qu'on laisse les volets clos. Une invraisemblable ampélopsis bourdonnant d'abeilles couvre la totalité de sa façade, n'épargnant que les huis après une coupe en règle répétée trois fois par an, et plusieurs terrasses se déversent l'une dans l'autre par de courts escaliers qui aboutissent à une vaste plateforme creusée d'une longue piscine. Le niveau sur lequel s'ouvrent les chambres d'amis, dont la décoration simple se contente de murs blanchis à la chaux, d'un lit à deux places recouvert d'un carré de tissu provençal et d'un guéridon qui supporte une lampe de chevet et un téléphone, est occupé par un bassin rond et quelques chaises longues. La margelle en pierre taillée semble lustrée par le temps et le soleil. Son contact est doux et tiède, et la paume de Randolph s'y attarde délicieusement, juste à côté de celle d'Hélène. Leurs doigts s'effleurent et leurs sourires complices échangent déjà certaines confidences dans le dos de Nina.

Toujours assise sur le vieux banc où Hélène s'amusait des années plus tôt à guetter le chat de la famille, une femelle chartreux du nom de Madame Pompon, Nina n'a pas quitté l'horizon des yeux. Du haut de cette colline couverte de tuiles romaines, à l'abri des bruits de la ville, le regard porte loin sur les flots bleus de la Méditerranée. Incroyablement loin, même. De récents orages ont grossi les eaux du Paillon et le petit fleuve déverse dans la mer des vagues brunâtres qui s'étalent devant la plage du Méridien Ruhl. Un sourire vaguement amusé sur les lèvres, Randolph s'est redressé pour observer le phénomène, un verre de jus de fruits à la main.

— Vous ne regrettez donc pas votre palace favori ? interroge Hélène en désignant les eaux mélangées et douteuses qui enlaidissent la baie des Anges.

— Il ne l'avouera jamais, intervient Nina qui a quitté son banc pour remonter vers sa chambre. Mais c'est plus fort que lui.

— Quoi donc ? Abandonner les cinq-étoiles ? s'amuse Hélène.

— Non, faire les jolis cœurs et m'obliger à manger des anchois !

— Apollonia ! s'indigne Randolph. Tu veux bien arrêter !

Sans répondre, la jeune femme attrape sa serviette, l'enroule autour de sa taille et s'engouffre dans sa chambre. Les volets claquent, la marque de ses pieds nus s'évanouit aussitôt et un long silence s'installe entre Hélène et Randolph. L'eau de la piscine est à peine ridée par une brise agréable, les quelques hirondelles qui viennent se rafraîchir dans un joyeux et virevoltant ballet semblent les y inviter. Alors, d'un même geste, ils se lèvent et s'avancent vers l'escalier qui mène au rectangle bleuté.

— Elle vous protège, dit enfin Hélène. C'est sans doute normal pour une jeune femme qui a toujours vécu avec son père.

La bouche de Randolph s'arrondit sur un mot, qui s'étouffe sur lui-même. Il s'assied sur la margelle chauffée par les rayons d'un soleil au zénith et trempe ses pieds dans l'eau claire, les yeux rivés sur les vaguelettes que ses petits mouvements font naître.

— Qu'alliez-vous dire ? ajoute-t-elle en se glissant dans l'onde et en se tenant debout, juste devant lui.

— Oh, une bêtise, oublions.

Randolph semble gêné, tout à coup. Il passe les mains sur son ventre rond, couvert d'une toison grisonnante et barré des stigmates d'une opération de l'aorte. Il préférerait éviter les interrogations cachées dans les prunelles claires de son interlocutrice, qui décidément lui paraît de plus en plus séduisante.

— Il y a un abcès à crever entre votre fille et vous, l'encourage Hélène, les joues creusées par de ravissantes fossettes. Qu'est-ce donc ?

— C'est un peu tard.

— C'est au sujet de sa mère ?

— Vous disiez avoir grandi ici, articule Randolph, les mains crispées sur le rebord. Vous avez eu une enfance idéale, d'un point de vue matériel.

— Je n'affirmerais pas le contraire, même si une piscine et un climat de rêve à l'année ne remplacent pas les corps défaillants.

— Ce n'est pas ce que je voulais dire.

— Je le sais bien, sourit Hélène. Nous vivions à Paris avant cela. C'est à la mort de mon père, en 1968, que Virgile et Lisa nous ont accueillies ici.

— C'est bien triste.

— Voyez-vous, Robert Varenne est resté une sorte d'étranger pour moi. Finalement, quand il ne travaillait pas douze heures par jour dans son laboratoire, il était en expédition en Amazonie, ce qui est mince pour tisser des liens, vous en conviendrez.

— Mieux vaut peu que pas…

— C'est certain. Nina souffre toujours du manque de sa mère, ajoute Hélène après une hésitation. Elle m'a dit qu'elle était morte à sa naissance. Que s'est-il passé exactement ?

— Laissez-moi un peu de temps, voulez-vous, murmure Randolph tout en évitant le regard d'Hélène, de plus en plus insistant.

Incapable de poursuivre, il penche sa tête sur le côté et plonge. Son crawl est encore fluide et son souffle puissant. Bientôt, Hélène le rejoint et ils se baignent quelques instants côte à côte, avant de s'installer ruisselants sur les marches du bassin inondées de soleil. Une douce odeur de figues mûres parvient à leurs narines.

— J'ai remarqué que vous étiez parfois incisive avec elle, lance subitement Randolph. M'en donnerez-vous la raison ?

— Je ne veux pas être une maman de substitution et c'est le rôle que Nina aimerait me voir jouer.

— Vous y allez un peu fort ! Apollonia n'est plus une enfant…

— Sans doute, le coupe Hélène, mais elle est affectivement très immature. Mieux vaut poser des barrières maintenant.

Plutôt déstabilisé par la remarque d'Hélène, Randolph se retranche derrière un silence songeur. Il est vrai que Nina a toujours montré des signes d'immaturité, voire de souffrance psychologique, il ne peut nier sa part de responsabilité. Impressionnée par un père à qui tout réussissait, Nina ne s'est jamais épanouie comme elle l'aurait dû et sur ce point, Randolph doit bien avouer qu'il s'est montré particulièrement doué dans l'art de ne pas voir les évidences. Même s'il en est conscient, même s'il le souhaitait, il ne pourrait changer ça. Nina sera une handicapée de l'affect le restant de ses jours et plus il sera heureux et sûr de lui, plus elle s'enfoncera dans l'angoisse et la déprime. À moins que quelqu'un vienne briser ce cercle dénué de vertu. Hélène, peut-être ? Ou un homme, comme ce Sahalé dont elle parle de temps en temps, le rouge aux joues. Ou encore la vérité sur son passé ? Mais pour Nina, connaître cette vérité qu'il a depuis si longtemps renoncé à lui avouer, ne serait-ce pas le point de non-retour ?

— Pardonnez-moi cette question, relance soudain Randolph, mais pourquoi n'avez-vous pas eu d'enfant ? Vous auriez fait une mère admirable.

Hélène émet un rire de gorge qui la projette en arrière.

— Sainte ou Folcoche ? dit-elle les yeux brillants. On ne le saura jamais ! C'est mon métier, Randolph, dit-elle plus gravement, le responsable de cette absence. J'ai longtemps travaillé sur des chantiers en Afrique ou en Asie. Difficile de concilier ce type de carrière avec une vie de famille. Et puis, je crois aussi que mon expérience personnelle ne m'a pas donné envie de poursuivre le massacre.

— Vous auriez pu prendre le contrepoint de votre père.

— Ce que je n'ai manifestement pas fait. Mais pourquoi dites-vous ça ?

De nouveau, un silence s'établit entre Randolph et Hélène.

— Monsieur Milane saura-t-il ce qu'il est advenu de nos Indiens ? demande Randolph pour rompre ce moment qui ne saurait s'attarder sans devenir embarrassant.

— Vous avez l'art de ne pas répondre aux questions ! Honnêtement je l'ignore, ajoute Hélène avec un sourire. J'ai vécu ici la fin de mon adolescence et il n'a jamais été très bavard sur ce sujet. Bien sûr, je l'ai entendu raconter ses expéditions et je peux comprendre qu'on cherche à cacher des souvenirs difficiles ou à préserver la mémoire d'un père disparu.

— Robert Varenne n'a pas nécessairement tenu le mauvais rôle.

— Qui que soient ses assassins, les pas de mon père ont forcément croisé ceux qu'il ne fallait pas. L'horrible drame qu'a connu récemment Nina nous le démontre. Virgile nous dira si je me trompe.

45

Les Milane sont d'adorables petits vieux. C'est en ces termes que Nina les adopte, aussitôt les présentations effectuées. Ils ont fêté ensemble leur quatre-vingtième anniversaire voici quelques années et ne comptent dorénavant plus, prétextant que cette date limite atteinte, chaque jour qui passe est un don de Dieu. Pour une fois, Randolph ravale ce qu'il pense de celui à qui il crédite *le magnifique bordel ambiant sur cette bonne vieille terre*, et rivalise de compliments sur la maison, la piscine, la salade niçoise, l'art de vivre à la française et le merveilleux accueil qu'ils ont reçu.

Très occupée par l'organisation d'une fête de charité, Lisa s'est éclipsée juste avant le café et Virgile les a invités à s'installer sous une pergola rafraîchie par un brumisateur. Les banalités se sont vite taries et les trois convives attendent une réponse à leurs interrogations, suspendus aux lèvres du vieux monsieur, les yeux rivés sur une caisse en bois déposée à portée de main.

— Robert travaillait en dilettante, voyez-vous ? maugrée Virgile, le regard perdu dans le vide. Il courait peut-être après des chimères. Il avait des intuitions aussi, d'excellentes intuitions de chercheur. C'est important de laisser parler autre chose que la raison… Ah ! la raison ! Que de…

— Avez-vous vu ce village en pierre, monsieur Milane ? l'interrompt Nina qui ne tient déjà plus en place.

— Dites-moi, mon petit, demande Virgile après avoir observé un long silence, vous avez déniché des traces du passage de Charles et de Robert sur le tepui, mais dans ce cas, vous avez rencontré nos vieux amis, n'est-ce pas ? Sont-ils toujours aussi rieurs et facétieux ?

Nina se sent blêmir sous ses joues rosies par le soleil

de la journée. Elle en veut terriblement à Hélène de n'avoir pas eu le courage de parler du massacre au vieil homme, de n'avoir su trouver les mots pour expliquer le véritable sens de leur présence auprès de lui. Maintenant, c'est à elle de parler des charniers, des cadavres dans les arbres et de ces colonnes lumineuses qu'elle a entrevues dans ses rêves. Et elle en a assez de répéter cette histoire, de sentir l'odeur du bois moisi et du vomi dans sa cage, assez d'entendre le vent dans les feuilles et d'attendre en vain le cri des oiseaux et des *araguatos*.

— Vous êtes pâle, ma petite Nina. Que vous arrive-t-il ? Nos Indiens n'ont pas déménagé, tout de même, insiste Virgile. Ils étaient très attachés à leurs terres, à leurs arbres, à la nature tout entière.

— Euh... non, bafouille Nina qui ne sait plus par où commencer. Enfin, je crains que les personnes qui sont là-bas ne soient pas celles que vous avez connues.

— Que voulez-vous dire ?

Le vieillard se redresse, appuyé sur les accoudoirs de son fauteuil en osier. Ses doigts noueux comme des branches de chêne blanchissent aux articulations et ses yeux délavés brillent plus que de coutume.

— Il y avait Vendredi, Maoré le chaman, Nuria sa femme, la petite Lia et tous les autres...

Très mal à l'aise, Nina cherche de l'aide dans la direction de son père et d'Hélène, mais elle ne trouve que deux visages attentifs et graves et des bouches désespérément closes.

— Je n'ai pas vu vos Indiens parce que ce n'était plus possible, monsieur Milane. Je suis désolée... Nous aurions dû commencer par là...

Devant le désarroi subit de Nina, Hélène manque

intervenir. Virgile doit entendre la vérité, et que cela vienne de cette jeune femme, qu'il ne connaît pas, se révélera peut-être plus facile. S'il est possible d'apaiser le cœur d'un homme qui va apprendre la disparition de ceux avec lesquels il a partagé tant d'années.

— Le village est détruit, finit par dire Nina. Et le territoire est gardé par des sauvages qui tuent les gens sans raison.

— Nous pensons que ce sont des braconniers qui vivent du trafic et recrutent dans les tribus locales, souffle Hélène. Je suis désolée, mon vieux papa…

Le visage de Virgile s'est terni. Son regard erre quelques instants sur la surface de la table, puis ses mains glissent vers la caisse en pin. Elles en tâtent les arêtes, en caressent le bois aux teintes passées. Sous les yeux d'Hélène et des Scott, le temps semble s'être arrêté. Il n'y a pas un brin d'air. Les projections du brumisateur retombent lentement au sol et sèchent aussitôt. C'est avec une vive émotion que Virgile détache les fermoirs en métal et soulève le couvercle. Des souvenirs remontant à plus de cinq décennies retrouvent le chemin de la lumière en exhalant une piquante odeur de poussière. La vieille main tavelée s'empare d'une photographie et la fait glisser sur le plateau en bois exotique. Le cliché représente quatre jeunes adultes, tous habillés pour la jungle à la mode des années 40, posant devant un totem de près de deux mètres de haut.

— Anne était très douée pour la photographie, dit Virgile, relevant enfin son visage vers Nina. Que sont-ils devenus ? Le savez-vous ?

Nina est désolée par la peine qu'elle devine sur les traits du vieil homme.

— Non, et je ne le saurai sans doute jamais, monsieur Milane. J'ai trouvé des ruines, vu des dizaines… des centaines de corps entassés dans une zone à l'écart du village, j'ai vu aussi ce qu'il reste du totem qui se trouve sur cette photo. Mais je n'ai pu entreprendre plus de fouilles. À cause de…

Sa voix s'étrangle, ses doigts trouvent ceux d'Hélène qui s'est agenouillée près d'elle sous l'œil satisfait de Randolph Scott.

— C'est vous, là, je suppose, poursuit Nina en indiquant le personnage le plus à droite du cliché.

Il exhibe une feuille de palme, tandis que les deux autres brandissent un fusil et qu'une jeune femme tente de dissimuler le dispositif de déclenchement à distance qu'elle tient entre ses mains.

— J'ai quarante-deux ou quarante-trois ans là-dessus, soupire Virgile. On ne devrait pas conserver de vieilles photos, c'est déprimant, voyez-vous ! Qu'est-il arrivé, jeune fille ? Dites-moi…

Un soupir d'abord, un bref coup d'œil vers Hélène qui s'est rassise à côté de Randolph, un cigare éteint aux lèvres, et Nina se lance dans la description des ruines et des monticules dispersés parmi les arbres calcinés. Elle raconte aussi comment elle et Sahalé ont reconstitué le totem et observé les sépultures.

— Je suis certaine que les corps ont été brûlés, précise Nina, même si je n'ai pu rapporter aucune preuve. Et que la mort est venue de l'extérieur.

— Qu'est-ce qui vous dit que nous n'avons pas nous-mêmes introduit des virus auxquels ils n'ont pas survécu et que d'autres se sont débarrassés des corps ainsi, pour éviter une épidémie ?

— C'est une hypothèse à laquelle nous avons réfléchi, monsieur Milane. Dans ce cas, vos amis ont-ils été témoins de cette tragédie ? Qui a brûlé les cadavres ? Pourquoi ne pas les enterrer ? Qui sont les responsables ? Des Occidentaux en quête de nouvelles plantes, des laboratoires testant des médicaments sur des humains – ce ne serait pas la première fois !

La voix de Nina chevrote tant elle tremble. Les images de sa captivité dans le village, l'odeur de la mousse sur les corps la chamboulent. Elle tente de calmer les battements de son cœur en respirant avec lenteur et quand elle a maîtrisé ses émotions, elle reprend le fil de ses questions avec plus d'assurance.

— Peut-être est-ce une tribu ennemie, des trafiquants de cocaïne ou de diamants ? Guibert a parlé de filons ! Qu'avaient découvert Charles et Robert ? Quand exactement ont-ils disparu ? Comment sont-ils morts ? Y a-t-il un rapport avec la présence des braconniers sur le site et les singes silencieux ?

Les yeux dans le vague, Virgile réfléchit un instant. Ses doigts caressent la surface lisse du cliché et ses lèvres fines disparaissent dans une moue contrariée. C'est à cet instant qu'Étienne dépose un plateau chargé de cafés, de verres et d'une bouteille de digestif au milieu des convives.

— Merci, je vais faire le service, propose aussitôt Hélène.

Pendant ce temps, Virgile extirpe d'autres photos de sa caisse et les fait glisser sur la table après les avoir contemplées chacune un instant.

— Quand Robert est venu me trouver en 1949 pour me proposer de partir en expédition, la guerre était toute fraîche encore, dans nos esprits et nos cœurs, et nous avions la bougeotte. Comment vous faire comprendre ? Monsieur Scott, vous devez avoir une idée de ce que je veux dire ?

— Je n'ai connu aucune guerre. On peut dire que je suis passé à travers les gouttes.

Longtemps, Virgile contemple Randolph comme s'il le découvrait. Son front se plisse au passage d'une idée qu'il garde pour lui, puis il raconte les chimères de Robert, et son enthousiasme à propos des singes de Jean Fouchet. Des spécimens morts, les uns après les autres, dans les cages du laboratoire, sans que le zoologue puisse d'une quelconque façon leur venir en aide. C'est ainsi, précise Virgile Milane, qu'ils se sont envolés pour le Venezuela, avec pour unique indice que les animaux venaient de la région de l'Amazonas.

— Je crois en réalité, ajoute-t-il, que Jean Fouchet voulait occuper Anne, pour qu'elle revive enfin. La malheureuse avait perdu ses parents pendant la guerre et, quand nous l'avons connue, elle n'avait guère de goût pour quoi que ce soit.

Le visage de Virgile s'illumine, tandis qu'il évoque ces souvenirs enfouis sous les strates des années et l'absence de compagnon avec qui les partager.

— C'était formidable, vous pouvez me croire ! poursuit-il devant son auditoire attentif. Lisa est restée là. Elle n'a jamais aimé les voyages, encore moins dans la jungle. Mais elle était convaincue que je reviendrais sain et sauf. Lisa est une bonne pâte, toujours positive, vous ne pouvez pas savoir comme elle m'a soutenu, jusque dans les pires moments…

La voix de Virgile s'éteint. Cette fois, le souvenir est douloureux, toujours puissant, même après des décennies.

— Quand nous avons perdu Aude, elle a été si courageuse. Je n'ai jamais compris comment elle faisait, elle la mère, elle qui avait porté nos filles. Lisa est une sainte femme. Même si elle rechigne, la plupart du temps, à me laisser partager un vieil armagnac avec des amis.

Il agite la main en direction d'Hélène, signe qu'elle comprend aussitôt. Le verre passe de ses doigts à ceux, moins assurés, de Virgile, qui le porte enfin à ses lèvres.

— Les bonnes choses ne changent pas, dit-il en faisant claquer sa langue contre son palais. Il faudrait que tout soit comme ça. Mais rien ne dure éternellement, n'est-ce pas ? Au total, j'ai participé à deux expéditions, en 1950 et en 1954. Aude est tombée malade ensuite et je n'ai plus voulu la quitter. Hélène vous a dit que nous avions eu des jumelles, Aude et Léa ?

Randolph fait un signe de tête.

— Un cancer l'a emportée, précise Virgile, la voix brisée. Elle n'était qu'une enfant. C'est pour elle que je suis resté en France, mais comme en attestent ces photos, je me trouvais bien là-bas, sur le tepui avec nos petits amis.

Nina, Randolph et Hélène échangent des regards et d'un geste discret, cette dernière leur propose d'interrompre la conversation. Virgile est vieux et son cœur fragile exige leur bienveillance.

— Tu dois te reposer, dit alors Hélène. Nous reprendrons…

— Terminons-en, ma chérie, la coupe le vieil homme. Nul ne peut dire si je serai encore là demain. Demandez-moi ce que vous voulez savoir. Une question après l'autre, ma chère. Cette petite est bien trop rapide pour ma vieille cervelle.

— Très bien, convient Hélène en lançant un sourire à Nina, dans ce cas… As-tu une idée de ce qui a pu se passer au village ?

— Non, et tu t'en doutes. Ils étaient bel et bien vivants en 1954. Anne a séjourné au village jusqu'en 1966, par périodes assez longues. Oui, jusqu'en 66. Ce qui signifie qu'elle est le témoin le plus fiable pour en parler, vu que moi, j'ai capitulé douze ans plus tôt.

— Est-ce qu'elle a évoqué des problèmes avec des trafiquants ou d'autres firmes, à l'époque ?

— Anne était mon prolongement là-bas. Nous avions fondé la Milane Corp. et travaillions sur les plantes qu'elle ramenait de ses voyages. Mais les dangers dont nous parlait ta jeune amie, ces braconniers ? Non, ils n'étaient pas là. Il existait d'autres périls, ceux de la jungle, de l'isolement, des maladies et des intempéries. Il y avait dans ces forêts beaucoup moins de « monde » que maintenant ! Enfin, je ne peux que l'imaginer !

— Que cherchait Robert Varenne ? demande Randolph, décidé à sortir de son silence observateur. Je veux dire : que cherchait-il exactement ?

Le front de Virgile se plisse de nouveau. Cette fois, il pèse ses mots, les évalue.

— Il cherchait Dieu, lâche-t-il. Rien de moins. Il traquait tout ce qui touchait de près ou de loin à l'occultisme, ce genre de choses. Il voulait retrouver sa première femme et son fils, morts pendant la guerre.

— Quel rapport avec les singes de Jean Fouchet ?

— Robert pensait que ces animaux étaient télépathes, ce que j'ignore toujours, du reste. Pour ma part, je me suis peu à peu désengagé de ses délires, auxquels Charles Provins prenait une part active. Et puis, les Indiens les passionnaient tout autant, pour les mêmes raisons sans doute. Là-dessus, nous n'échangions pas beaucoup. Je vous l'ai dit, je n'y suis pas retourné et mes relations avec eux se sont peu à peu taries. Moi, je venais de perdre une fille. Même après des années, Robert ne se remettait pas de la mort de Gaëlle et Pierre. Il n'a jamais rien pu contre ça.

— Si, intervient Hélène, il aurait pu ne pas nous abandonner, ma mère et moi.

Elle s'en veut aussitôt d'avoir utilisé ces mots et ce ton de reproches.

— Cela signifie que nous ne pouvons pas savoir si la mort des Indiens est liée à celle de mon père et de Charles, glisse-t-elle pour masquer sa défaillance. Ou à leurs travaux…

— Non, dit Virgile, qui fait comme s'il n'avait pas remarqué la détresse d'Hélène. Et je ne connais aucun indice qui irait dans ce sens. C'était à l'époque une région totalement coupée du monde, il fallait des jours pour y parvenir.

— Pourquoi ces Indiens s'étaient-ils installés là-haut ? En avez-vous une idée ?

— Je préfère penser que c'était pour avoir la paix, plaisante Virgile en se tournant vers Nina. Je suis pharmacien de formation. Pas ethnologue et encore moins voyant. Je sais simplement que ces Indiens, mais comme tous les Indiens d'Amazonie que j'ai pu côtoyer ou dont j'ai entendu parler, pratiquaient une médecine efficace dans beaucoup de domaines et pourtant tellement différente de la nôtre. Et que nous nous sommes pour beaucoup inspirés de leurs connaissances, moi le premier ! Ils étaient capables de soigner des affections terribles, comme la dengue ou de redoutables fièvres hémorragiques. Ils savaient contrôler les infections, calmer les douleurs de l'âme et du corps. Cet endroit foisonnait d'espèces particulières, de fleurs et de fruits de toutes sortes dont ils se servaient pour guérir… Peut-être avaient-ils tout simplement décidé du site de leur éden ?

— L'éden ne signifie rien pour des êtres aussi intimement liés à la nature, ils en font partie, glisse Randolph. Ne le croyez-vous pas ?

— Peut-être, murmure Virgile qui semble se ratatiner dans son fauteuil.

— C'est l'heure de ta sieste, suggère Hélène avec douceur.

— En effet ! renchérit Lisa qui vient de rejoindre le petit groupe. Vous allez me l'épuiser à ce rythme !

Sans prendre garde au regard noir de sa femme, Virgile aspire la goutte d'armagnac qui traîne dans son verre puis se lève en chancelant.

— Vous pouvez y jeter un coup d'œil, dit-il en désignant la caisse remplie de papiers et de photos. La dernière fois que je les ai regardées, c'était avec Anne. Ça devait être au début des années 70. Vous voyez, je n'aime guère me pencher sur le passé !

— Tu sais où elle réside aujourd'hui ? demande Hélène à brûle-pourpoint.

— Je l'ignore. Après la vente de ses actions, il y a plus de trente ans, Anne n'a plus donné signe de vie.

Il fait un petit geste de la main et s'éloigne en direction de sa chambre, soutenu par Étienne, l'ombre du domaine, toujours là pour venir en aide au maître des lieux. Alors que Nina et Randolph se sont éloignés pour fumer sur la terrasse, Lisa s'approche d'Hélène et attrape sa main, l'empêchant ainsi de rejoindre les autres.

— Il y a un événement dont tu n'as jamais entendu parler, Hélène, dit-elle avec précipitation. Virgile a eu peur, c'est aussi pour cette raison qu'il n'est pas retourné au Venezuela.

— Que s'est il passé ?

— Les trois autres ont joué aux apprentis sorciers. Pour une raison connue d'eux seuls, ils ont cherché à récupérer du miel sauvage dans des arbres et se sont fait piquer par des abeilles. Charles, Robert et Anne ont reçu une dose de venin suffisante pour les tuer chacun plusieurs fois. Ce sont les Indiens qui les ont sauvés. Virgile ne m'a jamais donné aucun détail, mais il y a assisté, ça, j'en suis sûre. Qu'avaient-ils sur place, mis à part des plantes ? Les rituels chamaniques et toutes ces choses, il faut y être né pour y croire, mais le pouvoir des plantes, c'est évident.

— Pourquoi me dis-tu ça ?

— Parce que certaines choses doivent être sues, mon petit chou, rétorque gentiment Lisa. Anne racontait qu'après, Robert avait multiplié les expériences durant lesquelles il buvait des mixtures à base d'ayahuasca et clamait qu'il avait compris le grand mystère de la vie. Si tu veux la retrouver, essaie de joindre Maxime Angeletti. Il était pompier à Marseille. Ils ont vécu ensemble quelques années, avant qu'elle décide de disparaître.

46

Les heures ont passé, le soleil se couche sur la baie des Anges, teintant d'ocre et d'orange les nuages qui s'éloignent lentement vers le large, comme pour accompagner le dernier ferry. Sur la table en teck de la terrasse du Méridien Ruhl, des tapas ont accompagné le pastis, si bien que plus personne n'a faim, personne n'y pense, tant la conversation a roulé de bord en bord, revenant inlassablement sur les mêmes interrogations.

— Je suis certain que Virgile Milane nous cache encore des choses !

Le ton de Randolph, plus sec que d'ordinaire, est curieusement en désaccord avec l'expression bonhomme qui éclaire ses traits. Surprise, Hélène s'offusque, se fâcherait presque et Randolph, sous le charme, capitule aussitôt.

— Croyez bien que je ne voulais pas vous offenser, ma chère, dit-il sur une inflexion beaucoup plus aimable.

— Mais ça fait des années qu'il me ment, figurez-vous ! Cette histoire d'abeilles et de rites chamaniques est… les bras m'en tombent !

— Allons ! On ne raconte jamais tout sur sa vie ! Même nos amis les plus intimes ont leurs secrets. Non, ce qu'il faut se demander, c'est pourquoi il a omis de relater cet événement.

— Il voulait certainement protéger la sacro-sainte image du père. Et il n'est visiblement pas le seul à ne pas dévoiler *ses petits secrets* !

Désemparé par les sous-entendus d'Hélène, Randolph bat en retraite. Il sirote son apéritif et contemple la promenade des Anglais, la Méditerranée et cette lumière d'automne si douce, quand il fait encore beau mais pas trop chaud. Il adore fréquenter cet endroit niché sur le toit de l'hôtel pour le luxe de son mobilier, la discrétion de son personnel et le moelleux de ses homards grillés à la plancha. Quel bonheur ! Quelque part, juste à côté de lui, Hélène vitupère toujours les techniques des chamans d'Amazonie et il l'entend comme dans un rêve lointain, emporté par l'effet légèrement euphorisant du pastis bien tassé.

— Soignés avec des psychotropes ! Ils devaient être complètement largués ! Ces cocktails de plantes sont bien plus redoutables que nos drogues de synthèse.

Affalé sur sa chaise, Randolph sourit complaisamment, les yeux fixés sur le visage d'Hélène, qu'il trouve de plus en plus charmante. Il pense aussi que le silence de Virgile sur ce sujet n'est pas si étonnant : lui-même n'a jamais avoué à sa fille qu'il aimait se fumer une cigarette mêlée d'herbe avant d'aller se coucher. Parfois. D'ailleurs, il glisse avec beaucoup de malice que l'alcool mondain et le tabac, tels qu'ils le pratiquent ce soir même, sont l'exemple type du rituel mêlant des psychotropes. Ce à quoi Hélène rétorque par un haussement d'épaules agacé. Alors il se contente de lever son verre vide en direction du barman, et c'est à cet instant que Nina revient d'une tentative de shopping apparemment infructueuse, puisqu'elle n'a pour tout achat qu'une cartouche de cigarettes qu'elle tient à la main.

— Eh bien, dit-elle en s'asseyant, je croyais que les Françaises étaient plus élégantes que ça ! Finalement, j'ai la tête pleine de clichés. La Promenade est envahie de vieilles rombières parcheminées par le soleil et déformées au Botox. Les chirurgiens de Caracas sont plus doués ! Là-bas, les fesses ne font pas de vagues ! ajoute-t-elle avec une moue de dégoût. Quelles sont les nouvelles ?

— Votre père prétend qu'il ne voit pas la différence entre un verre d'alcool et un mélange à l'ayahuasca, ce qui a le don de m'irriter. En tout cas, je comprends mieux pourquoi le mien cherchait le troisième œil ! Il allait à l'autre bout du monde pour s'envoyer des mixtures hallucinogènes au lieu de s'occuper de nous.

— Au moins avez-vous appris quelque chose ! Et ne faites pas la gueule, on dirait moi quand je suis en forme.

— J'admire ton calme et ton analyse, Apollonia ! Hélène, pardonnez ma maladresse s'il s'agit de cela et poursuivons, je vous prie. Nous parlions des braconniers et de l'hypothèse qu'ils soient responsables du massacre.

Le visage de la primatologue se déride au bout de quelques secondes.

— La deuxième tournée de psychotropes arrive à point nommé, dit-elle en enlevant son sac à main de la table pour y faire de la place. Nina, vous allez vous joindre à nous.

— Avec plaisir.

— En parlant de psychotropes, plus d'angoisse ?

La question vient de Randolph, abrupte comme il les aime et potentiellement dérangeante. Mais cette fois, orpheline de sa compagne des jours sombres, Nina reste de marbre.

— Plus d'angoisse, je serai donc beaucoup moins encline à me laisser manipuler.

— Mais c'est formidable, ça ! s'exclame Randolph, mi-figue, mi-raisin.

— Je devrais voir mourir des gens et sucer des lianes plus souvent. Finalement, chaque épreuve que l'on traverse est un don du Tout-Puissant.

Le visage de Randolph se fige. Les sarcasmes de sa fille, mêlés à l'évocation de Dieu, lui sont insupportables.

— Vive les braconniers ! s'exclame la jeune femme, subitement traversée par un frisson de terreur.

— Nina, s'interpose Hélène, arrêtez et écoutez-moi, voulez-vous ! Le braconnage pratiqué comme il l'est aujourd'hui est une activité qui remonte à une vingtaine d'années, pas davantage. Idem pour le commerce de singes dans cette partie du monde. Aujourd'hui, tout se trafique, les papillons, les pattes de tigre, les cornes de rhino, les mygales, tout est menacé pour des raisons absurdes. À la fin des années 60, ça ne se faisait pas encore, pas en Amazonas. Virgile a été clair. Ils étaient seuls avec les Indiens. Et s'il y avait eu une exploitation industrielle sur ce tepui, type exploitation minière, ils l'auraient sans doute repérée.

— Peut-être, relance Nina, mais moi, je n'ai pas été attaquée par des fantômes. Ces Indiens sont morts assassinés, votre père et Provins ont disparu dans des conditions plus que suspectes. Alors, qui sont leurs agresseurs ? Vous dites qu'il ne peut s'agir de braconniers, mais il y a un détail dont nous n'avons jamais parlé. Je vous rappelle qu'il n'y a toujours pas de route, pas de piste d'atterrissage non plus. Et si c'étaient les mêmes ? S'il y avait là-bas des gens qui enlèvent, pillent et assassinent en toute impunité depuis quarante ans ?

— Je n'y crois pas, ce n'est pas logique.

— Y a-t-il quelque chose de logique dans le fait qu'ils m'aient soignée et laissée repartir, au risque d'être découverts ?

— C'est ça, la bonne question, pointe Randolph. Pourquoi as-tu été épargnée ? Tant que nous n'y aurons pas répondu, nous n'avancerons pas. Cependant, je suis certain qu'une histoire de diamants peut expliquer la disparition de Varenne et Provins et le massacre des Indiens. Ce genre de solution radicale s'est déjà vu !

— Le problème, contre Hélène, c'est que nous ne répondrons à cette question que lorsque nous aurons toutes les cartes en main.

— C'est la quadrature du cercle ! grommelle Randolph.

— C'est bien pire que ça !

— Non, moi, ce qui m'inquiète, articule Hélène, c'est vraiment cette histoire de psychotropes.

Nina ne peut s'empêcher de pouffer en entendant la réponse de la primatologue. Il faut dire que cette dernière a bu quelques pastis et que ses idées ne sont plus très claires.

— J'ai assisté à un rite chamanique avec prise de produit, se fâche Hélène. Je peux vous assurer que ces choses-là ne sont pas à prendre à la légère. Sans parler de ces piqûres d'abeilles, leur venin a pu amplifier l'action des drogues.

— Mais que voulez-vous que ça leur ait fait ? renchérit Nina. L'effet est ensuite retombé et voilà. Où est le mal ?

— Des gens non préparés à ces rituels peuvent y laisser leur santé mentale. Voilà où est le mal. De quoi ou de qui pensez-vous que Virgile ait eu peur ? Certainement pas des abeilles, ni des Indiens, puisqu'il les a côtoyés pendant des mois. Non, à mon avis, c'est vers mon père et Provins qu'il faut se tourner. Qu'ont-ils fait qui ait alarmé Virgile ? Pourquoi est-il incapable d'en parler ?

La voix d'Hélène s'éteint. Après toutes ces années passées à espérer la vérité sur la fin tragique de son père, elle se heurte à un mur de silence et de sombres fantasmes.

— C'est rageant ! s'exclame Randolph. Retournons voir Virgile, nous finirons bien par en tirer quelque chose.

— C'est un vieux monsieur mais il est têtu comme une mule et je refuse de le brusquer. C'est à lui que je dois ce que je suis devenue, pas à Robert Varenne. Essayons plutôt du côté du pompier d'Anne Fouchet, ajoute subitement Hélène, sans conviction.

47

Le doigt de Nina enfonce le bouton usé de la sonnette. Un carillon lointain résonne quelque part, de l'autre côté d'une haute haie de résineux. Maxime Angeletti réside là, dans un mas de la région avignonnaise, à quelques kilomètres de l'Isle-sur-la-Sorgue. Ce sont les Pages jaunes qui ont livré son adresse la veille au soir, tandis qu'Hélène contactait Léa Milane – la jumelle expatriée à New York, présidente de la Milane Corp. – pour obtenir des informations sur les relations d'Anne Fouchet avec l'entreprise familiale. Mais la piste espérée s'est rapidement transformée en cul-de-sac : membre du conseil d'administration pendant plusieurs années, Anne Fouchet a, sans aucune explication, décidé de céder ses parts aux Milane en 1972, et transféré les fonds vers un compte off shore. Depuis, malgré son attachement à la famille, elle n'a plus jamais donné de nouvelles. Alors, quand Hélène regarde le doigt de Nina enfoncer à nouveau le bouton de la sonnette, elle n'y croit plus. Près de trente-cinq ans ont passé. Maxime Angeletti, s'il est toujours de ce monde, ne pourra qu'évoquer des souvenirs défraîchis, douloureux peut-être et sûrement inutiles. Et si elle a tout de même tenu à venir s'en assurer sur place, c'est parce qu'il n'existe rien de pire, pour cette femme habituée à bouger d'un bout à l'autre de la planète, que d'attendre un improbable nouvel événement. Jusqu'à ce jour, jusqu'à ce que cette histoire née au cœur de la forêt amazonienne vienne échouer contre ce muret et réduise comme une peau de chagrin ses chances de lever le voile sur le destin tragique de son père. Devant la porte ouvragée du muret d'enceinte, les yeux toujours fixés sur les doigts de Nina qui caressent à présent la pierre chaude et arrachent méthodiquement des éclats de vieux crépi, elle envisage déjà la suite des événements : un fils va ouvrir cette porte, leur expliquer avec politesse qu'à la mort de ses parents il n'a pas voulu changer l'identité correspondant à la ligne téléphonique. Ou alors, ils verront un témoin du passé, tremblotant et gâteux, qui ne se souviendra pas de grand-chose ou, pire, les tiendra en haleine pendant des heures pour tromper sa solitude.

Une grosse voix s'annonce, « Voilà, voilà », dit-elle, et sort Hélène de ses pensées. Le portillon s'ouvre et un homme d'une soixantaine d'années, peut-être plus, apparaît, tout sourires. Son visage porte les rides de ceux qui ont vécu au soleil et au grand air et sa carrure épaisse culmine au-delà du mètre quatre-vingt-dix. Après un instant d'hésitation, il demande ce qu'il peut faire pour ses trois visiteurs, qui se sentent un peu idiots. Comment présenter leur requête à cet homme, après tant d'années ? Le nom de Varenne lui est inconnu, celui de Milane vaguement familier et oui, il s'appelle bien Maxime Angeletti. Son front se plisse avec application, au-dessus, ses cheveux encore très noirs retombent en petites boucles collées par la sueur. Les présentations exigent encore quelques minutes de plus, le nom d'Anne Fouchet est prononcé, les explications sur la présence d'un écrivain américain et de sa fille piétinent un peu. L'identité de Randolph Scott fait un écho dans la mémoire d'Angeletti, mais le souvenir n'accroche rien, ou peut-être quelques images de western des années 60, c'est tout. L'homme est méfiant, hésite à les inviter puis, comme la situation s'éternise, finit par le faire et c'est ainsi qu'ils se retrouvent assis sous une tonnelle, un sirop d'orgeat devant chacun, un peu surpris d'être là.

— Anne n'est jamais revenue dans le coin, lance Angeletti pour répondre aux innombrables questions d'Hélène. Pourquoi la cherchez-vous donc ?

L'homme a un œil rusé, pétillant d'intelligence, il a entendu les non-dits dans ces silences qui truffent la conversation. Alors Hélène tente l'explication trop simple de l'histoire familiale qui remonte à loin, de travaux obscurs qu'Anne réalisait avec son père, Robert Varenne, et Virgile Milane, en Amazonie. Mais Angeletti hésite encore, revient à la charge et questionne Nina qui se trémousse sur sa chaise, tandis que Randolph cherche ses mots et se contente de lâcher qu'il s'intéresse à l'histoire pour en faire un roman. Comme s'il soupesait la part de vérité dans ce qu'il vient d'entendre, Maxime Angeletti hoche la tête, grogne pour lui-même que l'ensemble lui paraît plausible, même si les explications restent confuses, et finit par leur raconter comment il a rencontré Anne alors qu'il était pompier dans une garnison du nord de Marseille. C'était à la fin des années 60, dans des circonstances tragiques – « ça pétait pas mal à cette époque, CRS/SS, sous les pavés la plage, ce genre de conneries ». Elle faisait partie des victimes d'un attentat. Anne a eu les deux jambes brisées, il s'est occupé d'elle et ça a bien fonctionné entre eux, l'histoire n'est pas plus compliquée que ça. Le temps de sa rééducation, ils ont vécu ensemble, mais après, Anne a eu la bougeotte et s'en allait pendant des mois. Quand elle rentrait, elle ne quittait plus ses bras. Angeletti ajoute en fronçant les sourcils qu'il s'agissait d'une femme étonnante, ou plutôt étrange. Elle a quitté sa vie comme elle y était entrée. Brutalement.

— Vous êtes sûr que vous ne l'avez jamais revue depuis ?

Visiblement agacé par la question de Nina, Maxime Angeletti manque se fâcher, grogne encore, comme le vieil ours qu'il est, et s'adoucit devant la mine confuse de la jeune femme. Puis il répète qu'il n'a plus jamais eu de nouvelles d'Anne, sauf pour la maison, ce jour de 1990 où sa femme et lui sont allés chez un notaire parisien, maître Rezievski – « oui, un nom comme ça, on s'en souvient, ou il s'efface de votre mémoire à jamais » – pour apprendre qu'ils héritaient d'un splendide mas – legs dont les prélèvements fiscaux et commissions diverses avaient déjà été réglés – ayant appartenu à une certaine Anne Fouchet.

Peu à peu, au fil des mots d'Angeletti, les visages de Nina et d'Hélène se sont défaits. La mort d'Anne, curieusement, elles ne l'avaient pas envisagée. Peut-être parce que trop de précieux souvenirs risquaient de s'effacer et que l'espoir de connaître un jour la vérité sur le village, ses rites, ses morts, et la disparition des chercheurs français, allait s'évanouir définitivement. Un peu sonnés par la nouvelle, les trois visiteurs se sont levés quelques minutes plus tard pour prendre congé de leur hôte et se sont installés en silence dans la voiture de Lisa.

Indifférente à ceux qui l'entourent, Hélène sort un Cohiba qu'elle allume aussitôt. Ses doigts tremblent, elle s'arrache les cuticules des pouces avec les ongles des index.

— Cette femme était âgée, avance Randolph, déstabilisé par le silence de la primatologue. On pouvait s'y attendre !

— C'est vrai que tu te fais bien à la mort des autres, Scott !

Sans se retourner, Randolph observe sa fille dans le miroir du pare-soleil. Tout son corps s'est raidi.

— Je me fais facilement à la mort de qui ? Mlle Les-chakras-dans-le-chignon devrait avaler son Valium au lieu d'agresser tout le monde.

Furieuse, Nina attrape son paquet de cigarettes, s'allume une Stuyvesant et inhale plusieurs bouffées avant de rejeter la fumée avec rage, la tête relevée et les yeux mi-clos. Son père l'appelait ainsi pour la railler lorsqu'elle était encore adolescente et ce sobriquet a toujours le don de la mettre hors d'elle. Chakras par-ci, chakras par-là, schémas par-ci, schéma par-là, chaque angoisse, chaque peur de Nina était décortiquée, étiquetée et classée sur les étagères de la psychothérapie personnelle du *docteur Scott*. Depuis son étude d'un ouvrage sur les automatismes névrotiques, il avait eu à cœur de les traquer et de les nommer, dès qu'ils apparaissaient dans le comportement de sa fille. « Ici, c'est la vulnérabilité, tu as peur de tout, même du bruit de la mouche qui tourne au-dessus du fromage, là c'est la défiance, tu vois le mal partout et là encore, c'est le perfectionnisme. Rien ne te va, tu n'arrêtes pas de chercher la petite bête et de crier que tu n'es bonne à rien. » Chakras, schémas, cela ne convenait pas à Nina. Elle vivait avec une ombre, dissimulée dans son inconscient, et cette ombre lui montrait simplement le monde au travers d'un prisme déformant. Cette peur si douce et familière ne pouvait pas se contenter d'être rangée dans les cases de Scott père. Elle représentait bien plus que ça : un alter ego rassurant et protecteur, dont Nina n'envisageait pas d'être séparée. Ainsi était née Chakrouny, son angoisse, ses frayeurs et le manque de sa mère, l'ensemble réuni en trois syllabes qu'elle pouvait chasser quand bon lui semblait et dorloter le reste du temps. Aujourd'hui, son double semble s'être évanoui dans la jungle, terrassé par les plantes hallucinogènes ingérées là-bas, peut-être, quand la fièvre a pris possession de son corps et de sa raison. Aujourd'hui, il ne reste à la jeune femme que la colère. Et l'envie de savoir.

— Je ne t'ai pas entendu exprimer la moindre compassion lorsque j'ai perdu mes amis au Venezuela ! reprend-elle avec force. Pas une seule fois !

— Tu es malhonnête, Apollonia ! Tes amis ? Comme si tu pouvais appeler ces gens-là des amis ! Tu as même tenté de t'en débarrasser !

Nina est déstabilisée par la hargne subite des réponses de Randolph et leur parfum de vérité. Il est vrai qu'elle a déploré la présence de Gus van Peeble à peine celui-ci arrivé. Mais de là à souhaiter sa mort, il y a un pas qu'elle n'a jamais franchi.

— Ça n'a rien à voir, oppose-t-elle. Et maman ? Finalement, tu t'es bien accommodé de sa disparition ! C'est pratique, une femme posée dans la bibliothèque ou planquée dans le coffre, ça fait partie des meubles, il suffit de faire la poussière une fois par semaine et basta ! Et pour la gamine qui reste, il y a les nounous. Simple, efficace et pas si cher, surtout quand on les trousse sur un coin de table ! Avec ton ego surdimensionné, c'est vrai que tu pouvais difficilement faire mieux !

La voix de Nina est montée très haut et l'habitacle résonne encore de ses cris. Accablé par ce qu'il vient d'entendre mais assez sage pour ne pas entrer dans une surenchère stérile, Randolph ne voit même plus sa fille. Ses yeux errent dans le vide, un vide préférable au reflet que lui présente le miroir. Son cigare entre les dents et les yeux humides, Hélène rompt alors le silence en faisant rugir le moteur. Son regard brouillé est accroché au portillon. Elle enclenche brutalement la première et rejoint la route départementale dans une ambiance de plus en plus étouffante.

48

Installée sous la pergola de la maison Milane, le nez dans les vieilles photos de Virgile, Nina apprécie sa tranquillité nouvelle. Il y a déjà deux heures que Randolph et Hélène se sont envolés pour Paris dans le but de rencontrer maître Rezievski. Convaincue que cette nouvelle piste ne les mènerait nulle part, elle a décidé de ne pas les suivre. Et puis, Nina a bien vu que Randolph et Hélène se sont rapprochés et elle ne parvient pas à chasser de son cœur cette jalousie qui la ronge. *Fais attention, cette salope de Chakrouny pourrait bien repointer le bout de son nez !* Est-elle fâchée contre Hélène, qui n'a visiblement pas apprécié la scène de la voiture et a quitté la résidence Milane sans un mot pour elle, ou jalouse du bonheur à deux en train de naître sous ses yeux ? La différence est de taille, mais l'égoïsme de son questionnement lui explose au visage. Comme souvent, Nina n'a jamais su raisonner sa vision des autres. C'est même l'une des premières fois qu'elle distingue deux origines possibles au mal-être dont elle souffre. Et puis, il y a eu ces vilains mots entre son père et elle, et cette soudaine froideur dans son regard à lui. Incapable de s'excuser et pourtant consciente de sa responsabilité, Nina s'est retranchée derrière un mur de silence, le voile baissé de ses paupières et sa moue boudeuse. *Tu es une sale petite merdeuse ! Ce n'est pas étonnant que tu aies toujours été seule ou avec des tocards, ce qui revient au même, d'ailleurs.*

Ses mains font défiler les photographies. Il y en a des centaines. Beaucoup montrent les quatre chercheurs en situation de travail. Robert Varenne, Virgile Milane, Anne Fouchet et Charles Provins. Qui étaient-ils ? Ces images glacées, jaunies par le temps, ces allures désuètes, ces sourires francs cachent tant de mystères. Ces hommes et cette femme ont vécu, aimé, trahi peut-être et trois d'entre eux sont morts en emportant leurs secrets. Qu'ont-ils découvert sur ce tepui perdu au milieu des nuages, dans cet endroit hors du temps ? Qu'ont-ils vu ? Qu'ont-ils *fait* ? Anne, Charles et Robert, derniers témoins de ces cérémonies étranges, morts dans des circonstances tragiques ou inconnues. Charles et Robert flottant au fil de l'eau – *comme Aidan, que reste-t-il de lui ?* – ou coincés sous la coque des rafiots du port de San Fernando. Et Anne ? Qu'est-il advenu de ce corps gracile ? *Un tas de cendre, comme celui de maman, poussière dans une urne grise et froide ?* Ou un cadavre rongé par les vers quelque part, six pieds sous terre ?

La grande majorité des clichés a trait à l'Amazonie et Nina ne se lasse pas de celles montrant le village. Ces images chassent ses idées noires. Elle croit encore sentir le parfum des fleurs, entendre le ronronnement de la forêt, son grondement et aussi ce silence si particulier qui entourait les ruines. Elle les passe et repasse devant ses yeux, en scrute certaines, se souvient du sourire de Sahalé, puis de sa peur des sépultures. Elle s'attarde sur d'autres, suit le contour des pyramides avec les doigts, remonte mentalement l'allée de pierres jusqu'aux charniers. Jamais elle n'a pu se figurer ce village ainsi, alors qu'elle arpentait les allées. Ni tous ces gens, dont elle n'a vu que des ossements rongés. Car c'est maintenant une certitude, ce sont bien les mêmes. Ces centaines d'hommes et de femmes aux corps couverts de tatouages identitaires auraient dû vivre en paix, enfanter et ainsi se prolonger dans leur descendance. Sur ces photographies, ils ont l'air de gens paisibles, heureux d'être ce qu'ils sont. Ce sont eux, les rieurs, ceux que Nina espérait trouver un jour. Varenne et Provins ont été les derniers témoins de cette civilisation minuscule. Des scènes de la vie ordinaire étalées sur la table montrent des instants figés de repas partagés, de jeux d'enfants, de retour de chasse et de cérémonies religieuses. Le totem est bien là, dressé au centre d'une place circulaire, rassemblant la communauté humaine et ses esprits matérialisés dans le granit. L'abeille, le singe et l'arbre hébergeur.

— Le seul exemple connu dans toutes les civilisations précolombiennes et je n'ai pas été fichue de m'y intéresser !

Sa voix résonne dans le vide de la pergola et ses mains jettent le désordre dans les photographies. Elle allume une cigarette, avale la fumée avec rage et poursuit l'examen des clichés. Sur l'un d'eux, elle peut voir Anne Fouchet coiffée d'un chapeau en mousseline claire. Sa robe semble faite dans le même tissu et ses longues jambes la hissent très au-dessus d'une jeune Maghrébine qui porte un pot à eau en terre cuite. Sur l'arrière-plan se trouve une haute bâtisse en torchis, partiellement entourée d'échafaudages. Plus loin, une palmeraie s'étend jusqu'à l'à-pic d'une barrière rocheuse. Nina approche la photo de son visage. Elle sent encore cette pointe d'envie, comme quand elle regardait Kwanita. Elle aurait aimé être jolie de cette façon toute simple en apparence, posséder cette poitrine bien faite, sans excès, cette façon délicate de tenir une main dans l'autre sans avoir l'air cruche. Elle voudrait ressembler à Anne, à Kwanita ou à cette petite Maghrébine aux traits si doux. Mais, toute sa vie, elle aura cet air d'entre-deux, à mi-chemin entre un garçon et une fille, ce genre d'énergumène qui n'attire pas grand monde, et jamais ceux qu'elle souhaite. La cigarette échoue dans le cendrier. Nina se relève d'un bond, titillée par la curiosité. Elle rejoint Lisa occupée à recoudre une nappe abîmée dans la cuisine. La vieille dame relève la tête avec un beau sourire, et Nina se dit qu'elle rêverait être aussi avenante, quand elle aura accumulé tous ces printemps. Elle se dit aussi qu'il lui faudra rencontrer son Virgile, celui qui saura accompagner ses jours et ses nuits, en toute tranquillité.

Nina prend place, pose le cliché sur la table et Lisa se souvient : c'était au Maroc, dans l'Atlas, mais l'endroit exact lui échappe. Il faudra qu'elle jette un coup d'œil aux archives ou qu'elle demande à Virgile. En revanche, ce qu'elle n'a pas oublié, c'est l'histoire de cette kasbah reçue en héritage à la mort de Robert – Hélène n'en a jamais rien su, mais cela explique pourquoi Émilie, sa mère, ne portait pas Anne dans son cœur. Plus tard, la botaniste l'a transformée en coopérative agricole. C'est là qu'Anne s'est installée, au pied des montagnes de l'Atlas. *C'est là que je serais allée si j'avais souhaité disparaître.* Les montagnes de l'Atlas. Ces mots éveillent de vieilles lectures dans l'esprit de Nina, des fantasmes de monde pur et de reine vierge. Elle décide alors qu'elle s'envolera pour le Maroc sur les traces de la mystérieuse Anne Fouchet, dès qu'elle aura obtenu l'information qu'elle désire.

49

Il nous fallut réparer notre via ferrata, la renforcer, la rendre plus aisément praticable. Je crois que ce fut la première fois qu'en cette partie de l'Amazonie on utilisa le béton armé. L'hygrométrie, les précipitations, l'amplitude des températures, rien en ce pays de forêts d'altitude n'est prévu pour la main de l'homme. Au mieux pouvait-on se penser à l'abri des désagréments, mais dans le pire des cas, on s'apercevait que l'humanité n'était jamais la bienvenue.

Alors nous persévérâmes. Il faut avouer que nous n'avions aucune envie de retourner en Europe. Nos centres d'intérêt, notre destinée, quelle qu'elle devrait être, se trouvaient là-haut, entre mille huit cents et deux mille quatre cents mètres d'altitude, et nous oubliâmes bien vite tout ce et tous ceux que nous avions laissés derrière nous. À s'établir dans un milieu si riche, si différent, si déconnecté des préoccupations urbaines, on finit par perdre le sens des réalités et celui de l'urgence. On espère que les choses se déroulent bien pour les uns et les autres, là-bas, à l'autre bout du monde. Mais on ne fait plus attention à eux, plus vraiment, plus comme il le faudrait, et on oublie que les petites filles en danger de mort n'ont pas le temps d'attendre.

Les semaines précédant notre départ, je m'étais replongé dans mes documents, pour m'aider à patienter et peut-être dénicher un détail que je n'aurais pas su voir. Ce fut peine perdue car, même si j'y pris un grand plaisir, je ne découvris rien de neuf. Descartes prétendait toujours que l'âme agit par l'entremise de la glande pinéale et les mystiques hindous, à qui l'on doit la notion de troisième œil, continuaient de la croire base d'envol pour l'âme lors des états modifiés de conscience. Les Égyptiens, les Grecs, les alchimistes du Moyen Âge, tous apportaient leur pierre à cet édifice qui me fascinait, mais aucun ne prouvait quoi que ce soit.

Nous décidâmes de nous établir sur le lieu de notre premier campement. Tout d'abord, nous ne possédions pas la certitude d'être toujours les bienvenus chez nos Indiens, et puis nous disposions ainsi d'une plus grande liberté de mouvements. Je dois avouer que je fus soulagé par cette décision collégiale. La communauté indigène avait à mon souvenir une trop forte tendance à la fête et aux bruits intempestifs en général. Grand bien nous en prit, car je pus me consacrer à mes recherches en toute tranquillité. Comme nous étions persuadés que la survie des singes et celle des humains étaient imbriquées, que l'expérience des uns avait nécessairement servi les autres et que nous ne pouvions pas imaginer que les primates s'étaient inspirés des hommes, nous plaçâmes mes recherches *in situ*, au cœur de notre dispositif. Les travaux d'Anne et de Charles n'en étaient pas devenus mineurs pour autant. Il ne s'agissait pas de hiérarchie, seulement de logique. Notre sauvetage par la médecine chamanique avait dopé nos analyses sanguines comme il est difficile de l'imaginer – or les chamans avaient appris des singes, nous en étions convaincus –, il était donc raisonnable de centrer l'ensemble de nos recherches sur les miennes. Nous nous mîmes donc au travail. Donner à toute personne la possibilité de bénéficier de telles constantes biologiques était devenu un objectif essentiel. Cela reviendrait à renforcer le système immunitaire, voire à guérir certaines maladies, toutes les maladies peut-être ! Nous avions promis à Virgile de chercher pour Aude, de comprendre ce que les chamans nous avaient fait, après l'attaque des abeilles, pour aider la fillette à combattre sa leucémie.

Il existait enfin pour tous, ce Graal qui m'animait depuis l'origine. Anne et Charles me pardonneraient de chercher en même temps mon inaccessible étoile. À mon sens, il y avait dans ces guérisons miraculeuses une dimension spirituelle et psychologique indéniable.

Mon premier objectif, celui auquel je songeais depuis quatre ans, fut d'attraper l'un des deux spécimens que j'avais introduits lors de notre précédent séjour. C'était pour nous d'une importance capitale, car les résultats de son autopsie indiqueraient la direction à prendre pour des années. Envisager une pareille chose est un point, la réaliser en est un autre. Nous ignorions la superficie du tepui, des centaines de kilomètres carrés au bas mot. Cela revenait à fouiller la meule de foin sans savoir si l'aiguille s'y trouvait encore. Et dans notre cas, nos petites femelles étaient peut-être mortes et retournées à la terre. C'est un phénomène étonnant que l'on retrouve chez toutes les espèces mammifères, humaine comprise : il est plus facile de se réadapter à la captivité qu'à la liberté, bien des études sur les prisonniers l'ont prouvé. Loin de ces considérations philosophiques, je redécouvrais les lois de l'équilibre, perché dans des arbres qui n'ont pas leurs pareils ailleurs dans le monde, cherchant à me faire adopter, accepter tout au moins, à devenir invisible, comme une nouvelle branche un peu bizarre. Pendant des mois, j'attendis. En vain.

Par ailleurs, j'élevais, dans une grande cage, des saïmiris attrapés en Colombie, dans une autre, une vingtaine d'individus nés en captivité dans un zoo de Caracas et dans une troisième des spécimens prélevés sur place. Ce véritable vivier, qui compta jusqu'à une centaine de sujets, allait me permettre bien des expériences. Anne me seconda souvent dans cette activité. Les animaux l'aimaient beaucoup, je crois. Il faut dire que la petite jouissait d'un tempérament doux et joyeux qui faisait également notre bonheur.

Au gré de nos loisirs, nous entreprîmes de construire une véritable maison, moins d'un mois après notre arrivée. La tronçonneuse thermique fut d'un grand secours et il nous suffit de quelques jours. La bicoque ne ressemblait pas à grand-chose mais nous en étions fiers et passâmes beaucoup de temps à la peaufiner, à la décorer, à tenter de l'isoler des innombrables variétés d'insectes qui sévissent sous ces latitudes. Et bon gré mal gré, nous y parvînmes, poussant le luxe jusqu'à installer une cheminée centrale devant laquelle nous avons passé de magnifiques soirées, dans un environnement maîtrisé, sans craindre de voir surgir à tout instant une mygale grande comme la main ou des moustiques porteurs du paludisme ou de la dengue, ou encore des scolopendres si venimeuses qu'elles n'ont rien à envier aux pires espèces de serpents.

Mais nous ne nous attendions pas à devoir l'entretenir au quotidien. Tout pousse près de l'Équateur, plantez-y un manche à balai et revenez quelque temps plus tard : il aura pris racine et bourgeonné, jusqu'à produire de jolies feuilles. Le bois qui constituait notre *chalet d'altitude* était si vert qu'il reprit vie en moins de temps qu'il n'en faut pour le dire. Une fois par semaine au minimum, l'un d'entre nous était désigné pour élaguer le pourtour et même l'intérieur de la pièce unique. Cette occupation de jardinier me plut et je pris mon tour plus souvent que les autres.

Tous les matins à l'aube, je partais en quête de mes deux petites femelles et ce n'est qu'au cent quarante-huitième jour que la providence me sourit enfin. Alors que depuis trois semaines je fouillais une zone située à l'est de notre campement, mille cinq cents mètres à vol d'oiseau du chalet, je la repérai enfin. L'encre qui pigmentait son museau ne s'était pas envolée, malgré les nombreuses séances d'épouillage qu'elle avait dû subir et les pluies régulières. Elle était là, ma promise, et j'eus les yeux pleins de larmes de la voir assise sur une branche assez basse, les mains remplies de fruits qu'elle dévorait à belles dents. La balle de 22 long rifle l'atteignit en plein thorax et je suis sûr qu'elle ne souffrit pas, le cœur emporté par le projectile. C'est à peine, je pense, si elle s'étonna de mourir.

L'inné ou l'acquis ? La question alimenta nombre de nos soirées, passées devant notre cheminée, cigare à la bouche et vieux cognac en main, les seuls produits, en plus de la marmelade, que nous nous permettions d'importer à grands frais. La glande pinéale surdimensionnée de mes saïmiris provenait-elle du milieu dans lequel ils vivaient, ou était-ce là un caprice de l'évolution ? La réponse jaillit sous mon scalpel. La femelle que je venais de tuer appartenait à une communauté de singes vivant dans le nord de la Guyane, à des milliers de kilomètres de là. Elle jaillit, limpide malgré quelques traces de sang que nous prîmes pour des feux d'artifice rougissants. Cette fin de journée reste l'une des plus mémorables de ma vie. Nous avions découvert le chemin, il ne nous restait plus qu'à le suivre. La glande pinéale de cette femelle était hypertrophiée. Cela ne pouvait signifier qu'une chose : sa taille avait été influencée par le milieu. C'était le tepui le responsable, ce qui y poussait, ce qu'on y respirait, ou pourquoi pas son magnétisme particulier. L'holocauste allait pouvoir commencer, car il nous fallait vérifier auprès des autres espèces endémiques si la taille de leur glande pinéale dépassait la normale et, si oui, quelles en étaient les conséquences. Ah, quelle déraison s'empara de nous cette nuit-là ! Le cognac coula généreusement, la musique d'un vieux gramophone résonna fort tard et la porte du chalet se referma sur deux humains pleinement consentants. J'entendis malgré moi les vocalises gémissantes, les mains plaquées sur les oreilles, pour ne pas devenir fou. Mais de cela nous ne parlâmes jamais. Cela n'arriva à ma connaissance qu'une fois et tout commentaire serait déplacé et dépourvu du moindre intérêt scientifique.

VIII

Douce folie de penser que pour une fois l'univers s'équilibre harmonieusement

50

La poudre parla des semaines durant. Impatients de posséder enfin la réponse à notre question essentielle, Charles et moi eûmes l'air de drôles de lascars. On eût dit, je crois, que des permis de chasse avaient été distribués au cœur de l'Amazonas et que des viandards en avaient acquis deux exemplaires. Tous les matins nous traquions les proies et disséquions le fruit de notre mortelle activité chaque après-midi. Ah, on peut dire qu'à cette époque, nous avons eu le loisir de tester tous les ragoûts imaginables. Accommodés comme il se doit de raves et de tubercules dont nous avions découvert l'usage auprès des Indiens lors de notre précédent voyage. Ce manège dura longtemps. Notre appétit ne se calma que lorsque nous fûmes certains de n'avoir oublié aucune espèce mammifère, ce qui prit un temps considérable. Et s'acheva par la mise à mort de deux spécimens saïmiris provenant de chacune de mes cages.

Résultat : aucun mammifère tué ne présentait de glande pinéale surdéveloppée. Seuls les saïmiris livraient sous la lame du scalpel ce que nous attendions. Nous en arrivâmes ainsi à la conclusion suivante : nous balbutiions encore ! Car des semaines de carnage ne nous permirent pas de trancher véritablement. La taille exceptionnelle de la glande pinéale des saïmiris du tepui pouvait provenir d'une lignée particulière de l'évolution du vivant – ce qui pourrait expliquer qu'une femelle de Guyane ait une glande hypertrophiée elle aussi –, mais tout aussi bien de la nourriture dont ils disposaient sur place. La seconde hypothèse semblait tout de même la plus probable, car aucun des autres sujets importés ou nés en captivité n'avait présenté une telle anomalie. Retour à la case départ. Je conservais soigneusement chaque organe prélevé et souvent même le cerveau complet de chacune de nos prises et les plaçais dans un bocal rempli d'un conservateur neutre. Ainsi commença une collection étiquetée avec la plus grande rigueur et stockée à l'abri de la lumière dans un placard d'angle fabriqué par nos soins, qui reçut maintes fois ma visite. Je prenais et reposais les bocaux à volonté, c'est-à-dire aussi souvent que possible, malheureux de n'avoir pas encore découvert d'autres animaux présentant cette bizarrerie. Hormis quelques saïmiris, il semblait bien que la nature entière s'exprimait dans la plus parfaite banalité. Mais après tout, ce constat n'avait rien d'extraordinaire. Nous ignorions encore pourquoi cette espèce de singes, et cette espèce seule, manifestait une telle hypertrophie, même si les expériences menées et les dizaines d'autopsies nous indiquaient que tout tournait autour du tepui. Nourriture, évolution d'une race endémique, magnétisme, particularité dans l'eau, tout nous est passé par la tête, jusqu'à ce qu'un élément manquant nous apparaisse.

— Ah, non mais ! jura Charles un beau soir de novembre, presque onze mois après notre retour en terre promise. Sommes-nous à ce point abrutis ?

Nous dûmes le regarder avec l'air dont il nous accusait, car il nous observa sans un mot pendant un bon moment, courroucé, les sourcils froncés et d'affreuses rides sur le front. Je garde un souvenir très précis de ce soir-là. Le visage de Charles me fit songer à ces masques chinois qui représentent la colère. Il parvint à se maîtriser, mais nous vîmes l'effort qu'il dut faire pour y parvenir. Cela me fit froid dans le dos, je dois le confesser. Mais ce qu'il dit immédiatement après me glaça davantage. Pour sa décharge, je dois admettre que c'était pourtant la seule bonne idée à avoir en cette occasion.

— Nous avons oublié une espèce, mes amis ! a-t-il lancé dans l'air vibrant du soir. La nôtre !

Sa déclaration fit son effet, mais je m'exclamai aussitôt qu'il était exclu d'abattre un Indien pour lui ouvrir le crâne. J'eus le sentiment que Charles ne s'y serait pas opposé, bien qu'il gardât le silence.

Il faut parfois attendre qu'une bonne idée suive son chemin pour pouvoir y revenir. Ce que nous fîmes quelques jours plus tard. Et nous nous arrêtâmes sur le projet de reconquérir l'amitié de nos voisins indiens, étape essentielle pour enfin nous consacrer à notre objectif : autopsier un de leurs morts. Anne et Charles s'y engagèrent. De mon côté, je continuai à me consacrer à l'étude des saïmiris et particulièrement à leur alimentation. Ce fut une étape fastidieuse que de regarder manger ces singes en perpétuelle quête de nourriture. Je notai un régime résolument omnivore, alors que leurs congénères sont habituellement frugivores, parfois opportunistes. Mais ces petits sauvages, eux, mangeaient de tout et à toute heure. Fruits, feuilles, insectes, larves, ce qui vivait ou poussait dans les arbres atterrissait tôt ou tard dans leur estomac. Et ce n'était pas tout. Ils faisaient aussi des razzias au sol, quand la carcasse d'un animal attisait leur convoitise. Ils se gavaient alors de viande faisandée, fouillaient aussi dans la couche d'humus en quête de racines. Établir une liste exhaustive de leur régime alimentaire me sembla rapidement aussi compliqué que la vidange du tonneau le fut pour les Danaïdes. Pourtant, après une fort longue période d'observation, je rédigeai une liste définitive avoisinant les quatre-vingt-dix ingrédients et m'en satisfis.

Il arriva que pendant de longues périodes, une ou deux semaines, parfois plus, tandis qu'Anne et Charles étudiaient la médecine et l'herboristerie des Indiens, je restais seul avec mes saïmiris. Un sentiment d'isolement s'emparait de moi, je me prenais pour un Robinson de forêt et cet état m'allait fort bien. La compagnie des humains ne m'a jamais manqué, alors qu'elle aurait dû. Je n'étais pas comme mes semblables, un animal sociable, un individu ayant besoin de la collectivité, fourmi perdue loin de sa fourmilière. Pas une fois au cours de ces années d'exil recherché, je ne manquai de ces choses sans importance qui fabriquent des habitudes. Le petit café au coin du zinc, les promenades en famille dans le bois de Vincennes, les dîners entre amis, les réunions de collègues, tout ce qui amène l'esprit sur les rails des redites, des platitudes intellectuelles, d'un sentiment rassurant de vie parce que connu et reconnu. Je ne rêvais finalement que d'une chose : découvrir le secret de mes singes et, pourquoi pas, vivre comme eux, communiquer comme eux. Si j'en avais le courage, le talent, l'obsession suffisante.

Des mois passèrent ainsi. Charles et Anne revenaient de temps à autre au chalet. Chacun de leurs séjours m'apportait autant de plaisir que de chagrinerie. Et pourtant, peu de choses, de gens ou de situations, peuvent se targuer de me laisser le cul entre deux chaises. J'en pris mon parti et fis même quelques efforts. Après tout, aucun des deux n'était responsable de mon état de déshumanisation, si le mot est acceptable, ou d'humanité en friche, ce qui s'approcherait finalement mieux de la réalité. La barbe envahissait mon visage, mes cheveux retombaient en pagaille sur mes oreilles. Je m'en accommodais et devais ressembler chaque jour davantage à mes sujets d'étude, le poids mis à part.

Charles et Anne finirent par s'installer au village. Charles occupait ses journées à étudier avec le chaman et Anne approfondissait sa science de la botanique. Chacun rapporta une moisson d'informations précieuses, et constitua une sorte de bibliothèque au chalet, à notre grande satisfaction. Mais Charles m'avoua qu'il rongeait son frein. Il regrettait qu'on ne meure pas beaucoup chez ces fichus Indiens. Il faut dire qu'ils jouissaient d'une hygiène de vie remarquable et d'une médecine qui, à défaut d'être occidentale, obtenait d'excellents résultats. Nous en étions encore à ce stade, celui où l'on ne regarde le monde qu'à travers son orgueil, où l'on déforme tout, même son propre reflet, que l'on grandit plus que de raison, attitude qui pousse les meilleurs d'entre nous aux pires erreurs, sous le couvert des plus nobles intentions.

Il rongea donc son frein, pestant et râlant à chaque occasion, jusqu'au jour où il me réveilla au beau milieu de la nuit. Il se tenait debout, une lampe dans une main et, dans l'autre, un objet enveloppé dans une chemise, qui avait été blanche, j'en jurerais, mais qui pour l'heure s'assombrissait abondamment. Charles me confia son paquet, les yeux ivres de je ne sais quelle ivresse, et repartit dans la nuit après m'avoir fait jurer de l'attendre. J'avais bien entendu déjà deviné ce que contenait ce paquet, mais l'émoi me gagna quand je découvris la tête d'un Indien à l'intérieur. Elle était là, preuve ultime, n'attendant plus que le fil de notre scalpel et nos esprits éclairés pour assener son verdict, ce qui n'arriva pas avant le milieu de la matinée du lendemain. Charles m'expliqua alors comment, avec la complicité d'Anne qui occupait la communauté au centre du village, il avait nuitamment procédé à cette décollation sur un mort fraîchement enterré.

Nous autopsiâmes fort délicatement le crâne de ce vieillard. La peau de son visage comportait tant de rides qu'il nous fut difficile de lui donner un âge. Cet homme avait dû vivre longtemps, ce qui ne nous arrangeait pas car les organes tendent à se calcifier avec les années, et nous craignions que ce fût le cas pour l'objet de nos études. C'est vrai, nous aurions préféré autopsier quelqu'un de plus jeune, même si je conçois le caractère particulièrement égoïste de ce vœu.

La dépose du cerveau fut un instant de profonde excitation. Il fut incisé de part en part, délicatement, pour ne pas risquer d'abîmer sa glande pinéale, et coupé en deux. Nous ne crûmes pas à ce qui nous attendait au cœur des replis de cette cervelle, après que nous eûmes soulevé partiellement le corps calleux et repoussé le cervelet. Une pinéale grosse comme une fraise et non calcifiée, légèrement rosée, qui avait été, jusqu'à la fin de la vie de cet homme, en parfait état de fonctionnement. C'est Charles qui me l'assura. Il avait disséqué nombre de cerveaux humains, observé une calcification de la glande pinéale dès le début de l'âge adulte. La nouvelle fut extraordinairement heureuse pour nous trois car elle annonçait la fin de la course aux chimères. Il faudrait dorénavant étudier méticuleusement cette glande dont nous savions si peu de chose – les scientifiques s'étant approprié l'idée qu'elle ne servait à rien de conséquent, sans véritables travaux d'ailleurs, je l'ai maintes fois vérifié – et trouver ce qui, sur ce tepui, lui permettait de rester active et de sécréter de la mélatonine tout au long de la vie. Je me souviens avoir éclaté de rire ce soir-là où nous prîmes des décisions qui allaient nous engager pour longtemps. Je m'étonnais de n'avoir pas compris plus tôt la singularité de nos Indiens. Certes ils n'étaient pas muets, loin s'en faut du reste, mais ils étaient les seuls indigènes amazoniens à construire des villages en dur, à s'être sédentarisés, à vivre en bonne santé, à connaître les remèdes contre de graves piqûres d'abeilles et à enterrer leurs morts, détail s'il en est sur lequel je n'aurais de cesse de me pencher.

Tout nous ramena alors à notre idée première : c'étaient les hommes qui avaient observé le comportement des singes, et non l'inverse, comme il aurait été plus orgueilleux de le penser. Je devais donc poursuivre mes travaux, tandis que Charles et Anne, dans des directions différentes, chercheraient, l'un sur la pinéale en faisant de réguliers séjours en Europe et aux États-Unis, et l'autre sur la façon dont singes et Indiens procédaient pour se trouver si joliment dotés au cœur même de leur cerveau. Et nous ne perdions pas de vue qu'en vivant sur place, en observant le régime indien et en respirant le même air qu'eux, nos propres glandes risquaient de grossir. Les conséquences, à plus ou moins brève échéance, nous allions les vivre de l'intérieur, ce qui était particulièrement excitant en même temps que bien commode. Beaucoup restait à faire, à découvrir. Mais nous avions dorénavant une certitude et je ne l'aurais échangée pour rien au monde. Les Égyptiens avaient eu raison, les Grecs aussi, les hindouistes un jour, grâce à notre concours, sauraient comment leur âme s'envole pour des destinations situées en dehors des domaines de connaissance de la science occidentale. Nous allions réussir, j'en étais convaincu. Aussi les vis-je partir avec un bonheur inouï. C'était la rançon de notre succès. Je devais étudier *in situ* et ne pouvais me déplacer hors du tepui. Eux en revanche avaient besoin d'un matériel qui ne pourrait jamais venir sur place, des connaissances les plus récentes dans bien des disciplines et, surtout, ils devaient convaincre Virgile de nous amener la petite Aude, dont l'état de santé déclinait jour après jour, car nous étions convaincus que malgré la durée du voyage elle serait soulagée par les potions du chaman. Je les accompagnai jusqu'aux rives de l'affluent de l'Orénoque qui baignait notre domaine en leur recommandant une dernière fois de montrer nos bilans sanguins à notre ami, preuve s'il en était de l'efficacité des potions chamaniques, et les regardai longuement rapetisser sur les eaux saumâtres, jusqu'à ce qu'un méandre les happe et que je me retrouve enfin seul.

51

La piste que Nina suit longe les poteaux de la ligne électrique depuis une cinquantaine de kilomètres. Bientôt, elle s'enfoncera dans les premiers grands ergs sahariens et la jeune femme devra alors bifurquer vers l'est. Au volant d'une Toyota de location, elle sent son esprit s'ouvrir au fur et à mesure de sa progression dans le désert. La solitude lui fait du bien, infiniment plus qu'elle ne s'y attendait. Quelques minutes plus tôt, elle s'est arrêtée, a coupé son moteur pour écouter le silence de l'immensité rocailleuse et, aussitôt, des vagues de bien-être ont déferlé dans son corps, comme si l'absence, l'isolement et son propre mutisme s'unissaient pour apaiser les plaies accumulées ces derniers temps. Vue d'ici, de cette vallée où ne poussent que pierres et cailloux, la mort de ses compagnons paraît se déliter, les certitudes s'amoindrir et même le ressentiment qu'elle éprouve pour son père devient plus acceptable. Le désert la calme. Nina franchit un nouveau cap. Elle qui a cherché pendant des années à se libérer de l'emprise de Randolph est peut-être sur le point d'y parvenir. Il n'y a pas si longtemps, elle ne serait jamais partie ainsi, sans prévenir. Elle se serait flagellée et aurait fini par endosser toute la culpabilité. Cette fois, Nina a tranché en son âme et conscience, jugeant qu'elle n'avait pas de comptes à rendre. Rien, sans doute, n'aurait pu arriver sans les événements récents, et sans la rencontre avec Hélène. Rien. Et Nina pense souvent à la primatologue avec une tendresse peu à peu allégée de cette rivalité stupide pour le cœur de Randolph. Rivalité qui l'empoisonnait.

C'est Léa Milane qui lui a fourni la localisation de la kasbah et Nina n'a pas traîné. Elle s'est engouffrée dans le premier vol pour Ouarzazate, a loué une voiture et s'est lancée sur la piste du sud, quasi invisible sur les cartes. Nina a décidé d'éviter les quelques routes goudronnées qui sillonnent le pays pour échapper aux convois de camions, longs à n'en plus finir, et à une circulation chaotique et chargée, réputée dangereuse sur ces axes mal entretenus.

Son contact à la coopérative agricole est une certaine Ève Lambrosi. Nina n'a pas réussi à dénicher un numéro de téléphone et s'en moque. Ce voyage est un don inespéré dont elle entend bien profiter. Ces derniers jours avec Randolph pèsent encore sur sa poitrine comme un mauvais rêve. Comme chaque fois qu'elle passe du temps avec lui, elle est partagée entre la joie de le voir et ce poids que lui inflige sa présence. Une présence envahissante, trop protectrice, étouffante même. Son père. Pendant que les kilomètres défilent à vitesse moyenne, Nina laisse passer devant ses yeux les souvenirs qu'elle conserve de son enfance au bord du lac Érié, jolie petite fille modèle puis adolescente dégingandée, trop petite dans un corps trop grand. La solitude, perpétuelle compagne dans cette vaste maison située dans une zone si dépeuplée que le car scolaire la privait chaque matin d'une heure de sommeil pour atteindre la première école. Il y avait aussi le bateau, un autre moyen pour le père de laisser de la distance entre lui, sa fille et le reste du monde, la maison flottante, que Randolph appelait son île et qu'il ancrait loin des plages. Et puis la fête des mères, chaque année, intense moment de chagrin et de proximité où Randolph se montrait si compréhensif, si tendre. Comment aurait-il pu en être autrement ? Des deux, c'était Nina qui pleurait le plus, accablée à date préfixée par le deuil et le chagrin supposé qui desséchait le cœur de son père. Il n'y avait eu, elle devait l'admettre, aucune baby-sitter troussée sur le coin d'une table, pas d'autre femme, ni à la maison ni même dans les journaux et Nina avait souffert de ce veuvage si longtemps prolongé. Parfois, la petite fille s'était prise à espérer une belle-mère, ne serait-ce que pour rompre la solitude de l'homme et gagner un peu de liberté, mais ces espoirs se fanaient bien vite. Elle n'avait jamais vu Randolph en galante compagnie. Jusqu'à sa rencontre avec Hélène.

Une minuscule et lointaine silhouette au bord de la piste sort Nina de ses pensées. Ici, tout est tellement loin de tout qu'il est impossible pour l'Occidentale d'en deviner la nature. La voiture se rapproche et la silhouette grandit, un peu, et puis se transforme en enfant, un gamin crasseux d'à peine plus de dix ans. Nina ralentit sa conduite et finit par stopper son véhicule. Elle baisse sa vitre, cherche à comprendre. « Dirhams », c'est le seul mot que baragouine l'enfant, en le multipliant à l'infini tant il est pénétré de sa demande, « Dirhams-dirhams ». Nina est prise au dépourvu. L'enfant veut de l'argent et elle ne se sent pas le droit de le lui refuser. Après tout, elle conduit une voiture qu'il ne pourra sans doute jamais s'offrir et même le paquet de cigarettes qui traîne sur le siège passager est hors de portée de sa bourse. « Dirhams-dirhams. » Alors elle extirpe un billet de sa poche et, le temps d'effectuer une conversion, le morceau de papier froissé a déjà changé de main. L'enfant est radieux, un sourire gourmand lui fend le visage de part en part et il pousse de petits cris de joie. Nina vient de lui donner cent dirhams, l'équivalent de onze dollars US. C'est trop, elle déteste se trouver dans la peau de l'Américaine qui donne comme elle offrirait des friandises l'équivalent d'une semaine de travail à un gosse. Un peu honteuse, elle détourne son regard du visage brun et des yeux noirs, enfonce la pédale d'accélérateur et démarre dans un nuage de poussière sans voir les autres petites silhouettes qui sortent de nulle part et courent dans les larges traces de pneus que son véhicule abandonne sur la piste.

Des heures ont passé. Nina a bifurqué vers l'est, après avoir longuement regardé ce panneau insensé, planté au milieu du désert, qui indique Paris à 2 128 kilomètres, New York à 5 981 kilomètres, Le Caire à 3 627 kilomètres et Johannesburg à 4 490 kilomètres, puis la piste a rejoint une route. Peu à peu, la température a chuté, le désert s'est modifié, les petits cailloux de la plaine se sont transformés en rochers, l'à-plat en déclivité et le puissant 4 × 4 s'est révélé utile pour franchir le gué de deux oueds. Vers 14 heures, Nina a basculé pardessus un col et s'est enfoncée dans une saillie entre deux puissants escarpements sans arbres ni ombres, en dehors de celles, tournoyantes, des rapaces occupés à chasser. Une douzaine de kilomètres plus loin, un nouveau col l'a déposée sur un haut plateau, les premiers villages ont fait leur apparition, villages-rue faits de baraques insalubres et bordés de ces sempiternels poteaux en bois, raides et enduits de bitume, plantés là pour apporter l'énergie nécessaire au fonctionnement de quelques ampoules, d'une pompe à eau pour une cinquantaine d'habitants et d'autant de téléviseurs reliés au monde par des paraboles fixées sur les façades lépreuses. Nina ne s'est pas arrêtée. Devant elle à présent s'élèvent des monts culminant à trois mille mètres. Elle peut distinguer le long ruban de la route qui serpente jusqu'à un nouveau col élevé, puis disparaît de l'autre côté vers la frontière entre le Maroc et l'Algérie. Sur sa gauche, juste avant un petit pont fait de tôles renforcées, une piste régulièrement empruntée, si l'on en croit les marques récentes de pneus dans la terre, prend naissance pour s'évanouir très vite derrière un épaulement rocheux. Une dernière hésitation immobilise la Toyota quelques instants au milieu de la route, puis Nina se décide, enclenche la première et s'engage sur une voie étroite qui longe un oued pratiquement à sec et grimpe, empruntant un passage forcé dans le roc. De sa position, Nina observe la piste qui trace une saignée dans une falaise vertigineuse. *Jamais je ne réussirai à franchir cet obstacle.* Pourtant, les marques de passage se poursuivent sur cet axe, prouvant que d'autres ont réussi. Quoi qu'il en soit, il n'existe pas d'autre voie. Nina ferme les yeux et allume une cigarette sur laquelle elle tire plusieurs bouffées de suite, jusqu'à s'en brûler les lèvres. Renoncer ne doit plus faire partie de son vocabulaire usuel. Elle jette le mégot d'une pichenette, fait rugir le moteur, enclenche la vitesse et démarre en trombe, les pensées fixées sur Randolph, un sourire effronté sur les lèvres. Nina reste en première, trop peu sûre d'elle pour se risquer à passer en seconde, râle après l'inventeur de la boîte mécanique. Son cœur bat la chamade, sa gorge se noue et des picotements de peur traversent son échine. Mais elle se fie au hurlement du moteur, la pédale d'accélérateur enfoncée au plancher, elle garde les yeux rivés sur le sol, à quelques mètres en avant du véhicule, négligeant le vide qui grandit sur sa gauche, jusqu'à ce que le ciel réapparaisse enfin et que le capot retrouve une position horizontale, d'interminables minutes plus tard. Nina est en nage, les gouttes de sueur qui bordent ses lèvres et piquent ses yeux sont salées. Elle s'accorde une pause pour se rafraîchir et poursuit sa route sur un kilomètre ou deux, zigzague entre des bouquets de palétuviers pour achever son parcours contre les murailles ocre d'une kasbah magnifique.

Découvrir une telle merveille retourne le cœur de Nina. La muraille, bâtie sur un plan rectangulaire, mesure une centaine de mètres dans sa principale longueur, cinquante à soixante sur les côtés. La dernière partie du rectangle n'existe pas. La kasbah est adossée contre une barrière minérale naturelle, comme des dents gigantesques qui seraient sorties de terre. Sur la droite des remparts s'étend une palmeraie sillonnée de canaux drainant les eaux orange d'une source toute proche. Nina comprend mieux pourquoi l'oued qu'elle a longé depuis qu'elle a quitté la route est presque à sec. Il pousse là de nombreuses essences d'arbres et plus loin s'étalent des champs où sont cultivées plusieurs variétés de céréales, d'agrumes et de légumes. Plus elle s'approche, plus monte en elle le désir de rester à jamais dans cet endroit sublime. La Toyota passe lentement sous le porche d'entrée dont les portes sont, semble-t-il, tombées en poussière depuis longtemps. Il n'en subsiste que les gonds scellés dans le torchis. La kasbah ne se ferme plus au crépuscule. La vague nostalgie d'un passé inconnu au cœur, Nina coupe le moteur sur le côté d'une place où sèchent au grand air des dizaines de kilos de roses réparties dans des paniers, des noix de plusieurs sortes et des quantités de piments. Deux femmes sont occupées à retourner les fleurs pour que toutes profitent de la douce chaleur. À l'opposé de l'entrée, un bâtiment cubique, la demeure du maître des lieux, culmine sept mètres au-dessus du sol, s'élevant ainsi juste au-dessus des murailles d'enceinte éclaboussées d'un rose lumineux de fin du jour.

Nina descend de sa voiture et la portière claque dans l'air immobile. Les deux Marocaines qui travaillaient ont suspendu leurs gestes avant de disparaître dans l'ombre d'un bâtiment. Nina fait un pas dans leur direction, hésitante. Il semble que les visites ne soient pas fréquentes. Peut-être même ne sont-elles pas souhaitées. Mais elle avance tout de même, s'arrête sur le palier et jette un regard dans la pièce où brûle un feu.

— Bonjour ! lance-t-elle d'une voix cristalline. Je cherche Ève Lambrosi.

L'une des femmes surgit devant elle et lui parle dans sa langue, sans se soucier des gesticulations de Nina qui cherche à lui faire comprendre que justement elle ne comprend rien.

— Ève Lambrosi, répète-t-elle comme une imbécile.

Des gestes accompagnent les mots, et Nina devine qu'elle est invitée à la suivre jusqu'au porche, puis à l'extérieur, où la Marocaine désigne un endroit peu éloigné, bordé d'un petit mur. En quelques minutes, elle atteint la palmeraie, la longe en suivant le chemin et, curieuse, s'approche d'un pas rapide. Une trentaine de courtes stèles arrondies sur leur sommet sont alignées, toutes tournées vers la même direction, un croissant de lune gravé sur chacune. Nina a toujours détesté les cimetières, mais celui-ci a un charme indéniable. Peut-être parce que, justement, il n'accueillera pas son corps.

— Anne aurait-elle de la visite pour son anniversaire ? lance une longue et frêle silhouette plantée devant la seule tombe couverte d'une dalle horizontale.

Incapable de trouver une réponse appropriée, Nina se contente de pousser une porte ajourée en fer forgé et de pénétrer dans le petit cimetière en articulant le nom d'Ève Lambrosi, avec un point d'interrogation dans le ton. La femme a fait volte-face et se présente dans la lumière du jour rougeoyant. Nina en a le souffle coupé. Avec cette couleur que l'on croirait issue d'un film en sépia, la ressemblance est plus que frappante. C'est à s'y méprendre, à croire que les djinns sortent réellement du sol sur cette terre musulmane.

— Madame Lambrosi ?

— Rassurez-vous, je ne suis pas une grenouille de cimetière, mais il se trouve que maman est partie il y a vingt ans aujourd'hui, jour pour jour.

52

Allongée sur le lit défait, dans la chaleur presque étouffante de cette chambre douillette d'un hôtel de l'île Saint-Louis, Hélène se dit que c'est un véritable luxe de faire l'amour l'après-midi. À travers les fenêtres, elle peut contempler la cime des arbres des quais de Seine et, plus loin, les tours de Notre-Dame. Tout s'est passé si vite et elle n'en éprouve aucune gêne, aucun regret. Bien au contraire. Randolph Scott ressemble à cet amant impossible qu'elle a espéré pendant des années. Simple comme elle dans la nudité, peu enclin à vanter les bons côtés de son existence, ses mérites ou ses talents. Il faut dire que les siens sont internationalement reconnus. Quelle chance tout de même… *L'apollon vieillissant a répondu présent aux appels de la belle*. Cette pensée fait sourire Hélène, dont les yeux quittent la fenêtre pour se poser sur la peau de ses cuisses, encore lisse. Le hasard des combinaisons génétiques l'a dotée d'une nature facile à vivre, à l'entretien simple. Toute sa vie d'adulte, Hélène l'a passée entre ses études et des sites perdus en pleine nature, en Afrique ou en Asie. Peu de risques dans ces conditions de se flétrir comme une Occidentale trop grasse. Au pire, elle aurait pu se ratatiner au soleil, mais la raison a toujours gouverné ses actes et il est resté un ami lointain, séparé d'elle par un chapeau, la couverture d'arbres, une tonnelle, un écran total, tout ce qui pouvait la protéger efficacement de ses rayons nocifs.

Dans la salle de bains voisine, Randolph chantonne sans y penser des airs de musique country, des airs qu'il massacre et Hélène trouve cela charmant. Oui, il reste de belles années à vivre et elle se persuade peu à peu que bien des choses peuvent changer, qu'elle n'est sans doute pas obligée de courir après les singes de son père le temps qu'il lui reste, qu'elle n'est pas tenue de remuer les souvenirs pendant ces années, ces décennies qui la séparent du gâtisme ou de la mort. La vie à venir mérite son contingent de grincements de dents, à condition qu'elle apporte aussi ses moments d'extase. Sous le jet de la douche depuis plusieurs minutes, Randolph ne semble pas pressé de refaire son apparition et Hélène suppose que ce doit être une habitude de vieux célibataire. Il faudra penser à avoir deux salles de bains, c'est aussi simple que ça. Et pourquoi pas deux chambres également, au cas où il se révélerait un bruyant ronfleur. Hélène visite l'idée d'une maison à partager, d'un endroit à deux. Quelle va être sa réponse ? Contrarier le sens qu'avait pris sa vie, ou ne pas tenter le diable et rester celle qu'elle a toujours été ? Hélène ressent une forme de peur, ou d'excitation, au creux de son ventre, un sentiment qu'elle doit très vite interpréter correctement – non, à la perfection – si elle veut pouvoir trancher sans remords. Paris doit monter à la tête des Américains. Et des Français qui ne vivent plus dans la capitale aussi. Ils avaient réservé deux chambres dans cet hôtel, les choses n'étaient donc pas préméditées. Pourtant, Hélène en rêvait depuis… depuis quand exactement ? Un rapide examen de conscience lui révèle qu'au premier regard, dans ce hall d'hôtel à Caracas, elle convoitait déjà Randolph Scott. C'est vrai qu'elle s'était apprêtée pour cette occasion spéciale. Un grand chapeau, du genre de ceux qui lui vont si bien, et cette robe juste ce qu'il faut en haut, en bas et sur les côtés. Si Scott père avait su garder un rien de romantisme, il ne pouvait que succomber devant cette représentation de la féminité certes un peu démodée, mais tellement ancrée dans les archétypes de la riche femme blanche des colonies.

Son regard glisse sur son ventre. Les plis sont disgracieux quand elle est assise, mais là, allongée de toute sa longueur, Hélène peut tricher à loisir. Les années ont passé et elle pourrait croire, l'espace d'un court mensonge, qu'il n'en est rien. Plus haut, les seins s'étalent, ici, son corps la trahit, ses masses graisseuses en particulier. Hélène soupire. Son amant non plus n'est pas de prime jeunesse. Heureusement, chacun a su fermer les yeux là où il fallait.

Un coup de fil du shérif du poste d'Érié, un rapport de la société des alarmes de Pennsylvanie et ils ont décidé d'écourter leur séjour, bien qu'aucune trace de vol n'ait été relevée dans la maison et malgré l'intervention des serruriers et du chef de la police, qui a doublé les rondes dans le quartier. Dans les placards et le coffre-fort sont cachés toute la vie de Randolph, ses manuscrits, ses notes, ses papiers. Tout ce qui a contribué à faire de lui l'homme et l'écrivain à succès.

— Nous partageons le même cas douloureux, ma chère, a-t-il doucement déclaré. Et moi encore plus que vous, j'en ai bien peur. Les années à venir sont moins nombreuses que les cartouches brûlées, vous ne me direz pas le contraire. Et si nous prenions ce qu'il reste comme une sorte d'été indien ? Ça risque d'être beau et chaud et je suis prêt à tenter l'aventure. Je dois rentrer au bercail et nous venons seulement de faire connaissance. Que diriez-vous de m'accompagner à Érié ? Vous connaissez Érié ?

L'écrivain était ému et Hélène, plus que tout, a jugé ce détail charmant. Il a parlé l'espace d'une minute, enchaînant phrase sur phrase, sans lui laisser la possibilité de lui couper la parole, comme s'il craignait sa réponse. Le silence qui s'en est suivi semblait effroyable aux yeux de Randolph et particulièrement délicieux à ceux d'Hélène, qui s'est contentée de sourire, d'un air vaguement gêné.

Tout de même, se dit-elle, tandis que le bruit de la douche cesse enfin, *je suis drôlement culottée de ne pas avoir répondu. C'est vrai, nous n'avions pas encore fait l'amour... Et puis, il y a Nina.* Cette jeune femme ferait rejaillir l'instinct maternel d'une nonagénaire. Il faudra juste recadrer l'orpheline, le jeu en vaut la chandelle, mais quelle que soit l'issue de cette relation, puisqu'elle veut le père, il lui faudra clarifier les rapports avec la fille. Les pensées d'Hélène ne cessent de revenir à son propre père, Robert Varenne, cet inconnu après lequel elle court depuis tant d'années. Il doit être temps de le laisser partir. Ses dernières conversations avec Virgile Milane ont confirmé ses doutes : Robert n'avait plus les pieds sur terre depuis longtemps. À présent qu'elle imagine son destin, tragique, lié à celui d'un village entier, à présent que les dernières pistes semblent s'évanouir – selon le notaire, Anne Fouchet serait enterrée quelque part dans le désert marocain –, Hélène est tentée de passer le relais. Nina s'est présentée d'elle-même, comme tombée du ciel. Le signe du destin est plus qu'évident.

La porte de la salle de bains s'ouvre enfin, libérant un épais nuage de vapeur d'eau. La silhouette de Randolph s'en extirpe, encore humide et nue, mais rasée et coiffée. Il traverse la chambre, ouvre la fenêtre et inspire une grande goulée d'air frais. Lorsqu'il se retourne, son sexe a déjà pris de l'embonpoint et un léger rose envahit son visage.

— N'allez pas me croire priapique, dit-il pour cacher sa gêne.

— C'est oui ! le coupe Hélène, un grand sourire accroché aux lèvres.

— Je ne suis pas certain de vous comprendre, de quoi parlez-vous ?

— Du lac Érié, vieillard lubrique, je vous accompagne !

53

En une poignée de secondes, le vivant a remplacé le souvenir de vieux clichés photographiques et Ève Lambrosi s'est incarnée dans les traits d'Anne Fouchet, la fille dans ceux de la mère. Le trouble a quitté le cœur de Nina et les deux femmes ont fait connaissance, debout devant la tombe du dernier témoin de l'expédition vénézuélienne des années 60. Avec d'infinies précautions, Nina s'est enfoncée dans un mensonge que pour rien au monde elle n'aurait transformé en une réalité brutale. Elle s'est assise sur des principes aussi vieux qu'elle, a maltraité sa conscience de façon éhontée pour ne pas risquer un désastre à la Guibert. Bien sûr, Randolph ne se trouve pas à ses côtés et Nina n'est jamais loin de l'accabler en cas d'échec, mais elle apprend enfin que tout a son prix. Soit elle conquiert la confiance de cette femme somme toute sympathique, soit elle renonce et devra étouffer les innombrables questions qui subsistent. Alors les mots s'enchaînent, imaginant un autre métier, sous sa véritable identité. Pour quelques heures ou quelques jours, Nina Scott sera une journaliste américaine et, pour peu qu'elle y parvienne, sur le point d'écrire un document sur l'essor de la Milane Corp., de ses origines artisanales à l'empire cosmétique établi sur tous les continents. Le regard d'Ève Lambrosi est pénétrant. Au début, Nina a failli renoncer, puis elle a prononcé le sésame, l'unique laissez-passer entre les murs de la kasbah, le nom de Virgile Milane, et les sourcils de son interlocutrice ont retrouvé une courbure gracieuse. Ainsi Nina a-t-elle appris comment l'enfant a peu connu sa mère, comment elle a grandi entre son père et un pensionnat florentin. Ève parle beaucoup, Nina n'a au final que peu de choses à demander, ce qui l'étonne au début, vu l'isolement dans lequel la fille d'Anne Fouchet s'est intentionnellement retirée. Et puis elle s'en accommode, jugeant cette langue agile bien pratique au final et ses propres soupçons de plus en plus lourds à supporter. Si Ève a envie de parler, c'est sans doute parce qu'elle en a peu l'occasion. De minute en minute, le cimetière perché dans l'Atlas prend des airs de salon, les deux femmes s'assoient sur le muret d'enceinte et fument tout en discutant, face à un soleil toujours plus rouge, idéalement posé dans l'axe de la vallée en contrebas.

Ève précise ses années de lycée, sa mère, qu'elle voit de temps en temps, pendant les fêtes de fin d'année. Les yeux brillants, elle raconte l'admiration pour l'absente, ses aventures en Amazonie, dont elle rapportait toujours des images, les frasques d'une mère fantasmée comme une guerrière intrépide. Le père, Guido Lambrosi, industriel florentin, volage et attachant, accaparé par ses affaires et ses maîtresses. Puis les études, le commerce international, pour faire plaisir à papa, et toujours un œil sur maman, qui donnait tout de même de ses nouvelles. Les premières vacances à la kasbah à dix-huit ans, sur invitation de sa mère, l'été de l'émancipation.

Nina est sous le charme de cette femme dont elle comprend et ressent les moindres silences, les hésitations, les soupirs. Elle aussi connaît le manque, l'absence à vie, cet abîme dans lequel elle a eu tant de fois peur de sombrer. Quand Anne Fouchet disparaît, Ève a vingt-sept ans. C'est elle qui hérite de la kasbah, l'unique lieu qui la relie à sa mère. Mais à ce moment, sa carrière est lancée. Elle laisse la gérance de l'exploitation à ceux qui y travaillaient déjà. Et puis, quelques années passent, Ève connaît un mariage catastrophique dont elle garde un souvenir douloureux et la kasbah devient son havre, l'endroit où elle peut trouver refuge. L'argent n'est pas un problème, Lambrosi excelle dans son rôle de père coupable et absent. Ève a besoin de temps, de beaucoup de temps pour se reconstruire. Arrivent le désert, les femmes de la coopérative, la palmeraie, le silence et le vent. Elle est restée. Bouleversée par la narration d'Ève, Nina s'exprime avec enthousiasme. Elle aussi vivrait volontiers dans un tel endroit de paix.

— La paix ! La paix se gagne ici aussi. Ne croyez pas seulement ce que vous montrent vos yeux. Vous êtes en terre d'Islam, une terre belle et dangereuse, captivante et magique ! Ne l'oubliez pas.

Ève est déjà partie. Elle marche avec souplesse, accomplissant de longues foulées élégantes, à peine rendues inégales par une légère boiterie. Jalouse un instant, encore, toujours, Nina se reprend, adopte Ève comme une possible grande sœur et se laisse conter le paysage. Les canaux d'irrigation, qu'il a fallu draguer, les arbres agressés par les parasites et tombés par dizaines, même presque sains, pour ne pas risquer de contaminer les autres.

— On devrait faire la même chose avec les hommes, ajoute Ève sans sourire.

Nina laisse dire, incapable de deviner si elle plaisante ou non. Les yeux tournés vers la palmeraie, elle admire le travail accompli tandis que se rapproche l'entrée de la kasbah.

— Elle vous manque toujours ? s'enhardit Nina.

— Qui donc ?

— Votre mère.

Ève ne répond pas. Un sentiment trouble passe dans son regard. Nina s'en veut. Cette question était stupide, comment pourrait-il en être autrement ? Mais son envie de partager ce sentiment avec cette femme est si fort que lorsqu'elle voit la gaîté de retour dans les yeux d'Ève, son sang se glace. Trouvera-t-elle un jour quelqu'un qui pourrait la comprendre ? Les deux femmes semblent si lointaines à cet instant. L'une songe à une urne grise et revisite des souvenirs fabriqués de toutes pièces où se mêlent câlins et mots doux, l'autre parle de bâtiments qu'il est nécessaire de sans cesse entretenir si l'on ne veut pas voir les intempéries tout détruire et se réjouit de l'absence d'hommes dans l'enceinte du domaine.

— Nous n'en avons pas besoin ! clame Ève en révélant la crosse d'un revolver qu'elle porte à la ceinture. J'ai recueilli pas mal de nouvelles pensionnaires pour la coopérative, ajoute-t-elle en désignant un groupe de femmes qui surveillent les allées et venues depuis l'intérieur du logement. Elles ont toutes eu de mauvaises expériences avec ces messieurs ! Remarquez, ici, c'est plus qu'une habitude.

Tandis qu'à la suite de son hôtesse, elle entre dans le bâtiment carré, Nina sourit. Elle aime cette idée de vie sans hommes, même si ses nuits sont peuplées du visage et du corps de l'un d'entre eux. D'ailleurs, elle ignore si elle pourrait s'en passer totalement – elle ne l'a jamais envisagé, jusque-là, elle a plutôt eu tendance à colmater les brèches de son cœur avec le premier venu – comme Ève, dont les quarante-sept printemps ont peu entamé la beauté du visage. Sa peau est diaphane, délicate malgré le travail au soleil, et ses rides, certes nombreuses, sont fines et ne font que renforcer un charme évident. La jalousie tente un nouveau retour, mais Nina l'étouffe dans l'œuf. Elle éprouve surtout de l'admiration pour cette femme dont la vie aurait pu être une succession d'actes égoïstes, perchée depuis sa naissance dans un nid argenté, et qui a choisi de se tourner généreusement vers ses contemporains.

— Il y a un appartement vacant à l'étage, précise Ève en rangeant son arme dans un tiroir. Dîner dans… une demi-heure.

En quelques instants, la pièce se vide, Ève disparaît vers l'arrière de la maison, par une porte basse peinte en bleu. Et comme personne ne reparaît, Nina récupère son unique bagage dans le coffre de la Toyota, puis gagne l'étage de la demeure et finit par déposer ses affaires dans une chambre inoccupée. Au passage, elle a admiré des aquarelles accrochées aux murs, toutes signées de la main d'Anne Fouchet, de jolies représentations d'Amérindiens et du tepui où tant de choses se sont déroulées, de ce côté-ci du temps, ou d'un autre, plus lointain, où la jeune botaniste parcourait le monde à la recherche de nouvelles molécules. Cinquante ans séparent la quête des deux femmes et Nina songe qu'elle ne pourra croiser les pas d'Anne qu'en emboîtant ceux de sa fille. Secouée par une vague de mélancolie, elle tente de joindre Hélène sur son portable mais, ici comme dans le désert quelques heures plus tôt, aucun réseau n'est actif. Alors Nina garde ses regrets pour elle et fume deux cigarettes d'affilée, penchée par-dessus la fenêtre de sa chambre, ses yeux humides fixés sur l'horizon.

Le dîner a commencé par une prière en arabe, suffisamment courte pour ne pas embarrasser Nina. Puis les mets de fabrication locale ont tourné, simples, rustiques et délicieux. Nina s'est régalée de figues, d'ail, de pain sans levain, d'une soupe si goûteuse que ses papilles ont exulté à la première cuiller, et Ève a repris son bavardage, s'adressant de temps à autre aux femmes qui partagent leur repas. La traduction de ses échanges est régulièrement suivie de fous rires. L'ambiance est détendue.

— Comme je vous le disais avant le dîner, glisse-t-elle, soudain plus sérieuse, toutes ces Marocaines se sont heurtées à la brutalité masculine. Elles sont mes protégées, si vous voulez. Eh bien, je vous fiche mon billet qu'aucune ne résisterait à l'appel du loup s'il se présentait à l'entrée de la kasbah. Pas une ! Il y a une salope qui sommeille entre les cuisses de toutes ces grues !

Ève frappe du poing sur la table. Les rires cessent d'un coup et les assiettes s'empilent dans le même temps.

— Savez-vous pourquoi je me suis réfugiée ici, Nina ? Pour réapprendre le monde tel qu'il existait avant que nous le pervertissions ! Un jour pas si lointain, toutes les technologies, nos précieuses technologies, nous lâcheront les unes après les autres. Ce jour-là, je serai prête, ce jour-là, nous serons prêtes, ici ! Nous n'avons besoin de rien de plus que ce que nous fabriquons nous-mêmes et, quand ce grand jour viendra, j'élèverai des cochons pour éloigner les hommes !

Lorsque Ève achève sa dernière phrase, Nina s'aperçoit que la table a été débarrassée et que les convives se sont envolées. Il ne reste plus que son hôtesse, dont le regard s'est perdu au hasard de ses souvenirs et qui marmonne des mots inaudibles. Une boule d'angoisse grossit dans la gorge de Nina, qui pose délicatement sa main sur celle d'Ève. Celle-ci semble sortir de sa torpeur, mais son voyage inachevé laisse des traces sur son visage. Ses yeux ressemblent à ceux d'une vieille dame perdue, comme celle que Nina a croisée, il y a longtemps, dans cet immense hôpital où était alité Randolph, fiévreux et persuadé que son précieux cerveau était rongé par un virus. Le malaise passe en quelques instants. Le voile qui a occupé le regard d'Ève s'évapore aussi subitement qu'il s'y est posé.

— Leslie Kirkley ! Vous devriez vous intéresser à elle plutôt qu'à maman, pour votre bouquin. Voilà une femme visionnaire. Enfin ! Leslie a inventé le concept de commerce équitable, non ?

Le ton badin est revenu, comme si rien ne s'était passé. Les mots s'enchaînent et Nina apprend comment, dans les années 50, Leslie Kirkley, alors directrice d'Oxfam, une organisation humanitaire anglaise, a l'idée de commercialiser dans des boutiques spécialisées des produits fabriqués par des réfugiées chinoises.

— Vous ne m'écoutez plus, Nina ! lance Ève après de longues minutes de monologue. Et je ne vous en tiendrai pas rigueur. Je ne me suis pas retirée ici pour saouler mes rares visiteurs avec ces histoires ! Que diriez-vous d'un bon café et d'une boukha ? À moins que vous ne préfériez le champagne ! Mais pas ici, venez dans ma caverne, je vous ai préparé une surprise ! Vous vouliez rencontrer Anne Fouchet, n'est-ce pas ? Vos vœux vont être exaucés.

54

La caverne promise par Ève mérite amplement son nom. La petite porte bleue, si basse qu'elle oblige Nina à se courber pour la franchir, s'ouvre sur une sorte de vestibule décoré de tapis et de tout un fatras de vieux journaux religieusement empilés. La maçonnerie vieille de plusieurs siècles s'appuie contre la roche sur laquelle la kasbah est adossée. Ensuite commence la caverne, juste derrière un rideau léger qu'Ève soulève machinalement. Pour Nina, c'est un peu comme si l'émerveillement causé par la découverte de la kasbah se poursuivait dans ses sous-sols. L'endroit a été aménagé dans une large cavité naturelle, un abri qui a dû servir de refuge aux hommes depuis des temps reculés. Il suffit d'un œil avisé pour identifier sur le plafond des girafes et des fauves peints à même la pierre, mais ce n'est pas ce qui frappe de prime abord : la caverne est à ce point surchargée de meubles et d'objets décoratifs que le regard s'y perd avant de trouver un chemin. D'où provient l'électricité qui jette sur cette arrière-salle d'antiquaire un éclairage inégal ? Nina se pose la question un instant puis l'oublie. Elle a mieux à faire, d'abord contempler cet endroit improbable, ces collections magnifiques de lépidoptères qui ornent tout un pan de roche, ces tapis aux couleurs passées, ces malles d'où dépassent de vieux et beaux habits, et ce lit à baldaquin, ouvragé, sculpté sur chaque centimètre carré de bois, qui a trouvé une place près d'un poêle en faïence. Des peaux d'animaux et des têtes empaillées donnent à l'ensemble une atmosphère lugubre et, curieusement, Nina n'en ressent aucune gêne.

— Il existe un passage qui débouche de l'autre côté de la montagne, explique Ève. Cela servait en cas d'attaque. Comme quoi ces Arabes valaient bien les Européens en matière de stratégie. Mais ce n'est pas ce que vous êtes venue entendre !

La pseudo-journaliste en quête d'informations acquiesce, indécise, mal à l'aise avec son mensonge. Mais elle n'a heureusement rien à décider, tout a été préparé, comploté, offert. Ainsi se retrouve-t-elle assise sur de moelleux coussins, eux-mêmes répartis sur plusieurs épaisseurs de tapis. Ève n'explique pas, elle agit, retire un vieux drap d'un projecteur, fait glisser la pellicule 16 mm entre les roues crantées et enclenche le moteur. Un faisceau de lumière jaune inonde la paroi, recouverte à cet endroit d'une couche de peinture blanche. Pour Nina, le choc est immédiat car les premières images montrent le tepui, tel qu'elle l'a vu de ses propres yeux, inchangé.

— C'est un véritable luxe, n'est-ce pas, s'écrie Ève pour couvrir le bruit du projecteur. L'unique salle de cinéma à des centaines de kilomètres à la ronde !

L'émotion gagne la poitrine de Nina, qui se confond en remerciements, tandis qu'Ève présente les quatre protagonistes souriants devant l'objectif. Debout au bord de la falaise, le vide de la plaine de l'Orénoque derrière eux, ils tiennent une coupe de champagne à la main et portent un toast muet. Pendant qu'Ève explique maints détails sur la réalisation de ces films et les conditions de voyage de l'époque, Nina traque les détails et reconnaît avec plaisir une plaque en bois que Robert Varenne tourne vers l'objectif. Charles et lui sont assis devant un jeu d'échecs. Robert sourit, un doigt posé sous ses initiales gravées, puis glisse sur les scores, mais Nina n'a pas le temps d'interpréter le résultat, la bobine s'achève sur ce beau sourire.

— Tout a commencé par hasard finalement, déclare Ève en rembobinant la pellicule. Sans la proposition de Jean Fouchet, la Milane Corp. n'existerait pas.

— Comment cela ? interroge Nina, soucieuse de jouer correctement son rôle.

— C'est mon grand-père qui a financé les deux premières expéditions.

— Votre grand-père ? Je l'ignorais.

Les sourcils d'Ève se cabrent.

— Mon arrière-grand-père, rectifie-t-elle avec un sourire. Mais peu importe, pour moi, c'est la même chose. Je n'ai jamais connu mon grand-père, il est mort en 1944 et maman ne cessait de me parler de Jean Fouchet. Bref, il se passionnait pour les singes, Varenne était zoologue et avouez qu'au sortir de la guerre, l'occasion était inespérée.

Le cœur de Nina tressaute dans sa poitrine, elle brûle de lui poser d'autres questions, bien plus directes. Mais de nombreux signaux d'alarme résonnent dans son crâne. Ève semble si instable, prête à perdre pied – comme lors de cette drôle d'absence durant le repas, qui ressemble à de l'épilepsie –, et Nina ne tient pas à revivre de tels instants. Ce genre de comportement la terrifie, c'est comme si elle redoutait de devoir les affronter. Et pourtant, elle a beau fouiller ses souvenirs, elle ignore pourquoi. À part dans un restaurant, une fois – les yeux d'un inconnu se sont révulsés et il s'est mis à baver avant de perdre connaissance –, elle n'a jamais été confrontée à ça. *Tu te fais des idées, elle est juste un peu bizarre.* Les interrogations qui hantent l'esprit de Nina tournent autour de l'héritage de la kasbah, des dernières expéditions d'Anne Fouchet. Se peut-il qu'Ève ait passé plus de temps avec sa mère, lorsque cette dernière a décidé de se retirer des affaires en 1972 ? Oui, cela semble judicieux de penser qu'elle s'est réfugiée ici. Mais pourquoi, qu'est-ce qui a poussé Anne à tout abandonner, son amant, ses parts dans la Milane Corp., pour se retirer au fond du désert marocain ? Nina voudrait se perdre en conjectures mais Ève ne lui en donne pas l'occasion. Une nouvelle bobine tourne sur le plateau du projecteur.

Un campement de tentes est installé. Varenne, Provins et Milane y travaillent. Il y a même un laboratoire de campagne où fument des tubes à essais. Ces images font jaillir des souvenirs douloureux dans l'esprit de Nina. Le visage de Sahalé se superpose aux prises de vues et la jeune femme se prend à rêver qu'elle le retrouvera un jour. Une bobine passe, puis deux, puis trois et Ève, soudain, se met à parler de nouveau, la bouche rendue pâteuse par un grand nombre de cafés et autant de verres de boukha. Elle marmonne que la vie d'Anne a été gâchée à cause de ce qu'ils ont trouvé là-bas, qu'à l'annonce de la mort de ses compagnons elle s'est sentie menacée, surtout après l'attentat de Marseille. Nina n'ose intervenir ; ses paupières sont lourdes mais son esprit tendu vers les mots qui jaillissent des lèvres d'Ève, à peine articulés. Anne a eu peur, il y avait des coups de fil bizarres, des hommes louches qui la suivaient. Une grosse firme américaine, dont elle a oublié le nom, des gens qui voulaient son biotope, celui de la jungle, pour travailler dessus. Anne avait été piquée par des abeilles et soignée avec de la gelée royale. Un produit miracle, c'est ce qu'elle disait, mais elle n'avait jamais su le reproduire en laboratoire. Après ça, elle a préféré disparaître et quitter la Milane Corp. Elle était certaine que la fuite venait de chez eux. C'est ainsi qu'elle, Ève Lambrosi, fille délaissée, a enfin pu passer du temps avec sa mère. Finalement, elle leur doit une fière chandelle, à ces salauds d'Américains. Le silence tombe d'un coup dans la caverne, et la bobine tourne dans le vide avec un petit *schlack* à chaque passage de l'extrémité du film sur le socle de l'appareil. Nina se retirerait volontiers dans sa chambre pour noter toutes ces informations avant de sombrer dans un sommeil réparateur, mais quand Ève lui propose de regarder une dernière bande, elle n'a pas le cœur de refuser. Tant pis si elle s'endort, se dit-elle, son hôtesse comprendra.

Alors que les nouvelles prises de vues montrent les Indiens du village sur le tepui, dont Ève jure ses grands dieux que d'après sa mère il s'agit d'une population basée dans le bassin de l'Orénoque, Nina croit reconnaître Sahalé. C'est certainement la fatigue, ce n'est pas possible. Pourtant, elle est troublée et demande à Ève de rembobiner le film. L'image se fige, montre un

Indien de dos qui se retourne lentement, et les battements du cœur de Nina se calment. Ce n'est pas Sahalé, évidemment, même si cet homme lui ressemble. Mais quelque chose cloche et continue de la chiffonner. Nina se lève et s'approche de l'image projetée sur la roche. Ses paumes effleurent la paroi de la caverne, ses lèvres tremblent tant elle est émue. Le tatouage de cet homme est exactement le même que celui de… Du bout des doigts, elle vérifie son intuition, chantonne pour elle-même la mélodie qu'elle s'est inventée avec les différentes parties du tatouage, la chanson de Sahalé.

— Vous allez me dire ce qui vous arrive ? gronde la voix d'Ève derrière elle.

Incertaine, Nina pivote lentement. Doit-elle inventer un mensonge de toutes pièces, improviser ? Ce n'est pas son fort. Et dans le même temps, elle a un tel besoin de réfléchir à ce qu'elle vient de découvrir. Sahalé ne lui a jamais dit ce que signifiaient ses tatouages, mais Nina suppose qu'ils doivent avoir un rapport avec le clan ou la famille. Sinon, comment expliquer que les mêmes existaient déjà sur un homme d'une trentaine d'années au milieu des années 50 ?

— Je vous ai posé une question, répète Ève, dont le visage montre de légers signes de nervosité.

La vérité s'impose alors à Nina comme l'unique issue. Non, elle n'est pas journaliste, non, elle ne projette pas d'écrire un livre sur l'essor de la Milane Corp. Son forfait n'est pas aussi grand que ça, finalement, car elle a bien rencontré Virgile et Lisa Milane et elle a même sympathisé avec Hélène Varenne, qui serait ici même, si son propre père à elle, un écrivain excentrique, ne l'avait entraînée à Paris. Tout au long de l'aveu de Nina, Ève a écouté, calmement, et n'a commencé à s'agacer qu'au moment où la jeune femme a parlé de la découverte du village sur le tepui et, surtout, des charniers. Puis la colère a atteint son paroxysme en une fraction de seconde, quand Nina a expliqué comment les braconniers l'ont épargnée, elle, sans aucune raison, alors qu'ils avaient massacré ses compagnons. À la fin de son explication, Nina a attendu la sanction, aveuglée par le faisceau du projecteur, les mains tremblantes devant le visage. Le ronronnement du ventilateur de l'appareil lui semblait assourdissant, jusqu'à ce que la voix suraiguë d'Ève fasse vibrer douloureusement ses tympans.

— Sortez de chez moi ! Allez, déguerpissez !

55

L'accord parfait, l'idéale proximité d'un homme et d'une femme qui se transforme peu à peu en intimité. C'est en ces termes qu'Hélène envisage sa relation avec Randolph. Une main refermée sur la rambarde avant du bateau, l'autre plaquée sur son chapeau, la primatologue a oublié ses singes pour des plaisirs plus immédiats. Elle et Randolph se connaissent depuis une poignée de jours et de nuits et, déjà, elle sombre dans un délicieux gouffre de sentiments excitants. De l'attachement ? Peut-être, même si elle s'en défend. De l'affection ? Sans doute, sans aucun doute. De l'amour ? Pourquoi pas ? Hélène n'a pourtant plus la naïveté de ses vingt ans. Mais les faits sont là, elle vit avec Randolph des instants précieux, simples et sans concession. Évidemment, il a ses travers et ses habitudes de nanti. Si elle n'a pas pris au pied de la lettre les piques lancées par Nina, Hélène a vite découvert que ses sarcasmes étaient fondés. Randolph collectionne les suites dans des hôtels de luxe et a ses habitudes un peu partout dans le monde. Leur passage à Paris l'a amplement enseignée sur cet aspect de sa personnalité. Ce chantre de l'altermondialisme, ce dénonciateur déguisé en dandy, ce présumé baroudeur qui cultive son image auprès des médias est en réalité un homme douillet préoccupé par l'esthétique de son cadre de vie. Qui l'eût cru ! L'image préfabriquée de Scott s'est lézardée au profit d'une découverte beaucoup plus émouvante, celle de Randolph, un homme sensible, fragile, délicat en dehors de ses relations avec sa fille. C'est d'ailleurs un point qui trouble Hélène. Trop de silences, de non-dits parsèment son passé, la mort de la mère de Nina. Hélène n'a rien demandé, mais elle sait que, tôt ou tard, un abcès se crèvera de lui-même et qu'alors il restera à persuader le père de jouer la carte de l'honnêteté. Qu'a-t-il pu se passer ? Hélène l'ignore. Mais elle est en revanche persuadée que Nina ne connaîtra pas la paix tant qu'elle ne saura pas la vérité. Les boucles sont faites pour être bouclées, sinon à quoi bon en dessiner ?

Derrière les commandes, Randolph officie dans le rôle du capitaine de bord, rôle qu'il interprète à merveille, avec sa casquette vissée sur le chef et ses gants de conduite en pécari. Comme Hélène se retourne pour lui sourire, il lève une main, y dépose un baiser qu'il envoie aussitôt vers sa belle. Lui aussi vit des moments extraordinaires. Hélène le bouleverse, littéralement. Elle paraît éprouver chacun de ses doutes, même les plus légers, même les mieux cachés, elle porte un regard qui ne juge pas et s'amuse beaucoup des petites choses comme des grandes. C'est sans doute là le secret, l'un des secrets de cette femme : ne pas demeurer dans le jugement, en aucune circonstance. Randolph soupire. Ah, si Nina pouvait prendre exemple sur elle ! Mais elle n'en fait qu'à sa tête…

Comme la côte se rapproche, Randolph décélère. La proue du *Sealine* s'abaisse lentement, la vague de sillage rattrape la coque et les deux moteurs de huit cents chevaux se taisent, permettant aux amants d'échanger quelques mots sans hurler.

— Vous devriez venir me rejoindre le temps de la manœuvre, Hélène chérie.

Il n'en revient pas. Qu'elle se laisse appeler ainsi le fait fondre et il s'en donne à cœur joie. Cela faisait si longtemps qu'il n'avait pas appelé une femme ainsi, Nina mise à part. Le sourire confit disparaît subitement des lèvres de Randolph. Sa fille, qui ne répond ni à ses appels ni à ses messages, est encore une fois son seul sujet de préoccupation.

— La petite peste, ronchonne-t-il entre ses dents serrées.

— Vous parlez tout seul ? roucoule Hélène, qui le rejoint et l'enlace. C'est un des premiers signes de la sénilité à ce qu'on dit.

Randolph s'abandonne. Nina refera surface tôt ou tard, comme elle l'a toujours fait. Il aurait aimé s'excuser de vive voix et pas seulement sur un répondeur, il aurait aimé lui dire en face combien il l'aime, depuis toujours, et que ce sentiment ne changera jamais.

— À l'abordage ! dit-il pour rompre le cours de ses pensées. Hélène, vous saurez passer le bout autour du crochet d'amarrage ?

— Il faudra vous déshabituer de vos pimbêches de passage, mon cher. Si vous tenez à me garder, cela va sans dire…

Randolph courtise les anges et sa figure bonhomme, éclairée d'un sourire béat, fait éclater Hélène d'un rire franc. La coque de dix-huit mètres vient se ranger lentement le long du ponton. Au dernier moment, Randolph inverse les moteurs en contre-braquant. Quelques remous chargés de bulles d'air et de vase laissent remonter des effluves désagréables, puis le bateau s'immobilise.

— Que diriez-vous d'un pur malt de vingt ans d'âge ? interroge Randolph en coupant les moteurs. Après une manœuvre aussi parfaite, ce sera mérité.

Hélène convient de la justesse de l'objectif, tout en riant de l'argument, qu'elle estime discutable. Elle achève d'amarrer l'arrière du bateau et saute sur le ponton. Cinq minutes plus tard, ils montent enfin sur la terrasse et contemplent leur reflet dans les baies de la demeure silencieuse. Derrière eux, rendus flous par le triple vitrage, les arbres centenaires du parc se balancent doucement. L'un et l'autre décident sans rien en dire qu'ils sont beaux à deux, que leurs silhouettes se complètent idéalement. Étrange sentiment de se trouver à l'endroit parfait, avec la personne qu'il faut, douce folie de penser que, pour une fois, l'univers entier s'équilibre harmonieusement.

56

Dieu que la solitude fut une douce compagne ! Combien de temps, de paroles inutiles et de vaines dépenses d'énergie elle me fit économiser. L'ours qui sommeillait en moi demandait de l'air, de l'espace et du temps. Pendant ces cinq mois où l'on me laissa tranquille, je me suis régalé de moi-même, de mes obsessions et je pus enfin achever certaines expériences et en échafauder de nouvelles. Je mis à mort deux saïmiris élevés en captivité, un mâle et une femelle. Puis deux autres, capturés sur le tepui, et un couple importé de Colombie. Je les autopsiai tous et constatai la chose suivante : rien n'avait changé, ils avaient une glande pinéale de la taille à laquelle je m'attendais. Comprenez bien que je ne réalisais pas ces tests par sadisme ou excès de zèle. Il m'était absolument nécessaire de travailler avec méthode. Avant de traquer d'éventuelles mutations chez les sujets soumis à des régimes particuliers, il me fallait vérifier l'état des autres, ceux que je rangeais dans le groupe « contrôle » et qui venaient de faire les frais de ma rigueur scientifique. Dans un deuxième temps, je procédai à une nouvelle vague de mises à mort, selon la même méthodologie. Ces sujets-là avaient fait l'objet d'un isolement et d'un régime particulier : j'avais introduit dans leur ration alimentaire une grande quantité de miel provenant du tepui. Cette fois, nous avions apporté dans nos bagages une tenue adéquate faite sur mesure et prévue pour résister à une attaque de saïmiris. Autant dire que je ressemblais à une créature digne de l'univers de Poe quand je la revêtais pour aller piller les ruches. Mais à bon entendeur salut, comme on dit. Passer à côté de la mort une fois est suffisant.

Échec. Le cerveau de mes singes présentait une glande pinéale normale, hormis bien sûr celui des spécimens capturés sur place. J'en tirai alors deux enseignements : le miel ajouté à la nourriture n'était pas la cause de l'hypertrophie de la glande et les individus nés sur place conservaient leur propriété initiale, même avec un régime alimentaire différent sur une période de près d'un an.

Pourtant, la femelle guyanaise que j'avais retrouvée et autopsiée présentait une glande pinéale surdimensionnée. Il fallait bien, pour expliquer ce phénomène, qu'un facteur extérieur soit intervenu. Tout mon dépit venait de mon incapacité à découvrir lequel. Je me remis donc au travail, échafaudant des théories parfois biscornues (mes derniers sujets étaient captifs, ce qui n'était pas le cas des femelles introduites lors de mon dernier voyage qui s'étaient échappées ; la liberté faisait-elle pousser la glande pinéale ? les chamans avaient-ils donné des plantes aux singes ?), quand le chaman, justement, vint me trouver. Cela se déroula au cœur d'une après-midi orageuse. L'air vibrait d'électricité et j'avais prévu de rêvasser à de nouvelles expériences. J'avoue ne pas apprécier l'orage, à moins de me trouver confortablement installé derrière une vitre, le cul dans un fauteuil et une vieille liqueur en main. Dans ces conditions, je suis prêt à apprécier quelques séries d'éclairs, en attendant que le courant soit rétabli. Mais mon inconfort, même à l'abri du chalet, était grand. J'attendais donc l'orage sans aucune impatience, et assez nerveux finalement, quand la présence du chaman me fit mettre le nez dehors, sans que je sache pourquoi. À vivre seul, on finit par développer de nouvelles capacités de veille, peut-être ! Si j'affirme un jour une chose pareille et que je l'écris, on me demandera des comptes à l'Académie des sciences, à laquelle, Dieu merci, je n'appartiens pas !

Le chaman était debout dans la clairière où nous avions élu domicile, aussi nu qu'un ver, à la différence près que les vers ne portent ni parures ni tatouages bizarroïdes, et il semblait m'attendre. Je le rejoignis en quelques pas et me trouvai aussitôt marri de ne savoir que faire. Il m'amenait… comment dire ? un gage d'amitié, une jeune femme. Oui, c'est ça, je ne peux l'appeler qu'ainsi : une jeune femme. Je refusai aussitôt le présent mais le chaman éclata de rire et s'en alla comme il était venu. Je restai donc en charmante compagnie, sans aucun moyen d'expliquer à *la dame* qu'il n'était pas dans mes coutumes d'accepter de pareils cadeaux. Le sexe ne se rétribue pas. Mais qui avait parlé de rétribution ? Moi, et lorsque je m'en aperçus, je me fâchai et décidai d'ignorer l'offrande. Elle pouvait bien rester, mais je comptais sur son ennui pour qu'elle déguerpisse. C'était méconnaître la patience infinie des Indiens d'Amazonie.

Des jours passèrent et elle était toujours là, se balançant dans le hamac en fibres de *mariche* avec lequel elle était venue, observant d'un œil triste mes cages remplies de singes et l'étal sur lequel je les mettais à mort. Cette planche de *caropo* sentait la charogne et je ne sais quelles atrocités elle imagina alors. Mais elle tint bon et resta, silencieuse et belle. Ce fut donc moi qui capitulai. J'attrapai sa main et marchai en direction de son village, fermement décidé à reprendre le soir même le cours de mes travaux et ma vie de solitaire.

Mais en arrivant sur la place où se dressait, magnifique, le totem, je trouvai une communauté en effervescence. Il se préparait un festoiement dont j'ignorais l'origine, mais, curieux et intrigué, je décidai de rester, le sauvetage dont j'avais fait l'objet des années plus tôt en mémoire. Les rituels indiens passent souvent par la prise de mélanges de plantes hallucinogènes et je me pris d'envie d'y retoucher, consciemment cette fois. Le troisième œil m'appelait chaque jour davantage et je ne pouvais que répondre à une telle invite.

De cette célébration je ne puis dire grand-chose. Il y eut des chants, beaucoup de chants, des danses, beaucoup de danses, ce fut en réalité extrêmement ennuyeux, jusqu'au moment où le chaman – j'appris ce jour-là qu'il se nommait Maoré – nous donna le breuvage que j'attendais. Je crois, sans pouvoir l'affirmer, que tous en prirent, les enfants aussi. La suite se passe de commentaires. Le rebord du récipient contenant le breuvage était recouvert de miel mais la boisson était amère, si amère qu'elle provoquait de violents vomissements. Même chez les utilisateurs les plus aguerris. La réalité se brouilla et les premières images apparurent, des scènes apocalyptiques, des messagers de moi-même (disait la voix de mon guide) et des messagers extérieurs qui m'entraînèrent aux frontières de ma folie personnelle. J'y rencontrai des choses oubliées, y retrouvai des âmes, dont j'avais enfoui le souvenir au fond de ma mémoire. Gaëlle me dit combien je me trompais en refusant ce don, et me persuada que cette jeune Indienne, qui aurait dû être ridée et laide, la représentait sur cette terre pour des retrouvailles. Je ne compris pas tout et me contente de restituer ici des bribes de cette expérience hors du commun. Je pleurai beaucoup, conscient de discuter avec un fantôme adoré. Gaëlle me réitéra son amour et déposa ma main dans celle de cette Indienne, du nom de Oihane, ce qui signifie « de la forêt ». Oihane était nue, ce que je n'avais pas observé jusqu'alors. Elle me reçut simplement, mais je sentis qu'elle le faisait avec joie et je m'y adonnai alors sans retenue, laissant déferler des mois, des années d'abstinence, de non-désir et de deuil.

Je me réveillai des jours ou des nuits plus tard, fourbu et heureux, allongé sur une paillasse moelleuse dans une pièce aux murs blancs. Ma main toucha la peau douce et chaude de ma belle Indienne et je réalisai en un instant que je n'avais pas rêvé. Gaëlle m'était enfin revenue. J'étais touché par la grâce divine. Non seulement l'amour m'avait déjà été donné, mais il me revenait, intact, pour la deuxième fois au cours d'une seule existence. À partir de cet instant, toute idée de retour vers la France, vers Émilie et Hélène, ne fut plus qu'une velléité. La petite fille aux cheveux blonds qui m'attendait à Paris finirait bien par se lasser de m'attendre.

IX

En cet instant
où les trombes d'eau cessent
avec la fin du jour,
il donnerait tout
pour la serrer dans ses bras

57

À partir de ce moment crucial de mon existence, je me partageai entre mes activités de recherche et la connaissance expérimentale de mon être caché. Car j'arrivai vite à cette constatation : les rituels usant de psychotropes n'avaient d'autre but que celui-ci, connaître son être intime et sa relation avec le cosmos. Ce que j'avais moi-même pris pour des occasions supplémentaires de ne rien faire chez des êtres déjà très enclins au farniente se révélait une activité sérieuse qui nécessitait préparation et encadrement. Maoré me guida pas à pas dans cette descente intérieure où les forces vivantes en présence rivalisaient d'auras bénéfiques, tandis que mes divinités personnelles perdaient peu à peu de leur épaisseur. C'est ainsi qu'en quatre mois ne s'exprimèrent plus que les trois éléments du totem, l'arbre, le singe et l'abeille, dans un langage que je ne déchiffrais pas. Et cela me faisait enrager d'être sourd à ce point.

À son retour, Charles me reconnut à peine. J'étais heureux. Le ventre d'Oihane s'arrondissait déjà joliment, un nouveau petit Pierre naîtrait bientôt et il suffirait alors de quelques années pour qu'il m'explique enfin ce qu'il y avait de l'autre côté. Mon compagnon de toujours m'apprit qu'Anne était précipitamment rentrée en France pour enterrer son grand-père. Jean Fouchet venait de mourir et le clan se disputait déjà les restes d'un empire familial amoindri par la guerre et les décisions désastreuses d'un dirigeant peu visionnaire. Avec la mort de notre mécène, nous perdions aussi un ami sincère. Jamais il n'avait réclamé ses singes ni ne nous avait coupé les vivres et il avait payé fort cher le retour à la vie de sa petite-fille. J'eus de la peine pour Anne, que j'aimais beaucoup, et formulai une prière à l'intention du défunt, lui souhaitant le plus léger des voyages. Lui à présent savait et je l'enviais pour cela. Nous discutâmes des stratégies à mettre en œuvre pour poursuivre nos recherches, Charles avait si bien géré les fonds qu'il nous restait largement de quoi poursuivre, nous parlâmes d'avenir aussi, mais je passai sous silence le domaine que j'avais acquis au Maroc et m'enquis des fruits de son voyage. « Formidable ! » me répondit-il avant de m'exposer les bienfaits de la suprématie américaine. Il me décrivit les voitures, de véritables paquebots à l'intérieur desquels on pouvait jouer des disques, se servir des cocktails ou se rendre au cinéma – et voir des films sans même quitter l'habitacle –, me vanta les qualités de ces réfrigérateurs géants qui servaient des glaçons ou de la glace pilée, selon l'usage que l'on voulait en faire, ou tout simplement de l'eau froide. Là-bas, on trouve de tout et si ce que vous voulez n'existe pas, on l'invente !

C'était aussi simple que ça, à l'entendre. Et, tandis qu'il reluquait les courbes généreuses d'Oihane, Charles m'expliqua qu'un type épatant venait de découvrir que la mélatonine agissait aussi sur le système immunitaire, qu'elle n'était pas uniquement sécrétée par la glande pinéale, même si cette dernière régulait le tout, mais aussi par la rétine, qu'on en avait isolé dans des aliments comme le riz, les noix et… le vin, et enfin qu'il ne fallait plus dire glande pinéale, mais épiphyse, sans quoi on risquait de passer pour un ringard aux yeux des confrères. Je ne cachai pas le manque d'intérêt que je portais à la communauté scientifique, en laquelle je n'avais toujours vu qu'un ramassis d'orgueilleux et de prétentieux sitôt qu'ils se regroupaient en naissains. Charles me lança un regard navré et poursuivit sur le même ton enflammé. Ses analyses sanguines étaient irréprochables, sa vigueur sexuelle n'avait rien à envier à tous ces jeunes crétins et il n'avait pas eu la moindre petite infection depuis des années. Lorsqu'il fut à bout de souffle et de nouvelles, je lui fis part des résultats de mes expériences. Il est vrai qu'à ses yeux, les mises à mort, les autopsies et l'observation du mode de vie des saïmiris n'avaient rien de très folichon. Pourtant, j'avais progressé et je pouvais à présent affirmer que les modifications enregistrées dans les glandes pinéales – pardon, les épiphyses ! – des singes et des humains ne provenaient pas seulement du miel. D'autres éléments intervenaient, dont les mélanges de plantes utilisés par les chamans, et que devaient également consommer les primates, qui n'usaient pas de rituels, eux.

C'est pourquoi je persévérai dans l'étude de leur comportement et de leur alimentation, sans avoir pour autant découvert la fameuse recette. Pourtant, j'avais eu l'idée de me baser sur les symboles du totem. Singe, arbre, abeille. Mais le mélange miel, feuilles, bourgeons, racine n'avait rien donné. Et Maoré pouvait me laisser l'observer lorsqu'il préparait ses potions, je n'arrivais jamais à un résultat satisfaisant. J'avais beau participer à la cueillette des feuilles, à la coupe des lianes d'ayahuasca, surveiller la cuisson de la chakruna, cuisson qui durait trois jours entiers, garder le chaudron comme un trésor et ne jamais le quitter des yeux, j'avais beau connaître la recette par cœur et l'administrer à mes singes colombiens sous toutes les formes et à toutes les doses, aucun d'entre eux ne vit sa glande pinéale grossir. Je les marquai, les gavai, les lâchai, patientai, les chassai, les disséquai. Sans résultat.

Charles et moi avions pourtant accompli de grandes avancées sur nos chemins parallèles. Il ne nous restait plus qu'à nous remettre au travail, ensemble, ce que nous fîmes, partageant notre temps entre le village, où nous demeurions, chacun dans sa maison, sur des périodes de plus en plus longues, et mes singes, que je finis par transporter auprès de nos amis, pour ne plus perdre de temps dans des déplacements inopportuns, rendus périlleux par les fortes pluies qui balayaient le plateau pendant des mois entiers. La collaboration avec Charles redevint fructueuse. Il perdit peu à peu de cette superbe à l'américaine qui m'exaspérait tant et recouvra ce ton camarade que nous aimions partager.

Si mes souvenirs ne me jouent pas des tours, c'est au début de l'été, en 1960 – oui, Pétrus vit le jour le 17 novembre –, que Charles se rendit aux États-Unis pour des compléments d'analyses, comme il le faisait régulièrement, après chaque trimestre passé au village. Il en revint une fois avec un sac postal qui contenait des dizaines de lettres d'Émilie, des mots et des dessins d'Hélène stockés par notre correspondant à San Fernando. Je ne l'ai jamais ouvert et, à l'heure qu'il est, il doit moisir dans le chalet, ou du moins ce qu'il en reste. Le climat tropical a rapidement raison de toute chose fabriquée dont on ne s'occupe pas soigneusement. À la fin de l'année 1961, il m'apporta une triste nouvelle. La petite Aude, après des années de souffrance et de lutte contre la leucémie, avait succombé. Nous ne pouvions nous empêcher de songer que si Virgile avait accepté notre proposition, elle aurait goûté à la même source de nourriture que celle des Indiens, suivi les rituels et survécu. Peut-être. C'est vrai qu'il n'était pas raisonnable de conclure de manière si arbitraire. Mais la vie sur le tepui, le sauvetage par la médecine indigène m'avaient guéri de la goutte – ou tout au moins n'était-elle pas encore revenue me taquiner les extrémités –, nous préservaient des maladies tropicales et nous garantissaient des bilans sanguins parfaits. Mais il nous était impossible de prétendre que cette même expérience de vie pourrait soigner un cancer, quel qu'il soit, et Charles s'était bien gardé de transmettre cette information à Virgile, lors d'une de leurs rencontres à New York où se trouvait à présent le siège de la Milane Corp.

La fois suivante, en avril 1962, c'est avec Anne, chargée de présents pour nos Indiens, qu'il arriva. Elle avait apporté avec elle des choses utiles (ce que les femmes sont pragmatiques !), comme des aiguilles en acier pour coudre ou des mèches lentes pour bougies. Nous étions expressément convenus que rien de mécanique ne monterait sur le tepui. Notre tronçonneuse et le gramophone rouillaient entre les planches pourries du chalet et avaient disparu sous des épaisseurs de fougères et de lianes. Les cadeaux furent distribués et tombèrent rapidement dans l'oubli. On ne remet pas aussi facilement en cause des siècles, des millénaires d'habitudes patiemment établies. Anne, qui avait accepté Oihane, rapporta aussi ses propres succès : les principes actifs qu'elle avait mis au point faisaient des adeptes à travers toute l'Europe et les États-Unis. La Milane Corp. en retirait des bénéfices conséquents que Virgile et elle-même réinvestissaient chaque année. Notre chère petite avait reçu en héritage le caractère fantasque de son grand-père et l'esprit d'entreprise des générations qui l'avaient précédée.

Des analyses poussées du miel montrèrent des résultats encourageants. La gelée royale pour sa part contenait des protéines inédites, tout indiquait que son utilisation dans les préparations médicinales n'était pas anodine. Pourtant, il restait beaucoup à apprendre, la biologie moléculaire du début des années 60 balbutiait encore, mais nous avions le temps et la vie nous souriait à tous. J'ignore avec qui Charles travaillait en France et aux États-Unis, il n'en parlait pas et je lui laissais cette part d'ombre. Tant que ses agissements n'entraînaient pas de conséquences ici, cela m'allait.

Ma connaissance de la langue si particulière des Indiens progressant, je cherchai un beau jour à percer le secret de leurs origines. Cette communauté était sans doute issue des peuples yanomami et warao disséminés dans la plaine de l'Orénoque. Ou d'autres tribus, c'était d'ailleurs sans importance. Ce que je voulais comprendre, c'était d'où leur venait leur vision du monde. Mes interrogations les firent beaucoup rire et ils me répondirent tous en désignant le totem avant de retourner à leurs occupations. J'en déduisis que mon manque de maîtrise de l'idiome était responsable de ma déconfiture.

J'attendis donc. Les mois apportèrent de nouveaux mots, de nouvelles expériences, je posai ma question à Maoré et j'obtins du chaman souriant la même réponse. Le totem était le maître mot. Mais cette fois je saisis une nuance primordiale. Ce qui comptait, c'était le biotope qu'il représentait. Mes Indiens provenaient de la plaine de l'Orénoque, et pourquoi pas de plus loin, de l'Amazonie brésilienne. Ils s'étaient sédentarisés sur le tepui à cause de ce biotope particulier et de ses bénéfices sur la santé. De cette entraide entre cet arbre, les singes et les abeilles que nous avait si bien décrite Anne, des années auparavant : l'arbre offre gîte et couvert aux abeilles contre une protection contre les insectes défoliateurs ; en échange d'un peu de gelée royale et de miel, les singes défendent les abeilles (donc le miel) des prédateurs, enfin l'arbre héberge le singe qui, tout en veillant sur les abeilles, le protège aussi. Et parce qu'ils ne vivaient plus comme des nomades, les Indiens avaient appris à inhumer leurs morts, tout cela était logique. Ce que je n'appréhendais pas, en revanche, c'était la manière dont ils avaient découvert ces propriétés. Observer l'environnement, l'étudier au quotidien, en tirer des conclusions, en fabriquer des proverbes, comme ceux qui concernent la météorologie ou le jardinage, cela prend un temps fou, cela se passe sur des centaines de générations. Alors comment ? L'inconnue était de taille et la question redondante, obsédante virevoltait dans mon esprit très gourmand de ce genre de mécaniques. Et les glandes pinéales des saïmiris ne pouvaient pas y être pour quelque chose, car allons, enfin ! Qu'est-ce qu'une glande pinéale pour un aborigène ? Était-il possible qu'ils aient une connaissance intuitive du troisième œil, comme ils possédaient celle de l'ADN, grâce à leurs visions de serpents entremêlés dont ils disaient qu'elles sont le sel du vivant ? Il devait exister un détail, que je n'avais pas su voir et qui se trouvait probablement sous mon nez.

58

Dix-huit dollars et vingt-cinq cents. Nina recompte une troisième fois avant de déposer l'argent dans la paume ouverte du chauffeur puis elle descend du taxi, satisfaite d'être tombée sur un bavard qui lui a vanté les mérites d'un nouveau restaurant – il livre de délicieuses pizzas à quinze miles à la ronde ! – dont il a fini par avouer qu'il appartient à son beau-frère. Pendant que le véhicule fait demi-tour, Nina fouille son sac, encombré de paquets de cigarettes, et finit par en extraire la clé et le badge magnétique, récupérés chez un voisin complaisant, ravi d'arroser les plantes et de surveiller la maison du grand écrivain. Lorsqu'elle se redresse, munie des précieux objets, il n'y a plus un bruit. Elle appuie sur la sonnette, on ne sait jamais, ouvre tout de même, Randolph n'est pas du genre prompt à répondre, surtout s'il jardine. Le ciel est bleu et la température idéale. Cette année encore, l'été a décidé d'empiéter sur l'automne, l'une des plus jolies saisons en cette région. Chaque jour davantage, les arbres se parent de couleurs chaudes, du brun au jaune en passant par toutes les nuances de rouge et d'orangé. L'herbe bien grasse éclaire le jardin, ponctuée çà et là de dizaines de variétés de roses et de glaïeuls, de massifs d'aster ou de sauge d'un mauve lumineux et depuis la terrasse, le spectacle est grandiose.

Le lourd sac de voyage tombe des mains de Nina sitôt la porte refermée – le vestibule attendra avant d'être rangé, surtout si Randolph n'est pas là pour râler. Le silence pour toute réponse à ses appels répétés pousse la jeune femme à se précipiter vers le boîtier d'alarme. Si elle ne la neutralise pas, la police va téléphoner ou envoyer une patrouille s'il s'en trouve une à proximité et elle n'a franchement pas envie de s'occuper de ça. Un bref coup d'œil la renseigne, les voyants sont au vert, signe que le système est déconnecté et que les tourtereaux ne sont pas loin. Alors elle se dirige d'abord vers la cuisine, rangée comme si elle n'avait jamais servi, puis traverse la salle à manger. Personne. Derrière les larges baies vitrées, le lac Érié, parfaitement calme, scintille sous le soleil. Quelques plaisanciers mouillent au large, d'autres, ivres de vitesse, tracent de longs sillages blancs d'écume en boucle ou en zigzag. Épuisée, Nina les observe, allume une cigarette puis se laisse tomber sur un des larges canapés qui occupent le salon. Le voyage a été long et elle savoure l'instant. Elle n'avait pas imaginé éprouver tant de plaisir à retrouver cette maison. Depuis combien de temps n'est-elle pas venue se vautrer là, face à ce lac suffisamment grand pour n'y voir qu'un horizon d'eau et le prendre pour une mer, et imaginer les mâts qui se balancent en tintinnabulant, dans le lointain port de Rowan ? Plus de six mois, au moins. C'était pour Thanksgiving, un prétexte comme tant d'autres, un appât du père à la fille pour passer un peu de temps ensemble, se dire des banalités, quelles nouvelles plantes, j'ai fait repeindre la coque du bateau, où en est ton nouveau roman, j'ai commandé une *treetent*[1] pour la saison prochaine et blablabla. La jeune femme soupire. Ces repas sinistres en tête à tête, où il ne faut jamais évoquer la religion, la politique ou l'histoire, il sait toujours tout sur tout et prend son air dédaigneux si Nina ne maîtrise pas le sujet, ne jamais avouer sa solitude, tu n'avais qu'à prendre ce poste à New York, tu serais déjà mariée, et surtout ne jamais, jamais faire d'allusions à la disparue, oublier ce rêve de longues conversations au coin du feu où on se souvient de ceux qui nous manquent, de ceux dont l'absence nous ronge chaque jour un peu plus et où l'on se rassure d'être toujours vivant, et ensemble.

Une vague inquiétude au cœur, Nina écrase sa cigarette et saute sur ses pieds. Il arrive à Randolph de ne pas activer l'alarme, mais en général, c'est qu'il se trouve dans le parc ou dans le local à bateaux, et elle n'a pas encore vérifié. La boîte à clés est presque vide et celle qui actionne le démarreur du yacht n'est pas là. La jeune femme en déduit que son père est en train de faire le joli cœur à quelques kilomètres de la côte et, pour s'en assurer, descend jusqu'au hangar et s'arrête devant le ponton, libre de toute embarcation. Personne. Un petit vent frais ride les eaux du lac et la fait frissonner. Elle frotte énergiquement ses paumes

1. Plateforme suspendue à une branche qui permet au chercheur-cueilleur d'installer le matériel nécessaire pour conditionner les échantillons sur place, par exemple.

sur ses bras, remonte vers la maison d'un pas rapide et se précipite dans la cuisine. Là, plantée devant la radio longue portée et incapable de se décider – Randolph serait trop content de se moquer d'elle si elle l'appelait sur les ondes – elle fume une cigarette puis en allume une autre et une autre encore, qu'elle écrase rageusement dans l'évier.

La nuit est tombée et un feu brûle haut dans l'âtre. Les bûches, pour la plupart issues du bois de hêtres des environs, sifflent en se consumant. L'appétit n'est pas venu et Nina s'est contentée de grignoter des céréales en regardant la télévision d'un œil distrait. Tout l'or du monde ne suffirait pas à lui faire avouer qu'elle attend impatiemment son père. Le message qu'elle a trouvé sur son portable, après avoir été chassée de la kasbah par Ève Lambrosi, lui a réchauffé le cœur. « Ma chérie, disait la voix de Randolph, je n'ai pas voulu que les choses se passent comme ça. Je suis désolé et je tiens à m'excuser. J'ai invité Hélène à la maison… rejoins-nous. Je t'aime, ma fille, tu sais. » Peu habituée à ce genre de mots, Nina l'a réécouté tout au long de son séjour sur le sol marocain, qu'elle a prolongé de presque une semaine. Rentrer aux États-Unis directement après avoir rencontré Ève aurait été logique, de grandes questions aux conséquences difficiles à envisager attendaient des réponses. Nina ne l'a pourtant pas fait. Le désert a éveillé chez elle un besoin de solitude plus important, besoin qu'elle a assouvi en ralliant Rabat en voiture, via Marrakech et Dar-El-Beida.

Blottie sur le canapé le plus proche de la cheminée, réchauffée par les efforts conjoints d'un plaid rouge en cachemire et des flammes, Nina laisse vagabonder ses émotions. Ce qui l'agace le plus, en cet instant où finalement rien ne va mal, c'est qu'elle se comporte comme une gamine capricieuse. Randolph et Hélène finiront par rentrer de leur périple sur le lac. Les nuits au large sont belles, surtout quand un anticyclone empêche la formation de nuages et que la voûte céleste est aussi splendide. Loin des lumières des villes, on y aperçoit nettement le corps principal de la Voie lactée, on peut à loisir s'y sentir tout petit, insignifiant presque, tant cette infime partie de l'univers paraît gigantesque. D'abord enfant, puis adolescente et jeune adulte, Nina a expérimenté ces ressentis, sur les différents bateaux de Randolph. C'était avant qu'elle ne connaisse les véritables effrois de ses angoisses, celles qui sont venues tout gâcher – *cette salope de Chakrouny* –, tout recouvrir, tout altérer.

En fin d'après-midi, elle a gagné sa chambre, rangé ses affaires et allumé son ordinateur de bureau. Sur le disque dur, elle a retrouvé ses archives photographiques et validé ce dont elle était déjà convaincue : Sahalé porte bien les mêmes tatouages que cet homme aperçu sur les films tournés par Anne Fouchet dans les années 50. Le cœur de Nina a failli fondre en voyant le visage de son ami. Ses sentiments pour cet homme ont grandi, provoquant en elle une douleur lancinante sans autre remède que celui de le revoir au plus vite. Même dans ses moments les plus sombres, Nina ne peut nier l'intérêt que lui porte Sahalé. Et c'est cette quasi-certitude qui la navre autant qu'elle la comble, car le jeune Indien ne lui a jamais rien dit. Maintenant qu'elle a la preuve qu'il est relié au mystère du village, elle ressent un mélange de déception, de tristesse et d'excitation. Pourquoi Sahalé lui a-t-il caché ses origines ? Se peut-il tout simplement qu'il les ignorait lui-même ? Plus elle repense aux événements des dernières semaines, plus elle isole des zones d'ombre. A-t-il feint de découvrir les ruines, que craignait-il quand ils ont exploré le site, comment savait-il exactement quand elle allait tenter de fuir ? Se peut-il que sa présence dans l'équipe ne soit pas le fruit du hasard ? Mais alors, pourquoi n'a-t-il pas tenté d'empêcher Aidan de monter au village, s'il savait ? Sahalé, fils d'un génocide, enfant d'une micro-civilisation massacrée, son ami Sahalé, détenteur des clés d'un mystère – cette fameuse gelée royale dont Anne Fouchet disait qu'elle était miraculeuse ? Mystère qu'il a tu, sans doute, pour des raisons qu'il faudra découvrir, comprendre et pardonner peut-être. Nina est prête à tous les compromis, mais avant elle doit le retrouver, même si la chose est infiniment plus difficile à réaliser qu'à projeter. Quelques heures plus tôt, la jeune femme a joint le planning de la Compagnie. On lui a répondu que M. Bahamontes ne s'était pas présenté à la réunion de précampagne imposée à tous les saisonniers. Pour la jeune femme, seules deux raisons peuvent expliquer son absence : soit il est en danger, soit il n'a pas renouvelé son contrat avec la Compagnie, hypothèse la plus vraisemblable. Or, elle connaît certaines de ses habitudes, les endroits qu'il fréquentait à Caracas, et son adresse e-mail, même s'il s'en servait peu.

Sahalé, je rentre bientôt. Je t'attendrai tous les jours vers midi devant chez Arturo. Tu peux m'y laisser un message. Prends soin de toi, NS.

Nina expédie l'e-mail, puis elle éteint son ordinateur et quitte la chambre. Une idée vient de germer dans son esprit. Et pour une fois qu'elle est seule chez son père, elle ne va pas se gêner. Les habitudes de Randolph sont immuables. La clé de son bureau est dissimulée dans le même vase qui prend la poussière depuis des années, sur un guéridon de l'entrée. La serrure, huilée deux fois par an, se déverrouille sans un bruit et le lourd vantail pivote lentement sur les gonds. Une légère appréhension interrompt Nina dans son mouvement, alors qu'elle s'apprête à pénétrer dans *l'antre du dragon*. L'interdit promulgué au cours de son enfance a la vie longue, mais Nina respire profondément, elle n'a plus l'âge de se laisser dicter sa conduite. La même vieille odeur de tabac froid mêlée à celle de la poussière et des vieux livres flotte dans l'air. Un capteur de mouvement a repéré sa présence, le plafonnier s'illumine avec un léger déclic. Cela fait si longtemps qu'elle n'est plus venue. Elle traverse lentement la pièce, longeant six mètres de rayonnages ployant sous des piles de papiers, de livres, de manuscrits édités ou en attente de réécriture. Le placard est là, aussi verdâtre que dans son souvenir, double porte en mélaminé équipée d'un petit cadenas en métal émaillé de rouge. Il y a belle lurette que Randolph a égaré la clé et que le mécanisme cliquette au moindre mouvement de porte. De toute façon, il est le seul à venir dans cette pièce. Alors à quoi bon fermer à double tour ? La main de Nina se plaque sur le panneau de gauche, qu'elle fait coulisser le long de son rail. Là encore, une odeur caractérise cet endroit précis, la jeune femme la reconnaît, surtout quand elle s'abaisse à mi-hauteur. Ça sent le papier carbone – Randolph doit être le dernier être humain à en posséder encore –, le bois et le graphite des crayons de papier et, très en dessous, en note fine, presque imperceptible, l'huile du mécanisme d'ouverture du coffre-fort. L'odeur de maman… Un pincement agace le cœur de Nina. Bien sûr, elle ne l'a jamais verbalisé avec ces mots, mais l'odeur de ce placard et celle de sa mère se confondent. L'urne est là, posée sur le rebord du petit coffre-fort scellé dans le mur, n'attendant que sa main dans la pénombre.

Un oubli, peut-être, une ultime bravade, plus sûrement, la porte du bureau restera ouverte toute la nuit. Nina est retournée s'installer sur le canapé, l'urne contenant les restes de sa mère posée entre les jambes, juste à côté d'un saladier rempli de chips. Plus tard, après trois épisodes de *Desperate Housewives* rediffusés sur le câble, elle change de position. Le dos tourné vers les baies vitrées, pelotonnée sous le plaid, les bras enroulés autour de l'urne, Nina s'endort comme une masse, la satisfaction de n'avoir aucun compte à rendre au fond du cœur.

59

Une pluie battante balaye la route 322. Cela fait deux heures que Nina s'est assise derrière le volant de la vieille Oldsmobile de Randolph, une pièce de collection qui encombre la moitié du garage depuis vingt ans. Et elle n'aime pas ça. Même sans considérer qu'elle n'a aucun appétit pour la conduite, cette guimbarde plus âgée qu'elle devient capricieuse sur sol mouillé et la porte au comble de la nervosité. Fort heureusement, elle vient de laisser dans son dos le panneau de sortie de Brookville Ohio et, comme un bon copain posé là sur le tableau de bord et qui aurait une voix de playmate, le GPS la rassure – au prochain carrefour, tournez à droite – il n'y en a plus pour très longtemps. Passé Port Barnett, elle actionne son clignotant et se range sur le parking presque désert d'un motel. Une enseigne néon surplombe l'entrée du restaurant, inondant de couleurs bariolées les rares carrosseries et le bitume détrempé. Les essuie-glaces grincent et agissent sur les nerfs de Nina comme des ongles contre un tableau noir. Les mains tremblantes, elle allume une cigarette et rejette la fumée avec force, la tête penchée, les yeux fermés. Le vacarme de l'averse sur la tôle et les gouttes qui s'écrasent à gros bouillons sur le pare-brise couvrent ses sanglots. Ce matin, la radio a craché dans le vide. Pourtant, Nina s'y est essayée à maintes reprises. D'abord d'humeur massacrante, elle a préféré n'y voir qu'une nouvelle facétie de Randolph. Puis la matinée a passé, devant l'écran de son ordinateur, sur sa boîte e-mail et le dernier *Tomb Raider*. Toujours personne. Vers 13 heures, son estomac s'est rappelé à son bon souvenir. Il en a eu assez des chips et des canettes de soda. Une salade, de la verdure, des légumes, voilà ce qu'il réclamait. C'est là que Nina a compris qu'il se passait quelque chose d'anormal. Tous les produits frais étaient périmés depuis plusieurs jours, or jamais son père n'aurait laissé un fruit se gâter dans le réfrigérateur. Aussitôt, elle a su quoi faire. La porte du bureau toujours ouverte a facilité ses mouvements. Un carnet dans le deuxième tiroir du meuble, sous une boîte contenant des trombones de couleurs, un nom, Vurgensen, un contact, en cas de coup dur, c'est la consigne. L'homme ne répond jamais. C'est lui qui rappelle, cinq minutes après qu'on lui a laissé un message. Il ne veut rien entendre au téléphone mais est prêt à la rencontrer. Rendez-vous à l'*Old Devil Moon*, un restaurant à la sortie de Brookville, même parking que le motel, vers 20 heures.

On y est. Sa cigarette écrasée, Nina inspire un grand coup, referme les pans de son imperméable, ajuste sa capuche au plus près et s'extrait de l'habitacle, aussitôt secouée d'une vague de frissons. La température a dû chuter de quinze degrés en peu de temps. Elle court, se précipite sous l'auvent, déjà trempée, et s'engouffre dans le hall après deux séries de portes battantes. Debout dans l'entrée, un jeune homme impeccablement mis lui tend un mouchoir en papier qu'elle attrape sans réfléchir. Nina sèche ses joues ruisselantes et le suit à travers un dédale de plantes vertes et de paravents, jusqu'à une table isolée où un autre homme, d'une cinquantaine d'années, sirote un apéritif. Lorsqu'elle parvient à sa hauteur, il se lève, lui tend une main chaude et sèche et se présente en articulant simplement son nom : Vurgensen. Il a une voix rauque, un strabisme divergent et un léger accent du Sud. La Floride, peut-être, Nina ne saurait le dire. Elle ressent chez cet homme une maîtrise de soi très élaborée et une gestion du temps permanente, à la minute près, semble-t-il. D'ailleurs, il lui annonce sans ambages que le bateau de son père a été repéré à quelques kilomètres de Rowan, dans l'Ontario, et que les hommes de confiance envoyés sur place n'ont trouvé aucune trace des disparus à bord.

Un instant, Nina se demande comment Vurgensen a pu agir si vite, puis elle abandonne. Elle doit faire confiance à cet homme, même si Randolph ne lui a jamais expliqué ce qu'il fait exactement à Washington où il passe le plus clair de son temps. Il paraît qu'il a le bras long, très long. C'est lui, l'homme de la situation. Et certainement pas les flics débonnaires du bled d'à côté, qui préfèrent taper le carton avec le gérant du drugstore ou faire des rondes pendant les fêtes d'Halloween pour effrayer les gamins.

— Il a pris l'annexe, propose Nina. Il y a un hôtel très agréable au bord du lac. Il a certainement voulu y conduire Hélène. J'ai dû m'inquiéter pour rien.

— Vraiment ? M'auriez-vous contacté si vous n'étiez pas persuadée du caractère inhabituel de la situation ? Non, mademoiselle Scott, les éléments recueillis nous indiquent que votre père et son amie ont été enlevés.

Nina s'empêche de respirer. Enlevés. Retenir l'instant, revenir en arrière, faire comme si rien n'avait été dit. Peut-être qu'en fermant les yeux… *Et l'annexe, l'annexe ? Il n'a pas répondu, il n'a pas parlé de l'annexe du bateau.*

— L'annexe était sur le pont, ajoute-t-il comme s'il lisait dans les pensées. Laissez tomber. Dites-moi, quel a été votre dernier contact avec votre père ?

Le cœur de Nina s'emballe. Quel enlèvement ? Qui ? Que veut savoir cet homme au juste ? Elle lui répond du bout des lèvres qu'ils étaient à Nice ensemble et qu'ils se sont quittés dix jours plus tôt.

— Ça, je le sais sans avoir besoin de vous le demander, rétorque Vurgensen presque agacé. Je veux savoir comment il était. Perturbé ? Tourmenté ?

Une cigarette après l'autre entre les doigts, jusqu'à ce que ses lèvres et l'intérieur de ses joues s'assèchent, Nina explique. Non, il était heureux. Une femme venait d'entrer dans sa vie, aussi ne l'avait-elle pas vu aussi épanoui que ces derniers jours. Quant à savoir si son travail le préoccupait, il n'en avait pas l'air. Il venait d'interrompre une campagne de promotion pour venir à sa rescousse, la sienne, elle la sale gosse. Un crash, en pleine jungle. Vous admettrez que ce n'est pas de chance.

— Vous connaissez personnellement Hélène Varenne, ou devrais-je dire Rose Sawyer ?

Nina se lève d'un bond, s'insurge. Ses traits sont déformés par la colère et la frustration. Hélène est primatologue, c'est une femme épatante, rencontrée lors d'une mission au Venezuela. Une femme qui n'a pas hésité à se jeter à l'eau pour lui sauver la vie, à elle, Nina Scott. Alors, ce serait bien d'arrêter de voir le mal partout !

Le jeune homme qui l'a accueillie est arrivé dans son dos pendant qu'elle gesticulait. Mais Vurgensen lui fait signe, d'un geste bref, qu'il contrôle la situation.

— J'ai pu reconstituer les allées et venues de Randolph sur ces dernières semaines, poursuit-il. Il s'est rendu au Venezuela, puis en Colombie, avec vous. De là, retour à Caracas où vous avez retrouvé Mlle Varenne, puis Nice chez Milane et enfin Paris, à deux cette fois, avant de rentrer au bercail. M'expliquerez-vous pourquoi vous avez eu la bougeotte à ce point ?

La phrase s'achève en forme de question, mais Nina entend qu'il n'en est rien. Vurgensen veut cette information. Comme elle ne répond, pas, il enchaîne :

— Votre père travaille depuis des mois sur un roman politique mélangeant fiction et réalité. Il était en relation régulière avec moi pour cadrer ce qu'il est possible d'écrire et ce qui ne l'est pas.

Un soupir s'échappe de la gorge de Nina. Elle avait songé à beaucoup de possibilités, sauf celle-là. Randolph en justicier du peuple contrariant les intrigues de politiques en vue ? La situation pourrait être cocasse, si lui et Hélène n'avaient pas disparu.

— Je l'ignorais.

— Que faisiez-vous au Maroc ?

Vurgensen la prend de court.

— Vous avez loué une voiture à Ouarzazate et l'avez rendue à Rabat six jours plus tard avec des arrêts à Marrakech et à Casablanca. Quel est le lien ? Bogotá, Caracas, Nice, Paris et Rabat ? Drogue ? Pierres précieuses ?

Le visage de la jeune femme s'empourpre.

— Vous plaisantez, j'espère ! s'étrangle Nina. Il n'y a bien que des gens comme vous pour avancer des hypothèses aussi délirantes !

— Pourquoi votre père a-t-il écourté son séjour à Paris ? Il avait réservé quatre nuits dans le même hôtel et n'en a passé qu'une. Le saviez-vous ?

Désemparée, Nina secoue la tête.

— J'étais dans le désert. Je n'ai eu qu'un message, bien plus tard, et il ne mentionnait rien à ce sujet.

La main de Vurgensen s'est posée sur la table, paume ouverte vers le plafond. Son regard bleu bizarre est rivé dans celui de Nina, qui soutient l'affrontement. Une dizaine de secondes passent ainsi, puis Nina capitule. Elle a compris que son interlocuteur ne céderait pas et dépose son mobile sur le plateau. Aussitôt, le sbire de Vurgensen s'empare du téléphone, le démonte et en retire la puce. Puis il disparaît.

— Il parlait de qui, ce roman ?

— Il vous arrive de poser la bonne question, constate Vurgensen avec un sourire un brin sarcastique.

— Et vous de donner les bonnes réponses ?

— Nous avons une première piste. Intéressante. Une puissante famille qui aurait facilité des transactions et certains arrangements entre Caracas et Bogotá pour le contrôle de Panama. Nous parlons de dizaines, voire de centaines de millions de dollars et d'un vaste réseau de personnalités du monde financier, politique et j'en passe. Votre père passait beaucoup de temps en Colombie. Il n'avait pas encore achevé son roman, mais s'il a décidé de dévoiler ces informations, nombre de trônes pourraient être ébranlés. Et il nous appartiendra à ce moment-là d'étouffer ou non cette affaire. Deux de mes hommes vous attendent sur le parking. Ils sont sûrs et n'ont pas leurs pareils pour protéger un témoin ou fouiller le passé.

— Attendez, s'écrie Nina. Si c'est ça, pourquoi ces gens n'ont-ils pas agi lorsque nous étions en Colombie ?

— Votre père avait remué ciel et terre pour savoir si quelqu'un avait entendu parler d'un massacre au Venezuela dans les années 60, ce qui avait attiré l'attention de nos services. Vous avez été suivis tout le temps de votre séjour en Amérique du Sud. On n'allait donc pas vous tendre un piège dans un endroit surveillé de près par la CIA et avec un gorille maison dans les parages. Et puis, nous travaillons aussi dans d'autres directions. Votre père n'a pas que des amis et il fait partie des gens fortunés, cibles privilégiées des voyous. Faites-moi confiance, j'espère vous donner de bonnes nouvelles sous peu.

Vurgensen achève sa phrase par un petit rire de gorge. Puis il se lève et tend sa main à Nina. Tandis que son interlocuteur s'éloigne, la jeune femme reste assise, incapable de réagir. Les mots de Vurgensen résonnent salement dans son crâne. *Il remuait ciel et terre.* Malgré tout ce qu'il avait pu dire, opposer ou railler, Randolph s'était renseigné sur le tepui. Dès le départ, il avait eu envie de la croire. Nina n'en revient pas. S'apercevoir qu'elle connaît si peu son père est une découverte dont elle se serait bien passée. Apprendre qu'il menait une vie dangereuse à travers ses écrits en est une autre, plus extraordinaire encore. Le sentiment d'admiration qu'elle tente d'étouffer depuis des années resurgit d'un coup. Et elle le laisse faire, s'y abandonne, sent monter des larmes, tente de les ravaler avec une cigarette, mais elles finissent par rouler sur ses joues et mouiller son cou.

60

« J'aurais aimé avoir quelques certitudes, au moins quelques-unes. J'aurais aussi préféré avoir raison. Papa, tu aurais dû être le couard fanfaron que je supposais jusqu'à hier soir. Comment te venir en aide maintenant ? Je peux m'orienter dans une forêt tropicale, je pourrais même survivre dans le désert, avec un peu de chance et le minimum de matériel requis, mais je ne peux rien contre les grandes familles qui contrôlent ces foutus pays ! » Le galet que Nina vient de ramasser est presque rond. Elle le soupèse, le fait rebondir contre sa paume, puis elle le saisit entre l'index et le pouce, se courbe vers le sol et, d'un geste vif, l'expédie vers la surface de l'eau. La trajectoire qu'elle lui donne est idéale et le projectile frappe l'onde huit fois avant de sombrer. Nina regarde les cercles créés aux points d'impact se rejoindre, puis disparaître, comme s'ils s'effaçaient devant l'immensité du lac. Elle est venue tant de fois à cet endroit pour jeter ces petits galets qu'il doit y en avoir des tas sous la surface de l'eau, à quelques mètres du rivage. Peu à peu, par les jeux de l'onde et du ressac, ils avancent en roulant vers la grève, et la jeune femme se dit qu'elle vient peut-être de lancer le même caillou à des années d'intervalle. Et que la vie est ainsi. Un éternel recommencement.

De temps en temps, elle se retourne vers la maison et, immanquablement, l'un de ses gardes du corps se trouve sur la terrasse, ou derrière l'une des vitres, occupé à téléphoner, un œil rivé sur elle et les environs. Avant, la haute silhouette qui veillait sur ses jeux d'enfant était celle de son père et elle ne souhaitait qu'une chose, qu'elle disparaisse. Aujourd'hui, elle donnerait tout pour la voir à la place de celle des molosses de Vurgensen. Nina les a surnommés Augusto 1 et Augusto 2, en souvenir du porte-flingue de Manning, et ne parvient plus à se défaire de son invention. Pourtant, en y réfléchissant, elle devrait pouvoir retrouver leurs prénoms. Ils se sont présentés, la veille au soir, quand Vurgensen l'a plantée dans ce restaurant cajun où un serveur a fini par lui demander si elle souhaitait dîner. Les yeux mouillés de larmes, Nina ne savait plus. Elle a quitté l'établissement sans dire un mot et s'est engouffrée dans sa voiture. C'est là que les chiens de garde sont arrivés. Peut-être étaient-ce Jack et Jo, quelque chose dans ce goût – les gardes du corps s'appellent toujours comme ça. Ou alors Bill et John. Mais Nina doute et admet que finalement elle s'en moque. Pétrochimie, assainissement, média et armement, comment lutter contre des lobbies aussi puissants ? « Merde, Randolph, dans quel pétrin es-tu allé te fourrer ? Et comment savoir si Vurgensen est précisément ce qu'il prétend ? Allié ou ennemi, comment être vraiment sûre ? Et si ce n'était pas ça ? Si tu avais été kidnappé par un fan, un cinglé ? »

Les Augusto ont dormi dans une chambre à l'étage. Nina comptait leur en fournir deux, mais ils ont répliqué que ce n'était pas nécessaire, qu'ils ne dormaient jamais en même temps et pouvaient utiliser le même lit, à tour de rôle. Elle n'a pas insisté.

Le matin même, à 8 heures, après une nuit peuplée de cauchemars, Nina a rejoint ses chiens de garde dans le bureau de Randolph. Les dossiers, classés minutieusement depuis quatre décennies, étaient sortis de leurs placards, certains occupaient les tables du salon, de la salle à manger et le plan de travail de la cuisine. Un instant, elle a senti une angoisse étreindre son estomac, quelque chose qui ressemblait à la crainte du courroux paternel, mais Nina l'a repoussée d'un sourire triste. Son père ne risque pas de rentrer à l'improviste. « Et que tu ne m'en aies pas parlé, que tu n'aies pas ne serait-ce que fait une allusion à ce bouquin, ça, j'ai du mal à l'avaler ! Je suis ta fille, tout de même, j'avais le droit de savoir que tu prenais des risques. »

Nina n'a pas supporté très longtemps le remue-ménage des Augusto. Une fois le café passé, elle a emporté sa tasse dans le hangar à bateaux. Il s'y trouve un coin cuisine où Randolph aimait passer du temps. Là, elle a emprunté un cahier dans le stock de papeterie de son père, toujours prévoyant, et a pris des notes sur les événements des dernières semaines. Elle a réalisé des schémas, comme elle aime le faire, pour cadrer les relations entre les gens concernés, en tentant de n'oublier personne. Pour y voir plus clair. Mais sa méthode a échoué. *Bien sûr, il y a trop de choses que j'ignore*, a-t-elle alors pensé. *Avec la mise à sac du bureau de papa, les Augusto en sauront bientôt plus que moi sur les activités de Randolph Scott. Mon père, cet inconnu.*

Les sourcils froncés, Nina se concentre. Se fiant à son instinct, elle revient sur Ève Lambrosi, sa personnalité, sa courte intervention dans la vie de la jeune femme, qui ne comprend pas pourquoi cette quasi-inconnue l'a autant marquée. « Que venez-vous faire dans tout ça, mademoiselle Lambrosi ? Que ne m'avez-vous pas dit qu'il faudrait que je sache ? » Les galets tombent un à un de sa main. D'un pas rapide, elle file vers le hangar à bateaux. « C'est ça ! Ni Virgile Milane ni sa femme ne m'ont dit qui tu étais pour Anne ! Personne ne connaît ton existence ! » En moins d'une minute, Nina retrouve le vieux téléphone filaire sous un panier en osier en train de sécher. Elle compose le numéro des renseignements, s'agace de la lenteur du retour du cadran et prend son mal en patience. Quelques instants plus tard, elle est mise en relation avec la villa des Milane et comprend que le monde est en train de basculer. Virgile est mort la veille au soir et Lisa cherche par tous les moyens à joindre la primatologue.

— Hélène et mon père ont disparu, lâche Nina après un moment d'hésitation. Les enquêteurs disent que c'est une question d'heures avant qu'on les retrouve.

Un blanc s'ensuit, puis la voix de Lisa résonne dans l'appareil, étouffée et tremblante, demande plus de détails. En quelques mots, Nina expose ce qu'elle sait, à vrai dire peu de chose. Randolph et Hélène ont écourté leur séjour à Paris pour une raison inconnue et sont rentrés aux États-Unis. Depuis, ils se sont volatilisés.

— À ce propos, Nina. Il a laissé un mot pour Hélène dans lequel il parle de vous, dit Lisa dans un murmure. Virgile a dû sentir sa fin…

La vieille dame ne parvient pas à achever sa phrase. Elle se reprend à plusieurs reprises, puis Nina l'entend défroisser un morceau de papier.

— « Hélène chérie, lit Lisa avec difficulté, pardonne ma lâcheté. Pardonne mes silences, je n'ai pas pu trahir notre secret. Demande à la petite, elle seule pourra t'expliquer. » Que voulait-il dire ? Que savez-vous, Nina ?

— Cela n'a pas de sens, lâche la jeune femme en se reprochant aussitôt son manque de tact. Je ne vois pas pourquoi il écrit ça. Je suis désolée, Lisa, vous et Virgile avez été si gentils avec nous, je ne sais pas quoi dire.

À l'autre bout de la ligne, Lisa sanglote en silence. Nina l'entend se moucher. Alors la conversation s'arrête là, Lisa n'a pas le courage de parler davantage et Nina ne se sent pas capable de l'interroger sur Ève Lambrosi. Elle raccroche, l'esprit tourbillonnant d'interrogations, regrette la plante de Rose et ses bienfaits, cherche son paquet de Stuyvesant dans ses poches, en allume une et se dirige vers la sortie. Ses doigts tremblent tant qu'elle lâche sa cigarette. Elle l'écrase avec un juron et en attrape une autre. Le regard accroché à ses chaussures, elle aspire la fumée avec force, chauffe tant le filtre qu'elle se brûle les lèvres – à ce rythme-là, elles vont devenir noires – et se heurte à Augusto 1 qui l'attend sur le pas de la porte. À son air pénétré et sombre, elle comprend qu'il se passe quelque chose de grave. Alors elle le suit, hésitante, persuadée qu'elle va le regretter. Pendant qu'ils remontent l'allée ensemble, elle se dit qu'elle aimerait être une souris et disparaître dans un petit trou. Bientôt, trop vite à son goût, ils se retrouvent dans le salon, devant les livres de comptes de Randolph étalés sur le bar. Jamais elle n'aurait imaginé que son père entassait autant de paperasse.

— Nous cherchons dans toutes les directions, explique Augusto 2, des lunettes posées sur le bout de son nez. M. Scott a placé un montant important sur des assurances-vie dont vous êtes bénéficiaire.

Voyant que Nina est sur le point de l'interrompre, l'homme s'agace et stoppe d'un geste la tentative de la jeune femme.

— Vous n'y êtes pas. Je ne cherche pas à vous accuser de quoi que ce soit. En revanche, j'ai besoin d'une information. Il y a une autre bénéficiaire. Il est prévu qu'elle hérite d'un demi-million de dollars à la mort de votre père. Par ailleurs, elle perçoit déjà, sur un compte établi au Mexique, des virements mensuels s'élevant à dix mille dollars. Pouvez-vous me dire exactement qui est cette Susan Breanna Scott ?

En entendant le nom, Nina ne réagit pas. Elle demeure interdite, le regard absent, puis ses synapses recommencent à fonctionner, un peu trop vite peut-être, à en croire ses jambes qui se dérobent sous son poids et qui obligent Augusto 1 à se précipiter pour la retenir avant qu'elle ne se blesse, inconsciente et toute molle, sur l'angle pointu d'une table basse en acier.

61

Les liens mouillés mordent les chairs, les ramollissent aux points d'attache, blanchissent l'épiderme et creusent en profondeur. À force de les sentir frotter ses poignets, Randolph a imaginé une douleur, s'en est persuadé et la simple gêne s'est muée en obsession, pénible et salvatrice à la fois, suffisamment pour masquer le reste, ce qu'il ne faut surtout pas savoir. Car il y a bien pire. La nuit est tombée sur la forêt, sur cet endroit inconnu où l'espoir de liberté ne parvient même pas à naître, tant il y pleut en permanence, tant les geôliers sont nombreux, brutaux et grossiers. Le toit en végétaux laisse passer de grosses gouttes d'eau que Randolph ne peut éviter. Depuis quelques heures, il n'essaie même plus. L'odeur douceâtre qui se dégage de la blessure de sa jambe, vieille de plusieurs jours et jamais nettoyée, lui fait une peur horrible. L'ombre de sa propre mort croît avec la disparition du soleil, alors il tente de focaliser son attention sur les liens qui blessent ses poignets. Mais ses pensées chavirent et lui échappent pour devenir angoisses. Bientôt, elles seront suppliques, ritournelles obsédantes et délétères. Alors il s'accroche, tente de raisonner et cherche un moyen de se tirer de ce mauvais pas. Le passé ! Le passé peut occuper un esprit apeuré. L'homme au pistolet qui l'attendait dans le salon avait un vague air de déjà-vu, mais son visage a pris des jours pour voyager à l'intérieur de ses souvenirs jusqu'au point de reconnaissance. Avant cela, il a fallu gérer l'urgence, la frousse provoquée par la bouche du canon, l'ordre d'emporter le corps d'Hélène jusqu'au bateau, mettre les gaz, chercher tout ce temps comment s'en sortir, ne pas trouver, tenter de laisser un indice aux enquêteurs qui ne manqueraient pas de venir, plus tard, aussitôt que quelqu'un aurait donné l'alerte, pour finalement échouer. L'homme est resté à ses côtés en permanence, puis l'a enfermé dans la cabine avec Hélène, endormie au chloroforme, après s'être assuré au moyen d'une barre de fer que le hublot ne pourrait plus jamais s'ouvrir. Randolph a oublié son nom mais il se souvient où il l'a déjà vu, il a revisité la scène des dizaines de fois ; la main crispée sur la poignée de la portière, les roues du pick-up qui crissent sur le sol en béton vitrifié, les ailes de deux jets au-dessus du toit en verre et Augusto, les dents serrées, des grommellements incompréhensibles sur les lèvres. Randolph les entend encore, malgré les bourdonnements à l'intérieur de ses oreilles, et la radio qui crache des slogans publicitaires en espagnol. « Hijo de puta », disait Augusto. Rien de très original. Mais il avait raison, Randolph le sait à présent, et le bras armé de l'ambassade américaine aurait dû loger une balle entre les yeux de ce salopard tatoué de rouge, quand ils sont allés chercher Nina par la force des armes et le pouvoir de Patrick Manning. Il aurait dû. Les grands principes tiennent jusqu'au moment où ils font sourire, quand la situation les rend caducs. Les grands principes ne servent qu'à ça, d'ailleurs. Mais pas seulement. Hélène fait partie de ce triste voyage, alors qu'elle n'y est pour rien. Et Randolph s'en veut terriblement, même s'il ne pouvait rien prévoir ni craindre, tant sa vie fantasmée par un large public se réduisait la plupart du temps à un ennuyeux et laborieux train-train au bord du lac Érié. Scott a fait long feu et le monde que Randolph contemple depuis son abri, les mains liées au tronc d'un arbre, se délite dans les brumes d'une terre gorgée d'eau. Les humains qui l'entourent ne connaissent que la loi des armes. Ici, tout ce qui tue rend plus fort. Les belles idées pacifistes, ses propres ricanements anarchistes n'ont aucune prise, aucun pouvoir, face à une kalachnikov. Randolph Scott n'a que le droit de se taire et il ne parvient pas à s'y résoudre. Aussi hurle-t-il souvent, contre le vent, le genre humain ou les nuages, qui continuent de rouler au-dessus des collines, insouciants de la condition humaine et crevant régulièrement sur la tête de l'écrivain, malade d'être ainsi, à bout de forces. Lui, si exigeant, si regardant quand il s'agit des biens matériels, doit accepter d'être traité comme un cochon, le corps enveloppé de vêtements trempés et boueux, puant ses propres miasmes et déjà en péril de gangrène du fait d'une simple écorchure. La situation se présente mal, Randolph le sait et hurle de plus belle vers les nuages. Maudits nuages, la saison des pluies était sur le point de s'achever, c'est ce que Nina lui avait dit. Il est impossible de se représenter cette saison des pluies, si les trombes qui s'abattent en représentent la fin. Et quand une éclaircie vient rompre la monotonie des intempéries, une brume de chaleur monte le long des pentes, ou alors ce sont les nuages qui descendent, Randolph ne sait plus très bien. Il conchie ce pays, cette pluie, ces cieux virevoltants et ce peuple de menteurs, de criminels et de profiteurs. Pas un pour relever son voisin. Il y a même des femmes et des enfants dans les rangs de ces combattants.

— Il existe des dizaines de groupuscules plus dangereux les uns que les autres à travers l'Amérique latine. Certains sont de vrais mouvements politiques, d'autres ne sont que des associations de malfaiteurs, des gens des *barrios* qui vivent de rapts et de rançons. C'est peut-être à des individus comme ça que nous avons affaire, même si j'en doute. Randolph, ils nous ont appâtés avec cette histoire de cambriolage, puis ils sont venus nous chercher au nord des États-Unis pour nous livrer à des guérilleros. Nous sommes une monnaie d'échange, ni plus ni moins. Alors, n'attendez aucune pitié de leur part et espérez que Nina paiera. Moi, je vais prier.

Quand a-t-elle proféré ces paroles ? Quelques jours plus tôt, quelques siècles en réalité, s'il faut en croire le sentiment de Randolph. Des siècles plus tôt, au début de leur séquestration en pleine nature, alors qu'ils étaient attachés comme des animaux, proies faciles, simples marchandises à échanger contre une forte somme d'argent. Erreur de leurs geôliers ou technique bien rodée, on les avait laissés ensemble, un jour et une nuit, peut-être les derniers. Depuis, Randolph n'a fait qu'apercevoir Hélène, au gré de ses propres mouvements ou des siens. Hélène qui mange, Hélène qui dort ou qui se soulage. Hélène qui hurle et vocifère, ou qui sèche ses larmes avec ses mains pleines de terre. Hélène, héroïque aux yeux de Randolph, bien plus courageuse que lui. L'écrivain n'a pu que s'incliner devant sa lectrice. Et espérer, jour après jour, un heureux dénouement à leur infortune. Mais une éternité est passée et rien ni personne n'est venu les délivrer. Par trois fois, les guérilleros les ont déplacés, les obligeant à marcher un sac sur la tête, conduits par des enfants qui les guidaient sur des chemins périlleux, des heures durant. Randolph a tout rangé dans les cases de sa mémoire, pour l'avenir, pour se persuader qu'il en existe bien un, toujours placé devant ses pas, incarné dans la promesse d'un nouveau roman, d'un nouveau succès. Et cette fois, il parlera par expérience, écrira sur cet enfermement qualifié de thème fédérateur à son œuvre par les critiques, certains universitaires et des milliers, des dizaines, des centaines de milliers de personnes anonymes et pourtant si nécessaires à son existence. Randolph craint pour sa vie, mais Scott sait qu'il survivra, quoi qu'il arrive. Pauvre consolation, la postérité n'est pas un secours pour cet homme qui tremble de mourir.

— Ils ont tout intérêt à nous libérer quand la rançon sera versée, sans quoi plus personne ne paierait, vous comprenez ?

Oui, Randolph comprend, mais il va falloir faire vite. La blessure qui s'infecte est un premier facteur accélérateur et les médicaments pour son cœur qu'il ne prend plus, faute de les avoir emportés le jour de leur enlèvement, en est un deuxième. À partir de là, l'union des deux risque de créer un cocktail explosif pour sa santé. Une violente douleur à la jambe lui fait serrer les dents. Maladroitement, Randolph parvient à défaire les lacets de sa chaussure et à retirer la chaussette. Son pied n'est pas beau à voir. Il a gonflé et l'extrémité de l'orteil a commencé à bleuir, chose qu'il craignait par-dessous tout. L'opération est malaisée, mais il parvient à le masser longuement, les pensées tournées vers le film de sa dernière journée sur le sol américain. Son bateau d'abord, avec lequel les kidnappeurs ont traversé le lac Érié, puis une camionnette et un avion privé. Hélène et lui ont voyagé ensemble, heureux de l'être malgré leur infortune, jusqu'à la piste extrême d'un aéroport international. Personne ne leur avait bandé les yeux, ce qui ne lui avait inspiré que des craintes pour leur devenir.

Oui, Randolph comprenait parfaitement la nécessité de croire à leur libération après paiement d'une rançon. Pour eux deux, Nina n'hésiterait pas. Mais après, une nouvelle source de problèmes allait naître, beaucoup plus inextricable encore et de très longue durée. Autant il était imaginable de négocier avec ces types en armes et treillis, autant il serait impossible de conclure une trêve avec sa fille. Nina opposerait un blocus inviolable et lui, malheureux mais vivant, partirait pour le reste de ses jours vers une autre sorte de prison. Alors, oui, il comprenait fort bien et allait avoir besoin d'Hélène, en cas de fin heureuse, de tout son savoir-faire de femme, de tout son talent d'être humain, pour raisonner la forcenée.

— Nina ne me pardonnera jamais, a-t-il commencé par dire, ce jour où leurs tortionnaires les avaient attachés côte à côte. Et elle va fatalement l'apprendre à présent.

Comme Hélène l'encourageait, Randolph a poursuivi. Il a vidé sa conscience, pleinement, pour la première fois de sa vie, et c'est avec cette femme pour laquelle il nourrit des sentiments très forts qu'il l'a fait.

— La mère de Nina est vivante.

Cette phrase lâchée, Randolph s'est arrêté, stupéfié par la simplicité de l'acte. Et tandis qu'Hélène arrondissait ses yeux, ou était-ce sa bouche, ou peut-être les deux, il a senti comme un craquement libérateur en lui, au fond de son être, là où personne n'a jamais posé le pied. À partir de là, le reste a suivi, sans aucune entrave. Les années 70, la rencontre de deux personnes antagonistes, incompatibles, et l'arrivée de Nina, dommage collatéral, en quelque sorte, de la libération sexuelle, de ses travers, de ses abus et singularités. Jamais Randolph n'aurait dû, pu s'acoquiner avec celle qui allait devenir sa femme, à cause d'un ventre trop rond. Gloria Rowell, devenue Susan Breanna Scott pour l'enfant, cette chose braillarde, responsable de ses malheurs – déprime, alcool, chairs molles, cocaïne et garde à vue – n'était qu'une jolie paire de fesses et un sourire espiègle. Elle est sortie de sa vie quelques mois après la naissance de Nina, pour les yeux d'un loser en moto qui aimait la coke et trafiquait un peu. Et puis, le succès fulgurant du premier roman, Nina se tenait à peine assise et balbutiait des gagaga en mangeant sa purée. Avec le triomphe, l'argent, la notoriété et... le retour de Mme Scott, la bouche pleine de mots comme argent, enfant, ce n'est pas du chantage, pension, coût de la vie, et les narines brûlées. Elle refusa le divorce et la garde pour un virement mensuel et une grosse assurance-vie et disparut sans jamais donner de nouvelles. Et comme il s'était pris à son propre mensonge

– « je n'ai jamais réussi à dire à Nina que sa mère l'avait abandonnée » –, la farce a continué. Avec son imagination, tout était si facile. Détail cynique, l'urne était en solde, posée à même le sol au milieu d'une exposition de pierres tombales, de couronnes mortuaires et de décorations en plastique pour dix ans, en céramique pour cinquante ou en fonte pour une relative éternité.

À la fin de son aveu, Randolph a attendu. Hélène n'a pas jugé et l'a même plaint, car le secret a dû être lourd à porter. Après un long silence où tout s'est dit, Randolph a fait promettre à Hélène qu'elle raconterait l'histoire à Nina, telle qu'elle venait de l'entendre et qu'en cas de malheur, elle lui donnerait les éléments nécessaires pour retrouver sa mère.

Quoi qu'il arrive, Randolph sait maintenant qu'il n'emportera pas avec lui son secret, et que peut-être il aura la chance d'être compris, si ce n'est pardonné. L'enfilement de la chaussette est douloureux, mais ce n'est rien en comparaison avec celui de la chaussure. Randolph renonce après la troisième tentative, jugeant qu'il est sans doute préférable de ne pas comprimer un pied dans cet état. Quelque part dans le campement de fortune, un chien aboie. Un autre lui fait écho, plus loin, derrière le rempart végétal. Combien sont-ils, chiens, combattants, familles et otages, à vivre ou à survivre dans cette jungle réputée vierge ? Il songe alors au calvaire d'Ingrid Betancourt, dont il a observé des bribes à l'abri de ses palaces, et se demande où est retenue Hélène à présent. Il l'imagine enchaînée, pâle et maigre. Cette pensée l'attriste et il se sent plus seul et plus vulnérable que jamais. En cet instant où les trombes d'eau cessent avec la fin du jour, il donnerait tout pour la serrer dans ses bras.

62

Je me suis étonné de tout, comme un enfant. Finalement je n'aurais pas pu mieux agir. Quoi de plus excitant que le temps de la découverte ? Quoi de plus raffiné qu'un sentiment d'extase ? Forcément préparatoire à la débâcle. Car toujours intervient la débâcle, c'est inscrit dans l'histoire du vivant. Tout être nouvellement né contient en lui le temps et l'outil de sa destruction. Savoir cela en regardant son fils de quelques années s'amuser innocemment est d'une cruauté sans nom. Mais moi qui vous parle, je cherchais autre chose. Moi qui me suis mis à nu rêvais de la possibilité de ne pas quitter ce monde en égoïste. Comment agir pour servir ceux qui me suivront ? Telle était la grande question, en dehors de ce détail que je n'avais pas su voir et qui se trouvait toujours sous mon nez. Que les décennies ont été courtes, que ma vie fut intense et comme je ne regretterais rien si tout s'arrêtait là.

Anne ne demeura pas très longtemps auprès de nous. Elle rêvait de recréer le fameux biotope dans une serre gigantesque dont le projet avançait, au Costa Rica, où Virgile faisait entretenir des parcelles de forêt pour approvisionner en plantes tropicales les usines et le laboratoire de recherche et de développement de la Milane Corp. Responsable de ce département, Anne voulait tout contrôler, tout régenter, et s'était persuadée qu'en délocalisant ses recherches, elle avancerait plus vite. Un temps, je tentai de la dissuader de se lancer dans un pareil projet. Faire pousser des arbres de quarante mètres sous une serre est une gageure comme il y en a peu. Mais je crois surtout que la civilisation manquait à notre charmante Anne, qui envisageait mal de vivre les prochaines décennies dans une cabane au fond des bois.

Quant à Charles, il étudiait de plus en plus longtemps aux États-Unis et de moins en moins sur le tepui, au contact de la seule véritable source d'apprentissage. Il rêvait encore de guérir les maladies, toutes les maladies, s'aventurait sur le continent des orgueilleux et y consacrait la majeure partie de son temps. Cet homme brillant excellait en de nombreux domaines, mais je crois que c'est à partir de cette période qu'il commença à évoluer au sein de sphères abstruses. Sa réalité se délitait au profit d'un avenir rêvé où il aurait siégé à la droite de Dieu en personne.

Moi, je vivais, profondément, jouissant des bontés de la Providence, cherchant ce détail qui m'obsédait mais, et ce devait être la seule fois de mon existence, paisiblement, si l'association de ces termes a un sens. Les Indiens gardèrent des secrets, bien plus que je ne peux l'imaginer sans doute, mais ma connaissance de leur mode de vie grandit à mesure que je les côtoyais. Ils comptaient soixante-dix lignées, dont aucune n'excédait deux enfants. Ce nombre de familles semblait immuable. J'ai eu, sur le sujet, bien des tentatives de conversation avec Maoré, mais je n'ai jamais réussi à lui tirer les vers du nez. Mes Indiens se nommaient eux-mêmes des êtres humains, comme la plupart des ethnies réparties dans les bassins de l'Orénoque et de l'Amazone, ce qui implique une fois encore que *les autres*, dont nous fîmes longtemps partie, appartenaient à une espèce différente. Charles et Anne avaient été adoptés comme des pièces rapportées. Quant à moi, le fait que j'aie pu me reproduire avec Oihane me permit d'entrer de plain-pied dans cette communauté extrêmement restreinte. Chaque couple, uni pour la vie, devait avoir deux enfants au plus. Intrigante restriction et efficace gestion des ventres. Je ne sais comment ils s'y prenaient, mais il semblait naître à peu près autant de garçons que de filles. Cette loi statistique m'a toujours échappé, je dois l'avouer. Qu'est-ce qui empêche la pièce de retomber 1 111 fois de suite sur le côté face ? Rien, en dehors de cette loi des probabilités à laquelle répondent, comme un seul homme, tous les spermatozoïdes vainqueurs du grand assaut. C'est un fait, avéré à la surface de la Terre, il naît autant de garçons que de filles. Dans notre petite communauté, tout enfant mort alors que ses parents étaient encore fertiles devait être remplacé. Je me souviens avoir assisté à de longues tractations entre plusieurs foyers alors qu'un couple avait refusé cet honneur. Cela posait un problème extraordinaire. Le fait est qu'ils devaient compter soixante-dix familles de deux enfants, pas plus, pas moins. Certains avaient déjà tenté d'obtenir l'autorisation d'avoir un troisième enfant – la situation avait viré au drame, l'exception depuis d'innombrables années – mais jamais aucun d'eux n'avait refusé d'enfanter de nouveau. Le chaman trancha, puisqu'on lui demandait son avis. Je remplacerais cet enfant manquant, puisque j'appartenais au peuple des êtres humains. Et je serais rattaché à cette famille-là. Il en fut ainsi et pour fêter mon arrivée dans cette lignée, je reçus mes premiers tatouages. L'ambiance revint à son harmonie coutumière et l'on n'en entendit plus parler. Si j'évoque ces détails, c'est pour témoigner de la simplicité de ce peuple, de la facilité avec laquelle les conflits étaient réglés, processus sur lequel aurait dû être calquée la marche du monde.

Le 17 novembre 1966, le jour de ses six ans, Pétrus fit son entrée parmi les apprentis. Comme j'avais déjà assisté à cette cérémonie, j'étais d'autant plus fier de mon rejeton. Après avoir été plongé dans un bassin naturel d'eau claire – les symboles ont des goûts de réchauffé, finalement, où qu'on aille –, son corps fut partiellement recouvert des mêmes tatouages que ceux de sa mère. Les lignes, courbes et droites, continues et brisées, les points, les petites taches en forme d'animaux, rien de ce qui allait marquer son épiderme ne serait dû au hasard. Pétrus, que l'on appelait plus volontiers Petro en terre indienne, reçut la marque de sa lignée, dont une tablette gravée était conservée dans le caveau de sa famille maternelle. Trait pour trait, point pour point, en Occident on dirait mot pour mot, le message transmis de génération en génération fut reproduit. Il resterait à Petro le loisir de combler les espaces laissés libres pour écrire la part de sa personnalité.

Au milieu de l'année 1967, après de régulières apparitions sur le tepui, Anne nous quitta définitivement. Elle venait d'abandonner le projet fort coûteux de la reconstitution du biotope sous serre et voulait me dire adieu, consciente que jamais je ne retournerais en terre occidentale. À cette époque, Charles était aux

États-Unis et elle s'en trouva fort soulagée. J'ignore ce qui s'était passé entre eux, Anne ne m'en souffla jamais le moindre mot, mais je les soupçonne de s'être fréquentés régulièrement, tandis qu'elle travaillait au Costa Rica et lui en Louisiane. Et Charles de s'être mal conduit. Elle demeura un peu plus d'un mois à mes côtés et partit en me faisant promettre de me montrer prudent et circonspect à l'avenir. Je ne saisis pas à quoi ou à qui elle faisait allusion, mais je promis, chose inhabituelle chez moi, qui déteste les engagements.

X

Je sais que tu liras ce qu'il y a à l'intérieur

63

L'année 1967 passa, toujours sans hiver, merveilleuses contrées où il ne fait jamais froid. Charles fêta la Saint-Sylvestre avec moi. Il m'avoua qu'il avait failli se marier dans le courant de l'année écoulée avec une comédienne d'Hollywood et qu'il n'avait dû son salut qu'à l'arrivée d'un autre prétendant, beaucoup plus riche que lui. Quelques mois durant, il avait noyé son chagrin dans les bras de jeunesses insouciantes. Je pestai contre l'esprit de vénalité qui semblait s'être abattu sur le monde et me saoulai avec lui, pour la première fois depuis de nombreuses années. Comme à chacun de ses passages, il me donna des nouvelles de l'humanité. Cette fois, tout me parut sombre et disharmonieux. L'année 1968 ne me ferait pas mentir. Lorsque nous nous fûmes soigneusement enivrés, il me confia travailler sur un projet qui allait révolutionner la médecine et le diagnostic. Je le laissai venir, encore vaguement conscient que Charles ne pouvait s'empêcher de se prendre pour l'initiateur des merveilles du monde. Et la huitième, c'était lui ! Mais je l'écoutai tout de même. Une partie de mon tempérament était restée civilisée et, comme je l'ai dit, l'alcool avait déjà fait de moi un auditeur plus tolérant.

— Il ne se passera pas longtemps avant que l'on puisse voir à l'intérieur du cerveau de n'importe qui !

Je me demandai à quelle *andouillerie* américaine il faisait allusion et le laissai poursuivre. Charles m'assura qu'il avait fait la rencontre de deux médecins, Oldendorf et Ambrose, et qu'avec le concours d'un troisième larron, ils étaient en train de mettre au point, dans la plus grande discrétion, une machine capable de fouiller l'intérieur du corps. Pourquoi pas, me disais-je, les rayons X ne sont plus un secret pour personne. Et ce serait diablement pratique pour nos recherches. La glande pinéale était, nous le savions pour l'avoir maintes fois regretté, particulièrement mal placée si l'on voulait l'étudier sans menacer la vie de son propriétaire. Je compris que le malheureux Charles commençait à perdre la tête quand il me précisa que les deux médecins s'étaient adjoint les services d'un ingénieur travaillant pour Emi Music afin de mettre au point leur machine. Un scanner, appelait-il ça. Le pauvre vieux confondait technologie médicale et arts du spectacle et de l'esbroufe. C'était navrant. Il sentit bien que je n'adhérais que très moyennement à ses allégations. Aussi ne souffla-t-il plus un mot à ce sujet au cours de la soirée. Je lui appris alors le départ d'Anne et cherchai par la même occasion à comprendre les motivations de son abandon des recherches sur le miel et le biotope.

— Oh, Anne est une petite chose fragile. Elle veut bien hériter des fruits du génie, mais elle ne supporte pas de mettre les mains dans le cambouis !

Je n'en sus pas plus mais sa réplique me glaça le sang. Anne était une belle personne, généreuse et altruiste. Elle possédait ces rares qualités de l'humanité qui font accepter la multitude en grimaçant moins. Ce que venait de me confier Charles ne me disait rien qui vaille. Je décidai donc de rester sur mes gardes, comme elle me l'avait fait promettre, mais qu'aurais-je pu faire sur mon tepui, si ce n'est observer la course des étoiles ?

Le 1er janvier 1968 fut un jour comme les autres, à cette différence près que Charles me tint grosso modo le même discours que la veille. Le principe de la radiologie allait s'étendre à des domaines insoupçonnés et prendrait dans les prochaines années une importance telle qu'il y aurait un avant-scanner et un après-scanner. C'était simple, que je le croie ou non, l'avenir dirait qui de nous deux avait raison. J'eus beau lui rétorquer qu'avoir raison ne faisait pas nécessairement partie de mes objectifs, il me rit au nez et décida de préparer ses bagages. Il retournait aux États-Unis poursuivre ses recherches.

Je repris peu à peu le cours de ma vie normale. Oihane, Petro, les saïmiris, les Indiens et leurs secrets millénaires. J'appartenais dorénavant à ce peuple, totalement. Je participais à toutes les activités du village et ils ne me cachaient plus rien. Cela ne signifie pas qu'ils me disaient tout. L'accès au savoir ancestral était une autre affaire, celle des chamans. De mon côté, je continuais de constater l'extraordinaire vitalité, autant physique que mentale, de ce petit groupe humain. Et la mienne aussi. Au cours de la décennie sur le point de s'achever, je n'avais pas été malade une seule fois. Nos analyses de sang, à Charles et à moi, démontraient toujours notre excellente santé. Et quand je dis excellente, c'en était même presque irréel : nos constantes étaient invariablement parfaites. Bien sûr, je n'étais pas resté sur le tepui dans le seul but de comprendre les raisons d'une forme aussi insolente, en regard de celle du reste de la population, qui se flétrissait globalement dès la trentaine passée, mais tout de même ! Comprendre aurait du bon, ne serait-ce que pour satisfaire ma curiosité. J'avais de mon côté – toujours en étudiant l'alimentation des Indiens et ce que je pouvais savoir des ingrédients des potions du chaman – pu concentrer mes recherches sur une vingtaine de plantes qui toutes poussaient à proximité de la zone du biotope. Singe, arbre et abeille, une nouvelle trinité, païenne celle-là, mais ô combien efficace, si l'on comparait les bénéfices de l'une et de l'autre. Ici, il n'existait pas de véritable culte, personne ne s'entre-tuait pour la gloire de ses idées et la splendeur des uns ne se bâtissait pas grâce à la sueur des autres. Cela ressemblait à l'éden et je crois que ça l'était. Un endroit idéal où vivaient des gens qui n'avaient d'autre but que de s'épanouir. Il faut croire que cela fit grincer des dents, quelle que soit l'espèce du prédateur. Quel que soit également le nom de son dieu.

Peu de temps avant que ne survienne le chaos, Maoré, non content de me désigner le totem pour répondre à l'une de mes sempiternelles questions, toucha l'abeille sculptée du bout du doigt. Et s'en alla vaquer à ses occupations. Je restai là, coi et stupide, nouvellement informé qu'une reine trônait au sommet de la pyramide. La belle affaire ! Mais il vint me trouver le lendemain. Une jeune femme avait eu un bébé, deux ou trois mois plus tôt, et il se rendait dans la case de ses parents. Le nourrisson était là, joli, dodu, lové contre des seins qui se tendaient généreusement. Le chaman déposa trois abeilles sur le ventre de l'enfant. Il les sortit d'une sorte de boîte qu'il avait confectionnée avec deux feuilles. Les abeilles attaquèrent aussitôt, le nouveau-né hurla, et ce fut tout. Le chaman repartit, et je retournai chez moi, perturbé à l'idée que mon Petro avait dû subir cette épreuve sans que je m'en sois aperçu.

Cette information, je la ruminai longuement et la gardai pour moi, quand Charles revint des mois plus tard. Je ne lui dis pas que j'avais enfin la clé. Qu'il fallait simplement un traumatisme précurseur, par injection d'un venin, pour que le produit agisse. Sinon, pourquoi diable Maoré aurait-il été cruel avec cet enfant, et tous les nouveau-nés de la communauté ? Non, je n'en dis rien, parce que j'ignorais beaucoup trop de choses sur les relations que Charles avait tissées aux États-Unis ou ailleurs, sur le milieu auquel appartenaient ces gens, et quelles étaient leurs intentions. Je n'en dis mot surtout parce que quelques jours après cette révélation, je fis moi-même une découverte qui me laissa pantois. Il existait dans mes cages des saïmiris très âgés, pour lesquels je me pris de pitié et que je décidai de remettre en liberté. Mon cœur allait s'alanguissant, l'âge me bonifiait. Et puis, même pour ceux qui n'avaient connu que la captivité, la liberté était tout de même inscrite dans leur instinct. Qu'ils crèvent quelques jours plus tard parce qu'ils ne sauraient pas se débrouiller seuls était un risque que j'acceptais de courir pour eux. Je procédai donc à la sélection de mes graciés, cage par cage, et achevai cette tâche par celle contenant les spécimens capturés sur place. Dire que je fus surpris est loin de la réalité qui m'assaillit alors. Car il se tenait là, devant moi, l'un des premiers, attrapé en 1958. Il faut dire que la cage était vaste et que j'avais pris soin de laisser des endroits où mes petits sujets pouvaient se cacher. Je me souviens avoir hésité à garder ce spécimen, le jour de sa capture, car il présentait toutes les caractéristiques d'un vieux saïmiri. Et dix ans plus tard, contre toute attente, il était toujours là. Ce fut la révolution dans mon esprit et, pendant quelques instants, je dus me tenir aux montants de la cage, tant j'étais ébranlé. La solution se présentait par hasard, comme cela arrive parfois, comme ce fut le cas pour la découverte de la pénicilline. Je n'aurais pu dire que ce singe n'avait pas changé, il paraissait tout de même très vieux, mais il était encore en vie. Et tonique, ce que je constatai immédiatement. Je savais qu'en captivité, les saïmiris peuvent vivre jusqu'à vingt-trois ans, ce qui est un grand âge pour un animal si petit. Mais dans son habitat naturel, différentes études indiquaient plutôt une moyenne n'excédant pas vingt ans. La conclusion à laquelle je parvins était simple et gigantesque : sans doute parce que les organismes étaient protégés des attaques pathogènes par l'activité de leur glande pinéale, leur vie se voyait prolongée. Oui, mais dans quelle mesure ?

Charles revint et son comportement me conforta immédiatement dans l'idée que je devais garder un silence absolu sur mes récentes découvertes. Il paraissait anxieux, sombre, habité par des démons intérieurs. Jamais je ne l'avais vu ainsi. Je le connaissais pourtant bien, nous avions passé des mois ensemble dans la forêt, des années à ne pouvoir compter que sur l'autre. Jamais je n'ai été aussi proche d'un homme. Et pourtant il m'inquiéta. Le soir de son arrivée sur le tepui, alors que nous finissions de dévorer un pécari rôti agrémenté de quelques *gusano*[1], il se confia à moi, jetant sans cesse des regards alentour. Il baissa le son de sa voix et je dus me pencher vers lui pour comprendre ce qu'il me soufflait dans un murmure. Il avait dépassé les bornes que nous nous étions nous-mêmes fixées. C'est ainsi qu'il entama ses aveux et, au début, je ne saisissais pas vraiment de quoi il parlait. Les limites, quelles limites ? Mais il ne me laissa pas l'interrompre. Il parla d'un trait, pressé par on ne sait trop quel danger imminent. Et ce que je compris m'alarma. Charles avait, comme je l'avais soupçonné, tissé des liens étroits avec des gens peu scrupuleux. C'était aussi ça, les États-Unis de la fin des années 60, l'argent régnait en maître absolu, le rendement, le bénéfice maximal et l'absence de projets à long terme devenaient les trois piliers d'une société en surchauffe. Ses *amis* avaient donné à Charles les moyens de progresser dans ses recherches et maintenant, l'inconscient était acculé. Ses réguliers allers-retours l'avaient sans doute trahi, lui, moi, nous tous et le tepui en particulier. Dans un murmure à peine audible, il m'avoua avoir découvert le rôle de la glande pinéale.

— C'est l'horloge interne ! articula-t-il en levant son index vers le ciel étoilé. Te rends-tu compte de ceci ? C'est le Graal, Robert, nous n'aurons bientôt plus besoin de courir.

Je restais dubitatif quant à ses résultats, en revanche, j'entendais parfaitement quelles pouvaient être les conséquences de ses négligences. J'avais compris qu'il fallait un traumatisme précurseur pour activer la potion chamanique et j'étais certain qu'il l'ignorait encore.

1. Vers comestibles.

Mais j'étais convaincu, et lui aussi manifestement, que la glande pinéale, si elle continuait de fonctionner au lieu de se calcifier, pouvait prolonger la vie dans des conditions physiques décentes. En l'écoutant, je revoyais mon vieux saïmiri se balancer facilement de branche en branche et courir la belle ! Si je l'avais découvert, Charles, ses comparses et leurs machines compliquées pouvaient y parvenir. Alors, bien sûr que le tepui était menacé ! Le désarroi acheva cette belle et longue période de bonheur. Un désarroi comme je n'en avais jamais imaginé, un sentiment d'abord fantasmé, qui s'incarna dans la douleur, la mort et le feu, la destruction presque totale, l'anéantissement. Tout ce que j'avais redouté, tout ce qu'ensemble nous avions voulu éviter se réalisa sans que je puisse rien opposer. Car même moi, pantin orgueilleux, maître prétentieux d'un monde qui ne m'appartenait pas, je devins en l'espace de quelques heures une simple proie.

64

Retour à Caracas, mais sans plaisir cette fois. Sans joie. Le studio qui lui a été attribué est vaste, haut de plafond et dépourvu de charme. De larges baies parfaitement inamovibles et blindées occupent tout un pan de mur et dévoilent les collines de Valle Arriba, surplombées d'un ciel rendu trop bleu par les vitres teintées au mercure. Les autres cloisons sont recouvertes d'une moquette épaisse d'un marron inclassable, comme si la décoration ne pouvait être que banale, dans ce lieu où les sons et les voix s'étouffent et meurent. Nina s'y trouve seule depuis des heures, assise sur un lit dont le sommier n'a pas été débarrassé de ses cartons et plastiques d'emballage. Les draps sont pliés sur une chaise, la couverture grise et rêche étalée sur le matelas et les oreillers rachitiques rangés dans le placard.

Nina a posé sa valise sans la défaire et laissé les Augusto se charger des relations avec le personnel de l'ambassade, activité dans laquelle ils excellent. Broyer du noir et fumer à s'en griller les poumons sont des occupations bien plus amusantes. Surtout depuis qu'elle a découvert le minibar dans la kitchenette, juste en dessous de l'évier. Une quinzaine de flacons y attendaient sa main impatiente, tequila, gin, whisky, rhum et vodka. Ses doigts se sont refermés sur la bouteille de tequila et un grand verre, puis elle a rempli un seau de glace au distributeur, installé dans le couloir à côté des ascenseurs et de la machine à cirer les chaussures. Elle ne peut s'empêcher de penser que Randolph apprécierait certainement ces dispositifs mis à la disposition des invités, ainsi que la cave à cigares entreposée dans la salle commune. Son cœur se serre, sa vue se brouille, elle peste d'être si émotive et mord ses lèvres comme si ça pouvait l'empêcher de pleurer.

Le soleil, vert à travers les vitres, l'invite à prendre l'air et Nina décide de gagner le toit en terrasse de l'ambassade – les Augusto ne la retrouveront certainement pas là – pour chercher dans l'ivresse une réponse à son mal-être. Chercher seulement. Car Nina a acquis la certitude, pour l'avoir expérimentée plus d'une fois, qu'il n'y a rien à découvrir au fond de quelques verres. Ça la calmera, le temps des négociations avec les ravisseurs. Des guérilleros vénézuéliens. L'information est tombée la veille, via son téléphone portable : Randolph Scott n'a pas disparu du fait de ses engagements politiques ou du thème de son prochain roman, mais bien en raison de sa fortune colossale. La voix d'Hélène, à peine audible, voix qui lui disait combien son père était mal en point, s'est brutalement interrompue et à sa place, une autre voix, masculine et nasillarde, s'est élevée dans l'écouteur pour énoncer les conditions de l'échange. Vingt millions de dollars. Sur le sol vénézuélien. Dans un délai qui reste à définir. Et là encore, le ciel est tombé sur sa tête. Après avoir appris qu'elle n'avait jamais été orpheline, et que sa mère lui avait été soigneusement cachée par son père à grand renfort de virements bancaires, Nina a dû encaisser une autre vérité. Si elle n'était pas allée voir Cesare Cardona pour lui parler de l'avion de Gus, jamais Randolph et Hélène n'auraient été inquiétés. Ce sont les services de sécurité de Patrick Manning, chargés de surveiller le trafiquant, qui ont constaté son départ précipité le lendemain de l'enlèvement. Quelques coups de fil ciblés ont suivi et les responsabilités ont été clairement établies. Cardona s'est servi de Scott pour payer aux guérilleros sa dette liée à la perte de la cargaison lors du crash de Gus van Peeble, cargaison dont il était le garant.

Seule une partie de l'immense terrasse est accessible depuis la porte de l'escalier de service. Il s'y trouve même une table, deux chaises en teck et un bidon rempli de sable rouge qui sert de cendrier. Nina s'installe dans l'ombre d'une tour de réfrigération pour se protéger du soleil. Elle est sur le territoire des

États-Unis et, pourtant, Caracas s'étale à ses pieds, ses beaux quartiers, ses baraquements, ses millions d'habitants. Plus près, des monts verdoyants, le coin des nantis, la colline de Bello Monte et ses villas avec piscine à l'ouest, et très loin à l'est, elle imagine plus qu'elle ne les devine, les bidonvilles du Petare, les baraques rouges à flanc de montagne et les beaux quartiers qui cohabitent avec une drôle d'insolence. Elle aimerait s'envoler, planer au-dessus des rues bruyantes, frôler les sommets des buildings, zigzaguer entre les tôles des *ranchitos* pour atterrir devant chez Arturo, boire une bonne bière et se goinfrer de chips avec Sahalé. La main de Nina tremble quand le liquide attendu coule dans le verre. Elle tremble encore quand le verre entre en contact avec ses lèvres, pour s'y appuyer et verser son contenu dans le fond de sa gorge.

Le service de sécurité de l'ambassade a rapidement établi un lien entre les différents établissements appartenant à Cesare Cardona et un mouvement politique séparatiste établi dans le sud du pays. Van Peeble s'était envolé avec un chargement bien trop précieux pour être abandonné dans la jungle. Et dire qu'il se servait de ses voyages pour la Compagnie ! Nina réalise qu'elle et son équipe étaient ses alibis pour survoler la forêt et passer de Bogotá, où il était installé, à Caracas. Elle réalise aussi que les braconniers ont certainement retrouvé ce que Gus trimbalait avec lui et que c'est pour ça qu'ils ont organisé le fameux crash. Pour ne pas attirer l'attention sur eux. C'était compter sans cette idiote de Nina, qui fonce la tête la première dans les ennuis, comme si elle avait décidé de s'en faire une spécialité. Non seulement les guérilleros ont enlevé Randolph, mais, bientôt, elle aura les braconniers sur le dos… Nina, reine des idiotes. Ça lui va bien, finalement.

La tequila glisse dans son œsophage et enrobe son estomac d'une chaleur réparatrice. Que c'est bon ! Lorsqu'elle s'empare de la bouteille, la main de Nina ne tremble déjà plus. Le deuxième verre rejoint le premier, puis elle s'accorde une pause, le temps de griller une cigarette.

Elle venait d'apprendre par la bouche d'un des Augusto qu'une Susan Breanna Scott recevait un mandat chaque 1er du mois. Elle venait de choir, soutenue grâce aux réflexes du deuxième chien de garde de Vurgensen. Il n'a pas fallu une minute avant qu'elle rouvre les yeux, le cerveau secoué par une incroyable chaîne de causes et de conséquences, une et une seule question en tête, à laquelle répondre sans délai : que contient cette maudite urne funéraire, puisque sa mère est vivante ? Rien n'y a fait, ni son sens de l'équilibre mis à mal, ni Augusto 1 qui tentait de lui faire entendre raison. Nina s'est ruée vers le placard du bureau de Randolph.

Au bout de l'enceinte de l'ambassade des États-Unis se trouve un poste de garde où des soldats stationnent, raides comme la justice dans leur bel uniforme, alors que d'autres patrouillent le long d'une grille, torse bombé dans leur gilet pare-balles, molosses au bout d'une laisse. Leur parcours est invariablement le même et Nina les suit des yeux sans s'en rendre compte, attendant chaque fois qu'ils disparaissent le moment où ils réapparaîtront. Son regard s'accroche au va-et-vient métronomique de ces hommes qui évoluent comme des machines, et Nina se blesse les lèvres avec le filtre brûlant de sa cigarette. Elle enfonce consciencieusement le mégot dans le sable rouge du bidon, les paupières alourdies de larmes qui ne veulent pas couler. Du sable. Du sable et des cendres mêlées ! Sable du bord du lac, cendres de bois ou de papiers, consumées dans la cheminée, probablement, souvenirs honnis, peut-être. Mais souvenirs qui lui appartenaient à elle, Nina, comme lui appartenait cette mère inconnue et tant rêvée, dissimulée par un monstre d'égoïsme. Voilà ce que Randolph avait cru bon mettre dans l'urne. Des cendres et du sable.

La rage de Nina n'a eu d'égal que son désespoir. L'urne a volé vers la fenêtre et a étoilé la vitre feuilletée avec un bruit mat, les bibelots ont été projetés dans toutes les directions, les livres, les papiers, les manuscrits, des décennies de travail ont pris des chemins insoupçonnés, virevoltant dans la pièce comme les confettis sur la grande avenue au défilé du 4 Juillet. Pour calmer la fureur de la fille bafouée, le sanctuaire du père a été saccagé. Après quoi, Nina est sortie, les bras ballants et le visage ravagé. Elle s'est échouée sur la terrasse, un verre de scotch à la main, délicate attention d'un des Augusto, et une cigarette aux lèvres, après l'autre. Puis Augusto 2 est arrivé avec son téléphone, l'air renfrogné, trop sérieux pour être porteur de bonnes nouvelles. L'appel provenait du Venezuela. Un instant, Nina a prié pour entendre la voix de Sahalé, le seul avec qui elle aurait aimé parler. Mais le ciel avait décidé, ce jour-là, de lui tomber sur la tête plus d'une fois.

Quelque chose a bougé. Nina n'en jurerait pas, mais il lui semble que quelque chose a bougé dans les bosquets qui se trouvent de l'autre côté du rond-point de l'entrée. Une main posée contre son front, elle scrute l'endroit en vain. Elle a dû rêver, ou c'est l'effet de la tequila. Sa main quitte sa position pour se verser un nouveau verre. Cette fois encore, Nina y verse des glaçons, elle a le temps, tout son temps pour tenter d'intégrer le mensonge de son père.

Avoir vécu en orpheline est une chose acceptable. La mère absente s'installe comme un meuble immuable dans l'esprit de l'enfant, puis dans celui de l'adulte. Mais les meubles immuables ne sont pas censés bouger, c'est même dans leur nature profonde de ne pas le faire. Nina sait qu'il faudra des années peut-être, et sans doute sera-t-il nécessaire de rencontrer cette inconnue qui court le monde sans jamais se manifester. C'est là le plus tordu de l'histoire. Randolph devra s'expliquer, dès que Nina le tiendra dans son angle de tir, il devra lui rendre des comptes. Il devra avouer quel monstre il est, quelle abomination l'a fait rejeter cette femme, lui inventer une mort, remplir une urne avec du sable et mentir pendant plus de trente ans. Ah, elle les comprend mieux, à présent, les silences de Randolph, les explications vagues, la belle-famille inexistante et les objets de Susan, tous disparus. Elle lui fera cracher le morceau et alors, enfin, elle comprendra ce qui a poussé cette mère à l'abandonner, elle, sa fille, son bébé.

Cette fois, c'est un reflet qui attire le regard de Nina. À trois cents mètres de la terrasse, au beau milieu d'une colline boisée, quelque chose brille par intermittence. Machinalement, elle lève les yeux vers le soleil déjà haut dans le ciel, se maudit d'être aussi stupide et se précipite dans l'escalier. Il va bientôt être midi, l'heure idéale pour prendre un bon sandwich chez Arturo.

65

Le parc de l'ambassade est un cul-de-sac. Un mur de trois mètres en fait le tour et, quoi que Nina tente de ce côté, des dizaines de caméras suivent chacun de ses faits et gestes. Autant se passer soi-même les menottes aux poignets. Alors elle est rentrée dans le bâtiment, est retournée jusqu'au studio pour y prendre son sac, avec l'idée de franchir tout naturellement le poste de sécurité, sous le prétexte de faire un tour. Nina ne supporte pas d'être enfermée, ce qu'elle lance au visage des Augusto, qui n'ont pas manqué de constater sa tentative de mouvement. Et peu importent leurs arguments, Nina sait manier la mauvaise foi avec aplomb. C'est vrai qu'il n'y a rien à faire dans ce quartier, mais elle a besoin d'air, de solitude, de verdure. C'est ça, elle manque de verdure ! Elle crève de vivre dans ce bunker en béton armé. Il ne lui en faut pas plus pour se diriger vers la sortie, malgré les contre-arguments de ses détracteurs, comme par exemple que les kidnappeurs de son père pourraient la contacter, que ce n'est pas le moment de se promener, de toute façon, elle a rendez-vous avec Manning dans l'après-midi. Mais Nina rétorque qu'ils n'ont qu'à la suivre s'ils n'ont rien d'autre à faire. Jusqu'à preuve du contraire, elle n'est pas assignée à l'ambassade, tous ses papiers sont en règle et rien ne peut l'empêcher de quitter cette fichue enclave américaine.

Une heure et deux bolivars et demi plus tard, Nina bondit hors du bus de la ligne 70. Le gigantesque espace ouvert sur le ciel du quartier de l'Altamira n'a pas bougé d'un pouce. L'obélisque, les jets d'eau, la circulation infernale qui transite autour, le *Four Seasons Hotel* et sa terrasse luxuriante perchée à trente mètres de hauteur, le tout surplombé par les pics couverts de végétation de la cordillère. L'effet procuré est invariablement le même. Nina se sent plus légère, immédiatement, dès qu'elle pose le pied sur la dalle de l'Altamira. Ses poumons se remplissent mieux et son esprit est envahi du sentiment d'être rentrée à la maison.

En cinq minutes, elle gagne la place où chaque matin s'implantent dès l'aube des centaines de petits maraîchers, des éleveurs de volailles, de lapins, de serpents, des rémouleurs, des cireurs de chaussures, des réparateurs en tout genre. À cette heure, le marché est pratiquement désert. Il ne reste plus qu'un amoncellement de détritus dans lequel les plus pauvres fouillent en quête d'un repas. Une dizaine de marchands remballent leur chargement dans des camionnettes brinquebalantes et, tout au bout, à l'endroit où elle stationne toujours, l'échoppe d'Arturo envoie ses couleurs criardes à la face du monde. Nina s'y dirige, heureuse de retrouver un décor qu'elle aime, certaine que d'ici une minute ou deux elle avalera un de ces délicieux petits pains à la viande et aux chips, même si elle n'a absolument pas faim, juste pour le goût, parce qu'en certains endroits de la planète, il demeure des rendez-vous immuables. Avec une bière fraîche, la fameuse *chicas polar,* cela va de soi.

Une des camionnettes, chargée de cageots et de sacs en toile de jute, s'ébranle au moment où elle s'éloigne du monceau de détritus, l'obligeant à s'écarter de quelques mètres. Tout en continuant de marcher vers l'échoppe d'Arturo, Nina songe à Sahalé. Ici, tout lui rappelle son ami. Le visage brun des gens du coin, l'odeur de la viande grillée et des fruits trop mûrs, les façades noires et les vitres sales, les cris, les gamins des rues qui la frôlent en riant, les mains pleines de provisions chapardées sur les étals. Alors, quand la porte latérale du véhicule coulisse en grinçant sur son rail et qu'il apparaît, une main tendue vers elle, un sourire accroché au coin des yeux, des mots que Nina n'entend pas sur les lèvres, elle saute sans hésiter sur le plancher poussiéreux de la fourgonnette. Puis le moteur hurle, la portière claque et Nina se retrouve projetée au fond de la cabine. Pendant que la jeune femme se redresse, la camionnette se glisse sans effort dans le flot de voitures qui déferlent dans l'avenida Mendoza. Quelques centaines de mètres plus loin, elle s'engage sur l'avenida Francisco Miranda et gagne bien vite la file la plus à gauche, d'embardée en embardée pour éviter les chauffards. Nina s'accroche à la banquette, face à Sahalé, hilare.

— T'as pris des sandwiches, au moins ? demande-t-elle enfin, quand la conduite se fait plus calme.

Le sourire disparaît du visage de Sahalé et les rides du sérieux apparaissent.

— Je sais où se trouvent ton père et son amie.

L'enlèvement de Randolph et d'Hélène, le village, les tatouages de Sahalé, les centaines de questions qui tournent dans l'esprit de Nina, les personnages troubles comme Vurgensen, Manning, Cardona, le colonel de Abrolla et les autres, Hélène, Ève Lambrosi, le couple Milane, il y en a trop pour qu'elle comprenne déjà.

— Et nous allons les tirer de là, poursuit Sahalé, de nouveau souriant.

Nina se dit qu'il a raison, que la vie n'est pas si compliquée et qu'elle meurt d'envie de se coller contre lui. Mais la pudeur, une grande timidité et la peur de se voir rejetée la retiennent. Aussi reste-t-elle sur la banquette, les bras croisés sur la poitrine, frustrée.

— Je ne peux pas tout t'expliquer pour le moment, dit Sahalé en se penchant vers elle, disons que j'appartiens à un réseau aux multiples ramifications et que certaines circonstances nous poussent à sortir de l'ombre.

Nina chasse l'explication d'un geste de la main.

— J'ai rencontré une femme au Maroc, il y a quelques jours. Elle m'a montré des films que sa mère avait tournés dans les années 60. J'ai cru devenir folle, Sahalé, je t'ai vu, sur ces films, puis j'ai compris que c'était juste une histoire de tatouages. Un homme avait exactement les mêmes que les tiens.

— Comment peux-tu en être certaine ?

Prête à rétorquer, Nina est interrompue par le conducteur, qui se retourne pour leur annoncer que des voitures les ont pris en chasse au moment même où ils ont quitté l'Altamira. Il a changé de file sans cesse, accéléré, décéléré, rien n'y a fait, les trois véhicules sont restés à distance. Nina explique aussitôt que ce sont les Augusto, qu'ils viennent des États-Unis et qu'ils sont censés la protéger. Elle n'obtient pour seule réplique qu'un hurlement du moteur. Le chauffeur vient de rétrograder pour prendre de la vitesse, puis il se lance dans un dangereux gymkhana au milieu d'une population habituée à ne respecter le code de la route que très occasionellement. Sahalé a bondi sur le siège passager, l'œil braqué sur le GPS, qui annonce un embouteillage à mille mètres devant eux. Restée seule à l'arrière, Nina semble dépassée par les événements. Elle se retourne pour observer leurs poursuivants et croit reconnaître Augusto, le spécimen original, dans une berline noire. À l'avant de la camionnette, les deux Indiens ont échangé quelques paroles dans un dialecte qu'elle ignore. D'abord tentée de questionner Sahalé sur les événements à venir, elle se ravise. Il paraît savoir ce qu'il fait et, quoi qu'il arrive, Nina se sent prête à le suivre au bout du monde, malgré ses silences et ses réponses évasives. Alors elle regarde la ville défiler par la fenêtre, se remplit la tête d'images, de lumière sans pareille, de pentes vertigineuses auxquelles s'accrochent les baraquements en tôle, retenus par les racines de la jungle qui s'invite en ville. Et puis, tout se ratatine en une poignée de secondes. Le chauffeur a dû se lever sur le frein, l'habitacle semble rapetisser et Nina manque s'écraser contre le pare-brise.

— Vite ! Suis-moi ! la presse Sahalé en ouvrant la portière.

Derrière eux, d'autres voitures molestent la gomme de leurs pneus dans un vacarme indescriptible. Le bouchon déjà formé s'allonge à vue d'œil. Les trois voies sont immobilisées, dans les deux sens de circulation. Sahalé a pris la main de Nina et l'entraîne vers le rail central de sécurité. En moins de vingt secondes, ils ont traversé la chaussée opposée et s'apprêtent à passer par-dessus une palissade composée de blocs de béton d'un peu plus de deux mètres de hauteur. Tous les Augusto – le vrai et les deux autres – sont eux aussi sortis de leur voiture et se lancent à leur poursuite, armes au poing, ordres grossiers en bouche. La palissade est franchie aisément par les fuyards. De l'autre coté, à perte de vue, ce ne sont que bâches en plastique tendues, toits de tôle ondulée, matériaux de récupération éculés, cent fois réutilisés par cent propriétaires différents. Ils sont dans le barrio Petare, le plus grand bidonville d'Amérique latine, l'un des plus dangereux aussi. Nina prend peur aussitôt, le douloureux souvenir de cet endroit encore ancré dans sa mémoire.

— Ils ne viendront pas jusqu'ici, la rassure Sahalé. Je suis de cette terre, ne l'oublie pas.

D'une main, il soulève une bâche et, de l'autre, il pousse la jeune femme à l'intérieur d'un *ranchito*, encombré de matelas posés à même le sol et souillés par la sueur de trop nombreuses années d'utilisation. L'odeur d'étable saisit Nina à la gorge. Alors elle avance, les mains devant le visage, désireuse de quitter cet endroit au plus vite. Ils ressortent quelques minutes plus tard au soleil dans une venelle envahie de bambous, qui suit la courbure du terrain. Sans se consulter, Sahalé et son compagnon se séparent. L'un part à droite, Nina à bout de bras, l'autre à gauche. Puis chacun bifurque dans la première ruelle croisée et détale à toute vitesse. Bientôt à bout de souffle, Nina implore un arrêt. Ils ont dû parcourir un peu plus d'un kilomètre à travers les méandres du bidonville et ne devraient plus être inquiétés. Devant les suppliques de Nina, le jeune homme accepte de s'arrêter à contrecœur. La jeune femme s'écroule, les mains posées sur ses flancs traversés par une douleur fulgurante, dans une étroite allée bordée de deux parois de parpaings.

— J'en suis sûre, dit-elle entre deux respirations, parce que je t'ai regardé pendant des semaines et que j'aime ton tatouage. Je m'étais fait une petite musique avec et je la jouais dans ma tête chaque fois que tu marchais devant moi.

Un instant décontenancé par la phrase de la jeune femme, Sahalé finit par lui glisser que c'est un beau compliment, même si ce n'est pas le moment d'en faire, et il se redresse, indiquant que la pause est terminée.

— Bientôt, tu sauras tout ce qu'il y a à savoir, lâche-t-il avant de lui tourner le dos. Et tu pourras me dire tout ce que tu as à me dire. Mais plus tard.

Comme Nina ne répond rien et qu'il n'entend aucun bruit de pas, Sahalé fait volte-face. La jeune femme est toujours accroupie, haletante, la moue boudeuse.

— Je t'ai souvent vue avec ce visage-là, achève-t-il en souriant, c'est le retour de Mlle Chakrouny ?

Devant la mauvaise volonté évidente de Nina, il ouvre la bouche, semble hésiter, se ravise puis change encore d'avis.

— Je viens de comprendre comment tu as su pour les tatouages, lâche-t-il enfin. Quand tu étais au Maroc, tu as vu les films d'Anne Fouchet.

66

Jusqu'à cet instant où ses lèvres ont fini par se desceller, Sahalé a prétexté ne pas être prêt, pas encore, pas tout de suite. Et, de fait, fuir la surveillance des Augusto et de leurs renforts, qui n'ont pas tardé à investir les quartiers insalubres de Caracas, de cet hélicoptère de l'armée qui les a longtemps traqués au-dessus du Petare, rien de tout cela n'a ressemblé à un jeu d'enfant. Sahalé et Nina ont passé des heures dans le bidonville, bientôt rejoints par d'autres jeunes gens qui les ont précédés à chaque nouveau mouvement. De ruelle en venelle, de cachettes plus minuscules les unes que les autres en bonds de quelques centaines de mètres au plus, ils ont abordé un retour vers la civilisation du macadam et de l'électricité bien après le coucher du soleil et ont refait surface sur le parking de l'Hélicoïde[1], là, d'autres Indiens leur ont prêté main-forte. Hommes, femmes, de tous âges, unis par un même code tatoué sur la peau.

Un bus recouvert de peinture antirouille et d'autocollants publicitaires a ouvert ses portes et tout le monde s'y est engouffré, avec bagages, cages enfermant des poules, des pécaris, des aras, toutes sortes d'animaux. Mais aussi des produits manufacturés, des sacs de farine de maïs et des armes, beaucoup d'armes dissimulées sous un monceau de provisions. Nina s'est laissé emporter, assez étonnée et finalement réjouie par le chahut de tout cet équipage. Le bus s'est ébranlé, a quitté un Caracas embrumé dans une circulation dense. Passé les banlieues de la métropole, la cacophonie des voix des hommes et des cris d'animaux a progressivement cessé. Certains se sont assoupis, ballottés par la route, d'autres se sont abîmé les yeux dans la contemplation du paysage enténébré. De son côté, Nina a tenté d'obtenir des informations, mais Sahalé s'est contenté de lui sourire et de s'entretenir avec le chauffeur d'affaires si secrètes qu'elle n'a pu en saisir une seule

1. Université bolivarienne du Venezuela, ancien domaine des services de renseignements vénézuéliens.

bribe. Vexée, elle s'est emmitouflée dans une couverture. *Comment Sahalé peut-il connaître le nom d'Anne Fouchet ? Qui est-il réellement ?* Cueilleur un jour, sauveur inespéré le lendemain, ami volatilisé au dispensaire de San Fernando, reparu à Caracas comme organisateur de libération d'otages et membre d'un groupe mystérieux dont les autorités vénézuéliennes et les réseaux de sécurité américains ne savent pas grand-chose. Pour ainsi dire rien.

L'arrêt du moteur achève de réveiller Nina. Des heures ont dû passer, mais le décor n'a pas changé. Par la fenêtre du bus, la nuit offre des fantômes de forêt tropicale, des crêtes de feuillages découpées sur fond de clair d'une lune presque au zénith. Nina se sent mieux, et une évidence la saisit avant même qu'elle ouvre les paupières : si Sahalé en sait autant sur le passé, c'est qu'il a mené une enquête parallèle à la sienne, tout simplement. Reste à comprendre pourquoi. C'est avec un sourire de satisfaction qu'elle se lève et emboîte le pas de ses compagnons de voyage. À présent, elle dispose d'un début de réponse, même si l'histoire est encore obscure. Avant que Sahalé daigne l'éclairer, elle peut réfléchir, déduire, envisager le champ des possibles. De sa vie elle ne s'est sentie aussi légère, malgré les circonstances, l'enlèvement de son père, d'Hélène, et la réapparition miraculeuse de sa mère, simple ligne imprimée sur des relevés de comptes. Il va falloir réapprendre tant de choses, à commencer par cette identité d'orpheline qu'il faudra réviser. Son cœur s'allège davantage encore lorsque, sur le point de descendre les trois marches qui séparent le plancher du bus de la terre ferme, elle découvre que la suite du voyage s'effectuera en bateau. La nuit, l'aventure, s'enfoncer loin au cœur de la forêt par les méandres magnifiques des innombrables rivières, s'éloigner chaque minute un peu plus de la civilisation des hommes, et Sahalé qui se rapproche d'elle et la frôle, leurs épidermes gourmands l'un de l'autre, l'un contre l'autre. Un grand frisson l'enveloppe, tandis qu'elle se laisse guider jusqu'à l'extrémité du ponton où patiente la masse sombre d'un bateau. À quelques centaines de mètres de là, des réverbères jettent un halo vibrant d'insectes sur d'autres coques. Une ville est tapie dans la nuit et les réverbères n'éclairent que les bateaux des possédants. Plus près, des dizaines d'embarcations modestes se balancent dans l'obscurité, certaines servent de résidence principale à leurs équipages, des familles qui font commerce sur le fleuve de tout ce qui rapporte de l'argent, trop peu bien souvent pour contenter les estomacs de tous. Une partie des compagnons de Sahalé va embarquer avec eux, tandis que d'autres retournent vers le bus et que les derniers se répartissent sur un second bateau. Nina monte dans la plus grosse des deux embarcations, qui se détache presque aussitôt du ponton, juste après qu'un coup de démarreur a lancé le moteur.

C'est dans ces circonstances que la jeune femme voit le soleil se lever. On lui a réservé une place à la proue, là où elle ne gêne personne, parmi des sacs de marchandises en toile de jute au milieu desquels elle se fabrique une niche confortable, un peu comme celle qu'elle partageait dans l'hévéa avec le *rabipelado,* quand tout allait bien. Le jour sort des limbes vaporeux de la rivière, embrumé et sale, taché de vert par les arbres qui se courbent jusqu'à la surface de l'eau. Une heure de grisaille s'installe, une heure que Nina passe à se morfondre. Puis Sahalé la rejoint enfin et lui parle. Son ton est amer et la jeune femme est abasourdie par les reproches qui transpirent au travers de chacune de ses paroles. Elle fantasmait d'autres mots, d'autres murmures, à l'écart du bruit régulier du moteur Diesel et du regard des Indiens qui les accompagnent.

— C'est vrai, tu m'avais prévenue. Mais toi, tu n'as pas cessé de me mentir tout au long de ces années…

Nina déteste le ton de cette conversation, et particulièrement le sien. Alors elle se reprend, demande pardon, explique qu'elle ne peut rien effacer. Oui, elle a été stupide, stupide de se laisser piéger par Gus van Peeble et Stander – mais il ne sait pas, lui, ce que signifient quinze jours en tête à tête avec ce gros porc –, stupide d'avoir cru que Cesare Cardona, qu'elle ne connaissait pas, pouvait l'aider à prouver son histoire. Stupide de n'avoir pas écouté les conseils de son seul véritable ami au Venezuela. Sahalé écoute, comprend, pardonne, comme s'il n'attendait que ça.

— Bien sûr, ça ne changera rien à la course des étoiles, mais je veux quand même que tu saches une chose. Sortir ton père de là n'était pas prévu, c'est maintenant devenu nécessaire.

Nina s'interroge, nécessaire pour qui, pour quoi ? Un soupir s'échappe de sa gorge. Comprendre Sahalé et son rôle dans la longue série d'événements qui se sont succédé depuis qu'elle a découvert ce village en ruine est son vœu le plus cher. Alors quand il propose de lui avouer enfin la vérité, elle écoute, promet de ne pas l'interrompre et se fait violence pour tenir parole.

— Je t'ai dit que j'avais grandi ici, au cœur de la forêt, commence Sahalé. Ce n'est pas vrai. Je t'ai dit que j'avais été recruté à l'âge de quatorze ans, ce n'est pas vrai. Je t'ai dit que j'appartenais à l'ethnie des Yanomamis comme Yahto et Kwanita, ce n'est pas vrai non plus. Nous sommes, comme tous nos compagnons, les enfants d'une autre tribu. Mes parents sont nés sur le tepui, ils y vivaient heureux. Jusqu'à ce jour de 1968. Le 10 septembre. L'horreur s'est abattue sur les villageois. Quelques-uns ont été sauvés par un homme. Un scientifique du nom de Ridley Coogan. Il n'avait pas trente ans.

Sahalé s'arrête un long moment. Il semble chercher ses mots, ou organiser ses idées. Une goutte de sang perle sur sa lèvre inférieure, fragilisée par la déshydratation. Nina voudrait l'essuyer, la lécher, lui dire que tout ça n'a pas d'importance, finalement. Mais elle a promis de se taire et veut respecter son engagement. Alors elle attend et contemple le visage de Sahalé comme si elle le découvrait.

— Mes parents l'ont suivi en Louisiane, où nous sommes nés, Kwanita et moi, quelques années plus tard, puis ils ont été foudroyés par une maladie inconnue à l'époque. Et c'est ce Ridley Coogan qui nous a adoptés, reprend Sahalé, une expression soulagée sur les traits. Nous n'avions pas cinq ans. Il travaillait à La Nouvelle-Orléans, c'est là que nous avons grandi. Je crois que c'est là aussi que les images du passé se sont envolées, peu à peu. Coogan était notre père et quand il est mort dans un accident de voiture – Kwanita et moi avions achevé nos études –, nous sommes à nouveau devenus orphelins. C'est dans ses archives, c'est là que nous avons su pour le tepui, pour le village, pour notre peuple et pour les deux Français. Longtemps, nous avons pensé que notre père était un héros, qu'il avait voulu éviter un massacre, précise-t-il, une note amère dans la voix. Longtemps nous avons cru que d'autres étaient responsables de tout, qu'ils étaient devenus fous et qu'ils avaient commis l'irréparable.

Nina tressaille. Ce que lui dit Sahalé est tellement inattendu, improbable.

— J'ai compris quand j'y suis allé. Il y a des choses qui ne se racontent pas, Nina. Il faut les vivre, et même alors, on n'est pas certain de pouvoir y croire.

Sahalé se lève, au moment où le soleil perce enfin la grisaille de la brume.

— Qu'est-ce que tu fais ? questionne Nina qui tente de le retenir. Mais le jeune homme la repousse avec fermeté. Tu ne vas pas me laisser ! Je veux savoir comment tu as entendu parler d'Anne Fouchet ! Sahalé !

— Je dois préparer la journée. Elle risque d'être longue et tous n'en verront pas la fin. Les conséquences de nos actes sont parfois immenses.

— Il y a eu une expédition en 1968, insiste-t-elle. C'est ça ! C'est ce qu'a voulu me dire Ève Lambrosi. Une seconde expédition responsable du massacre des Indiens, de la mort de Varenne et Provins et de tous ceux qui étaient allés sur le tepui ! C'est pourquoi Anne Fouchet avait préféré disparaître ! Tu comprends ? Mais toi, tu dois savoir ce qu'ils avaient découvert de si important ! Est-ce que c'est cette gelée royale dont m'a parlé Ève ? C'est ça, hein ? Il y a tellement d'abeilles là-bas !

— J'ai ici de quoi t'occuper, lâche Sahalé en sortant un cahier du sac qu'il porte en bandoulière. C'est avec ça que j'ai fini par comprendre.

Le cahier tombe entre les jambes de la jeune femme, qui le néglige et supplie Sahalé du regard.

— La morale est une préoccupation de possédants. Ne t'en embarrasse pas. Surtout pas. Mais tu es une scientifique, Nina, et je sais que tu liras ce qu'il y a à l'intérieur.

67

Voici les principales conclusions des travaux de l'équipe du professeur Ridley P. Coogan sur la mélatonine, conduits à La Nouvelle-Orléans entre 1967 et 1998 et basés sur les publications du professeur Ch. Provins de la faculté des Saints-Pères à Paris, publiés dans le *Lancet*, le *Journal of the Pineal Research* et le *Journal of Endocrinology*. Ces conclusions ont été rédigées, annotées et complétées par Jonathan Edwards de l'université de Berkeley, Californie.

Glande pinéale, traitement miracle du cancer, du diabète, de la dépression : mythe ou réalité ?

Il semble qu'avant de répondre à cette question, quelques points sont importants à souligner : en défendant l'individu contre les agents pathogènes, le système immunitaire protège le matériel génétique et permet sa transmission dans son intégrité lors de la reproduction. *(La transmission d'un ADN altéré pourrait entraîner à terme la disparition de l'espèce.)* Régulateur principal des systèmes immunitaires et endocriniens, la glande pinéale ou épiphyse joue donc un rôle primordial dans la pérennisation de l'espèce.

Divers travaux dans le monde ont déjà prouvé les faits suivants :

1/ La principale hormone sécrétée par la glande pinéale est la mélatonine. Sa sécrétion intervient la nuit avec un fort pic à l'adolescence et diminue avec l'âge. *(La baisse de la sécrétion de la mélatonine serait expliquée par la calcification progressive de la glande.)*

2/ La mélatonine joue un rôle important dans le contrôle des rythmes circadiens, des cycles veille-sommeil et dans l'adaptation des organismes aux saisons. Il a été également démontré qu'elle était primordiale dans la délimitation du territoire de reproduction des animaux, et dans le déclenchement de la puberté chez le sujet humain.

3/ Des aveugles atteints de fibrose rétro-lenticulaire *(individus qui ne perçoivent pas du tout la lumière)* vivent plus longtemps que ceux qui perçoivent l'alternance jour-nuit.

Les questions qui découlent naturellement de ces observations sont les suivantes : le cycle naturel de la lumière aurait-il un rôle dans la longévité ? Serait-il indispensable à la sécrétion de la mélatonine ?

Ces données, ainsi que quelques autres dont les résultats sont cités ci-après, ont fortement influencé le cours des recherches du professeur R. P. Coogan. Conclusions dévoilées ici mais jamais publiées. Certaines, quoique fort troublantes, ont été cachées à la communauté scientifique en raison de leur caractère choquant et de l'absence totale d'éthique et de méthode de leurs expérimentateurs. En voici quelques exemples :

Tests A ou tests dits des nains : Évaluer les effets de l'abolition des cycles jour-nuit sur l'organisme.

Première série d'expérimentation en aveugle sur deux groupes d'individus de petite taille, adultes, mâles et femelles, exposés à une lumière artificielle en continu. La durée de l'expérience a été comprise entre six et trente-six mois, pour les plus résistants. Les sujets ont été soumis à un bilan sanguin hebdomadaire, des biopsies rénales, ovariennes et/ou testiculaires mensuelles.

Une autopsie complète des organes et des glandes a été réalisée à la mort des sujets et la masse cérébrale conservée dans une solution à 10 % de formol en vue d'études ultérieures.

Résultats : Il a été observé une baisse des fonctions de reproduction après quelques semaines de traitement, une diminution des fonctions immunitaires avérée après six mois et des troubles psychiatriques, non évalués ni traités. Tous les individus sont morts prématurément.

(Expérimentations effectuées en Allemagne sur des sujets humains entre 1942 et 1944, et validées par les docteurs Ch. P. et S. H.)

Test B/S1S2S3S4 : Évaluer les effets de l'abolition des cycles jour-nuit sur l'organisme et leurs conséquences sur plusieurs générations.

Essais effectués au laboratoire sur des groupes de souris consanguines.

(Ch. P. avril 1966.)

Résultats : Perte totale des fonctions de reproduction observées et validées sur la quatrième génération. Mort prématurée de tous les sujets.

Test F/HuNn : Comparaison sujets « entiers » *versus* sujets privés d'épiphyse.

Méthode : Ablation de la glande pinéale par microchirurgie à travers la fontanelle.

Résultats : Mort prématurée des sujets privés d'épiphyse.

(Un groupe contrôle a été testé pour écarter tout rôle parasite de l'acte chirurgical lui-même dans les résultats de l'étude. Ce groupe était composé de sujets avec une

épiphyse intacte mais dont on a réalisé l'ablation d'une minuscule zone de tissu cérébral. Ce groupe contrôle a subi quelques pertes liées à une infection nosocomiale, sans rapport avec l'étude. Ces tests ont été effectués par le professeur R. P. Coogan sur des nouveau-nés issus d'accouchements sous X ou négociés à un bon prix – disséqué et vendu en morceaux, un nourrisson peut générer à lui seul quinze mille dollars. La Nouvelle-Orléans. 1970.)

Conclusion :

Ces études démontrent que les sujets sans épiphyse et les sujets dont la glande est bloquée par une lumière continue réagissent de la même manière : il y a perte d'efficacité du système endocrinien reproducteur et immunitaire, et mort prématurée. Il apparaît que l'alternance jour-nuit est fondamentale au bon fonctionnement de la glande pinéale. La lumière étant nécessaire à la synthèse de plusieurs vitamines, hormones et neurotransmetteurs, il n'est pas envisageable d'agir sur la sécrétion de l'épiphyse en exposant les sujets à l'obscurité complète. L'idée est donc d'augmenter les taux de mélatonine des sujets avec et sans glande active et d'observer ainsi les résultats obtenus.

Différents tests ont été élaborés par l'équipe du professeur R. P. Coogan afin de déterminer avec exactitude le rôle de la mélatonine sur les différents organes, dont la glande pinéale, et l'action exacte de la glande pinéale elle-même.

Phase 1 : 1970-1989. Rôle de la mélatonine

Test N/M1M0 : Comparaison du comportement des souris avec glande pinéale intacte. Avec et sans mélatonine.

Méthode : Deux groupes d'individus âgés ont été observés dans un même environnement, avec nourriture et conditions de vie identiques et gestion de la ration quotidienne d'eau. Un groupe, appelé M1, a reçu de la mélatonine tous les soirs, l'autre groupe, M0, n'a reçu que de l'eau.

Résultats : Après 5 mois, les individus du groupe M0 ont montré des signes de sénescence, de cataracte, une pelade et une fatigue importante tandis que ceux du groupe M1 avaient tous le poil et les yeux brillants, une bonne digestion et bénéficiaient d'un tonus exceptionnel. Les individus M1 ont vécu six mois supplémentaires. La dissection des sujets après étude a déterminé que les individus du groupe M0 avaient tous été victimes d'un cancer et que ceux du groupe M1 étaient morts de vieillesse sans avoir été malades.

Conclusion : L'adjonction de mélatonine à l'eau de boisson chez des souris âgées permet d'allonger considérablement leur longévité tout en améliorant leurs conditions de vie. *(Il faut noter que le cancer est habituellement la cause du décès chez ce type de souris en particulier.)*

D'autres études ont permis de démontrer que la peau des souris âgées, traitées à la mélatonine, réagit violemment *(comme celle des sujets très jeunes)* à l'application de produits urticants, ce qui tend à prouver la théorie qui veut que la mélatonine permet de restaurer le système immunitaire. Il a également été démontré chez d'autres sujets que le cycle de sécrétion des hormones thyroïdiennes est restauré après six mois de traitement.

Ces expériences, toutes reproductibles, ont donné les mêmes résultats chez le rat, le poussin, la grenouille, le chat et le chien : amélioration de la taille des ovaires et des testicules chez des sujets âgés et activité reproductrice excellente. *(Il est cependant important de noter que les études chez les grands animaux se sont toutes soldées par la mort fulgurante des sujets étudiés après l'arrêt du traitement à la mélatonine et la recrudescence du nombre des cancers. Lorsque le professeur Coogan a tenté de poursuivre les traitements au long cours sur les grands sujets, il a obtenu d'excellents résultats jusqu'à six mois. Au-delà, diverses complications comme des encéphalites, des adénocarcinomes et des maladies psychiatriques ont interrompu brutalement les expérimentations.)*

Conclusion :

La glande pinéale produit la mélatonine la nuit et cette sécrétion diminue avec l'âge. Il a été démontré que la prise de mélatonine inverse le processus de vieillissement chez le sujet âgé. Pourquoi, comment ? Mélatonine et glande pinéale agissent-elles ensemble ? Par quel mécanisme ? Pourquoi les effets spectaculaires observés chez la souris ne se reproduisent-ils pas chez les autres espèces animales ? Comment bénéficier des avantages évidents de la mélatonine sans en subir les effets dévastateurs à long terme ?

Les taux de cette hormone déclinent avec l'âge *(tests effectués au laboratoire sur divers sujets et validés).* Est-ce la conséquence du vieillissement ? *Ou l'inverse ?* Si on peut accélérer le vieillissement en bloquant la glande pinéale et la mélatonine, peut-on imaginer les effets à long terme d'une augmentation de ses taux ? (*La science, exigeante, allait demander encore des années de travail et de recherches, d'études et d'expérimentation afin de pouvoir répondre à ces questions.)*

Phase 2 : 1979-1998. Rôle de la glande pinéale

Durant deux décennies, les sujets d'étude favoris du professeur Coogan ont été les souris consanguines. Après les résultats désastreux obtenus avec les grands mammifères, il décida de se consacrer à l'étude pointue de la glande pinéale en réalisant toutes sortes d'expériences qu'il serait trop long d'exposer ici même. In vitro *ou* in vivo, *il tenta d'obtenir une glande pinéale plus grosse, capable de fabriquer plus de mélatonine, de façon naturelle. Plus tard il essaya d'empêcher sa calcification, en usant de tant de méthodes qu'il finit lui-même par abandonner, faute de résultat. Il testa différentes plantes, commandées à la grande pharmacopée d'une firme américaine spécialisée dans le prélèvement d'échantillons en Amazonie. Sans succès. Il fit des mélanges, des décoctions, utilisa des molécules originales ou synthétiques. Rien n'y fit. Alors, en désespoir de cause, il réalisa des greffes de glandes pinéales de jeunes souris chez des souris plus âgées, mâles et femelles.*

Les souris consanguines se comportent comme de parfaits jumeaux et les greffes ne posent aucun problème de rejet. Les greffes sont faites sur le thymus et les résultats obtenus sont stupéfiants : plus les souris sont jeunes lors de la transplantation, plus elles vivent longtemps. On peut observer la restauration des fonctions immunitaires avec un thymus « rajeuni ». Chez les sujets les plus vieux, la glande en place interagit avec le greffon et contrarie son action. D'autre part, il semble que le rajeunissement soit impossible si le sujet est trop vieux.

Afin de confirmer ces données, Coogan réalisa des greffes contrôle avec des extraits de tissu cérébral, afin de prouver que ces résultats n'étaient pas imputables à la greffe elle-même mais bien au greffon. Comme il s'y attendait, ces tests furent non concluants. L'étape suivante fut la transplantation croisée. Les souris jeunes recevaient une glande pinéale de sujet âgé et les sujets les plus vieux recevaient une toute jeune épiphyse. Ce test dépassa toutes ses espérances.

Quelques mois plus tard, les souris des deux groupes, séparées dans des cages différentes, semblaient avoir le même âge. Les vieilles avaient rajeuni et les jeunes avaient vieilli prématurément.

Voici le télégramme que Coogan m'envoya à l'époque où je parcourais le monde pour lui, à la recherche de nouvelles informations sur cette fabuleuse hormone. « Mélatonine envoie message épiphyse qui envoie message aux fonctions reproduction-croissance-température-rénale-immunité-sommeil-croissance-humeur. Graal trouvé. Secret jouvence ? Je vais en avoir le cœur net. »

Vous trouverez ci-dessous les quelques notes retrouvées sur lui après sa mort. Elles témoignent de l'horreur de ses desseins.

Test Y/Hu15-Hu45- HuC : greffes d'épiphyses croisées.

Méthodologie :

Greffons jeunes prélevés sur sujets âgées de 0 à 13 ans.

Greffons vieux prélevés sur sujets âgés de 35 à 60 ans.

Sujets vivants prélevés dans la rue. Tous âges. Tous sexes.

Les glandes seront prélevées et regreffées en fonction des arrivages.

Localisation de la greffe : glande thyroïde.

Trois groupes : Hu15 *(humains jeunes)* et Hu45 *(humains âgés)* plus HuC *(greffon placebo)*. Prévoir une hospitalisation et un hébergement le temps de l'étude : durée de l'expérimentation : jusqu'à la mort du sujet après observation de modifications substantielles des paramètres biologiques, radiologiques, cutanés, organiques, sensoriels et psychologiques.

Prise de sang, urine et selles hebdomadaires. Test de résistance au sucre, biopsies rénale, ovarienne/testiculaire mensuelles. Administration concomitante de mélatonine sur groupe randomisé avec groupe contrôle.

Pour les sujets les plus résistants : inoculation virus, parasites divers, cellules cancéreuses et observation des résultats à court terme.

Essais de transfusion avec produit prélevé sur échantillon spécial. *(Ici, Coogan parle du sang de deux de ses enfants adoptifs, originaires du Venezuela, dont il a prélevé sang, reins, moelle osseuse et qu'il a utilisés pendant des années comme sujets contrôle ou témoin.)*

Lors de la perquisition dans les locaux de la clinique, deux jours après sa mort, les agents du FBI ont retrouvé les restes de plus d'une centaine de cadavres disséqués, en majorité des enfants de moins de dix ans. Des fœtus conservés dans des bocaux ainsi que des cerveaux et divers organes dont des reins, des thyroïdes et des pancréas, prélevés sur des patients traités dans son établissement où il officiait comme neurologue. On a prouvé plus tard que le professeur Coogan dérobait le cerveau de tous les patients décédés à la clinique et qu'il en prélevait l'épiphyse pour tenter d'en extraire la mélatonine. La liste des méfaits commis par Coogan entre 1967 et 1998 est longue et entre à jamais dans l'histoire de la criminalité aux États-Unis. Moi qui ai travaillé tant d'années à ses côtés, je n'ai jamais soupçonné de telles horreurs. Après des heures de fouilles, les policiers sont tombés sur des pièces capitonnées où étaient entassés sept adultes (hommes et femmes), probablement des sans-abri, deux nourrissons, morts de faim, et six vieillards dont trois étaient déjà dans un état critique. Tous avaient subi de nombreuses interventions chirurgicales rappelant les horreurs commises en Allemagne durant la Seconde Guerre mondiale.

Jonathan Edwards
(Extraits de l'ouvrage : *Ridley P. Coogan ou l'homme qui cherchait le Graal.*)

XI

Et puis un nouveau virage fait basculer le monde

68

Ils ont marché des heures, s'accordant de courtes pauses, escortés par des Indiens pieds et torse nus, des armes de guerre en bandoulière. Nina est restée silencieuse, pénétrée par ces révélations, à mi-chemin entre doute et reconnaissance, perdue, éperdue. Pour elle, dans cette immensité verdoyante dans laquelle ils s'enfoncent depuis qu'ils ont quitté le fleuve, il n'existe plus qu'un horizon, le dos de Sahalé, qui tangue au rythme de ses pas, déformant légèrement les tatouages qu'elle fredonne sans y penser. Les heures ont passé ainsi, les rapprochant inexorablement de la violence probable, incontournable et même légitime. Tout au long de cette journée, Nina a tenté de créer un pont entre ses connaissances, ce que lui a dit Sahalé le matin même et ce cahier dans lequel elle a découvert une inconcevable réalité : Ridley Coogan disposait de sujets humains pour son étude de l'épiphyse et parmi eux se trouvait Sahalé. Ces monstruosités, sorties d'un esprit aliéné, ou de ceux d'une bande de fous – finalement peu importe, Randolph n'avait pas tort quand il fustigeait les compagnies pharmaceutiques et les gouvernements, quand il lui racontait Tuskegee et toutes ces expérimentations honteuses –, lui donnent envie de hurler. Or, un silence absolu est nécessaire, surtout depuis qu'ils sont entrés sur les terres des cartels et des petits seigneurs de guerre. Quelque part, pas très loin sans doute, Hélène et Randolph espèrent qu'on viendra les délivrer et Nina ne va pas tout compromettre pour satisfaire ses pulsions de rage et de colère. Elle ne doit ni geindre, ni pleurer, ni parler, ni même murmurer. Sahalé lui a menti sur ses origines et son adoption. Tôt ou tard, elle apprendra ce qui a motivé son retour sur le tepui – même si elle peut imaginer son besoin de trouver ses racines – et, surtout, la véritable identité de ces braconniers. Un mot choisi par hasard pour couvrir une inconnue, des hommes et des femmes capables de tuer – Gus et Tonino se balançaient au bout d'une corde, les yeux révulsés, le crâne à moitié tronçonné – et de séquestrer des innocents dans des cages, comme des animaux. C'est précisément ce qu'elle ne peut accepter, qu'une telle cruauté trouve un écho chez Sahalé, cet homme qu'elle aime tant. Pourtant, les Indiens qui l'entourent ont l'air si doux. On dirait des personnages de documentaires, discrets, véloces, presque humains, mais pas tout à fait quand même. Une drôle de sensation envahit l'épiderme de Nina. De fil en aiguille, ses pensées dérivent et empruntent des chemins nouveaux. Pendant des semaines, elle a soupçonné que l'autorité qui gouverne cette communauté, s'il en existe une, ou la communauté en personne, avait décidé de lui laisser la vie sauve et elle avait raison. Nina serre les dents tout en marchant. Elle subodore maintenant que la réponse à cette question est essentielle, et que d'elle dépend probablement tout le reste. Qu'est-ce qui pouvait la rendre unique aux yeux de ces gens si différents ? Sa connaissance du tepui, la richesse de son père ? Non. Son amitié pour Sahalé ? Peut-être, mais était-ce suffisant ? Nina secoue la tête. Il reste autre chose à découvrir, un détail qu'elle a négligé.

Elle revisite alors les éléments découverts lors de sa quête et finit par se souvenir d'un des articles de presse collectés sur Internet au sujet de la disparition des deux scientifiques français. Charles Provins et Robert Varenne, morts dans le port de San Fernando de Atabapo. Pourquoi si loin du village ? Elle se souvient des indications trouvées dans les archives de Guibert, septembre 1968, le mois du massacre, Sahalé l'a confirmé. L'ethnologue connaissait l'existence d'une deuxième expédition, peut-être même soupçonnait-il une firme en particulier, probablement avait-il des noms. Qui d'autre était avec Coogan cette année-là, quelle compagnie, quel gouvernement capable de couvrir tant de meurtres ? Et surtout, pourquoi ? Si la gelée royale permettait de guérir certaines maladies, était-elle exploitée par un laboratoire ? Il faudrait aussi chercher dans cette direction.

Nina soupire et relève la tête. Quelque chose est en train de se passer. La file qui gravissait une colline vient de se séparer en petits groupes, juste avant d'atteindre le sommet. La jeune femme s'arrête, attendant les instructions de Sahalé qui ne tarde pas à faire volte-face, le visage grave. Ils se regardent une seconde, puis l'Indien aide Nina à achever son ascension tout en se cachant derrière la végétation. De l'autre côté, le terrain partiellement dégagé offre une vue grandiose sur une vallée luxuriante. Des pentes abruptes y glissent sur trois côtés, ne laissant de voie aisément accessible que par le nord. En contrebas, à moins de mille mètres en ligne droite, il y a plusieurs baraquements. À la fumée qui s'échappe des toits, Nina comprend qu'ils sont habités. Une dizaine de mules paissent dans un enclos, tout près des constructions. Un doigt posé sur les lèvres, Sahalé invite la jeune femme à le suivre. Par petits bonds successifs, ils gagnent un groupe d'individus avec lesquels Sahalé échange quelques mots avant de rejoindre Nina restée à l'écart.

— Nous allons attendre la tombée de la nuit, lui explique-t-il dans un chuchotement. Il n'y en aura plus pour très longtemps. Ton père et ton amie sont tout près. Une vingtaine de mes compagnons nous ont devancés, ils sont en place. Ce sera l'affaire de quelques minutes, ce soir.

La nuit est arrivée sans prévenir et Nina a senti une horrible tension la gagner. Fusil en main, les Indiens ont dévalé la colline par grappes de deux ou trois. Elle les a vus disparaître dans les ombres grandissantes des sous-bois et se fondre dans la nuit, aussi invisibles que des jaguars. Puis tout est allé très vite. Un cri de rapace a retenti et il lui a semblé que la forêt prenait vie, que les fourrés s'animaient. L'écho de plusieurs coups de feu a roulé sur les collines, puis le calme est retombé sur la vallée. Quand Sahalé est venu la chercher, moins de dix minutes après les détonations, son visage portait les marques d'une profonde gravité. Il a tendu son bras, pris la main de Nina dans la sienne et l'a entraînée vers les bâtiments. Il a fallu peu de temps pour y parvenir, mais la jeune femme avait le sentiment que son cœur allait exploser.

À présent qu'elle peut distinguer de la lumière, elle supporte mal le silence de Sahalé. Une forme s'approche d'un pas rapide, remontant la colline contre le mouvement général. Au moment de la frôler, Nina aperçoit des yeux clairs, reconnaît une odeur et un frisson de terreur la traverse. L'homme dit quelques mots dans la langue des Indiens, sa voix est gutturale. Le moment passe, furtif, déjà presque oublié, projetant Nina dans l'appréhension de son futur immédiat. Un futur qui s'incarne dans un rectangle lumineux, une porte qui se matérialise dans l'obscurité et un plancher en bois surélevé qui l'oblige à lever le pied juste avant qu'une nouvelle silhouette émerge d'un coin de la pièce et fonde vers elle. Il faut une seconde à Nina pour comprendre qu'il s'agit d'Hélène Varenne, très amaigrie. Son visage en larmes est déformé par la douleur. Elle saisit les épaules de Nina et la presse contre elle avec l'énergie du désespoir. Le doute s'empare alors de la jeune femme et la violence d'une idée honnie la transperce. Elle a l'impression de respirer du sang par le nez et le sol tangue. Alors elle se dégage de l'étreinte d'Hélène et se rue dans la pièce. La lumière d'une lampe à gaz l'aveugle un instant, puis la réalité lui apparaît dans toute sa cruauté. Vêtu d'une seule chemise, Randolph est étendu sur la table qui occupe le centre de la pièce. Ses jambes nues paraissent ridiculement maigres et l'une d'elles est en grande partie maculée de taches noirâtres.

La vision est intolérable, Nina baisse la tête et son regard erre à la surface des planches souillées du parquet. Puis elle se raidit et s'approche du corps de son père, qu'elle parvient à effleurer, du bout des doigts. Le contact est froid, désagréable, détestable et Nina est certaine qu'elle ne l'oubliera pas. Sa main quitte le bras de Randolph et glisse vers son visage, caresse ses paupières fines et ridées, recoiffe ses cheveux blancs. Jamais elle n'aurait cru le toucher un jour de la sorte. Cela lui paraît pourtant si naturel. Elle s'étonne un instant de ne pas pleurer, puis elle constate sans s'émouvoir qu'à vrai dire, elle ne ressent rien, pas encore.

— Nous allons l'accompagner ensemble, murmure la voix de Sahalé dans son dos. Je ne te laisserai pas.

Nina demeure inerte, mais accepte, reconnaissante, la chaleur des mains de Sahalé sur sa peau. Elle songe alors qu'il ne faudra pas oublier de prévenir Hélène. Virgile aussi est mort et sans doute repose-t-il déjà six pieds sous terre.

69

Un goût d'inachevé a envahi l'esprit de Nina. Les larmes ne sont pas venues, ni devant le corps, ni quand Hélène l'a de nouveau serrée contre elle. Ses yeux semblent s'être desséchés à jamais. Elle qui se pensait faible, fragile, est parvenue à calfeutrer le centre de ses émotions, pour un temps. Ou pour toujours. Qu'il est facile de ne rien ressentir, de ne plus avoir la poitrine oppressée par une main glacée et les gestes avortés par l'angoisse qui paralyse. Qu'il est bon d'enterrer Chakrouny définitivement, cette fois, de l'ensevelir avec la disparition du père. Une partie de l'esprit de Nina accepte l'idée qu'il faudra faire le deuil, comme ils disent. Mais une autre part d'elle-même lui crie qu'elle a déjà fait ça, des années durant, sans jamais y parvenir, pour une mère qui était vivante. Alors, que la douleur de la perte de Susan revienne à Randolph. Ainsi, Nina décide que dorénavant il n'y aura pas de souffrance inutile, pas de tremblements, juste le sentiment de flotter à la surface des choses, de la vie, de ces instants qui passent et ne reviendront plus.

Et puis, quelqu'un a dû donner le signal du départ. La troupe s'est mise en branle, en une file d'une cinquantaine d'individus, et Nina a cherché du regard, sans savoir pourquoi, la grande silhouette aux yeux clairs. En vain. Elle a emboîté le pas de Sahalé, Hélène, en larmes, derrière elle et des Indiens robustes et lourdement armés pour fermer la marche. Allongé sur un brancard de fortune, le corps de Randolph semble suspendu à un mètre du sol. De temps à autre, Nina aperçoit le sommet de son crâne, qui commençait à se dégarnir. Ce détail lui arrache un pauvre sourire. Jamais elle ne le verra chauve, ni vieux, ni laid. Randolph, parti au milieu de la jungle, avec pour chant sacré les murmures et les cris de la forêt tropicale, elle n'y aurait jamais cru. Si tout s'était passé normalement, il aurait dû s'éteindre dans un service pour cancéreux, dans le pire des cas, ou chez lui, devant sa cheminée, il aurait pu se consumer ainsi, ou encore dans la suite d'un de ses chers hôtels aux étoiles innombrables. Sans doute est-ce cette troisième hypothèse qu'il aurait choisie, si le destin lui avait demandé son avis. Mais le destin ne demande jamais rien, et Randolph l'aurait de toute façon envoyé promener s'il s'était présenté. Le vide qui monte dans le ventre de Nina s'étiole et disparaît. Toutes ses pensées vont vers son père, vers ce qu'elle devrait avoir retenu de lui, vers ce mensonge gigantesque qui l'a étouffé pendant toutes ces années et vers Hélène, cette femme généreuse dont elle ne sait pas grand-chose et qui avait su conquérir son cœur. Drôle d'endroit pour se retrouver. Drôles de gens autour, et drôle de Randolph, tout froid et raide, allongé comme un roi à l'agonie porté par ses guerriers. Nina pense à Joseph Conrad que Randolph respectait tant, et à son ouvrage *Au cœur des ténèbres*. Il aurait apprécié cette fin, elle en est à présent certaine. Randolph aurait aimé se voir ainsi emporté vers sa dernière demeure, la part théâtrale de sa personnalité s'en serait gargarisée jusqu'à l'écœurement.

La lune se lève alors qu'ils quittent la zone des baraquements, jetant vers les sous-bois clairsemés une lueur appréciable. Tout en marchant, Nina peut apercevoir de nombreux cadavres. Les hommes ont été abattus ou égorgés, mais pas seulement. Des femmes gisent au sol, des enfants aussi. Pour ne pas charger sa mémoire de visions atroces, Nina relève le regard, se tourne vers Hélène et se laisse rattraper, puis elle s'empare de sa main, sans un mot, partenaires de vie et de deuil, pour marcher à ses côtés.

Le tas de bois dégage une forte odeur d'essence. Il a été choisi parmi les branches exposées au soleil, près de la rivière Cinaruco dont le confluent avec l'Orénoque se situe à une quinzaine de kilomètres tout au plus. Sur les plages si blanches qu'elles scintillent sous la lune, les Indiens ont ramassé ce que la dernière crue a déposé. Nina s'approche du bûcher, le cœur énorme dans une poitrine blindée comme une forteresse. Elle veut s'emplir les yeux et s'imprimer l'esprit de cet instant. De ces dernières images de ce que fut son père. Un être de chair et de sang, un être qu'elle pouvait toucher, regarder et sentir. Bientôt il ne sera plus qu'une idée, un reste, un souvenir. Un tas de cendres, autant dire rien du tout.

À ses côtés, Hélène tient dans sa main un flambeau qui tremble légèrement. Elle aussi perd beaucoup en ce jour sombre. Elle s'en est ouverte à Nina, alors qu'elles naviguaient ensemble, à bord des bateaux pris aux assassins. Elle lui a dit tout l'amour qu'elle portait à Randolph, ce sentiment magnifique qu'elle n'espérait plus voir éclore un jour et qu'il lui renvoyait aussi dans un idéal jeu de miroirs. Passé un certain âge, on n'ose plus croire à ces choses-là. Et pourtant…

Le flambeau passe de la main d'Hélène à celle de Nina, plus assurée, plus ferme. Dans la nuit, la flamme orangée se reflète sur les eaux de la rivière jusqu'à la rive opposée et au sol, le sable blanc et brillant, sublimé par le feu, semble irréel. La jeune femme jette un dernier regard vers Sahalé, qui acquiesce d'un signe de tête, et dépose la torche sur le tas de branchages. Le bois aspergé d'essence s'enflamme par en dessous en produisant un ronflement de chaudière. Guère rassurée, Nina recule d'un pas, les yeux rivés sur le visage de son père. Allongé sur le sommet de l'édifice à présent enflammé, Randolph a retrouvé son apparence paisible. Seule sa tête dépasse d'une couverture dans laquelle il est emmailloté, comme un bébé. Ses cheveux ont été coiffés et sa peau enduite d'un onguent brille et semble s'animer avec le jeu des flammes tout autour. Il paraît si vivant que les deux femmes, troublées, s'accrochent l'une à l'autre pour ne pas s'écrouler.

— Avec Randolph, nous voulions aller au bout ensemble. C'est… c'était comme un miracle.

Les flammes lèchent à présent le corps. C'est le moment que choisissent deux Indiens pour couvrir le visage et déposer des ballots de bois de rose et d'eucalyptus sur la dépouille. Nina et Hélène reculent pour échapper aux fumées épaisses et se laissent tomber auprès d'un deuxième foyer allumé sur la lagune, destiné à les réchauffer. Elles assistent à la crémation en silence, jusqu'à ce que le bûcher s'effondre sous son propre poids et que la vague forme de Randolph disparaisse dans le brasier.

— Tu ne ressens pas le besoin de parler ? demande soudain Hélène, brisant un silence interminable.

Un vague sourire se fige sur les traits de Nina, puis elle reporte son attention sur les flammes et les étincelles qui se précipitent vers le ciel à quelques mètres de là.

— Il y a tant de choses à dire, j'ai le sentiment d'être l'unique responsable, pourtant je ne peux raisonnablement pas tout endosser. C'est trop lourd.

Hélène décide de ne pas interrompre la jeune femme, même si elle aimerait lui rappeler leur première rencontre, et leur discussion sur cette culpabilité inutile et vaine. Mais elle garde le silence et se contente de l'encourager d'un regard appuyé.

— J'aimais Randolph sans me poser de questions, poursuit Nina. Et souvent sans m'en apercevoir. Peut-être même en croyant le contraire. J'ai mis du temps à me défaire de son emprise. Je n'appelais pas ça de l'amour. Aujourd'hui, je ne sais plus.

Nina effleure du bout des doigts le sac que lui a confié Sahalé. À l'intérieur se trouvent les extraits choisis des travaux de Coogan.

— Sahalé m'a raconté son histoire. Et donné des informations qui pourraient lever le voile sur ce qui est arrivé à ton père. C'est à mon tour, je crois, de passer l'information, suppose Nina en serrant le sac contre elle. Sahalé est originaire du tepui, comme tous les Indiens qui nous entourent. Je ne sais pas trop comment interpréter tout ça, ni te le dire…

Mais elle y réussit tout de même, narrant comment les parents de Sahalé ont été emmenés aux États-Unis par l'homme responsable du massacre du village et du meurtre des chercheurs français.

— Invraisemblable ! déclare Hélène lorsque Nina se tait enfin. Pourquoi ces Américains auraient-ils tué mon père, Provins et tous ces gens, le sais-tu ?

D'une main, Nina dégrafe l'attache en cuir du vieux sac militaire. Le cahier aux grosses reliures en spirale passe entre les mains d'Hélène.

— Si tu m'avais posé cette question il y a un mois, murmure Nina, je t'aurais répondu qu'il s'agit du bout de tes peines. À présent… je suis certaine que tu vas connaître le début d'un long tourment.

70

Hélène regarde le cahier comme si elle n'en avait jamais vu auparavant, balbutie trois mots, l'ouvre et le referme dans le même mouvement. Elle garde sur le cœur une confidence de Randolph qu'elle a promis de transmettre à Nina. Incertaine sur le déroulement des heures à venir, Hélène se livre, maladroite et touchante. Persuadée que la jeune femme ignore tout de sa mère, en dehors de cette urne funéraire enfermée dans un placard, Hélène multiplie les hésitations, tourne autour de la réalité comme un fauve dans une cage et finit par ressusciter Susan Breanna Scott d'un coup, sans fioriture ni ménagement. Une femme dont Randolph ne savait que faire, toxicomane, ingérable, nuisible, et une mère dont il ne voulait sous aucun prétexte.

— Ton père s'était empêtré dans son mensonge, Nina. Il ne voyait plus comment faire machine arrière, mais il t'aimait, ça, je peux te l'assurer !

À son tour, Nina raconte alors comment quelques jours auparavant sa mère a repris vie de la plus inattendue des façons. Hélène, qui ignorait ces détails pécuniaires, s'étonne et finit par avancer que dans la tourmente des jours passés ils auront échappé à Randolph.

— Ne sois pas naïve, la pique Nina. Randolph avait toujours une version tronquée à livrer. Il t'a dit la vérité parce qu'il savait qu'en mettant le nez dans ses comptes, je comprendrais. Et puis, il ne devait pas assumer d'entretenir une femme depuis trente ans. Pas devant toi.

Le silence envahit la scène, troisième convive inopportun, qui livre les deux femmes à leur propre détresse.

— Que vas-tu faire ? interroge Hélène soudainement

Nina sait bien de quoi lui parle la primatologue. Elle hésite, cherche Sahalé des yeux, mais l'obscurité, renforcée par la proximité du feu, est devenue épaisse et impénétrable, malgré une lune presque ronde qui se reflète dans les eaux limoneuses. Que fera-t-elle ? Ira-t-elle à la rencontre de cette inconnue qui est sa mère et qui l'a abandonnée pour dix mille dollars par mois ? Reniera-t-elle le mensonge de son père ? En cet instant où les restes de Randolph se transforment en cendres, Nina ne sait plus. Elle aimerait s'appuyer sur quelqu'un, elle aimerait ne pas avoir à faire de choix, plus jamais. La petite fille qui sommeille en elle affleure à la surface de sa conscience. Nina a besoin de pleurer, il n'y a même jamais eu de moment plus propice, et elle n'y parvient pas. Elle voudrait hurler aussi, libérer son thorax de cette sensation d'étau qui l'oppresse.

— Si quelqu'un peut me comprendre, c'est bien toi, non ? dit-elle enfin, luttant contre l'angoisse qui la submerge. N'as-tu pas souvent souhaité voir ton père rentrer de voyage ?

C'est vrai que longtemps Hélène aurait donné tout ce qu'elle possédait, et même plus, pour un miracle. Ce genre de pensées l'a poussée à croire en Dieu, jusqu'à l'adolescence, puis à le rejeter plus tard. Une cause identique peut avoir de multiples conséquences, dont certaines opposées, selon l'âge, l'expérience et les désirs, et Hélène a finalement maltraité Dieu autant qu'elle l'avait adoré. Aussi soutient-elle Nina dans son projet de rencontrer sa mère. Elle assure qu'elle comprend ses hésitations, mais qu'il n'est pas question ici de trahir son père. Qu'elle aussi aurait fait la même chose, si le destin lui avait laissé le choix. L'amour filial est un sentiment auquel on ne peut opposer la raison.

— Toute ma vie, regrette Nina, j'ai manqué d'aimer une inconnue et mal aimé le seul parent que j'avais.

— Peut-être auras-tu une deuxième chance, soupire Hélène après un long silence. Tu ne dois pas la rater. Mais n'oublie pas que tu devras pardonner à ton père, et te pardonner aussi, si tu veux réussir.

C'est au tour de Nina de se taire. Le ressentiment a toujours été son moteur principal et elle prend conscience qu'il lui faudra s'en passer, découvrir de nouvelles voies, se tourner vers les autres plus souvent.

— J'ai beaucoup pensé à la mort pendant que nous étions retenus prisonniers, reprend Hélène. Et à ce que je ferais de ma vie, si on s'en sortait. Maintenant, ce n'est plus pareil…

Sa voix s'étrangle un long moment, puis elle ajoute :

— Tu compteras toujours pour moi, Nina. Quoi que tu fasses, je serai là.

Les yeux d'Hélène brillent de larmes et Nina hésite avant de la prendre dans ses bras et d'attirer doucement sa tête vers son épaule. Passé les premiers instants de gêne, elle goûte profondément ce moment de peine partagée.

— Je sais, se contente-t-elle de dire tout bas.

Les remous de la rivière toute proche font vibrer l'air d'un son liquide et rassurant. De temps à autre, le bûcher crépite si fort que des morceaux incandescents s'envolent vers le ciel, attirant le regard des deux femmes, qui ne peuvent s'empêcher de penser à Dieu. Chacune à sa façon, elles remettent l'âme de Randolph entre les mains de son Créateur, même s'il les aurait certainement désapprouvées pour ça. Des minutes s'égrènent ainsi, nombreuses, silencieuses, apaisantes, puis une silhouette émerge de la nuit. Nina reconnaît avec bonheur la démarche de Sahalé qui vient s'agenouiller auprès d'elles.

— Le bateau nous attend, dit-il sans élever la voix.

Hélène redresse la tête en reniflant.

— Où allons-nous ?

— À Puerto Ayacucho, à deux heures d'ici. Il y a un vol pour Caracas prêt à décoller, avec deux places disponibles à bord.

Les deux femmes échangent un regard, chacune interrogeant l'autre.

— J'ai une mère à conquérir, souffle Nina. J'ai assez attendu.

D'un infime mouvement de tête, Sahalé acquiesce, puis se tourne vers Hélène.

— Pas tout de suite. J'ai besoin de rester seule et c'est ici que je me sens chez moi. Je sais qu'il me faudra rentrer en France, pour Lisa, mais pas maintenant, c'est au-dessus de mes forces.

Le son plaintif d'une corne de brume ponctue la fin de sa phrase. Hélène se retourne pour apercevoir les feux de position avant d'une barge à fond plat. Elle se lève alors et s'approche du foyer où Randolph est retourné à la poussière. Des braises subsistent, mais tout le bois s'est consumé. La longue silhouette de Nina vient se coller contre elle. Leurs mains s'enlacent.

— J'ai pensé toute ma vie que ma mère était une urne. Je ne ferai pas ça à papa.

Hélène sert les doigts de Nina. C'est la première fois qu'elle l'entend appeler Randolph ainsi.

— Je t'aime, Hélène.

— Moi aussi, je t'aime, petite Nina. Fais ce que tu as à faire, prends le temps qu'il faut et retrouvons-nous.

Un taxi emporte les deux femmes dès leur descente du bateau. Elles ne parlent plus, persuadées de se retrouver un jour, ici ou ailleurs. Alors elles laissent défiler le paysage, les rues endormies de Puerto Ayacucho au petit matin. Le soleil se lève à peine, il doit être 6 h 30. La ville bariolée compte soixante-dix mille âmes et porte sur ses murs autant de couleurs qu'en compte l'arc-en-ciel, partout, même l'église de la Plaza Bolívar semble s'enraciner dans le vivant par son enduit d'un jaune criard. Cette débauche d'ocres, de sépias, de rouges et de bleus placés côte à côte dépose un baume artificiel sur le cœur d'Hélène. Elle a besoin de la joie de vivre des Vénézuéliens, cet enthousiasme teinté de fatalisme que rien ne paraît pouvoir ébranler, ni les coups d'État, ni la corruption, ni les catastrophes naturelles qui s'abattent régulièrement sur la région. « *Estamos en Venezuela, nunca se sabe...* », disent les gens d'ici. Ici, elle sera bien. Ici, l'Orénoque charriera les cendres de Randolph dès la prochaine pluie. Elle pourra s'asseoir au bord du fleuve et laisser s'éloigner peu à peu cette vie qui aurait dû être la sienne. Un jour, une semaine, un mois ou un an, elle attendra le temps nécessaire, mais c'est sans regret qu'elle veut quitter cette terre, à jamais.

De son côté, Nina règle son compte à une vieille amertume. Elle aurait aimé que Sahalé l'accompagne, au moins jusqu'à Caracas, et pourquoi pas au Mexique. Mais il n'a encore une fois rien proposé et elle n'a rien demandé non plus. Ils se sont regardés jusqu'à ce qu'un virage les détache l'un de l'autre. Lorsque le taxi se range le long de la *Residentia Fuentes*, au 5 de la calle Aguerrevere, Hélène et Nina sursautent. Le moment est arrivé. Aucune des deux n'écoute les commentaires volubiles du chauffeur. Dans les yeux de l'autre, chacune devine ce qui sourd dans ce silence qui n'en finit pas. Le moment où elles se reverront n'est pas fixé, peut-être même n'arrivera-t-il jamais. Mais ces choses-là se taisent. L'e-mail existe, le téléphone aussi, il faudra du temps, c'est tout. Quand Hélène s'extirpe péniblement de la carcasse poussiéreuse du véhicule, elle serre toujours le cahier que Nina lui a donné au cours de la nuit. Le taxi repart, conduisant Nina vers l'aérodrome. La jeune femme se retourne, un dernier sourire échangé, et puis un nouveau virage fait basculer le monde. Décidément.

71

La langue est épaisse, une sensation de sécheresse persiste dans la bouche, désagréable, argileuse. Sur le téléviseur, une horloge numérique indique 16 h 22. L'œil d'Hélène se referme, incapable de supporter la lumière blanche qui filtre à travers les persiennes. C'est douloureux, mais en comparaison avec les souvenirs qui affluent, l'agacement du nerf optique est une caresse. Randolph est là, plein, entier, incroyablement présent. La chimère se tourne même vers elle, avec un sourire, tente de s'installer, mais Hélène connaît cet état. L'enfance l'a rodée. Ce qui aurait dû être, parce qu'elle le désire, se délite en un clignement de paupières. Il faut se réveiller, attaquer le jour nouveau, même s'il est amplement amputé. Se réveiller pour vivre. Les morts appartiennent à la terre et elle se veut aérienne, vivante, profondément vivante et enracinée dans le monde de ceux qui bougent encore. Son heure n'est pas venue, même si elle aimerait qu'il en soit autrement. Elle a une pensée pour Nina, qui doit être à Caracas ou, avec un peu de chance, à bord d'un vol pour le Mexique, vers cette mère qu'Hélène avait si peur de remplacer – quelle ironie ! –, cette femme avec laquelle Nina construira peut-être une nouvelle existence loin d'ici. Les muscles de ses jambes sont douloureux, raides. Hélène sait qu'il lui faudra du temps pour absorber le stress de la séquestration et de la mort omniprésente, qu'elle ne se remettra pas de ce traumatisme simplement parce qu'elle l'a décidé. Il lui faudra aller de l'avant, voir du monde. Alors elle se lève, se rend dans la salle d'eau pour s'asperger le visage. Le robinet régurgite un liquide jaunâtre, qu'elle laisse couler un long moment sans observer le moindre changement. C'est vrai qu'à Puerto Ayacucho, l'eau potable se sert en bouteille, uniquement. Retourner dans la chambre est une épreuve. En d'autres temps, les rideaux étaient écrus. Ils devaient se marier avec le revêtement mural et tous ont passé, subissant l'outrage des fumées de havanes et de l'hygrométrie ambiante. Il faut pourtant tenir. Hélène se plairait à rêver d'autres lieux, de plus chics hôtels, en meilleure compagnie. Mais elle est seule. Sur la table branlante, au petit matin du même jour, elle a posé ce cahier que lui a confié Nina. S'occuper l'esprit, coûte que coûte, deux pas suffisent, une main s'empare de la reliure, l'autre de la clé. Elle a dormi habillée, il suffit d'enfiler ses chaussures et la voilà dans le couloir. Tout sent l'humidité, les moisissures, le vieil air et le temps passé. Le soleil a beau assourdir l'Amazonas sous sa chaleur étouffante, l'intérieur de la *Residentia Fuentes* se ratatine dans une pénombre entretenue tous les cinq mètres par une loupiote chiche et clignotante. Au bout du couloir, un escalier. Hélène se souvient à présent. Au petit matin, après ce court et pénible moment à la réception de l'hôtel, elle a emprunté ces marches couvertes d'une moquette dégueulasse. Elle a payé, une liasse de billets se trouvait dans la poche de son pantalon et elle se souvient d'un mot de Sahalé à ce sujet. Revenir à la vie nécessite d'emprunter des chemins détestés. Un pas fait craquer la première marche, la dernière dans son souvenir, puis la deuxième, et toutes les autres jusqu'à ce qu'elle se retrouve, comme nue, exposée aux regards des habitués d'une salle de bar, ou de restaurant, ou de bordel, difficile de nommer un endroit où se côtoient toutes les strates de la population. Un piano joue quelque part entre deux nappes de fumée, il y a là des femmes et des hommes, certains jouent aux dominos, d'autres boivent, s'ennuient, et au centre de la salle, couché sous une table, un chien lèche une matière indéfinissable étalée sur le plancher. Drôle d'endroit pour revenir parmi les vivants. Mais Hélène a besoin de s'isoler et le meilleur moyen d'y parvenir est encore de le faire au milieu de cette foule. Une seconde lui suffit pour choisir un endroit, une table installée près d'une fenêtre sale avec deux banquettes pour elle toute seule. Une pour ses fesses, une pour ses pieds. Ici, on ne donne pas dans la demi-mesure. En moins de temps qu'il n'en faut pour la commander, une bouteille de tequila glisse sur la table. Hélène a tout de même réussi à négocier une carafe d'eau, et trois citrons verts. Elle observe la salle, les gens qui s'y commettent. Les gueules cassées, les beaux gosses du quartier, les putes, de magnifiques gamines d'à peine seize ans, des chapelets de virus pour souvenirs, et les autres, les inclassables, édentés, vieux avant l'heure, ratatinés par l'ennui et l'alcool. Faute de pouvoir reconnaître quiconque, Hélène ouvre le cahier. À Puerto Ayacucho, il vaut mieux ne pas fixer les gens trop longtemps. Au premier coup d'œil, elle est étonnée du contenu des pages, qu'elle feuillette sans grande conviction. Ce sont des photocopies de documents, collées dans le cahier et annotées. Habituée à lire des comptes rendus de confrères, elle comprend rapidement qu'il est question de médecine, de cobayes, d'expérimentations animales. Son intérêt éveillé, Hélène se plonge dans la lecture, intriguée, exaltée puis horrifiée.

Des minutes ont passé, exécrables, passionnantes. La primatologue a su établir des passerelles entre les mots imprimés, les notes manuscrites et la somme de connaissances emmagasinées tout au long de son existence. Elle ne s'est pas aperçue que la salle s'est vidée, que le brouhaha a cessé et ne relève la tête qu'au moment où le piano se tait, livrant l'espace à un silence dérangeant.

— Vous permettez ? dit une voix grave, dans un français sans accent, totalement inattendu.

La tête relevée, Hélène observe l'homme qui se tient debout devant elle. Un homme au regard clair et indéfinissable, mélange de Robinson Crusoé et d'aborigène, peut-être blanc, peut-être pas, bronzé, boucané presque, couvert de tatouages et barbu en diable

— La première fois que je suis venu ici, poursuit-il en s'asseyant sur la banquette en face d'Hélène, l'obligeant à replier ses jambes sous la table, cette ville n'était qu'un village de péquenots et ses rues des torrents de boue. Des Espagnols pour la plupart, oui, des Espagnols, et des ingénieurs français et américains.

Hélène juge cette intrusion désagréable, mais l'homme ne lui laisse pas le temps de se rebeller. Il attrape la bouteille de tequila et en remplit deux verres.

— Ce breuvage est infect, mais il fait partie du paysage. Vous aimeriez faire partie du paysage, mademoiselle Sawyer, ou devrais-je dire Varenne ?

— Fichez-moi la paix.

Manifestement, la réponse d'Hélène ne satisfait pas son interlocuteur, qui grimace. Le rictus soulève un pan de barbe, sous lequel apparaît une large cicatrice.

— N'êtes-vous pas intriguée ? La curiosité est nécessaire chez une scientifique. Vous êtes bien Hélène Varenne, n'est-ce pas ?

Comme Hélène se lève pour quitter la table, l'homme fait un geste, rapide. Aussitôt, trois Indiens sortent de l'ombre et se dirigent vers la table, intimidants. Hélène se rassoit, plus intriguée qu'apeurée.

— Qui êtes-vous ? se contente-t-elle de demander sur un ton indifférent.

— La question n'est pas de savoir qui je suis, mais qui je suis pour vous !

— Allez-y, monsieur Loyal. Récitez-moi votre boniment et fichez le camp.

L'homme la fixe longuement, avec un drôle de sourire. Hélène ne saurait dire si ce sourire est ironique, las ou même triste. Son regard s'accroche aux lèvres pleines et à la fossette qui casse le menton en deux sous les poils d'une barbe poivre et sel, brun et roux, à la fois.

— Voilà deux saisons que vous étudiez certaines espèces de singes dans le sud de l'Amazonas, c'est là que vous avez rencontré Apollonia Scott, ce qui vous a conduite à faire la connaissance de son père et vous voici.

Prise au dépourvu, Hélène se retranche derrière l'observation du menton de son vis-à-vis et un mutisme provisoire. La salle qui s'est vidée d'un coup ne lui dit rien qui vaille, la présence des trois Indiens non plus. Et elle a beau scruter les yeux de son visiteur, elle n'y décèle rien d'autre qu'une extrême vigilance.

— Pourquoi êtes-vous encore dans ce bled alors que votre malheureux papa vous a quittée ? Ne seriez-vous pas plus utile auprès de la famille Milane ?

En une fraction de seconde, le cerveau d'Hélène passe en revue toutes les possibilités. Et elle a beau chercher, rien ne lui permet de déduire qui est cet homme. Et encore moins ce qu'il attend d'elle. Personne en dehors de Lisa et Nina ou Ève Lambrosi ne peut en savoir autant. Des gens du gouvernement ? Sahalé, les Indiens qui l'ont libérée ? Mais pourquoi ? Quelque chose ne tourne pas comme il le faudrait. Ce type est pourtant là, avec ce vague air familier…

— Vous me voulez quoi au juste ? demande brutalement Hélène en s'allumant un cigare fin et sec, écœurant mais âpre à souhait.

— Moi ? Rien voyons, quelle drôle de question. C'est toi qui me cherches !

Rien de ce qu'il dit n'a de sens. Hélène ne cherche personne, ou plutôt si, elle espère la solitude, la tranquillité. Cet homme la toise, même assis, mais elle ne ressent pas de danger, malgré les Indiens immobiles à quelques mètres, malgré les muscles longs et puissants qu'elle devine sous la chemise et une arme qu'il porte à la ceinture et qu'elle a repérée lorsqu'il s'est installé. *Voyons, Hélène, réfléchis ! Ce type a le même âge que toi, approximativement, il a une gueule un peu ravagée, mais dans le coin, on atteint rarement cinquante ans avec des crèmes antirides en poche. Qui est-ce, bon sang ! Pourquoi est-ce qu'il me semble le connaître ?* Et puis, il y a ces carnets de notes qu'elle vient de lire et qui l'ont remuée au plus profond d'elle-même. Les expériences décrites sont monstrueuses, réalisées sur des humains, des nourrissons. C'est abject. Et fascinant. Car si ce qui est écrit est réel, alors l'humanité pourrait être sur le point de maîtriser le processus de vieillissement du corps, repousser la plupart des maladies, guérir les cancers. Dès qu'il sera possible de maîtriser les effets secondaires de la mélatonine. Un objectif que personne n'a osé formuler jusqu'alors. Ces carnets ne lui sont pas parvenus par hasard, pas après tout ce qui est arrivé, et cet homme qui se tient devant elle et joue aux devinettes, lui non plus n'est pas là juste comme ça. Elle a croisé ce visage. Oui, mais quand ? Où était-ce ?

— Buvons aux retrouvailles, dit l'inconnu en vidant son verre d'un trait et en le remplissant aussitôt.

Hélène éprouve soudain un vertige. Son sang se retire de son visage et son cœur manque plusieurs battements. Elle vient de mettre le doigt sur son ressenti. Cet homme ressemble à son père, aux photos qu'elle connaît de lui, faute de s'en souvenir précisément, puisque ses derniers contacts avec lui remontent à l'âge de cinq ans. Alors qui est-il ? Il parle français, paraît être en même temps du coin, vit armé, entouré par des Indiens. Un frère de son père, beaucoup plus jeune ? Non, impossible, Hélène n'a même pas connu ses grands-parents paternels, morts beaucoup trop tôt pour la faire sauter sur leurs genoux. Alors qui ? Robert

Varenne aurait eu un fils, ici, au Venezuela, avant 1968 ? La chose n'est pas impossible, même si elle est difficile à avaler. Comme son cœur reprend un rythme normal, Hélène vide son verre à son tour. Elle a besoin d'un coup de fouet et cette tequila est particulièrement corsée. Son verre claque sur la table poisseuse.

— Vous êtes un de ces bâtards disséminés là par mon père, c'est ça ! s'exclame-t-elle avant d'éclater d'un rire effrayant.

— Tu ne crois quand même pas sérieusement que je suis ton frère ?

Faute de posséder une réponse sensée, Hélène se ressert un verre de tequila, qui prend le même chemin que le premier, puis elle le remplit de nouveau, négligeant le verre vide de son interlocuteur. Un frère. Cela pourrait expliquer pourquoi son père n'est jamais rentré du Venezuela. Et la voilà face à un bâtard. Celui-ci l'aurait en quelque sorte remplacée. Les choses sont claires à présent. Toute son adolescence, elle a cherché à comprendre comment on pouvait préférer des singes à un enfant et elle a fini par préférer les singes. Mais il lui manquait un élément fondamental : ce n'étaient pas des primates qui retenaient son père loin d'elle, mais un fils, une compétition dans laquelle elle ne concourait pas, faute d'en suspecter l'existence.

Un troisième verre de tequila glisse au fond de sa gorge. D'un revers de manche, Hélène essuie ses joues trempées de sueur et fige son regard dans celui de l'homme.

— Alors, Hélène, qui suis-je ?

— Un putain de bâtard, répète-t-elle d'une voix posée.

— Perdu ! Et pourtant, tu as tous les éléments en main pour répondre sans trembler !

Les yeux d'Hélène glissent vers le cahier, toujours ouvert sur la table, et une impossible éventualité s'immisce dans son esprit. Les travaux de ce Coogan sur les humains ont échoué, mais d'autres sont-ils parvenus à réaliser sur l'homme ce que Coogan avait réussi sur les souris ? Et cet inconnu ? Son père ? Non, c'est du délire, et c'est précisément pour qu'elle imagine ces fadaises que le cahier est arrivé entre ses mains. Quelqu'un veut la manipuler.

— Puisque tu n'es pas joueuse, je vais te raconter une histoire, et ensuite tu décideras.

Les yeux plissés et la tête rentrée dans les épaules, Hélène pompe sur son cigare, avale un autre verre et allonge ses jambes sur la banquette, repoussant du pied son interlocuteur qui lui renvoie un sourire carnassier. Puisque cet escroc veut lui parler, qu'il le fasse, elle aura ainsi le loisir de réfléchir et de contre-attaquer. L'homme frappe dans ses mains deux fois et, dans les secondes qui suivent, une nouvelle bouteille de tequila et des assiettes de tapas arrivent sur la table.

— Il fallait bien que Sahalé vous livre quelques informations pour que l'Américaine cesse de fourrer son nez partout. Quoi de mieux que l'arbre pour cacher la forêt ?

— Si vous saviez comme je m'en moque…

L'air profondément déçu, l'homme plante alors son regard clair dans celui d'Hélène, puis se met à parler d'une voix plus douce, sur un ton légèrement désabusé. Son visage est caressé par la fumée du cigare qu'Hélène a abandonné dans le cendrier et ses mains jointes sous son menton.

— Et si on s'arrêtait, l'espace de quelques instants, sur les tenants du destin des hommes, qu'y verrions-nous ? Cette question m'a hanté tant de fois, et pourtant, je me suis toujours heurté à la même réponse. En regard des autres êtres vivants, qui ne déméritent pourtant pas, l'humanité possède une magnifique propension à créer et, dans le même temps, son exact contraire…

XII

Un singe se tait et le monde change

72

… 98 % des membres de la communauté moururent au cours de cette nuit de septembre 1968, soit 586 personnes exactement. Les cérémonies rituelles étaient particulièrement suivies et je ne dus mon salut qu'à une ingestion trop importante de pécari. Les miens n'eurent pas cette chance. Tandis que je ronflais, le ventre rempli de chairs mortes, Oihane et Petro, adorables représentants de cette humanité tranquille, mes petites âmes pures, périrent eux aussi. Je ne sais comment Charles Provins s'y prit pour massacrer de manière aussi radicale et méthodique près de six cents personnes. Maux de têtes et vomissements furent les premiers symptômes. Car j'assistai à tout, à l'agonie d'Oihane et de Petro, à la folie de Charles, à l'entassement des cadavres, à l'asservissement des enfants de moins de six ans dans des cages que j'avais moi-même confectionnées. Je sus plus tard que de rares témoins avaient déserté la scène, tentant d'épargner leur vie en se réfugiant dans la forêt. Accablé par le chagrin, je ne relevai la tête qu'au petit matin. Hélène, je t'ai dit que Sahalé vous avait, sur ma volonté, intentionnellement menti. Il n'aurait pas réussi à vous persuader de la vérité. Comment l'aurait-il pu ? Comment croire qu'il avait connu Charles Provins lui-même ? Il valait mieux qu'il vous parle de lui sous sa nouvelle identité, celle qu'il utilisait pour accomplir ses forfaits aux États-Unis. Car d'associés peu scrupuleux, il n'y en avait pas ! Charles avait tout préparé seul, il mijotait son crime depuis des mois, alors même que nous partagions encore les résultats de nos recherches et quelques beuveries. C'est à peine s'il se fit aider par une poignée de mercenaires pour apporter de quoi incendier le village par hydravion et rapatrier ses petits otages, dont Sahalé et Kwanita. L'ironie du sort veut qu'il utilisa le même plan d'eau que la jeune Scott et cet imbécile de van Peeble – ce fut un plaisir de le saigner, crois-moi, ainsi que le gros porc des entrepôts. Ces types n'étaient pas humainement recevables.

Le soir du 10 septembre 1968, j'ai tenté de m'interposer, d'arrêter Charles. Je le pensais fou, et je le crois toujours du reste. Tout dépend évidemment de ce que l'on entend par là. Je fus moi-même bien plus fou que lui en d'autres occasions, et pour des raisons plus excusables. Mais ce soir-là, il fut plus fort que moi et me laissa pour mort. Je ne dus la vie qu'à… je ne sais pas à quoi je dois la vie. Je venais de tout perdre, pour la deuxième fois de mon existence, mais je réussis tout de même à m'extraire du tas de corps sous lequel j'étouffais. Et par chance, Charles n'y avait pas encore mis le feu. Je n'essayai plus rien et m'enfuis, en abandonnant un enfant sur place. Un petit que je n'ai jamais retrouvé. J'apprendrais plus tard qu'il s'agissait de Sahalé, justement, Sahalé qui allait vivre l'enfer de Coogan par ma faute.

Lorsque je revins d'entre les arbres, je ne ressemblais plus à un homme. De cette période, je ne conserve que des souvenirs parcellaires et grouillants. Rien dont j'ai vraiment envie de parler. Mais je revins sur le tepui, où je retrouvai les rares survivants, qui étaient eux aussi rentrés chez eux. Nous étions douze, comme les apôtres, et n'avions plus de guide. Maoré était l'un des premiers à avoir été contaminé lors de cette funeste nuit. Je pris naturellement la tête de notre petit groupe, et décidai que nous devions quitter le village, ses ruines et ses tas de cadavres carbonisés. La volonté de ne pas être repérés guidait mes actes. C'est là que je fus conduit par l'aîné des nôtres au cœur de longues cavernes qui s'insinuent dans le granit. Les Indiens devaient les connaître depuis fort longtemps, car elles portaient les marques de nombreux passages et une aire de vie y avait été aménagée. Nous l'agrandîmes, pour pouvoir y loger, et nous cacher idéalement. Quelle ne fut pas ma surprise quand, alors que j'explorais les ramifications souterraines, ma torche révéla dans la pierre les éclats merveilleux de diamants. Je rassemblai tout le matériel que nous avions abandonné au cours de nos différentes expéditions et me mis à extraire les gemmes. Lorsque je fus satisfait de mes prises, je me coupai la barbe et les cheveux, me rhabillai, pour la première fois depuis longtemps, et pris le chemin de Caracas. La vente des diamants rapporta beaucoup d'argent, que je consacrai à un triple objectif : acheter des armes, du petit matériel d'excavation et des orphelins. Puisque j'avais été à l'origine de la destruction de ce monde parfait, il était nécessaire, légitime même, que j'œuvre à sa reconstruction. Mon projet peut paraître fou, je m'y tins pourtant et passai le début des années 70 à y pourvoir. Avec mes compagnons, nous déployâmes une énergie qui permit de réunir une cinquantaine d'enfants, âgés au plus de cinq ans, seuil que je m'étais fixé pour qu'ils ne conservent pas de souvenirs de leur vie d'avant.

J'avais un autre projet, juré sur la dépouille de Maoré. Retrouver la recette de son médicament universel pour le rendre à son peuple ressuscité. Je la connaissais déjà en partie, puisque notre chaman m'avait laissé l'observer. Le travail fut long, fastidieux, difficile, exténuant. En plus de cette tâche, je dus lutter contre une épidémie de dengue et des infections de toutes sortes. Maladies qui ne touchaient pas la communauté du temps… d'avant.

Des centaines, des milliers de petits animaux périrent par la faute de mes approximations. J'avais vu Maoré préparer son mélange des dizaines de fois, je savais qu'il y intégrait au dernier moment du miel et de la gelée royale, je connaissais les ingrédients, leur préparation, le rôle du venin d'abeille, mais pas leur dosage. Ces recherches m'occupèrent pendant vingt ans. Je dois toutefois rendre hommage à l'astuce et à la sagesse dont les chamans avaient fait preuve depuis des temps fort reculés. Si je réussis après tant d'années de tâtonnements à retrouver le dosage précis du produit, c'est parce que je suivis pas à pas leur recette. Ils l'avaient écrite, si ce mot est correct, sur des tablettes glissées dans une des sépultures du tepui. Les inscriptions reproduisaient le tatouage des chamans, mais je compris à leur aspect particulier qu'elles représentaient autre chose. Je ne dus leur découverte qu'au hasard, là encore il faisait bien les choses, et j'aurais pu sans cela passer le reste de ma vie à chercher en vain. Les vénérables ossements qui reflétaient la lumière du soleil attirèrent mon regard. Et je crois que cela n'arriva pas sans raison. Rien ne survient par hasard. J'avais fauté, j'avais montré que je me repentais sincèrement. Mes pas me conduisirent au bon endroit, au bon moment de la journée, et mes yeux se posèrent là où il fallait. À partir de cet instant, il suffisait d'évaluer toutes les possibilités, chaque ligne de traits et chaque point pouvaient représenter n'importe quelle plante ou substance, mais les proportions, elles, m'avaient été livrées. Deux années suffirent, il fallut bien que je teste le produit sur des rongeurs et constate avec émerveillement à quel point leur santé était bonne, leur vie rallongée, et je pus enfin initier mes petits Indiens, sous le regard bienveillant des rescapés du pire, qui n'ont jamais cessé de me soutenir. L'un d'entre eux, Yahto, a d'ailleurs longtemps surveillé la jeune Scott.

Des années avaient passé, ces enfants étaient devenus des hommes, des femmes et avaient à leur tour enfanté, s'étaient enracinés dans cette terre sauvegardée, avaient posé leurs pas dans ceux de leurs aînés. De la culture du tepui, je gardai tout ce que j'avais pu glaner au fil du temps, et surtout je laissai faire le vieux Yahto et les trois adultes épargnés en 1968. Eux étaient les gardiens de la tradition orale, de la langue, de la mémoire. Ils le sont d'ailleurs toujours à l'heure où je te parle.

C'est en 1997 que Sahalé et Kwanita firent leur retour au village. Nous ignorions qui ils étaient, bien entendu. Ils ressemblaient à deux Indiens sans âme, des Américains. Nous les avons capturés et nous apprêtions à les mettre à mort, comme ce sera le cas chaque fois qu'un étranger s'introduira sur notre territoire.

Mais nous vîmes que Sahalé portait sur lui les premières lignes du tatouage d'une ancienne famille du tepui. La vérification n'était pas compliquée, il suffisait d'en retrouver la tablette témoin, ce que nous fîmes. Là s'incarna ce passé que je n'avais pas cherché à élucider. Le docteur Charles Provins, alias professeur Ridley Coogan, propriétaire d'une clinique dans la région de La Nouvelle-Orléans, le prince du carnage, était mort. Lui qui s'était intéressé à l'organe avait décidé de nous sacrifier pour nous voler la substance et répandre ses lumières sur la terre. Je m'aperçus alors que depuis toujours tout nous séparait et que ma naïveté avait été bien grande ! Le Charles Provins qui rêvait d'immortalité aurait pu réussir, si un stupide accident de voiture n'avait mis fin à ses jours. C'est ainsi que Sahalé et Kwanita surent qu'ils avaient d'autres frères et sœurs et qu'ils étaient les ultimes survivants d'une histoire atroce, faite de crimes abominables, d'infanticides et du sacrifice de nombreux innocents sur l'autel de l'holocauste médical. En montant jusqu'ici, ils voulaient se recueillir sur la sépulture de leurs ancêtres et étaient bien loin d'imaginer que de la terre avait rejailli une vie incroyablement active.

Je n'ai jamais eu à me plaindre d'être souvent sollicité ici. Nous avons éliminé des braconniers, alors que la rumeur prétend que nous en sommes. Une rumeur entretenue du reste. Que les tour operators soient certains que ce tepui est dangereux, c'est parfait. Et puis, nous surveillions de près les cueilleurs, les trafiquants en tout genre, et toi. Tu es arrivée une première fois et comme tu travaillais dans la plaine, je ne me suis intéressé à toi que de loin, sans te reconnaître, comment aurais-je pu ? Et puis, l'année suivante, quand tu es revenue, cela m'a intrigué. Tu étudiais les saïmiris, comme moi, je n'ai pas résisté et j'ai visité ta tente. Malgré ton nom d'opérette, ton passeport m'a immédiatement renseigné. J'avais une fille, primatologue, qui n'avait pas froid aux yeux, ça m'a plu. Je t'ai laissée faire. Et c'est à ton amitié que Nina Scott doit la vie. Si je n'avais pas trouvé sur elle cet étui à lunettes gravé à tes initiales, elle serait morte. Étui que voici d'ailleurs, ainsi que ta caméra, tu peux les reprendre. Ou les lui envoyer, comme ça te chante. Nous arrivons au terme de mon histoire, Hélène. Je sais combien elle peut paraître incroyable, impossible même, mais je sais qu'au fond de ton cœur, tu feras le bon choix. Tout ce que je viens de te raconter pourra t'être confirmé par Sahalé et Kwanita. Car si tu as bien écouté, tu auras compris que Sahalé n'est pas le jeune homme qu'il paraît. Il est né en 1963, sur le tepui, et il est une preuve vivante de tout ce que j'avance, y compris des qualités extraordinaires du produit mis au point par les ancêtres de Maoré et leurs ancêtres avant eux. Car c'est bien de cela qu'il s'agit. Tu as étudié les saïmiris, tu as dû parcourir les notes que j'ai laissées au Muséum d'histoire naturelle, sinon tu ne serais pas arrivée jusqu'ici. Et Virgile a sans doute témoigné à ma place. Il savait pour la glande pinéale, pour les abeilles. Tiens d'ailleurs, j'en ai apporté avec moi, pour que tu puisses constater par toi-même.

L'homme qui prétend être Robert Varenne sort alors de la poche de sa veste une petite fiole opaque et la pose sur la table.

— Si tu le veux, tu peux me rejoindre, Hélène. Tu m'as espéré pendant quarante ans, tu es venue jusqu'ici pour voir s'il ne restait pas des traces de moi dans la jungle, à présent, je t'offre la possibilité de rattraper le temps perdu. Qu'en dis-tu ?

L'homme a parlé longtemps, plusieurs heures. Les trois Indiens se sont éclipsés depuis le début du récit, sans doute se sont-ils installés aux issues de la *Residentia Fuentes*, car personne n'est entré. Dehors, le soleil s'est couché depuis longtemps, le quartier s'est illuminé de couleurs artificielles, de néons vendeurs de paradis éthyliques. Hélène l'a laissé faire, curieuse, soupçonneuse, étonnée, bouleversée, enragée, tout cela tour à tour, sans ordre ni hiérarchie. L'homme a fini par la séduire et elle s'en méfie d'autant plus. À présent, il lui fait penser à un bonimenteur. Il la tente comme un vendeur des Galeries Lafayette, lui propose un choix impraticable, si beau que personne ne devrait pouvoir le refuser. Pourtant, elle se sent si fatiguée tout à coup. Elle voudrait se lever, monter cet escalier, longer le couloir aux lampes chiches et clignotantes, s'étaler sur le lit et dormir pour oublier l'homme et ses histoires. Mais une question subsiste. Une question qui la cloue sur la banquette : pourquoi inventerait-il tout cela ? D'autant plus que la mise au point d'un tel mensonge demande beaucoup de temps et d'imagination. Alors elle ne dit rien et contemple d'un œil las la fiole censée contenir le Graal.

— Je vois à ton visage que tu doutes, Hélène. Et pourtant, qui d'autre que moi pourrait savoir toutes ces choses ? Qui posséderait ainsi ce passé après lequel tu as couru sans succès ? Qui ? Tu dois me reprocher bien des choses, à commencer par l'abandon dont vous avez souffert, ta mère et toi. Mais laisse-moi te poser une question, à toi qui n'as pas voulu avoir d'enfant : que signifie être père ? Est-ce simplement le résultat d'un éjaculat ? Alors sans doute y a-t-il d'autres Varenne sur ce continent. J'ai connu certaines femmes il y a longtemps, et toutes n'étaient pas des prostituées ! Suis-je le père de leurs enfants ? Dois-je me comporter comme tel ? Ah, si c'était aussi simple… C'est à toi que je dois ce sentiment nouveau. Toi qui as cherché des traces de mon passage. Tu as su être ma fille en venant à moi, alors que je n'ai pas su être ton père.

Ses yeux n'ont pas bougé pendant qu'il parlait. Hélène songe qu'il doit être totalement fou pour proférer un tel discours avec le regard du juste. Quel âge peut-on lui donner ? La soixantaine ? Non, Hélène se berne elle-même, récalcitrante à affronter une réalité difficilement envisageable. En apparence, cet homme pourrait avoir son âge, une cinquantaine d'années, alors que Robert Varenne en aurait plus de quatre-vingt-dix. Il serait tentant de croire ce qu'il raconte, et la situation affective d'Hélène l'incite à le faire, à se raccrocher à quelque chose, elle qui vient de perdre le seul être qu'elle ait jamais aimé. Alors sa main avance sur la table, saisit la fiole et la tripote pendant quelques instants. Le pour et le contre sont dans la balance, la matière et le rêve s'affrontent une poignée de secondes. Hélène se lève brusquement.

— De deux choses l'une, crache-t-elle à la face de l'homme toujours assis, soit vous vous êtes bien moqué de moi, soit vous êtes effectivement Robert Varenne, et dans les deux cas…

Le poing d'Hélène s'enroule autour de la fiole, puis jaillit vers le visage barbu et le percute violemment. Surpris, il n'a pas esquissé un geste de défense. Sa tête heurte le mur voisin.

— Sachez que pour moi Robert Varenne est mort il y a quarante ans !

Hélène demeure un instant immobile, étonnée par sa propre réaction, puis elle tourne les talons et regagne sa chambre en chancelant.

73

Le sable coule entre ses doigts, quoi que Nina tente pour le retenir. Ici, il est trop fin, un océan l'a déposé plusieurs centaines de millions d'années plus tôt, avant de se retirer vers d'autres horizons. Il n'en subsiste que de minuscules superficies, nichées dans le creux des escarpements où elle aime méditer. De cet endroit élevé, elle aperçoit la kasbah, la palmeraie qui étend son ombre sous le soleil implacable du Sud marocain. La fille d'Anne Fouchet lui a rouvert sa porte après que Nina lui a raconté son histoire. Ève tenait à connaître ses motivations pour pouvoir la considérer comme une de ses protégées, au même titre que ces femmes maltraitées par la vie et les hommes. Ce fut un soulagement pour Nina, qui avait besoin de souffler, après avoir perdu son père et retrouvé sa mère, pour l'oublier, définitivement cette fois. À présent que deux saisons ont passé, Nina ne sait plus si elle éprouve de la peine. La petite fille aurait aimé que le rêve s'achève autrement, la jeune femme qu'elle est devenue, non. Elle se souvient encore de son arrivée dans les faubourgs d'Acapulco, dans ce quartier où patrouillent des milices armées, dans cette résidence paradisiaque, protubérance en guimauve et bétons colorés à moins de cinquante mètres du rivage. C'est là qu'elle s'est installée, là que la plupart des cartes bancaires de Susan Breanna Scott étaient débitées. Les bagages à peine déposés dans la chambre, Nina s'est mélangée à la clientèle huppée de l'endroit, découvrant comment ces gens passent leur temps, de fête en fête, à longueur d'année semble-t-il, avec des pics de frénésie pendant les vacances des Américains, qui déferlent alors du Nouveau-Mexique, d'Arizona, de Californie et même d'au-delà. Malgré l'opulence dans laquelle Nina a grandi, jamais elle n'avait fréquenté de milieu aussi décadent, un condensé de tout ce qu'elle déteste en ce monde.

Cet endroit est si peuplé qu'il lui a fallu quatre jours pour repérer Susan. Deux pour suspecter son identité, puis deux autres pour s'en persuader. Car de la femme souriante qui fume sur une vieille photographie, il ne reste pas grand-chose. À la voir de dos, on penserait qu'elle a trente ans. Mais à cinquante ans, les tissus ont tendance à subir les effets de l'attraction, sauf si on est plantureuse et bien faite, comme Hélène Varenne, ou si on triche. Et pour ce qui est de tricher, Susan Breanna Scott ne s'est pas épargnée. Tout en elle sonne faux. Le visage, la poitrine, insolente comme au sortir de l'adolescence, le ventre dont la peau distendue ressemble à celle d'un crocodile, ses hanches, rabotées pour gagner quelques centimètres, et les cuisses, maintes fois liposucées et pourtant gainées de cellulite. Le pire, peut-être, s'incarne dans cette chevelure pleine de faux volumes, figée en vagues successives et si blonde qu'elle en est devenue argentée. Au premier regard, la jeune femme a failli faire demi-tour, sans se laisser une chance de connaître cette femme chez qui rien ne semblait aimable. Mais Nina s'est fait violence pour ne pas juger et a décidé de rester une semaine, jusqu'à ce week-end consternant où tout a basculé.

La porte de la kasbah a été restaurée et remise sur ses gonds. C'est la première chose que Nina a tenu à offrir aux femmes de la coopérative. Perchée dans les hauteurs de l'Atlas, parmi des musulmanes dont la plupart ont vu partir trop de leurs enfants ou de leurs frères et sœurs, l'Occidentale fait son deuil, plus proche que jamais du chemin s'en allant vers le sens profond des valeurs. Car il sera long, elle le sait et s'en réjouit. Nina a trente ans. C'est moins qu'il n'en faut pour prendre le temps de tirer les enseignements d'un parcours ponctué d'erreurs.

Pendant quatre jours, Nina a tenté des manœuvres d'approche, cherchant de l'intérêt aux séances de bronzage au bord de la piscine, aux cocktails énergisants deux fois par jour, aux repas composés de trois feuilles de salade et d'un morceau de poulet cuit à la vapeur et aux cours de fitness pour prévenir le retour des tissus adipeux. Elle a scrupuleusement suivi le régime diététique de l'hôtel, se mettre à la place de Susan pour la connaître un minimum avant de l'aborder lui paraissait essentiel. Malgré les doutes nombreux qui entachaient ses espoirs de réussite, pour la première fois, Nina a vraiment tenté un pas vers l'autre. Auparavant, elle se serait sans doute contentée de juger cette mère stupide à vie, profiteuse et dispendieuse. Car elle se doute bien que Susan refuse de voir qu'à quelques kilomètres de son éden, la sombre misère d'une part importante du peuple mexicain prend sa source dans ces quartiers faits de rien, et qui tiennent grâce à l'immense orgueil de leurs habitants. Il en faut des envies, et peut-être même un certain talent, pour dépenser jusqu'à dix mille dollars par mois dans un endroit pareil.

L'argent, c'est précisément le sujet des réflexions de Nina depuis qu'elle s'est installée à la kasbah. Jamais elle ne l'avait envisagé ainsi et pourtant, elle a hérité de la totalité de la fortune de Randolph Scott, ainsi que des droits sur tous ses romans. Elle, sa fille parfois indigne, son unique héritière. Cent soixante-trois millions de dollars, taxes et impôts payés, sont restés à sa charge, un bien encombrant cadeau sur lequel elle n'avait jamais compté. Randolph faisait des placements de bon père de famille, et ses placements rapportent chaque année la somme plus que rondelette de dix millions de dollars. Une fortune. Et qui n'est pas près de cesser d'enfler, si on en croit la courbe des ventes des livres de Randolph Scott, envolées vers les sommets du top 10 un peu partout dans le monde depuis l'annonce de sa disparition. Ah, les nécrophages ! aurait braillé l'écrivain, à tort ou à raison. Il en aurait fait des gorges chaudes qui auraient sans doute inspiré un énième ouvrage.

Des gorges chaudes, Susan Breanna Scott en fait aussi, mais pour des raisons bien différentes. Car elle se nomme toujours ainsi, Scott, un nom somme toute répandu dans le monde. Après deux jours passés à ne rien faire en suivant un programme chargé, Nina est passée à l'offensive : entrer dans le cercle des intimes de sa mère. Cela n'a pas été aussi évident qu'il y paraît. Ces quinqua, sexa et septuagénaires redoutent la jeunesse et, même si Nina ne joue manifestement pas sur le même terrain qu'elles, elles se sont méfiées. Pas question de se faire souffler l'Apollon par une jeunesse certes sans poitrine, mais élancée comme un chat et à la peau brune et veloutée. Petit à petit, l'oiseau Nina a fait son nid. Le troisième jour, elle prenait l'apéritif avec ces dames, et le quatrième soir elle partageait leur repas.

Cent soixante-trois millions de dollars, pour elle toute seule ! Quel fardeau, quelle chance en même temps. Il va lui falloir apprendre, car elle est certaine d'avoir un rôle à tenir dans la grande mascarade qui se joue sur terre. Avec ses cent soixante-trois millions de dollars, elle peut faire le bien autour d'elle, voire plus loin. Mais elle ne doit pas se précipiter. La misère est largement répandue sur la planète des hommes, et sa fortune, aussi grande soit-elle, ne pourra tous les atteindre. Il lui faudra définir des objectifs et s'y tenir. C'est précisément ce qu'elle est venue faire à la kasbah, prendre le temps de réfléchir, et découvrir celle qu'elle veut vraiment être.

Le week-end arrivé, Nina a été invitée à l'une de ces fêtes privées fréquentées par Susan. Cocaïne, champagne et jeunes Mexicains à gogo, des gigolos sans doute, de pauvres types échoués là pour s'en sortir. Nina est écœurée, il faut dire qu'elle ne s'attendait pas à voir sa mère participer à des parties fines regroupant de nombreux partenaires. Mais elle n'aurait pas su dire à quoi elle s'attendait vraiment. Une gentille petite maman, une pauvre femme sans doute, mise à la porte par un Randolph sans cœur, une rencontre émouvante, de celles qu'on ne voit qu'au cinéma, avec les violons en prime. Le lendemain de cette soirée, Nina s'est présentée à Susan Breanna Scott, officiellement cette fois. Et elle lui a révélé son nom, insistant sur le fait qu'après cette rencontre, elle cesserait tous les virements sur son compte. (Finalement, les versements se sont arrêtés d'eux-mêmes, à la mort de Randolph. Et le million de l'assurance-vie a été versé.) Puis elle a tourné les talons, le cœur au bord des lèvres, elle est partie en ne laissant derrière elle aucun remords, aucune tristesse, juste une femme sans intérêt, vulgaire, avilie, débauchée, qui lui a couru après en hurlant son nom, en agitant son sac et en se tordant les chevilles, perchée sur des talons trop hauts, comme un cliché ridicule. Le soir même, Nina a pris un vol direct pour Washington. Là, elle a retrouvé Vurgensen. L'homme de l'ombre savait déjà et lui a présenté ses condoléances. Pourtant, et Nina faisait partie des rares personnes avisées de ce fait, on ne retrouverait jamais le corps de Randolph Scott, et pour cause. Mais Vurgensen savait, un point c'est tout, il n'y avait rien de plus à dire. Que Nina se tranquillise, il lui faciliterait les démarches, longues et nécessaires, pour une succession sans cadavre. En le quittant, Nina a songé qu'il avait fait dérouter un satellite de surveillance au-dessus de la zone où Randolph et Hélène étaient retenus prisonniers et qu'à partir de là, tous leurs faits et gestes avaient été suivis pas à pas. Elle a supposé que c'était techniquement possible, mais n'a jamais eu de certitude.

Puis Nina est rentrée chez elle, chez Randolph, dans cette grande maison au bord du lac Érié où elle a grandi. Et où elle ne veut pas demeurer. Il suffira d'enclencher le processus de la donation et elle pourra aller et venir à sa guise, Vurgensen s'y est engagé. Un colis lui est parvenu quelques semaines plus tard. L'origine vénézuélienne du paquet l'a intriguée, mais son contenu a fait rejaillir le stress dans son cœur qui apprenait peu à peu à s'en passer. La tête de Cesare Cardona baignait dans une solution transparente, plongée dans un bocal du genre de ceux dont on se sert pour faire des conserves. Un billet anonyme accompagnait l'horreur. Quelques mots simples qui lui ont causé un second choc, parce qu'elle savait qu'ils étaient de la main d'Hélène Varenne.

Ma chérie, aux scélérats les pots à cornichons géants, je suis certaine de deviner où Randolph l'aurait rangé.

Des picotements commencent à envahir les jambes de Nina, qui se lève et descend prudemment les épaulements rocheux qu'elle avait escaladés. Le souvenir de cette tête au regard vide ne lui fait plus horreur maintenant. Le désert et le vent ont contribué à faire disparaître ces images, néfastes pour sa convalescence. La présence d'Ève aussi, beaucoup, Ève accueillante comme une grande sœur. Bientôt, le soleil au zénith accablera la région. Il ne fera plus bon traîner nulle part, en dehors de l'intérieur de la kasbah ou de l'ombre de la palmeraie. Finalement, il demeure encore un point sombre dans l'histoire de Nina. Bien sûr, il reste beaucoup de mystères concernant le tepui et ces quatre scientifiques partis en Amazonie au début des années 50, mais ce n'est pas ce qui la chagrine. Elle y reviendra peut-être, plus tard, lorsqu'elle aura achevé de se connaître et de dispenser ses largesses pour les causes qu'elle aura choisies. Non, celui qui accompagne sans cesse ses pensées, c'est Sahalé. Elle s'en veut de ne pas lui avoir demandé de l'accompagner. Peut-être que si elle avait posé la question, il aurait accepté. Jamais elle ne renoncera à lui. Elle retournera au Venezuela, elle en est certaine, à présent qu'elle redescend le raidillon qui longe la barrière rocheuse. Dans quelque temps, lorsqu'elle aura achevé de rédiger ce récit pour lequel elle a utilisé les notes que son père sauvegardait sur sa boîte e-mail, pratiquement tous les jours. Elle a même déjà trouvé le titre.

Le Silence des saïmiris, de Randolph et Nina Scott.

Épilogue

J'écris moins ces temps derniers. Il faut dire que l'arrivée d'Hélène sur le tepui a bouleversé la nature même des rapports humains qui s'y étaient établis au fil des ans. Ce tissu s'est modifié, je ne peux que le constater, le guide est devenu père, le cœur s'est attendri. Hélène n'est pas n'importe quelle fille non plus. Ensemble, nous avons rouvert de vieilles plaies et, avec l'aide de la providence, nous parviendrons à les cicatriser complètement. Ma fille a fini par accepter mon rôle dans cette histoire. À sa décharge, je dois admette que mon apparence ne correspond pas à mon âge civil. Moi aussi, j'aurais dû me racornir, comme c'est arrivé à ce pauvre Virgile. Il était donc plus que délicat d'accepter ma version du réel. Sa formation de scientifique l'y a aidée, alors que cela même la rendait sceptique au début. Mais un faisceau d'indices l'a poussée dans la bonne voie, les études que j'ai faites sur les saïmiris, la synthèse des notes de Charles sous son pseudo ridicule de Ridley P. Coogan, et puis mon discours aussi, tout cela a contribué à ébranler ses convictions. Et lorsque les fondations se lézardent, il suffit d'attendre les secousses secondaires pour assister à l'effondrement de l'édifice.

La vie suit son cours normal. Hélène m'a rejoint le lendemain de notre rencontre. Sa façon de réagir, même si mon menton s'en est souvenu quelque temps, m'a plu, particulièrement, je dois l'admettre. Cette petite a du cran. Je crois que cela me flatte, même si je n'ai que peu de responsabilités dans l'être qu'elle est devenue. La découverte du village, des tombes et des ossements a été un moment très émouvant pour elle, mais en comparaison avec l'instant où elle est entrée en contact avec les saïmiris, ce n'était rien. Elle qui les pensait chimériques, sortis de l'esprit dérangé de son père disparu… Ensemble, nous avons repris certaines expériences, toutes tournées vers la compréhension du mode de communication de ces singes. L'idée du troisième œil est tombée en désuétude dans mon esprit. J'ignore si elle refera surface, mais j'ai le sentiment d'avoir tourné une page, ou fermé un livre pour en ouvrir un deuxième. Heureux homme que je suis, à mon âge, de pouvoir prétendre à une chose pareille. Ensemble, nous avons débattu longuement des petits détails de toute cette histoire, et nous le ferons encore souvent, je pense. Comment intégrer que sur quatre jeunes adultes partis en 1949, deux restent en vie, soixante ans plus tard, dans la fleur de l'âge, en pleine possession de leurs moyens si ce n'est de leur raison ? L'histoire de la fille d'Anne Fouchet m'a bien amusé. Ainsi, c'est sous cette identité que la petite est partie s'abriter des vicissitudes de l'existence et de sa peur bleue de Charles Provins, dans cette kasbah que je lui ai moi-même transmise par héritage. Belle idée ! J'ai aussi renseigné Hélène sur la question de cet ethnologue canadien qui m'avait pillé à la fin des années 80. Ce fut un mauvais concours de circonstances. Xavier Guibert est monté sur le tepui seul, discrètement, à une période où nous étions en plein festoiement. Comme je l'ai dit, j'ai réinstauré les fêtes traditionnelles de la culture indienne. Sa trace n'a été découverte qu'une fois son forfait commis. Mais mon influence s'étend bien au-delà de notre monde, sous de multiples identités, et mes diamants ont su acquérir toutes les bénédictions possibles. Les hommes ne résistent pas aux pierres qui brillent. Guibert a simplement été dépossédé de son larcin et les objets volés ont été rendus aux villageois. Je n'avais pas demandé sa tête !

Il arrivera un moment, dans quelques années, où je serai le dernier vivant de ma génération, le dernier homme à être né en 1915. Cette idée me fait un drôle d'effet, qui passe bien vite finalement. Il y a tellement à faire avec les humains d'aujourd'hui, tellement d'erreurs à réparer, si c'est encore possible. Mais quoi qu'il en soit, Hélène m'a aidé à me décider. Nous ne pouvons pas rester sans agir, êtres chanceux sur notre tepui, comme des demi-dieux sur le toit du monde. La difficulté de notre entreprise va résider à présent dans la force de ce que nous allons apporter à l'humanité. Pas question de prolonger la vie de milliards d'individus dans les proportions que nous connaissons ici. Ce serait suicidaire et c'est précisément ce qui nous aurait arrêtés quand nous cherchions tous les quatre la raison du mutisme de nos saïmiris. La planète n'est déjà plus en état de nous alimenter tous, et nous multiplierions le problème de façon inconsidérée ?

Un singe se tait et le monde change.

À quelles bizarreries la vie nous mène parfois ! Moi qui avais tout abandonné de ma vie d'avant, de cette longue période faite d'à-peu-près, de ressentiment à l'égard de tout et de tous, je m'aperçois à quel point je me suis égaré. Je dois à Hélène ce changement dans ma vision du monde. L'humain gagne à être aidé, elle en est persuadée ; sous ses dehors d'oursonne, cette fumeuse de Cohibas cache un cœur de midinette. Mais patience ! Je dois réfréner la donzelle, ma priorité reste et restera la protection des Indiens du tepui. Tout de même, si on m'avait dit qu'un jour je sortirais de cet endroit pour faire profiter la multitude ! Je l'ai promis à Hélène. Dès que nous aurons trouvé le moyen de diminuer l'influence de la potion des chamans sur la santé humaine, dès que nous aurons mis au point des processus pour la fabriquer en plus grandes quantités, nous essaimerons à travers l'humanité. Mais il faudra trouver des critères de sélection, j'entends déjà crier au scandale, au dictateur, à l'eugénisme, eh bien, qu'ils crient ! Qui aura le droit de vivre plus longtemps que les autres ? Celui qui aura contribué à son seul enrichissement ? Celui qui, par son comportement irresponsable, aura pollué l'air, l'eau et la terre pour dix générations d'hommes ? Je ne suis pas démocrate, je ne crois pas à cette fable grecque. Non, auront le droit de poursuivre leur œuvre ceux qui par leurs actes auront démontré qu'ils possèdent déjà une sagesse suffisante. J'ai bien peur de ne pas en trouver des légions en Occident. Peut-être renverserons-nous l'équilibre du monde. Peut-être qu'avec cette idée, d'ici deux cents ans, il fera meilleur être né au Sud qu'au Nord. Magnifique ironie d'un monde sans justice, projet inique dont je ne m'ouvrirai à Hélène que plus tard, lorsqu'elle-même sera en mesure de comprendre. La métamorphose doit opérer avant, profondément, et répandre en elle la fleur de la nouvelle Hélène.

Son cœur ne connaîtra jamais la paix, c'est ce qu'elle dit et c'est aussi ce qu'elle pense. Mais tout passe, je suis bien placé pour en attester. Tout finit par foutre le camp, même les sentiments qu'on croyait éternels. La tristesse infinie qu'elle éprouve encore de la perte de Randolph Scott diminuera, peu à peu. Elle connaîtra ce ressenti étrange : être malheureux de ne plus être malheureux. Curieuse manifestation de la psyché humaine qui s'accroche à tout ce qui comporte des aspérités, les miettes comprises. Cette évolution viendra plus vite qu'elle ne le croit, par addition de plusieurs facteurs. Le formidable élan qu'elle prend, cette idée à long terme de devenir bienfaitrice de l'humanité, l'éloignera peu à peu de ses considérations actuelles, qu'elles soient affectives ou autres. Et puis, après une pleine année de résistance, Hélène est entrée hier soir dans le cercle très fermé des humains au long cours. Nous avons réalisé une belle cérémonie d'initiation, une fois n'est pas coutume au centre du village en ruine, pour fermer une boucle que j'ai moi-même ouverte en 1949. C'était très émouvant, comme quoi il subsiste en moi de beaux restes d'humanité bêlante. Mais après tout, les émotions ne sont-elles pas le sel de l'existence ? Et si c'est faux, alors il est doux de se laisser leurrer ! L'esprit d'Hélène a été particulièrement réceptif aux plantes. Elle aussi a vu le double serpent d'or et d'argent. Pour le moment, elle dort dans ma partie préférée de nos appartements. La grotte que j'ai moi-même excavée s'ouvre sur le vide, à huit cents mètres au-dessus de la cime des arbres. Une simple moustiquaire tendue sur un cadre en bois interdit l'accès aux bestioles. C'est un endroit merveilleux, propice à la réflexion, au sentiment d'être et d'appartenir à un ensemble. Son sommeil durera longtemps. La potion épuise dans les premiers jours et plus on la prend à un âge avancé, plus cette fatigue est grande. Hélène n'est pas encore vieille, mais elle a cinquante-cinq ans... Dire que je l'ai tenue dans mes mains et que je l'ai abandonnée. Je ne sais que trop à quelle catégorie d'hommes j'appartiens... La forêt tropicale apprend la lucidité, parfois dans la douleur. Hélène se réveillera ce soir, aura une faim de loup et son épiderme la démangera derrière l'omoplate gauche. C'est là que j'ai injecté le venin d'une quinzaine d'abeilles. Elle me demandera des nouvelles des autres et je lui répondrai que Sahalé est enfin parti pour le Maroc. Après tout ce temps passé à tourner comme un fauve en cage, il m'a ouvert son cœur. La silhouette de Nina Scott ne quitte pas ses souvenirs, qu'elle vient hanter jour après jour, y laissant une trace douloureuse et un peu mièvre. Symptômes courants d'une maladie qui rend con. Je l'ai laissé partir, lui ai même donné ma bénédiction. Depuis sa naissance, Sahalé a vu toutes les atrocités perpétrées par les hommes, il a bien droit à sa part de bonheur. Il est parti comme une flèche, sous le coup d'une urgence absolue dont il ne m'a rien dit. Mais je sais bien ce qui l'inquiète tant, il a peur du temps qui passe, il croit savoir que Nina Scott vieillit comme tout le monde, chaque minute davantage, et s'éloigne de lui, irrémédiablement. Et pourtant, il se trompe. Depuis que j'ai épargné la jeune Scott, ce jour où nous l'avons attrapée rôdant près du village, elle appartient au cercle des humains au long cours. Je m'en suis personnellement chargé. Nina ne le sait pas encore, mais elle aussi ira trois fois plus loin.

Caracas, le 29 octobre 2008.

NOTE DES AUTEURS

La plupart des faits scientifiques et historiques rapportés dans cet ouvrage sont avérés, mais nous tenons à préciser que nous avons extrapolé pour l'homme certains résultats obtenus chez l'animal et pris quelques libertés avec les études utilisant des sujets humains, même si l'histoire nous montre que la réalité est souvent pire que la fiction. La mélatonine, largement utilisée par les Américains pour éviter les problèmes de décalage horaire, mais aussi pour retarder les signes du vieillissement, n'est pas en vente libre en Europe. Elle reste toutefois utilisée dans un cadre strict pour traiter les troubles du sommeil primaire chez les patients âgés.

Selon une étude publiée dans le *Journal of the National Cancer Institute* et conduite par le docteur Scott Davis du Fred Hutchinson Cancer Research Institute de Seattle, le travail de nuit accroîtrait le risque de cancer du sein. Plus de huit cents femmes présentant une tumeur, ainsi qu'un nombre identique de sujets contrôles, ont été interrogés. L'étude évaluait l'exposition à la lumière et les antécédents de travail de nuit dans les dix ans précédant le diagnostic. Les femmes ayant travaillé dans des équipes de nuit au moins une fois durant cette période avaient un risque de cancer du sein augmenté de 60 % comparé aux autres. Ce risque serait corrélé au nombre d'heures de travail de nuit par semaine. L'équipe du docteur Scott Davis a conclu que ce phénomène pouvait être induit par des différences de sécrétion de mélatonine (stimulée par l'obscurité et inhibée par la lumière). Ainsi, la lumière artificielle utilisée pendant la nuit pourrait stopper la production de mélatonine, ce qui augmenterait la synthèse des œstrogènes et donc le risque de cancer. Par ailleurs, une étude conduite sur des femmes aveugles (taux de mélatonine constant) a démontré qu'elles avaient un risque réduit de développer ce type de tumeur. Sources : Fred Hutchinson Cancer Research Center, « Night Shift Work, Light at Night, and Risk of Breast Cancer », *JNCI* 2001 ; 20 : 1557-62. Selon *Cochrane Reviews* et *Pubmed Medline*, de récentes études prouvent l'efficacité de la mélatonine dans l'amélioration des capacités cognitives (avec ou sans démence sénile) et dans le traitement de l'épilepsie. Mais ces études ne démontrent aucune action bénéfique sur les cancers.

La mélatonine est une hormone naturelle, présente dans les organismes vivants en plus ou moins grande quantité. Il est interdit de la breveter. Ce qui explique peut-être pourquoi, malgré les résultats troublants de nombreuses études chez l'animal – diabète, cholestérol, dépression, cancer, stress, problèmes cardiaques –, malgré le fait qu'il est avéré qu'elle a un rôle primordial dans le fonctionnement de notre horloge biologique, la mélatonine n'a pas encore dévoilé tous ses mystères. Mais nous aimons imaginer que le résultat des travaux de Robert et de ses compagnons n'est pas si éloigné de la réalité…

REMERCIEMENTS

Nous tenons à remercier les professeurs Walter Pierpaoli et William Regelson pour leurs travaux (*Le Miracle de la mélatonine*, aux éditions Robert Laffont, 1995), qui ont largement inspiré ceux de nos héros, Jan Kounen, dont le parcours nous a fait voyager sans bouger de chez nous et croire que la pensée est créatrice (*Visions : regard sur le chamanisme*, aux éditions Télémaque, 2005), le professeur Michel Rongières, de l'université de Toulouse, pour son œil avisé, ainsi que Serge Perraud, Alain Walther, Evelyne Berger et Carl Herreman pour leurs précieux conseils. Merci à Béatrice Duval, notre éditrice et lectrice enthousiaste, à Chakrouny, inspiratrice de toujours, et à chaque moitié de notre orange sans laquelle l'autre n'aurait pas abouti.

J. C. & N. H.

Jérôme Camut et Nathalie Hug dans Le Livre de Poche

Les Eveillés n° 31719

Infirmière dans un centre pour polytraumatisés, Élise souffre depuis des mois d'insomnie. Dans le service, les gens racontent qu'elle a le don de réveiller les comateux. Cela semble impossible… et pourtant. Élise a ranimé Stanislas Opalikha. Lorsqu'elle est enlevée par ce redoutable assassin, c'est un inconnu guidé par d'effrayantes visions qui va retrouver leurs traces. Un terrible compte à rebours commence alors, suscitant des questions aussi redoutées que fascinantes. Qui sont les éveillés, ces femmes et ces hommes dont les origines semblent remonter à la nuit des temps ? Un conte initiatique, entre rêve et réalité…

LES VOIES DE L'OMBRE

1. *Prédation* n° 37255

Un cadavre dénudé est découvert dans une friche industrielle, la main droite déchiquetée. Un homme se tire une balle en pleine tête, dans un centre commercial bondé. Un jeune père, dressé comme un chien, est tourmenté sans relâche au fond d'un cachot sans porte ni fenêtre. Aucune piste, aucun lien, aucun mobile…Qui sont ces hommes ? Pourquoi ont-ils été choisis ? Pour quelle mise à mort aberrante ? *Prédation* entrouvre la porte d'un univers imprévisible et angoissant, étrangement en prise avec les faits divers les plus choquants de notre époque.

2. *Stigmate* nº 37287

Quand les victimes d'un monstre fascinant et obscène se lancent sur les traces du prédateur qui a dévasté leur vie, elles ignorent qu'elles n'auront pour seules issues que la fuite, la mort ou... les voies de l'ombre. Écoutez Kurtz : « J'ai de l'amour pour mes chiens d'attaque. Certains il a fallu les tabasser, d'autres pas. Il n'y a pas de règles. C'est ça l'extraordinaire chimie de la nature humaine. C'est passionnant. Approche-toi, ami voyeur. Et n'aie pas honte de ton vice. Viens pénétrer le monde d'un artiste du crime. Il est temps que je me présente et que j'offre ma réflexion à la multitude. » Jérôme Camut et Nathalie Hug replongent en plein cauchemar les principaux personnages de *Prédation.*

3. *Instinct* nº 31380

Et s'il suffisait de 25 tueurs pour plonger la France dans le chaos ? Une meute sans visage dressée par un pervers de génie pour frapper ses cibles avec une perfection terrifiante... Et s'il suffisait d'un seul homme ? Pour que nous nous mettions tous à douter...

De Jérôme Camut et Nathalie Hug :

ESPYLACOPA, nouvelle, Éd. Bragelonne, « Fantasy 2006 », 2006.
LES VOIES DE L'OMBRE, I, *Prédation*, roman, Éd. Télémaque, 2006.
LES VOIES DE L'OMBRE, II, *Stigmate*, roman, Éd. Télémaque, 2007.
LES VOIES DE L'OMBRE, III, *Instinct*, roman, Éd. Télémaque, 2008.
LES ÉVEILLÉS, roman, Éd. Calmann-Lévy, 2008.

De Jérôme Camut :

MALHORNE, I, roman, Éd. Bragelonne, 2004.
MALHORNE, II, *Les Eaux d'Aratta*, roman, Éd. Bragelonne, 2004.
MALHORNE, III, *Anasdahala*, roman, Éd. Bragelonne, 2005.
MALHORNE, IV, *La Matière des songes*, roman, Éd. Bragelonne, 2006.

Composition réalisée par PCA

Achevé d'imprimer en août 2010 en Espagne par
LITOGRAFIA ROSÉS S.A.
08850 Gavá
Dépôt légal 1re publication : septembre 2010
Librairie Générale Française – 31, rue de Fleurus – 75278 Paris Cedex 06

31/3371/7